SHOW ME

NOT EASY

PASCALE STEPHENS

SHOW ME

NOT EASY

BMR

Hachette Livre, 58 rue Jean Bleuzen, 92170 Vanves.

IL ÉTAIT UNE FOIS...

CHAPITRE 1

— Mina, mais qu'est-ce que c'est que ce bordel ?

Angus, mon patron, crie pour couvrir le vacarme ambiant. Son pub, Le MacKintosh, n'a pas connu une telle affluence depuis longtemps. Il n'y a pas un siège libre et Paolo et moi faisons ce que nous pouvons pour assurer le service. Enfin, c'est surtout Paolo qui court car je suis coincée derrière le bar.

— Où est Ronald ? hurle mon boss.

— Il est parti à vingt-deux heures trente.

— C'est quoi ce cirque ? Qu'est-ce qui lui a pris de vous laisser en pleine bourre ?

— C'était prévu, Angus !

— Hein ?

Ce mec mesure un mètre quatre-vingt-dix, pèse un bon quintal mais a une mémoire de poisson rouge ! Il oublie toujours ce qu'on lui dit, même si on prend la peine de le lui répéter plusieurs fois ou de lui laisser une petite note, qu'il perd systématiquement. En plus il est de mauvaise foi. Préférant se retrancher derrière un sempiternel « je ne m'en souviens pas ». Autant dire que parfois c'est un véritable crétin. Comme ce soir. Il ferait mieux de nous aider au lieu de braire comme un âne bâté, alors qu'il sait pertinemment qu'encore une fois il a bouffé l'info.

— Tu l'as autorisé à partir, il y a deux jours, quand il te l'a demandé, je lui rappelle patiemment.

— Ouais, mais je ne savais pas qu'il y aurait tant de monde.

— T'inquiète, on gère, je le rassure.

Il a l'air dubitatif. Il jette un large coup d'œil sur la salle qui ne désemplit pas, puis se tourne vers moi.

— Va aider Paolo, je m'occupe du bar.

Ah ben non ! Ce n'était pas vraiment ce que j'avais prévu.

Je grogne car je déteste être au milieu des clients. Mon univers, le seul endroit où je me sens bien dans ce boulot, c'est derrière le zinc. C'est d'ailleurs pour ça que j'ai accepté de bosser ici et Angus le sait très bien. Comme s'il ne pouvait pas, lui, virevolter entre les tables pour les servir. Quoique, après réflexion, avec sa carrure de bûcheron, il renverserait sûrement tout comme un mammouth laineux (dont il a la pilosité) dans un magasin de porcelaine.

En attendant, je n'aime pas aller à la rencontre des consommateurs, avec mon plateau qui manque de se renverser deux fois sur trois. Je suis plus à l'aise protégée par le lourd meuble érigé entre moi et les autres.

— Tu peux aller en salle et moi je reste là, je propose sans trop y croire.

— Non, je vais en profiter pour refaire le plein, rétorque-t-il en me toisant. Tiens, en plus, on te demande.

Mon regard suit sa main qui m'indique la mezzanine, dans le fond, d'où l'on me fait signe avec insistance.

Un groupe y est installé dans deux des canapés disposés autour d'une des tables basses. Table, pour ce que j'en vois, déjà bien encombrée de nombreuses bouteilles vides. Ils ont l'air de fêter quelque chose et semblent, du moins pour certains, déjà passablement éméchés.

Je les ai vus arriver en milieu de soirée. Ils avaient réservé et Paolo les a accompagnés là-haut dans le coin salon resté libre en les attendant.

Des hommes et des femmes d'affaires, pour sûr, venus célébrer la signature d'un contrat juteux à grand renfort de champagne et de whisky.

Je pousse un soupir déchirant que ne manque pas un Angus goguenard. Ce mec peut être un crétin, certes, mais c'est un mec en or prêt à se démener pour vous aider. C'est un Highlander pur-sang, roux et massif. Je vois sa barbe frémir alors qu'il semble très content de lui. J'empoigne mon plateau en lui tirant la langue et je me dirige vers la mezzanine en slalomant entre les clients, debout autour des tables hautes qui parsèment la salle. J'évite aussi les chaises et les poufs sur lesquels s'animent hommes et femmes venus profiter de leur vendredi soir.

Le MacKintosh est très apprécié dans le quartier. Angus, tout bougon et ours qu'il soit, en a fait un endroit chaleureux où businessmen, étudiants et touristes aiment venir prendre un verre et se détendre.

La musique écossaise emplit l'atmosphère. Le bois au mur et au sol, les canapés en cuir aux coussins multicolores, les box où l'on peut trouver un semblant d'intimité, les nombreuses tables agrémentées de lampes d'ambiance, tout est fait pour que le consommateur se sente chez lui ou, tout du moins, dans un pub, loin, en Écosse.

Une petite oasis, le dépaysement total au cœur de la capitale anglaise.

C'est une jeune femme blonde qui m'interpelle alors que je m'approche de la table où règne un joyeux ramdam. Elle est installée entre deux hommes qui avalent le reste de leur whisky alors que j'arrive à leur hauteur.

— Ah quand même ! S'exclame-t-elle excédée. On a failli attendre ! Débarrassez ce bordel et apportez-nous deux nouvelles bouteilles de champagne et trois whiskies, ordonne-t-elle.

Je pose mon plateau sur la table basse encombrée et j'y entasse les cadavres et les verres sales avant de donner un coup d'éponge. Je vais repartir quand la blonde, très impolie, s'adresse à son voisin de droite contre lequel elle se colle.

— Tu vois c'est une nana comme ça qu'il nous faudrait pour la campagne mais moins grosse. Elle a un de ces culs !

Si je ne suis pas certaine qu'elle parle de moi, tout doute s'évanouit quand je relève la tête. Je replace le plateau en équilibre sur ma main alors qu'ils me regardent tous les deux, elle avec mépris, lui d'un air gêné.

C'est clair qu'à côté de cette nana qui m'adresse son sourire le plus faux, je ressemble à une fille obèse. Elle doit faire un petit 36. Elle est moulée dans une robe rouge qui ne laisse pas beaucoup de place à l'imagination. J'irais même jusqu'à reconnaître qu'elle est jolie même si c'est une conne imbue de sa précieuse personne.

Une poupée Barbie, femme d'affaires, qui transpire le fric et la suffisance et qui a tapé dans le mille.

On peut m'attaquer sur beaucoup de choses… je m'en fous, mais dès qu'on évoque mes kilos en trop et mes formes généreuses, je n'arrive plus à me défendre, je suis paralysée. Sa phrase, que je n'aurais jamais dû entendre (même si je sais qu'elle a tout fait pour que ce soit le cas), m'atteint donc de plein fouet, et je ne peux pas empêcher mes joues de prendre une belle couleur tomate mûre.

Cette harpie, absolument pas consciente qu'elle vient de lâcher une bombe meurtrière (quoique !), s'est tournée vers son voisin de gauche, qui rit à gorge déployée.

Celui de droite a son regard rivé sur moi et j'ai les plus grandes difficultés à le soutenir. Ses yeux sont magnifiques. Ils sont gris bordés de longs cils foncés et son sourire est celui d'un homme sûr de son charme et de l'effet qu'il a sur la gent féminine.

Malheureusement pour lui, je ne fais pas partie de ce groupe de femmes prêtes à se liquéfier devant un joli minois et un corps d'athlète. Sa copine vient de m'insulter, je me suis pris une baffe mais je n'ai pas besoin de sa condescendance ou de sa pitié.

On pense souvent que le client est roi, on a tort… Pas quand il manque de courtoisie, et de la politesse la plus élémentaire.

Le plateau en équilibre sur ma main, je repars sans un sourire pour le type à la gueule d'ange qui semble surpris par la froideur de mon attitude. Quand je le quitte, il arque un sourcil noir comme les cheveux qui lui descendent dans le cou. (Pourquoi est-ce que je remarque des trucs comme ça, d'ailleurs ?)

Voilà pourquoi je suis à ma place derrière le comptoir. Je m'y cache. Les clients s'attardent sur mon visage, toujours affable, et sur ce que je leur sers, pas sur mon cul moulé dans un jean taille 44.

— Qu'est-ce qu'ils veulent ? me demande Angus alors que je débarrasse le plateau sur le bar pour le charger à nouveau.

— Deux bouteilles de champagne et trois whiskies.

— OK. Ça va toi ? s'inquiète-t-il.

Je viens seulement de me faire pourrir par une conne qui pense qu'elle est la reine du monde parce qu'elle a une belle gueule et un beau cul. Ah oui ! Et j'oublie son voisin vraiment très canon, témoin de mon humiliation. Soirée charmante, quoi !

— Ouais, pourquoi ?

— T'es un peu pâlotte ma puce. Tu veux faire une pause ?

— Non, c'est bon ! je lâche sèchement.

— Comme tu veux.

En attendant qu'Angus prépare ma commande, j'apporte deux cocktails à deux copines qui rient ouvertement. Je remplace leurs verres vides par deux mojitos. Elles sont pompettes et leur gaieté fait plaisir à voir. Au moins elles s'amusent, elles !

Alors que je fais demi-tour pour regagner le comptoir, la plus délurée des deux m'attrape par le bras.

— Vous pouvez me rendre un petit service, s'il vous plaît ? me lance-t-elle.

— Dites toujours, je réponds, sur mes gardes.

— Vous pourriez servir un verre au bel Apollon assis là-bas à côté de la blondasse et lui glisser ceci par la même occasion ? Ce serait vraiment sympa.

Elle me tend une des petites serviettes blanches qu'on dispose sur les tables pour les clients. Elle y a inscrit un numéro de téléphone et me la fourre dans la main accompagnée d'un billet de dix et d'un grand sourire plein d'espoir.

Bon, demandé comme ça, je ne peux vraiment pas refuser.

Comme je hoche la tête, elle se met à glousser, sa copine à frapper dans ses mains comme une malade.

Je demande à Angus d'ajouter un autre whisky sur le plateau et, la serviette en main, je repars vers la table de laquelle la blonde me regarde approcher.

Je pose les deux seaux à glace sur la table, les coupes et les quatre whiskies, dont deux pour l'élu de la rouquine.

La blonde épie chacun de mes gestes. Sans vergogne, elle me détaille de haut en bas et affiche un sourire entendu. Je n'ai rien pour lui plaire et elle va bientôt me le faire comprendre, je lui fais confiance.

— Nous n'avions commandé que trois verres, réagit-elle avec acrimonie.

— Je sais, je rétorque, essayant de garder mon calme.

En vérité je ne rêve que d'une chose, renverser un des seaux plein de glace sur sa petite personne si parfaite. Je n'ai rien contre les nanas bien foutues, encore moins contre les blondes, mais je déteste celles qui me prennent de haut parce que je n'aurai jamais leurs mensurations.

— Une des deux jeunes femmes, assises là-bas, offre un verre à votre ami, je l'informe donc, avec le peu de courtoisie dont je suis capable.

— Houla, Connor, t'as une touche ! s'écrie un des mecs assis sur le canapé d'en face.

— Ouais ! répond sans enthousiasme l'intéressé, qui regarde dans la direction des deux demoiselles que je viens de désigner.

J'aperçois la rouquine me montrer une serviette qu'elle vient de ramasser sur sa table. Oups, j'allais zapper ! Je lui souris et hoche la tête pour lui montrer que j'ai compris le message.

Je me penche vers le dénommé Connor.

— Elle m'a aussi demandé de vous donner ça, je murmure en déposant le bout de papier à côté de son verre.

— Qu'est-ce que c'est ? s'exclame sa voisine qui s'en empare et le retourne afin de découvrir ce qui y est inscrit.

Comment vous décrire le regard qu'elle me lance ? Il dit tant de choses à la fois que j'en ai le tournis. J'y lis de la haine, de la pitié, une once de férocité. Je frémis parce que cette fille est flippante et je m'attends au pire. On dirait une lionne prête à fondre sur sa proie et je ne doute pas un instant que son attaque sera sanglante.

— C'est votre numéro ? demande-t-elle d'une voix tranchante que je perçois bien, malgré le vacarme ambiant.

— Non ! je me défends vivement.

— À d'autres ! éructe-t-elle. Vous croyez qu'avec le cul que vous vous trimballez, Connor pourrait s'intéresser à vous ?

Elle éclate de rire alors que le dénommé Connor pose la main sur sa cuisse gainée de soie noire.

Bizarrement ce geste familier m'écœure.

Mais elle continue.

— Quoi ? glapit-elle, se tournant vers lui, retirant rageusement la main de sa cuisse. Elle ne ressemble à rien, elle est énorme et elle croit qu'elle peut te refiler son numéro ?

— Deirdre ! rugit Connor. Mais qu'est-ce qui te prend à la fin ?

— Mais rien, mon chéri ! Je préviens simplement cette pauvre fille qu'elle perd son temps.

— Arrête ! assène-t-il.

OK, il prend ma défense. Mais la charge est lourde quand même. Se faire traiter comme une moins que rien devant un des plus beaux mecs que j'aie jamais vu, c'est…

Dédaigneuse, elle jette la serviette sur la table devant lui.

— Ouais comme tu veux ! crache-t-elle. Si tu as envie de te taper un thon, libre à toi, mais tu ne viendras pas pleurer quand tout le monde se foutra de ta gueule.

Il récupère le carré de papier et le lui fourre sous le nez.

— C'est le numéro de la nana là-bas, fait-il vivement en désignant la table autour de laquelle les deux amies, qui se bidonnent toujours, lèvent leur verre en guise de salut.

Elle les contemple d'un œil assassin, puis elle se penche vers Connor, posant une main parfaitement manucurée sur son bras.

— Oh !!! Désolée, mon chéri, minaude-t-elle. C'est vrai que tu as meilleur goût que ça. (Elle me jette un nouveau regard critique.) Au moins ces deux-là ne font pas honte à la gent féminine.

Et, sur ce, elle avale une longue gorgée de champagne avant de nous tourner le dos pour s'adresser au troisième occupant du canapé.

Je suis mortifiée et le fameux Connor n'a pas l'air en meilleur état. Il a posé son regard gris sur moi et cette fois-ci je m'y accroche. Je vois sa main s'approcher de moi. Je ne sais pas ce qu'il compte faire et je ne reste pas assez longtemps pour le savoir.

Je récupère mon plateau et je tourne les talons. Je n'ai qu'une envie, aller me cacher dans un trou de souris jusqu'à la fin de cette soirée merdique.

— Prends une pause ! m'ordonne Angus en me tendant une clope et mon blouson.

Je dois vraiment avoir une sale tête pour qu'il me propose de m'esquiver un moment, mais je ne me le fais pas dire deux fois. J'acquiesce, récupère le tout et me dirige vers la réserve. J'accède à la ruelle qui borde l'arrière du bar. C'est notre salle de repos, là où on vient en griller une dès que le service nous le permet.

J'enfile mon blouson, m'adosse au mur lépreux et allume la Lucky offerte par Angus. Elle va peut-être m'aider à me calmer, à ravaler les larmes qui menacent d'inonder mes joues.

Ça faisait longtemps qu'on ne m'avait pas attaquée de la sorte sur mon physique.

Je ne comprendrai jamais comment certaines personnes, qui se croient supérieures aux autres à cause de leur physique ou de leur position sociale, peuvent prendre plaisir à rabaisser ceux qui ne leur ressemblent pas. C'est un mystère.

Pourtant j'ai de l'entraînement… Je devrais être blindée. Je pensais vraiment l'être, je le croyais fermement, mais cette blondasse, en quelques minutes, vient de me prouver le contraire.

CHAPITRE 2

Je suis la benjamine d'une fratrie de trois filles et, pour mon malheur, je n'ai rien en commun avec mes deux aînées.

Je suis brune quand elles sont blondes, ronde alors qu'elles fileraient des complexes à Miss Monde en personne et mes yeux ne sont pas bleus mais marron.

Je ne leur ressemble en rien. À croire que nous n'avons pas les mêmes parents.

Ma mère est faite dans le même moule et ne se prive pas de me critiquer pour tout et n'importe quoi puisque je ne corresponds pas aux canons de beauté de la famille Westcomb. On m'a affublée d'un surnom dans la famille, « le vilain petit canard ». Sauf que lui, au moins, à la fin du conte, devient un cygne magnifique, ce que je ne serai jamais.

Et pourtant ma mère a tout essayé – enfin jusqu'à ce que je sois assez grande pour m'y opposer. Elle m'a privée de nourriture jusqu'à m'en rendre malade. Tous les régimes y sont passés. J'ai eu droit à des cures prétendues miracles, des massages drainant tous plus douloureux les uns que les autres. Elles ont même essayé un jour de me teindre les cheveux en blond, mais avec mon teint de brune et mes yeux chocolat, ça n'a pas eu l'effet escompté.

Rien n'y a fait. Le résultat n'était jamais satisfaisant. Alors plutôt que d'essayer de plaire à ma mère et à mes sœurs trop parfaites, je me suis barrée.

Si j'en bave pour joindre les deux bouts, au moins j'ai retrouvé ma tranquillité d'esprit et gagné une indépendance à laquelle je ne renoncerai plus, même pour tout l'or du monde.

Ma famille est ce qu'elle est, c'est un matriarcat depuis que mon père est parti alors que je n'avais que trois ans. Je n'ai qu'elles mais je les aime d'autant mieux qu'elles sont loin de moi.

Voilà pourquoi je suis à Londres. Et d'une, pour vivre ma vie comme je l'entends, loin de la déesse « Beauté parfaite », vénérée par ma mère et mes sœurs, et de deux, pour suivre les cours d'une des plus prestigieuses écoles de marketing du pays.

Je suis en dernière année. Après mon stage de deux mois, je passerai mon diplôme et ensuite je pourrai chercher du travail. Un taf qui me plaira et qui me permettra, enfin, de pouvoir gagner ma vie sans avoir à trimer tous les soirs, comme je le fais depuis trois ans.

Si je suis en train d'en griller une derrière le MacKintosh un vendredi soir à minuit, c'est que c'est le seul job compatible avec mes études. En plus ça paie bien !

Je bosse mes cours et vais à l'école le jour et je me transforme en barmaid six soirs par semaine de vingt heures à la fermeture. C'est difficile, je ne dors pas beaucoup mais mon salaire et les pourboires me permettent de payer mes cours, mon appart et de vivre décemment. Je n'ai donc pas à me plaindre, diraient certains.

Sauf ce soir !

Je sais pourtant que je suis plus forte que ça. Mais je suis crevée. J'ai bossé sur mon book toute la semaine car je dois le présenter lundi matin à mon nouveau patron. Le bar ayant fermé très tard tous les jours, je n'ai pas beaucoup dormi et je joue peut-être ma future carrière sur ce coup-là.

Je suis stressée, éreintée et je ne suis pas d'humeur à entendre les critiques d'un énième clone de mes sœurs et de ma mère ! J'enrage d'être si remuée par des propos que j'ai pourtant entendus toute ma vie.

— Aïe ! Mais c'est pas vrai ! je grogne, alors que je me crame avec le mégot de la clope que j'ai laissée se consumer entre mes doigts, trop absorbée par mes pensées.

Je n'ai même pas eu le temps de tirer dessus.

Poisse, quand tu nous tiens !

— Je peux vous en offrir une autre ?

— Aaaah !!! je hurle en sursautant. (Heureusement que je ne suis pas cardiaque.) Mais qu'est-ce que vous foutez là ?

Si le parking à côté du bar est plongé dans le noir, comme d'habitude – au grand dam de mon boss –, le lampadaire du coin de la rue éclaire suffisamment l'arrière-cour pour que je reconnaisse celui qui vient de me flanquer une trouille de tous les diables.

— Vous n'avez rien à faire ici ! j'assène, agacée qu'il ose envahir mon territoire.

Nom de Dieu ! Y a pas moyen d'être tranquille ! Quand je vous disais que cette soirée est vraiment pourrie !

— J'ai la permission de votre patron.

— Vous avez demandé à Angus la permission de venir fumer dans l'arrière-cour lugubre, alors que la terrasse devant le bar est couverte, largement éclairée et chauffée ?

Il sourit et secoue la tête.

— Non, il m'a seulement indiqué où vous trouver.

— Et que puis-je faire pour vous ? je demande, sarcastique. Vous voulez encore du champagne ? Un autre whisky ? Vous voulez que je glisse une petite serviette avec votre numéro de portable à la jolie rouquine ?

Je suis essoufflée mais je suis encore super en colère. Il n'a rien à faire ici. S'il est venu me donner le coup de grâce, il peut faire demi-tour, je suis déjà au trente-sixième dessous. Paolo dit que, pour se défendre, rien de mieux que l'attaque, alors je réfléchis quelques minutes et je m'apprête à lui balancer ses quatre vérités.

— Je suis là pour vous présenter mes excuses.

Eh ben non ! Je ravale les vacheries que j'allais lui balancer avec une petite pointe de regret.

— Vous n'avez pas à vous excuser.

— Elle n'avait pas à vous parler comme ça, objecte-t-il en me dévisageant.

— Si j'avais voulu remettre votre petite amie à sa place, je l'aurais fait. Je n'ai pas besoin d'aide.

— Ce n'est pas ma petite amie, rétorque-t-il.

— Hein ?

— Deirdre n'est pas ma petite amie, répète-t-il.

— Oh ! Ça me rassure, je ne la souhaiterais à personne, pas même à mon pire ennemi.

Imaginer un pauvre homme (non, en fait Connor seulement) affublé de cette teigne me fait frémir d'effroi.

Contre toute attente il éclate de rire. Puis son hilarité passée, il s'adosse au mur à côté de moi et m'offre une cigarette avant de s'en allumer une.

— Elle n'est pas toujours aussi venimeuse.

— Ça n'a pas d'importance, je le rassure.

Je n'ai pas envie de m'éterniser sur le sujet et absolument pas envie de parler d'elle. Surtout si c'est pour l'entendre prendre sa défense après ce qu'elle m'a balancé.

Alors, je reprends :

— Je bosse dans un bar. On y croise toutes sortes de personnes, on en entend des vertes et des pas mûres tous les soirs. Ça entre par une oreille et ça sort par l'autre, on oublie vite, alors ne vous en faites pas.

Il tire sur sa clope et me présente le briquet.

— Vous êtes très jolie, murmure-t-il.

La flamme s'est arrêtée à quelques centimètres de ma cigarette. Je me tourne vers lui, la clope coincée entre mes lèvres, toujours pas allumée.

— Pardon ?

— Vous êtes une très jolie fille, répète-t-il plus fort.

— Vous vous foutez de moi !

J'hallucine !

— Tenez ! Reprenez votre cigarette, je m'énerve en lui rendant la Marlboro qu'il m'avait offerte. De toute manière je me suis déjà trop attardée. Il y a du monde, comme vous avez pu le remarquer.

— Je ne veux pas vous faire fuir.

Ouais ben c'est raté, mon bonhomme ! Je crois que ce qui m'exaspère encore plus que les moqueries, c'est les compliments absolument pas sincères.

— OK, écoutez ! Votre copine m'a insultée, vous avez pris ma défense, vous vous êtes excusé alors que vous n'aviez pas à le faire et vous vous êtes même fendu d'un gentil compliment. Je vous remercie mais je dois retourner travailler et vous, vous devriez aller retrouver vos amis. J'espère que vous passerez une bonne fin de soirée.

Il me regarde, surpris mais amusé.

— Reprenez votre souffle, vous allez vous trouver mal, et je serai dans l'obligation de vous ranimer, plaisante-t-il.

— Ouais, plutôt mourir, je marmonne.

— Comment ?

— Non, rien ! je réponds, embarrassée d'avoir parlé plus fort que je ne le croyais.

— « Plutôt mourir » ! C'est ce que vous avez dit ? grogne-t-il.

— OK, désolée. C'était pas très gentil, mais je dois vraiment y aller.

Je sais ce que vous pensez : « Courage ! Fuyons ! » Et vous avez raison. Connor, malheureusement, s'est campé devant la porte, me coupant toute retraite.

— Ce serait si terrible que ça que je vous embrasse ? me demande-t-il le plus calmement du monde.

Quelle importance puisque ça n'arrivera jamais.

— Arrêtez de jouer et laissez-moi passer, je m'impatiente.

— D'accord !

— À la bonne heure !

— Un baiser et vous pourrez rentrer travailler.

— Mais c'est quoi votre problème ?

Je hurle et, si on m'entend à l'autre bout de la ville, je m'en fous royalement. Ce que ce mec est en train de faire me met hors de moi. Comme si un dieu vivant pouvait avoir envie d'embrasser une pauvre mortelle rondouillarde comme moi. C'est risible !

Il est la virilité incarnée. Cheveux noirs, longs et en bataille. Yeux gris ourlés de longs cils. Une bouche charnue. Une gueule d'ange sur un corps d'athlète, sanglé dans un costard noir haute couture. Et un mec comme ça voudrait coller ses lèvres admirables sur les miennes, tout à fait banales ? Si ce n'était pas aussi drôle, j'en pleurerais.

— Vous voulez quoi ? je reprends. Vous avez fait un pari avec votre amie ? Mille livres que vous alliez coller votre langue dans la bouche de la pauvre et moche petite barmaid ? Qu'elle allait se pâmer dans vos bras avant de se prendre un brutal retour sur terre en pleine face ?

Il a l'air pour le moins sidéré.

— Vous parlez toujours autant ? s'étonne-t-il.

— Quand je suis énervée, oui.

— Parce que je vous énerve ?

— Prodigieusement !

— Y a quand même quelque chose qui m'échappe, reprend-il.

— Quoi ? je grogne, excédée et pressée de mettre fin à cette conversation qui ne mène à rien.

— Pourquoi est-ce que je ne pourrais pas avoir envie de vous embrasser ?

Pour le coup, il a vraiment l'air surpris. Soit il joue très bien la comédie, soit il est sincère. Et à cette idée, je commence à sentir ma colère et mon ressentiment fondre comme neige au soleil.

C'est pathétique !

— Alors ? Répondez-moi. Pourquoi ne pourrais-je pas avoir envie de vous embrasser ?

— Vous vous êtes regardé dans un miroir récemment ?

— Euh, oui, ce matin, comme tous les matins.

— Et vous y avez vu quoi ? Un beau mec ?

— Ben euh…

— OK !!! Alors expliquez-moi comment ce mec magnifique venu faire la fête avec trois top models pourrait avoir envie de m'embrasser, moi ?

Muselez-moi, je vous en supplie !

— Je n'en sais rien, s'étonne-t-il.

Waouh, super ! C'est exactement ce qu'on a toutes envie d'entendre. Je veux coller mes lèvres sur les vôtres mais ne me demandez pas pourquoi !

— J'en ai envie, c'est tout.

Pfff !!!

— Je vois ce que c'est. On va arrêter l'expérience paranormale avant que ça ne dégénère, vous êtes d'accord ? Retournez dans votre monde et laissez-moi dans le mien. Maintenant si vous voulez bien vous écarter pour que je puisse passer.

— Vous êtes incroyable ! s'exclame-t-il.

— Connor, vos amis vont vous chercher et vous ne voudriez pas qu'ils vous trouvent ici, en ma compagnie.

Eh ouais, je l'ai appelé par son prénom. Il roule sur ma langue comme un bonbon merveilleusement sucré et acidulé et je me surprends à trouver ça très agréable. Mais je veux aussi qu'il arrête de jouer avec moi comme un chat avec une souris. La mise est trop élevée et je n'ai pas assez d'expérience pour jouer à ce niveau-là.

La porte s'ouvre derrière Connor. Il sursaute et manque de s'étaler, ce qui m'amuse beaucoup. Paolo vient à mon secours.

— Monsieur, vos amis vous demandent. Je leur ai dit que vous vous étiez retiré dans le bureau pour recevoir un appel important.

— Oh, merci.

— Je vous en prie.

Paolo, fine mouche, me fixe et fronce légèrement les sourcils. Sa façon de me demander si ça va.

Je lui fais un petit signe de tête avant qu'il disparaisse.

— Rentrez le premier, je suivrai d'ici dix minutes, je propose.

Connor s'apprête à franchir la porte quand il se retourne pour me faire face.

— Il n'y a aucun pari débile entre Deirdre et moi, ou avec qui que ce soit, d'ailleurs. Elle a été odieuse avec vous. Je ne veux pas que vous croyiez que je suis d'accord avec elle d'autant que tout ce qu'elle a dit est faux. Je vous trouve ravissante, tout en courbes harmonieuses. Vos yeux sont pailletés d'or, votre bouche appelle les baisers et, oui, j'ai vraiment très envie de vous embrasser, quoi que vous en pensiez.

Il reprend son souffle puis se rue à l'intérieur du bar.

Je ne sais pas comment je dois prendre ce qu'il vient de dire. Mots sincères ou tentative désespérée de rendre les paroles de Deirdre moins cruelles ?

C'est la première fois qu'un mec, qui n'est pas un de mes amis, me dit de telles choses. Bizarrement, ces mots plutôt gentils et flatteurs me font autant de mal que les critiques au vitriol que la fameuse Deirdre m'a jetées en pleine face. Il n'y a qu'une chose qui me réjouit, savoir qu'il n'est pas avec elle.

— Ça va, ma jolie ? me demande Paolo qui vient de me rejoindre à nouveau.

Son grand corps est encadré par la porte. Son beau visage aux traits harmonieux est empreint d'inquiétude.

— Oui, j'arrive.

Il secoue la tête, faisant voleter sa tignasse brune d'Italien.

— Non, pas la peine. Y a presque plus personne, Angus a dit que tu pouvais rentrer. On finira sans toi.

— Je suis désolée d'être partie si longtemps, dis-je, penaude.

— T'es crevée, rentre chez toi pour te reposer. N'oublie pas que tu dois être en forme demain.

— Tout à l'heure, tu veux dire, alors qu'une heure s'affiche sur l'écran de mon portable.

— Tu viens toujours hein ? Dix heures, c'est pas trop tôt, argumente-t-il. On se fait un bon p'tit-déj et on y va.

— J'ai pas envie de faire les boutiques, j'ai ce qu'il faut.

— T'as rien du tout. En plus c'est ton cadeau d'anniversaire, s'écrie-t-il.

— Mais c'est dans un mois et demi !

Comment lui faire comprendre que je ne veux pas me livrer à un après-midi shopping. Ça me met toujours de mauvaise humeur. Je ne trouve jamais rien, je me démène dans des cabines d'essayage comme une sardine à l'étroit dans sa boîte. Je prends conscience qu'avec quelques kilos en moins ce serait plus facile de m'habiller. Du coup je culpabilise, je sors sans rien acheter, je me précipite chez moi et je me venge en mangeant, et c'est un cycle sans fin.

— Ouais, mais tu as besoin de ton cadeau lundi matin. Après ce sera trop tard.

— T'es chiant, Paolo ! Je voulais dormir jusqu'à midi et revoir mon book une dernière fois avant de venir bosser.

— Eh bien tu feras tout ça dimanche, s'exclame-t-il.

Il m'énerve, faut toujours qu'il ait le dernier mot, mais Paolo et Tristan, son compagnon, sont mes meilleurs amis alors…

— OK, dix heures. Mais c'est bien parce que c'est vous, je précise.

— Tu en profiteras pour nous raconter tout ce qui vient de se passer dans cette ruelle sombre et intime.

— Ce n'est pas sombre et il n'y avait rien d'intime, je rectifie.

— Alors arrête de rougir comme une pivoine, s'amuse-t-il.

Le traître !

— Je te déteste !

— Oui, et moi je t'aime… déclare-t-il en m'envoyant un baiser du bout des doigts. À tout à l'heure, ma jolie !

— Ouais, c'est ça, je grogne.

Je rentre récupérer mon sac. Je ne passe pas par le bar. Je ne sais pas si Connor est encore là à picoler avec Miss Monde. Et je m'en fous après tout. J'ai sommeil et j'ai une très longue journée qui m'attend dans quelques heures.

CHAPITRE 3

— Attends ! Tu peux répéter ce qu'il t'a dit avant de partir ? s'écrie Tristan qui en lâche sa tartine.

Je la regarde s'écraser sur la table, retombant bien évidemment sur le côté confiture.

— C'est bon, tu as très bien entendu.

— Attends, mon chéri, il a dit…

— Paolo, je l'interromps en lui lançant mon regard le plus noir.

— Tu ne me fais pas peur, poupée… Puis se tournant vers son amant, il reprend : Il a déclaré qu'il la trouve jolie, qu'elle a des courbes harmonieuses, des yeux pailletés d'or et des lèvres faites pour être embrassées…

— Et tu l'as envoyé se faire voir ?

— Elle l'a fait ! confirme Paolo, résigné.

— Mina, t'as pas fait ça ?! réitère Tristan.

— Vous avez fini, oui !!!

— Ma puce, ce mec est beau comme un dieu et fou de toi !

— C'est n'importe quoi !

Pourquoi je leur ai raconté ce qui s'est passé ? Tout ce qui s'est passé et surtout ce qu'il m'a dit. Je dois avoir une tendance masochiste. Je savais qu'ils allaient me harceler mais pas qu'ils me lanceraient ce regard. Le regard qui dit : « La pauvre, elle l'a jeté, alors qu'elle n'aura sûrement jamais d'autre occasion d'être embrassée par un dieu vivant. »

— OK, on se calme. Mina, tu souffres d'un grand manque de confiance en toi, lâche-t-il doctement.

Non, sans blague !!! Merci, docteur Freud !!!

— C'est reparti !

— Laisse-moi finir, m'ordonne-t-il.

Il doit sentir que je suis à deux doigts de me barrer avec pertes et fracas.

— Bon, magne-toi alors.

— Je ne vois pas ce mec te dire ça sans avoir une bonne raison. Et la plus logique, c'est qu'il te trouve vraiment attirante.

— Mais vous avez fumé quoi ? Il s'est seulement montré gentil. Sa copine m'a insultée, il s'est dit : « Oh elle a été trop méchante, il faut que j'aille consoler la pauvre petite victime. Je vais lui dire quelques trucs gentils et hop, ce sera oublié. » C'est tout !

— Mina !

— Le problème, ma puce, reprend plus doucement Tristan (un peu moins Brutus que son compagnon), c'est que tu ne te vois pas telle que tu es. Ce Connor a tracé un portrait de toi très réaliste. Ça te dérange peut-être, mais je suis désolé de confirmer que ce mec n'est ni idiot ni aveugle.

— Tu te répètes.

C'est tout Tristan, le mec le plus fleur bleue que je connaisse. Aussi blond que son compagnon est brun. Il est très beau du haut de ses trente ans. Ses yeux bleus me couvent avec bienveillance, sa bouche magnifique me sourit, mais c'est Paolo qui poursuit :

— Oui peut-être, mais s'il n'y avait que ça.

— Quoi encore ?

— Ce n'est pas seulement pour pouvoir faire face à des mecs comme Connor que tu dois croire en toi. Tu es major de ta promotion, tu as un talent fou et on t'offre deux mois pour prouver de quoi tu es capable. C'est toi-même qui m'as dit qu'une opportunité comme celle-là ne s'obtenait pas facilement et qu'elle pouvait représenter un tremplin pour ta future carrière. Alors il va absolument falloir retrouver cette confiance qui te fait défaut.

Et tout commence par de jolies fringues qui mettront en valeur ce que tu as d'exceptionnel.

Tristan est aussi estomaqué que moi. D'habitude c'est lui qui tient ce genre de petit discours. Paolo est plus rentre-dedans, moins diplomate, ce qui entraîne souvent quelques prises de bec mémorables.

Pour le coup Tristan lui saute au cou et s'empare de ses lèvres.

— Hem ! Les mecs, y a des chambres pour ça, je râle.

Pour ma part, les paroles du bel Italien ne me donnent absolument pas envie de l'embrasser.

De toute manière je ne reverrai jamais Connor, donc pas besoin de faire des efforts de ce côté-là. Par contre je dois reconnaître (même si ça me fait mal) que ses arguments en ce qui concerne mon stage sont tombés en plein dans le mille.

Peu d'étudiants ont l'occasion d'effectuer un stage dans une agence de renom qui a déjà fait ses preuves. M. Mauris, riche homme d'affaires, est un des mécènes de l'école et il semblerait qu'il ait eu vent de mon parcours. C'est grâce à lui que je bénéficie de ce stage et je dois mettre toutes les chances de mon côté pour en faire une réussite et m'ouvrir ainsi de nouvelles portes après l'obtention de mon diplôme.

— Bon, maintenant que le sujet est clos, on peut aller le faire ce shopping ? lance Tristan qui dévore son conjoint des yeux.

Mes deux amis ont déjà récupéré leurs affaires et m'attendent à la porte.

Je n'ai plus le choix. Je dois me taire et suivre le mouvement. Paolo a raison, même si, je le rappelle, ça me bouffe qu'il me connaisse aussi bien.

J'ai eu beau retourner tous mes tiroirs, vider mon armoire, je n'ai rien trouvé de satisfaisant pour mon premier jour dans l'univers impitoyable de la com.

Mais j'ai peur… Je redoute les heures à venir, surtout quand je sais pertinemment qu'elles s'annoncent vaines. Je suis toujours en jean. Mes fringues sont confortables, souvent informes pour ne pas souligner mes rondeurs et ça me satisfait.

Toutefois je reconnais que, si je me pointe accoutrée comme ça au bureau lundi matin, personne ne me prendra au sérieux. L'univers professionnel que j'ai choisi n'est pas tendre avec les incompétents. Il faut bien présenter avant de pouvoir entrer dans le sérail, ensuite seulement je pourrai montrer ce dont je suis capable. Je connais mes capacités, j'adore ce que je fais, mes professeurs sont élogieux, mes notes excellentes, mais si je n'arrive pas à me faire ma place, je vais être dévorée tout cru.

J'ai du mal à croire qu'une jolie tenue pourra m'aider dans cette situation. J'ai même du mal à croire qu'une telle tenue existe alors que mes séances shopping se terminent toujours de la même façon. Espoir, déception et retour en trombe pour bouffer…

Mais j'ai promis…

— Alors, Miss, on y va ?

Je finis mon café. Je pense même, pendant quelques secondes, à simuler un malaise soudain ou une trop grande fatigue pour retarder l'inévitable, mais j'y renonce. Même s'ils doivent me traîner par les cheveux pour me faire grimper dans leur voiture, j'y aurai droit, ils m'achèteront mon cadeau. J'aurais seulement préféré qu'ils optent pour un bouquin ou un parfum, enfin quelque chose qui ne nécessite pas une longue séance enfermée dans une boîte, à moitié à poil.

J'enfouis tous mes a priori bien profondément et je monte dans la Mini jaune de mes deux amis tout guillerets.

Je me demande encore où ils vont m'emmener pour me torturer quand Tristan se gare dans la cour d'un bâtiment défraîchi. On dirait un vieil atelier abandonné qui n'a pas vu âme qui vive depuis une éternité.

— On est arrivés ? je demande, surprise de n'apercevoir aucune boutique autour de nous.

On est loin des rues commerçantes et je ne comprends absolument pas ce qu'on est venus faire dans ce lieu paumé et décrépit.

Aucun des deux ne prend le temps de me répondre et ça m'agace. Ils savent pourtant que ce n'est pas facile pour moi. Ma mauvaise humeur refait surface et je m'efforce de la juguler en suivant mes deux tortionnaires à l'intérieur du bâtiment.

L'endroit est nickel – première surprise. On s'attend à entrer dans une ruine et, contre toute attente, c'est tout le contraire. Les murs sont recouverts d'un joli ton chanvre clair mêlé à un orange lumineux. Il y a du bois au sol et des canapés de style oriental. On se croirait dans l'antre d'une princesse des *Mille et Une Nuits*.

Nous gravissons un escalier dont les marches craquent sous nos pieds et c'est encore un salon plus richement décoré qui s'offre à nous.

Il n'y a qu'une porte et, sur le battant peint en vieil or, une petite plaque.

Je m'approche pour lire les deux mots calligraphiés : « Miss Vivianne ».

Paolo frappe puis lance un regard amusé à Tristan. J'ai envie de leur crier que je suis là aussi, mais on dirait deux conspirateurs et, à cet instant précis, je les maudis.

Nous patientons quelques secondes puis la porte s'ouvre enfin.

Celui qui nous accueille est un magnifique métis aux yeux verts. Il est vraiment craquant et à mon avis très très homosexuel. Le regard qu'il lance à mes deux amis est chaud bouillant alors qu'il me jette à peine un coup d'œil.

— Bonjour, bienvenue chez Vivianne. Après vous, je vous en prie.

Il s'efface pour nous laisser passer, ce que nous nous empressons de faire.

— Veuillez patienter ici, elle va vous recevoir.

Là aussi il y a des canapés. On a quitté l'univers oriental pour un style baroque. Les couleurs sont chaudes avec des touches de vieil or. Il y a beaucoup de breloques, des tissus soyeux sur les murs et au plafond. Des lampes d'ambiance donnent à l'ensemble un côté précieux comme si nous venions de pénétrer dans un écrin qui abriterait le plus coûteux des joyaux.

Qui est Miss Viviane ? Une prêtresse de la mode ?

Je m'attends à voir débarquer une femme d'une cinquantaine d'années, drapée dans des étoffes chatoyantes, une choucroute blonde auréolant un visage peut-être beau mais certes un peu lourd.

Eh bien je me goure totalement et mes deux amis éclatent de rire devant ma mine déconfite.

Je suis debout au milieu du petit boudoir, bras croisés, l'air revêche, et je me retrouve face à une superbe jeune femme brune qui me dévisage avec malice.

Elle s'approche de moi et me tend une belle main fine, aux ongles vernis de couleur prune.

— Mina, je suppose ?

J'ai vraiment l'air maligne et les deux andouilles vautrées dans un des immenses canapés ne font rien pour me tirer d'embarras.

— Vous ne vous attendiez pas à ça, n'est-ce pas ? s'amuse-t-elle, sa main toujours tendue vers moi.

Elle ne se moque pas, contrairement à mes amis qui se bidonnent toujours. Elle essaie simplement de me mettre à l'aise. Je lui serre donc la main. Son salut est franc et chaleureux et je décide de lui dire la vérité.

— Non, j'avoue. Je pensais que vous étiez plus âgée, une sorte de diva de la mode, style Castafiore.

— Je vois, glousse-t-elle. Alors ils ne vous ont rien dit ?

— Non, ils s'en sont abstenus, je réponds en les dévisageant, peu amène.

— Vous n'êtes pas cool, les mecs, leur reproche-t-elle.

Puis après quelques secondes de réflexion :

— Eh bien vous allez être punis... Vous pourrez venir chercher Mina dans deux heures, elle sera prête.

— Quoi ! s'exclame Tristan. Tu nous fous dehors ?

— Oui ! On sera mieux entre filles, affirme Vivianne qui me jette un regard entendu.

Je le lui rends, complice. J'aime déjà cette nana. Je ne sais pas ce que je fous ici, qui elle est, à quelle sauce elle va me dévorer, mais je commence à l'apprécier.

Elle vient de moucher les deux traîtres qui me torturent depuis ce matin et, pour ça, elle a déjà acquis ma reconnaissance éternelle.

— Allez Viv ! Laisse-nous rester, la prie Paolo, tout penaud. On ne dira plus rien.

— Définitivement non les garçons ! À dans deux heures ! Conclut-elle avant de m'inviter à la suivre.

Ce que je fais. Je passe devant mes amis qui font la gueule, ce qui me réjouit au plus haut point. Je leur jette un petit regard triomphant. Ce n'est pas très sympa mais c'est trop bon.

Je n'ai d'yeux que pour Vivianne qui me fait pénétrer dans ce qui ressemble à un gigantesque dressing.

Les murs sont blancs. Adieu fanfreluches et décor surchargé. Il y a des portants dans tous les coins. Des étagères tapissent les murs et supportent chaussures et bottes de toutes les couleurs et de tous les styles. Il y a aussi des chapeaux, des bijoux, des sacs à main et une multitude d'autres accessoires en tout genre.

Je suis dans la caverne d'Ali Baba de la parfaite fashionista.

Mais c'est plus fort que moi, je reste sur mes gardes.

— Vous vous demandez à quelle sauce je vais vous manger, lance-t-elle malicieusement.

J'éclate de rire... On est synchro, c'est sûr. Je suis sous le charme. Cette femme semble savoir exactement quel est mon état d'esprit et elle le comprend.

— On commence ? demande-t-elle doucement.

Je hoche la tête et je la suis alors qu'elle se dirige vers une petite table entourée de deux fauteuils crapaud vert pomme. Elle m'invite à prendre place avant de s'asseoir et de nous servir le thé.

Nouvelle surprise, on ne commence pas par les essayages. On boit le thé comme deux vieilles copines et c'est déstabilisant.

— Alors d'après ce que m'a confié Tristan, lundi matin, vous entamez votre stage de fin d'études dans une grande agence de com ?

— Oui...

Je suis plutôt intimidée. Rien ne se passe comme je l'avais imaginé. Je sirote mon thé en jetant quelques coups d'œil inquiets autour de moi.

— Vous êtes tendue ?

J'acquiesce avec un pauvre sourire d'excuse.

Elle rit mais il n'y a aucune once de raillerie sur son visage.

— OK, alors nous allons mettre les choses au clair tout de suite, vous êtes d'accord ?

— Oui.

— Pour commencer vous ne trouverez ici aucune taille inférieure au 42. Il n'y aura pas d'autre cliente que vous pour les deux heures à venir. Vous n'aurez pas à vous contorsionner dans des cabines d'essayage étriquées et, pour finir, je vous promets que vous ressortirez d'ici avec tout ce qu'il vous faut pour votre premier grand rendez-vous professionnel.

Et je la crois.

— Écoutez-moi bien, Mina, on peut être ronde et attirante, vous ne croyez pas ?

Si je réponds non... je mens.

Pourquoi ?

Parce que Vivianne est l'exemple vivant de ce qu'elle vient d'affirmer.

Elle est un peu plus grande que moi. Je dirais un mètre soixante-quinze mais, comme moi, elle a un corps tout en rondeurs.

Par contre chez Vivianne tout est mis en valeur dans une jolie robe noire qui souligne sa belle poitrine et lui fait un cul d'enfer. Ajoutez à cela des escarpins rouge sang, une bague énorme en forme de coquelicot, un collier tout aussi imposant et vous avez Vivianne.

Elle est plantureuse mais bon Dieu qu'elle est belle.

— J'aimerais d'abord savoir ce que vous aimez porter… À part des jeans, s'amuse-t-elle.

— Des jeans, je réponds.

C'est vrai, je ne mets rien d'autre. Je n'ai ni robe ni jupe, rien que des jeans.

— Et vous seriez contre essayer autre chose ?… Une robe par exemple.

Je fais la moue.

J'avais seize ans quand ma mère m'a forcée à enfiler une robe, pour la dernière fois. Ce fut un vrai calvaire. J'avais l'impression d'être déguisée. Me sentant trop gauche, je suis restée assise toute la soirée alors que toutes mes amies s'amusaient. Je me suis promis, à ce moment-là, qu'on ne m'y reprendrait plus.

— Je vois. Eh bien nous allons y aller doucement… Il faut tout d'abord que vous soyez à votre aise lundi, je vous propose de ne pas trop innover. Nous allons garder le jean comme base de votre nouvel uniforme. Pour le reste on ne s'interdit rien, d'accord ?

— Je m'efforcerai de garder l'esprit ouvert, je promets, un peu ragaillardie par l'attitude plus que compréhensive de Vivianne.

Si je dois reprendre confiance en moi, ce ne peut être que grâce à elle, à ses rondeurs divinement mises en valeur et à sa gentillesse.

CHAPITRE 4

Je suis aux anges !

Je me contemple dans le miroir en pied, installé au milieu du showroom, et je n'en reviens pas. Cendrillon vient de rencontrer sa marraine la fée et elle s'appelle Vivianne.

Comme promis je n'ai dit non à rien. Je n'ai pas tout aimé mais ce que j'ai sur le dos m'a totalement conquise.

Je porte un jean coupe droite bleu foncé. Il est un peu long mais d'après Vivianne c'est une bonne chose. Et d'une, il allonge ma silhouette, et de deux, il me permet de porter de hauts talons. Ceux que j'ai choisis sont vert bouteille à bouts pointus.

Je vais devoir m'entraîner à marcher avec. J'aurai sûrement très mal aux pieds. Au pire des cas je me péterai une cheville et j'irai au boulot avec des béquilles, mais ils sont magnifiques.

La blouse que Vivianne m'a proposée est en guipure. Elle est bleu pétrole. Enfin, la veste est en cuir marron ; cintrée, elle dessine mon buste en insistant sur ma taille que, par chance, j'ai fine.

C'est bien moi mais en plus sophistiquée. Je ne me sens pas déguisée, c'est tout bonnement miraculeux. Brice, le beau métis qui nous a accueillis tout à l'heure, a également contribué à ma métamorphose. C'est lui qui a donné la touche finale à ma transformation en me coiffant et en me maquillant légèrement.

Non, vraiment, je n'en reviens pas !

Je me souris. Oui, définitivement ça aide d'être bien habillée et de se sentir jolie. J'ai l'impression d'être la reine du monde et j'exagère à peine.

— Verdict ? s'inquiète Vivianne qui s'est glissée à côté de moi.

Comme elle, je suis ronde et, comme elle, mes courbes sont mises en valeur. Dévoilées mais jolies. Je n'aurais jamais cru qu'un truc pareil puisse être possible. Ma mère s'est évertuée à me transformer et ça n'a jamais fonctionné. Maintenant je sais pourquoi. Elle essayait de faire de moi ce que je n'étais pas et que je ne serai jamais. Un clone de mes frangines !

Vivianne a fait tout le contraire. Elle a respecté ce que je suis. Elle s'est contentée de mettre en valeur ce que j'ai de bien sans essayer de le cacher ou de le transformer.

— Ma fée Vivianne, je murmure.

Je lui saisis la main. J'ai bêtement envie de pleurer. Je suis rattrapée par les souvenirs et tout ce gâchis. Si seulement ma mère avait su voir en moi. Si seulement elle avait appris à me connaître, à me guider, à m'apprendre à m'aimer comme je suis. Si seulement elle m'avait respectée.

— Tu es vraiment très jolie, Mina, m'assure Vivianne. Ne laisse personne te dire le contraire. Certains ou certaines te trouveront trop grosse, trop intelligente. D'autres encore critiqueront ton nez, la couleur de tes yeux, ta bouche. On ne peut pas plaire à tout le monde alors n'essaie pas. C'est pour toi que tu fais tout ça et, si tu te trouves belle, c'est le plus important.

Cette fois je pleure vraiment.

Je lui ai raconté l'épisode de la veille. Je n'ai rien dit concernant Connor mais je lui ai parlé de l'abominable Deirdre.

Elle a ri et, à son tour, m'a confié quelques souvenirs. Elle aussi ne s'aimait pas, dissimulant ses formes sous des couches de vêtements informes. Mais pour elle, la prise de conscience a été plus précoce. Alors qu'elle n'avait que quinze ans, sa grand-mère a décidé de lui montrer qu'on peut être ronde et épanouie. Vivianne m'a avoué avoir changé du tout au tout en quelques mois. Elle a tellement aimé cette expérience qu'elle a décidé de se mettre au service de toutes celles qui, comme elle, voulaient garder leurs rondeurs et les mettre en valeur.

— Ne pleure pas, Mina, m'implore-t-elle en me serrant dans ses bras.

Je lui rends son étreinte.

C'est si douloureux.

Vivianne a eu de la chance. J'aurais aimé que ma mère fasse pour moi ce que sa grand-mère a fait pour elle. J'ai perdu un temps infini. Si au lieu de me critiquer constamment, annihilant le peu de confiance que j'avais en moi, elle m'avait poussée à me révéler, je n'en serais pas là… À quémander des conseils et du soutien à quelqu'un que je ne connaissais pas il y a deux heures à peine.

Mais après tout, il y a au moins deux points positifs dans tout ça. D'abord, le vilain petit canard est devenu un vrai cygne, et toc ! Enfin, et c'est le cadeau le plus précieux, Vivianne et moi, nous nous sommes rencontrées. On a beaucoup ri, on a beaucoup parlé et comme on a décidé de se revoir très vite, on a fini par se tutoyer. J'ai une nouvelle amie.

— Je crois qu'il est temps qu'on fasse entrer nos deux zigotos, non ?

— Ils vont en faire une jaunisse…

Nous rions. Elle m'aide à effacer les traces laissées par mes larmes et va les chercher. J'appréhende quand même un peu leur réaction.

Je n'aurais pas dû.

Ils se précipitent à mon côté et me contemplent de haut en bas, me faisant tourner sur moi-même à plusieurs reprises.

— Alors vous êtes devenus muets ? les titille Vivianne, très contente d'elle.

— Non ! répondent-ils en chœur sans me lâcher des yeux.

— C'est elle… commence Tristan.

— Qui veux-tu que ce soit, idiot ? le coupe Paolo.

— Non, je veux dire, c'est bien elle. Vivianne, c'est génial !

— Merci, les garçons ! Mais tout le mérite en revient à Mina. C'est elle qui magnifie ce qu'elle porte, ce n'est pas le contraire.

— Ça déchire, ma puce ! me lance Tristan, mais il te faut encore quelques petites choses et on pourra te ramener chez toi.

— Quelles petites choses ? je demande, inquiète.

— Vivianne, il lui faut quelques petits hauts pour agrémenter ses jeans.

— J'ai ce qu'il faut ! s'écrie-t-elle alors qu'elle disparaît derrière un des portants.

C'est vraiment une sacrée nana ! Elle nous apporte trois tops que je reconnais immédiatement.

J'ai longuement hésité avant de choisir la blouse en guipure que je porte. Le choix a été cornélien.

Le premier cintre que ma nouvelle amie tend à Tristan présente une blouse fluide bleu pétrole qui dévoile les épaules. Le deuxième haut examiné par Paolo est une tunique noire en dentelle, et enfin le dernier est une autre blouse brodée de perles et de brillants dans un camaïeu du rose au prune très seyant et habillé.

— On prend tout ! s'écrie Paolo.

— Mais vous êtes dingues ! j'objecte vivement. Vivianne, tu peux nous excuser un instant ?

— Bien sûr.

J'attends qu'elle se soit éloignée.

— Mais vous êtes complètement barrés, je siffle. Y en a pour une fortune.

— Et alors ?

— Et alors ?! Y a une grosse différence entre m'offrir un cadeau, cette tunique par exemple (je montre celle que je porte) et refaire ma garde-robe.

— Mais on est incapables de choisir. Tout te va !

— Non !

— Si !

— Écoute, on va conclure un deal. Considère la veste comme ton cadeau.

— Mais c'est la pièce la plus chère, je conteste.

— T'es chiante bon sang ! Ferme-la et écoute. La veste est donc ton cadeau d'anniversaire. Pour le reste, vois ça comme notre investissement dans le projet Mina Westcomb, grande passionaria de la communication et du marketing de haut vol. Si ça marche tu nous rembourseras. Et comme tu vas finir par te faire énormément d'argent on pourra même te demander des intérêts.

— Mais ça peut prendre des lustres !

— Alors, aie confiance en toi, accepte notre proposition et déchire tout ! conclut Paolo.

Mais pourquoi ont-ils toujours le dernier mot ?

— Vous aussi, vous êtes mes bonnes fées.

Et je me jette dans leurs bras. Enfin non, je m'y effondre. J'ai légèrement oublié que je suis perchée sur des talons de dix centimètres.

Ils s'esclaffent et me remettent d'aplomb.

— Ouais, je sais : c'est pas encore gagné.

— T'es splendide !

— Faut que tu t'habilles comme ça ce soir, assène Paolo.

— C'est sûr ! je m'écrie. Je vais passer tout le service en équilibre sur ces engins de l'enfer. J'aurai les pieds en compote demain. Sans oublier que je risque de me rompre le cou.

— Je te le concède. Mais à partir d'aujourd'hui tu feras plus attention à toi. Et ça, chaque fois que tu sortiras de chez toi.

— Mouais.

— Promets-le ! m'ordonne Paolo.

— Je le ferai, je lâche, excédée.

— Non ! Tu le promets, insiste Tristan.

— D'accord, promis, juré, craché.

— Tope-là !

J'obéis. Je promets que je volerai quelques heures à mon emploi du temps surchargé pour m'occuper de moi. Je promets aussi de me maquiller davantage, de mettre quelques bijoux, enfin de tout faire pour affirmer ma féminité retrouvée.

Pendant que je me rhabille, les garçons font emballer tout ce que nous avons choisi. Ils sont dingues. Ça représente plus d'un mois de salaire mais ils ont balayé toutes mes objections d'un simple revers de la main et d'un bisou.

J'ai les meilleurs amis du monde.

Je bénis le jour où j'ai rencontré Paolo. C'était au boulot. C'est lui qui m'a accueillie quand j'ai pris mon service pour la première fois. Il est mon aîné de dix-huit ans mais je crois que nous avons eu un véritable coup de foudre amical, malgré notre différence d'âge. À la fin de la semaine on était inséparables, puis j'ai rencontré Tristan et, là aussi, la mayonnaise a pris au-delà de toutes mes espérances.

Je les aime plus que ma famille. Bon d'accord ce n'est pas très difficile. Ils peuvent être affreusement agaçants mais ils m'adorent. Ils m'ont acceptée telle que je suis, n'ont jamais essayé de faire de moi une autre personne. Et ils me bottent les fesses quand je déconne et je crois que c'est ça le vrai amour.

Alors je ne me plains plus. Vaille que vaille, je ferai tout pour tenir ma promesse, et comme ils le disent si bien, je vais tout déchirer !

CHAPITRE 5

Je suis complètement crevée !

Même si mon après-midi shopping s'est révélé un franc succès, je suis vidée. Les garçons ayant encore quelques courses à faire avant de me ramener, je n'ai eu que très peu de temps pour me poser avant d'aller au boulot.

On est samedi soir et, comme tous les week-ends, le bar est bondé.

Paolo et Ronald virevoltent entre les tables pour les débarrasser et prendre de nouvelles commandes avant de les servir.

Les clients ne sont pas les mêmes qu'en semaine. Adieu les costards-cravates des hommes d'affaires venus prendre un peu de bon temps ou discuter après une longue journée.

Le samedi, tous ne pensent qu'à s'amuser, à boire, à parler de tout et de rien. D'autres cherchent de la compagnie pour terminer la nuit plus agréablement. Le samedi soir, c'est chaud mais c'est aussi plus décontracté.

Je n'ai pas arrêté une minute, servant à tour de bras, bières, whiskies et cocktails de toutes sortes.

Plus que quelques heures et je pourrai profiter d'un long sommeil bien mérité.

Je repense à ma longue journée, riche en surprises et chargée d'émotions. Je rajuste la petite blouse bleue acquise chez Vivianne. Elle est à tomber. Je n'ai pas l'habitude de dévoiler mes épaules mais ça fait son effet. Certains habitués m'ont regardée différemment et ce que j'ai lu dans leurs yeux m'a plu. Un mélange de surprise et d'admiration.

Comme promis, j'ai pris de longues minutes pour me préparer.

J'ai laissé de côté la tenue que je mettrai lundi. Pour servir les clients derrière le comptoir, pas besoin d'être sur son trente-et-un. Mais j'ai fait plus d'efforts que d'habitude. Un jean, la petite blouse et une paire de sandales plus pratiques que les talons aiguilles pour servir à boire toute la nuit. Je me suis maquillée. Enfin, pour cette fois, je me suis contentée de rafraîchir un petit peu ce que Brice avait très bien fait au préalable. J'ai un joli collier autour du cou et une grosse bague en résine végétale bleu turquoise à mon annulaire gauche.

Il n'y a que mes cheveux auxquels je n'ai pas touché. J'ai jugé que ça ferait l'affaire, faut quand même pas exagérer.

Paolo m'a accueillie avec un grand sourire et une flopée de compliments. Je passe sur le fait qu'il avait l'air soulagé. Je crois qu'il a eu peur que je jette ma promesse aux orties. J'aime le peu de confiance qu'il a en moi. Comme si je pouvais revenir sur ma parole après tout ce qu'ils ont fait pour moi.

Je ne parle même pas de Vivianne. Une magnifique rencontre avec une belle personne. Il me tarde qu'on se revoie, le plus tôt possible. D'ailleurs c'est elle qui m'a offert les bijoux que je porte. On a vécu les mêmes choses, elle connaît ce que je ressens parce qu'elle l'a ressenti aussi à un moment de sa vie. Elle sait ce que c'est que de ne pas être dans la norme, mais au moins maintenant et grâce à elle, je peux en tirer profit.

Je lui ai dit combien je lui étais reconnaissante de m'avoir aidée. Elle a haussé ses jolies épaules avec un sourire, et m'a affirmé qu'elle n'en avait pas fini avec moi.

J'ai écarquillé les yeux, faisant semblant de paniquer en frémissant, et elle s'est esclaffée.

— Tu rêves ?

C'est Angus qui réapprovisionne le bar.

— Ouais, désolée.

— T'as eu une longue journée d'après Paolo.

J'écarte les bras pour lui montrer le résultat.

— Je vois… Mais ça en valait la peine, non ? suggère-t-il timidement.

— Carrément ! je m'écrie.

— T'es canon, p'tiote, et le mec là-bas te dévore des yeux. Mais je ne sais pas si c'est parce qu'il te trouve très jolie ou seulement parce qu'il est sur le point de mourir de soif.

Je me retourne et je découvre qu'Angus a raison.

— Merde, désolée, Angus. Y a tellement de monde que je ne l'avais pas remarqué.

— Arrête de t'excuser, beauté. D'ailleurs vu le sourire qu'il affiche, je ne crois pas qu'il t'en tienne rigueur.

Angus me charrie et il m'a appelée « beauté » – et c'est la première fois en trois ans. C'est à marquer d'une croix rouge sur le calendrier.

Je longe le comptoir pour me diriger vers mon nouveau client qui m'accueille avec un sourire éclatant. Il est vraiment charmant, et moi un peu chamboulée.

— Je suis désolée, je m'excuse en arrivant devant lui.

Je donne machinalement un coup de torchon sur le bar et j'essaie de retrouver une attitude professionnelle.

— Que désirez-vous boire ? je lui demande.

— Un whisky mais je n'y connais pas grand-chose. Qu'est-ce que vous me conseillez ?

La question piège.

Je bois rarement des alcools forts et je déteste le whisky. J'essaie d'extraire les quelques infos sur le sujet que j'ai glanées au fil des ans, mais elles sont minces. Angus aime le whisky et il en a toute une collection alignée sur les étagères.

— Single malt ou blended ?

Alors que mon client réfléchit en contemplant les dizaines de bouteilles derrière moi, je le regarde plus attentivement. Il est vraiment craquant. Il a un visage avenant. Ses yeux sont verts et ses cheveux blonds savamment ébouriffés. Ouais, c'est un très beau mec dans le style surfeur.

— En fait je ne sais pas trop, lâche-t-il.

— D'accord, je vais vous servir un Scapa, c'est un single malt plutôt iodé, s'il ne vous plaît pas, il est pour moi.

— Je vous fais confiance…

Comment lui dire qu'il ne devrait pas ? Je lui propose ce whisky parce que c'est à peu près le seul que je connaisse mais j'espère ne pas me tromper avec le Scapa. Tous ceux qui y ont trempé les lèvres l'ont apprécié. Et si ce n'est pas son cas, je lui envoie Angus qui saura le conseiller mieux que moi.

En attendant, je pose sa boisson devant lui et j'attends le verdict.

Il en prend une gorgée, la savoure quelques instants, la fait rouler sur sa langue et repose son verre.

— Excellent, s'écrie-t-il.

— À la bonne heure ! je lance avant de me diriger vers Paolo qui me passe une nouvelle commande.

— T'as fait une touche, ma puce ? me demande-t-il doucement en jetant un œil vers le beau blond.

Je lui souris mais je ne réponds pas. Moi, faire une touche ?!

Mais mon client m'interpelle une nouvelle fois et là je l'entends – Paolo aussi d'ailleurs qui me jette un clin d'œil, l'air de dire : « Je te l'avais bien dit ! »

Je me tourne vers mon beau surfeur qui me montre son verre vide. Il semble penaud et je ne peux pas m'empêcher de pouffer de rire.

Une vraie débile, je vous jure !

Son visage s'illumine quand j'approche. (Sensation bizarre.)

— Il vous a vraiment plu alors ?

— Oui, beaucoup.

— Vous en voulez un autre ?

— S'il vous plaît.

— C'est parti !

Je prends son verre et lui verse une nouvelle dose de Scapa.

— Vous m'accompagnez ? Je vous offre quelque chose ? propose-t-il timidement.

Ce serait une bonne idée, je meurs de soif et, avec l'affluence de la soirée, je n'ai eu le temps de boire que de l'eau. Je vérifie quand même qu'aucun nouveau client ne m'attend au bar. Heureusement c'est bientôt la fermeture, il y a moins de monde et Angus est là. D'un petit signe de tête convenu, il me fait comprendre qu'il gère.

Je me retourne donc vers mon amateur de whisky et suis surprise de voir sa main tendue vers moi, un sourire engageant affiché sur son beau visage.

— James Buckanon, se présente-t-il.

— Mina Westcomb, je réponds sans hésiter en prenant sa grande main dans la mienne.

— Enchanté, Mina, s'exclame-t-il. Alors un Scapa pour moi, et pour vous ce sera ?

— Un Perrier citron.

— Mina... (Il fait la moue, fort joliment, je dois dire.) Vous n'allez pas trinquer avec moi avec un Perrier citron. Il vous faut au moins un cocktail.

— Je bosse...

C'est une excuse à la con, je sais !

— Une piña colada par exemple.

— C'est mon préféré ! je lance, le savourant par avance.

— Cool, alors un Scapa et une piña colada pour la très jolie barmaid.

Je suis tellement surprise d'entendre ces mots dans sa bouche que je marque un temps d'arrêt. Ce que mon client remarque.

— Quelque chose ne va pas, belle Mina ?

Je suis toute rouge, j'en suis sûre ! Je fais demi-tour et vais préparer mon verre. Ces quelques mots me procurent énormément de plaisir. Le mec est sublime, il n'a pas l'air bourré, je prends donc son compliment pour ce qu'il est et je le laisse agir sur moi comme un baume bienfaisant.

Je croise le regard guilleret de Paolo qui a remarqué mes joues colorées et je lui envoie un baiser du bout des doigts.

C'est grâce à lui, à Tristan et à Vivianne si je peux vivre ce joli moment.

Un beau mec me trouve mignonne, moi, Mina. Il m'offre un verre.

J'en fais peut-être des tonnes mais mon ego rayonne et ma confiance en moi est au beau fixe.

Je rejoins James, un peu calmée, et je trinque avec lui avant de profiter enfin de mon cocktail.

— Vous travaillez ici depuis longtemps ? me demande-t-il.

Je ne l'avais pas remarqué avant mais ce qu'il dit est paré d'un accent qui n'a rien de britannique.

— Vous n'êtes pas anglais ?

— Oh là ! C'est si visible que ça ? s'inquiète James.

Je glousse. Il est vraiment charmant quand ses joues se colorent légèrement.

— Non ! je m'amuse. Votre accent vous a trahi. Vous êtes américain ?

— Bien joué, mademoiselle, Je suis de Boston. Mais vous alors ?

— Vous vouliez savoir depuis combien de temps je travaille ici ?

— C'est bien ça !

Il est si… Je savoure cet instant comme je savoure mon cocktail sucré et entêtant.

— Depuis trois ans.

— Ça a l'air de vous plaire.

— Oui, beaucoup, l'endroit est vraiment sympa et…

— On y rencontre des gens charmants ? suggère-t-il, espiègle.

— Absolument, je confirme.

— Parfait. Je savais que ce séjour allait être une réussite, s'exclame-t-il, enthousiaste.

— Vous restez longtemps à Londres ?

Quoi !!! Y a pas de mal à se renseigner.

— Un mois, plus ou moins.

— Pour affaires ?

Quoi encore ? Oui, je suis un peu trop curieuse… Et alors ?

— Pas tout à fait. Je suis à Londres pour préparer mon déménagement.

— Vous vous installez ici ?

— Oui. Je suis venu retrouver un ami qui doit m'aider à dénicher un logement et des bureaux pour ma société.

— Vous êtes dans quelle branche ?

— L'édition.

— Oh cool !

— D'ailleurs mon ami devait me rejoindre ici mais je ne sais pas ce qu'il fait.

Il jette un rapide coup d'œil vers la porte d'entrée puis autour de lui avant de se focaliser à nouveau sur moi.

— Passons… Il est en retard, mais je ne me plains pas, je suis en très bonne compagnie.

Je le gratifie d'une petite révérence. Je trouve ce badinage exquis et je le savoure.

— Vous désirez un autre whisky pour patienter ? C'est pour moi.

— D'accord mais vous reprenez quelque chose – c'est pour moi.

— C'est gentil, mais je n'ai pas fini mon service.

— Et j'ai déjà trop abusé de votre temps ?

— Oh non ! je le rassure. Simplement je n'ai pas l'habitude de boire et j'ai encore pas mal de boulot.

— Compris, répond-il désolé. Mais on pourrait peut-être prendre un verre une autre fois et dans un autre endroit ?

Je reste sans voix. Vient-il vraiment de me proposer un rencard ? Ou est-ce que, perchée sur mon petit nuage post-métamorphose, je me fais un film ?

— Alors, ça vous tente ? insiste-t-il, fébrile.

— Je bosse tous les soirs.

— Vous n'avez pas de jour de repos ? s'étonne-t-il.

— Si ! je me récrie.

— Quand ?

— Le dimanche.

— Cool, alors je vous invite demain soir. On m'a parlé d'un petit club de jazz sympa où l'ambiance fait très Années folles, ça vous dit ?

J'ai de très bonnes raisons pour refuser. J'ai une tonne de trucs à faire demain… Dormir, revoir une dernière fois mon book, m'entraîner à marcher sur mes échasses vertes… Mais cette invitation est trop tentante. Ce sera un bon dérivatif au stress qui me hantera à la veille de mon stage.

— J'accepte !

— C'est cool, jolie Mina… se réjouit-il. Ça va être sympa, donnez-moi votre adresse et je passe vous chercher demain vers dix-neuf heures, ça vous va ?

J'acquiesce et rejoins la caisse pour inscrire mon adresse et mon numéro de portable sur un Post-it rose.

Je n'arrive pas à croire que je fais ça.

Je ne suis jamais sortie avec un client du bar. D'ailleurs je ne suis pas sortie avec grand monde, tout court. J'ai eu quelques petits amis. Certaines relations sont restées platoniques, d'autres ont été tièdes mais je n'ai jamais ressenti le grand frisson, l'extase dont tout le monde parle.

On m'a embrassée, caressée, mais je ne suis jamais allée plus loin. Je n'avais pas le temps, ni l'envie d'ailleurs. Trop complexée par mon corps, je n'ai jamais couché avec un garçon et mon expérience est donc assez limitée.

Par conséquent, noircir un petit rectangle de papier rose est, pour moi, une grande première.

C'est la journée des révélations et c'est jouissif !

Je me retourne pour rejoindre James et je suis pétrifiée. J'avais oublié que c'était aussi la journée des surprises. Son ami l'a finalement rejoint et ils sont en grande conversation. Et cet ami n'est autre que le trop beau Connor que je pensais ne jamais revoir.

CHAPITRE 6

Il ne manquait plus que lui…

Tout à coup l'idée de donner mon adresse à James devant Connor me répugne. Je n'ai pas le temps de tergiverser davantage, James relève les yeux et m'aperçoit.

— Mina ! me hèle-t-il.

Seigneur ayez pitié !

Je rejoins le bout du bar à reculons. Connor relève la tête pour voir qui son ami vient d'interpeller.

— Mina, je voudrais vous présenter un de mes meilleurs amis, Connor, commence-t-il en se tournant vers son voisin. Connor, je te présente Mina, qui m'a fait passer un très agréable moment en t'attendant.

Connor pose ses yeux sur moi et prend quelques secondes pour me détailler avant de hocher la tête pour me saluer. Il fait comme s'il me rencontrait pour la première fois et je laisse faire.

— Deux Scapa, Mina, s'il vous plaît, me demande-t-il.

Je m'éloigne quand…

— Mina, n'oubliez pas de me laisser votre adresse pour demain.

Si seulement il avait pu se taire, bon sang ! Connor nous regarde l'un et l'autre puis se focalise sur James qu'il dévisage, surpris.

— Pourquoi veux-tu son adresse ?

La colère a remplacé l'étonnement et sa question est un peu cassante. J'aimerais rester là pour entendre la réponse de James mais je m'éloigne, vaquant à mes occupations.

Ce dernier n'a pas l'air affolé du ton adopté par son ami.

J'apporte les deux verres. Je pose le Post-it à côté de celui de James qui me sourit chaleureusement et je les laisse à nouveau.

Je commence à ranger en prévision de la fermeture qui ne saurait tarder. J'ai senti plusieurs fois le regard de Connor sur moi. J'aimerais vraiment savoir ce qu'il pense mais il ne laisse rien transparaître. Je ne m'y attarde pas. Je ne sais même pas pourquoi les états d'âme de Connor m'intéressent tellement.

J'ai rendez-vous le lendemain soir avec un beau mec, gentil et drôle, et ce n'est pas la mine renfrognée de Connor qui va gâcher mon plaisir.

Mais… je n'arrive pas à oublier que lui le premier a parlé de m'embrasser, même s'il n'a pas pu m'expliquer pourquoi et même si je l'ai rembarré.

Il est plus grand et plus musclé que James. Il fait mauvais garçon avec ses cheveux mi-longs noirs et ses yeux gris qu'il braque sur moi à tout instant. Je ne vous cache pas que ses regards me font un certain effet. Mes hormones rarement sollicitées sont au garde-à-vous mais ce qui s'est passé hier soir, le contexte de notre discussion, me laisse méfiante et pas tout à fait rassurée sur ses intentions.

— Mina !

Encore une fois je réponds à l'appel de James. Je laisserais bien Angus s'en charger mais il est occupé.

— Vous voulez autre chose ? je demande, me concentrant sur le sourire pétillant de l'Américain.

— Non, ma belle, je veux simplement vous payer ce que je vous dois.

— Oh, je vous apporte la note tout de suite.

Je m'exécute.

Quand je reviens, James a disparu et Connor s'empare du ticket avant de laisser quelques billets sur le comptoir.

— Gardez la monnaie, lâche-t-il en me toisant.

Mon « merci » est timide.

— Alors vous vous appelez Mina ? siffle-t-il. J'aurais aimé vous embrasser et je ne sais même pas votre prénom. Il semblerait que James s'y soit mieux pris que moi puisque vous avez accepté de sortir avec lui…

Il a l'air fâché et amer, et ça m'agace. Pourquoi réagit-il ainsi ?

— Je suis déçu, Mina, m'assène-t-il brutalement.

Ben voyons !

— Je n'ai rien fait pour vous décevoir, je rétorque.

— Si, affirme-t-il un peu trop violemment à mon goût.

— Vous dites n'importe quoi, je m'agace. Je ne vous dois rien bon sang ! James est gentil et il m'a invitée. Je ne vois pas pourquoi j'aurais dû refuser.

— Vous ne m'accordez aucun crédit quand je vous affirme que vous êtes jolie – et ce soir vous êtes éblouissante. L'idée que je vous embrasse vous répugne et vous acceptez de sortir avec James. Pourquoi, Mina ?

Il me désarçonne complètement parce qu'il a l'air sincère. Mais bon sang qu'est-ce qu'il veut ? Que puis-je lui répondre ? Que James a fait ce qu'il n'a pas fait, lui ? Eh bien tant pis…

— Parce qu'il me l'a demandé, je lâche.

Il semble choqué mais James revient. Il récupère sa veste, me lance un « à demain » rayonnant et ils partent.

Avant de passer la porte, Connor me jette un regard dont je ne me remets pas. On aurait dit qu'il me lançait un défi, comme s'il voulait me signifier qu'on n'en avait pas encore fini tous les deux. J'en frissonne encore alors que je vide la caisse pour compter la recette.

— À quoi tu penses, ma puce ? me demande Paolo, me tirant de mes réflexions.

— Elle pense à son rencard de demain, s'esclaffe Angus.

Paolo regarde notre boss puis moi, stupéfait, ses lèvres formant un très joli « O » de surprise.

— T'as rendez-vous ?

Le ton sur lequel il me le demande me hérisse le poil. C'est à quelque chose près celui de Connor quand il a demandé à James pourquoi il voulait mon adresse. Comme si cette idée était vraiment saugrenue.

— Quoi ?! je m'écrie. C'est si étonnant que ça ?

— Eh ! Tout doux ma belle, se défend Paolo. Ce n'est pas ça !

— Alors quoi ? Y en a marre à la fin ! Vous faites la paire, Connor et toi, pour être vexants.

— Hein ! Connor ? Mais qu'est-ce qu'il vient foutre là, lui ?

Oh et puis crotte ! Je n'ai pas envie de me lancer dans des explications qui n'en finiront pas.

Je veux seulement rentrer me coucher.

— Salut, les mecs ! je lance avant de prendre la poudre d'escampette.

— Mina ! Reviens !

Paolo hurle.

C'est bon, j'ai ma dose ! Heureusement qu'il est bloqué au bar sinon il serait capable de me suivre jusqu'à chez moi, pour avoir le fin mot de l'histoire. Mais ça veut dire aussi que mon dimanche ne sera pas de tout repos. Les connaissant, Tristan et lui, je suis sûre qu'ils ne me laisseront pas tranquille tant qu'ils n'auront pas ce qu'ils veulent. Je décide donc de rajouter une ligne à la liste de ce que je dois faire dès que je serai levée : « les appeler avant qu'ils fassent de ma journée un enfer ».

CHAPITRE 7

Je n'aurais pas dû appeler les garçons. Malheureusement je n'ai pas pu faire autrement. Mon téléphone allait imploser, saturé de messages de leur part – et je ne parle même pas de la flopée de SMS. J'ai failli tous les effacer d'un coup mais parmi eux il y avait un numéro que je ne connaissais pas. C'est le seul SMS que j'ai regardé, sachant très bien ce que contenaient tous les autres.

« Merci encore de m'avoir tenu compagnie, jolie Mina. C'était vraiment très agréable. À demain. James. »

J'ai rougi en le lisant et mon cœur s'est mis à battre un peu plus vite.

Bien sûr je l'ai lu aux mecs qui étaient super contents pour moi. Comme je m'y attendais, Paolo avait déjà tout balancé à sa moitié et ils m'ont abreuvée d'un monceau de conseils. Je ne leur ai pas parlé de Connor, de sa réaction quand il a su que James m'avait donné un rendez-vous et de tout ce qu'il m'a dit ensuite. Je n'avais pas envie de les écouter pérorer sur la situation et sur la réaction, ô combien bizarre et agaçante, de Connor. Je crois que, encore une fois, ils auraient réagi de façon opposée. Tristan, avec son côté fleur bleue, y aurait sûrement vu la passion immodérée que Connor nourrit à mon égard. Paolo, avec sa délicatesse habituelle, m'aurait certainement intimé de laisser de côté cet emmerdeur, qui se mêle de ce qui ne le regarde pas, et m'aurait ordonné de me concentrer sur James.

En attendant, les mots de Connor m'ont empêchée de dormir de longues heures. Je les ai retournés dans tous les sens et je ne les comprends toujours pas. Ou j'ai peut-être peur de trop les comprendre, au contraire. Il avait l'air sincère en tout cas quand il me les a balancés. Alors, est-ce que ça veut dire que je lui plais vraiment ?

Je secoue la tête.

Je ne suis plus sur mon petit nuage post-métamorphose. Je ne sais plus où j'en suis.

D'un côté, le beau James, charmant, gentil. On a passé un super moment, il m'a invitée à sortir et il m'a envoyé un SMS adorable. Ça veut dire qu'il a pensé à moi après m'avoir quittée, et je trouve ça mignon. De l'autre, Connor. Beau, sombre, mais qui sait aussi se montrer charmant, taquin et bien trop perspicace en ce qui me concerne. Il m'a fait quoi, hier ? Une sorte de crise de jalousie ?

Ça me paraît tellement improbable. Alors pourquoi est-ce que je crois James quand il me dit qu'il me trouve jolie et n'arrive pas à croire Connor quand c'est lui qui le dit ?

Ça me tue mais je dois avouer que Connor a visé juste hier soir ! C'est exactement la question qu'il m'a balancée avant de partir, et malheureusement je n'ai toujours pas de réponse.

Mon téléphone bipe : « Votre carrosse vous attend. »

Y a vraiment un truc qui ne tourne pas rond chez moi !

Cendrillon va au bal et je ne peux pas m'empêcher de penser que James n'est pas le bon prince charmant.

James… Il attend à côté du taxi et il me sourit.

— Vous êtes très belle, Mina, déclare mon chevalier servant dès que je le rejoins.

(Merci, les copains, pour la petite blouse brodée rose et prune et pour la veste en cuir.)

Je le gratifie d'un sourire reconnaissant et il s'empare de ma main pour m'aider à monter dans le véhicule.

— Vous êtes toujours partante pour une soirée jazz ? me demande-t-il, ses doigts longs et nerveux toujours liés aux miens.

— Je vous suis !

— Parfait, alors on y va.

Le taxi démarre et James fait part de notre destination au chauffeur.

Il est vraiment très beau et on est accordés, du moins côté vêtements. Lui aussi porte un jean et une veste en cuir. Il est décontracté et fait la conversation. Il s'étonne des différences entre l'Angleterre et les États-Unis, même s'il vit à Boston, la plus européenne des villes américaines.

Il est drôle, intelligent et me fait rire avec ses anecdotes sur la façon de faire des Yankees.

Il est très critique envers son pays mais il l'aime, et c'est seulement pour raison professionnelle qu'il a décidé de s'expatrier en Angleterre.

Éditeur, il a décidé d'installer une deuxième agence à Londres pour découvrir de nouveaux auteurs, qu'il est tout prêt à faire paraître.

Il me parle de son travail qu'il adore, me pose des questions sur la voie que j'ai choisie, et je me sens à l'aise lorsque nous nous installons dans la salle du club où règne une joyeuse effervescence.

Comme nous, les clients sont venus profiter d'une dernière récréation avant le début d'une nouvelle semaine de travail. C'est un moment tranquille que je me réjouis de partager avec mon voisin.

J'ai décidé de profiter de la soirée, de laisser Connor de côté pour me concentrer sur James qui, à défaut d'un petit ami, pourrait devenir un ami tout court. Ce serait déjà pas mal. À voir !

En attendant, la musique d'ambiance est très agréable et me distrait de mes interrogations.

Je ne suis pas une grande mélomane mais la musique a toujours fait partie de ma vie, au même titre que la lecture et le dessin. Pendant longtemps, ils ont été mes échappatoires quand la pression exercée par ma famille était trop pesante. Ces trois activités m'ont toujours offert un refuge, mais ce soir c'est totalement différent.

Nous avons pris place dans un petit box tapissé de cuir et de velours, éclairé par un spot diffusant une lumière tamisée.

Je contemple le décor. On pourrait très bien se trouver à La Nouvelle-Orléans et le serveur noir, en chemise blanche et cravate, qui vient prendre notre commande accentue encore cette impression.

James commande un mojito pour lui et une piña colada pour moi tout en m'adressant un clin d'œil complice.

Bon sang, je me sens gênée mais mon cavalier me sauve la mise.

— Mina, détendez-vous, murmure-t-il à mon oreille.

— Désolée.

— Chut… Comment trouvez-vous l'endroit ?

— On se croirait dans le sud des États-Unis, je réponds, le remerciant mentalement de cette diversion.

— Oui, hier soir en Écosse et aujourd'hui de l'autre côté de l'Atlantique. J'aime ces lieux qui nous transportent ailleurs.

J'acquiesce…

— Où aimeriez-vous voyager, Mina ? me demande-t-il encore.

Je réfléchis un moment…

— J'aimerais visiter l'Écosse de fond en comble, je commence. Puis je descendrais le Nil sur une dahabieh et je finirais mon périple à Auckland, pour assister à un match des Blacks.

Pour le coup, il semble ébahi.

— Vous aimez le rugby ?

— Oui, j'adore ça.

— Vous êtes incroyable.

— Parce que j'aime le ballon ovale ?

— Ben, avouez quand même que c'est rare.

— J'avoue, je réponds en pouffant.

— Qu'aimez-vous d'autre ?

— Eh ! Vous êtes curieux.

— Non, intéressé, susurre-t-il.

Et je rougis encore.

Ses yeux verts pétillent mais il me sourit gentiment, sachant très bien qu'en disant ça il me perturbe.

— Je suis navré, Mina, je vous embarrasse.

— Un p'tit peu, j'avoue. J'en arrive à être embarrassée d'être embarrassée. Et puis zut, vous me faites dire n'importe quoi.

— Oui, et vous êtes charmante quand vous dites des bêtises.

— Euh… James, ayez pitié, je l'implore.

Il rit.

Ouf, le serveur arrive pile au bon moment. Je dois vraiment avoir l'air soulagée car James semble s'amuser beaucoup. Je le regarde et je grogne.

Je m'empare de mon cocktail et me noie dedans. J'en absorbe une grande gorgée et enfin je peux lui répondre :

— J'aime le rugby, je ne sais pas pourquoi mais ça me passionne. J'aime lire, dessiner, cuisiner pour mes amis. J'aime écouter de la musique, les chaussures. J'aime jouer aux cartes, le gâteau au chocolat et les films de science-fiction…

— Waouh !!! Et vous bossez dans un bar comme barmaid pour payer vos études.

— Oui.

— Eh bien vous êtes une barmaid très douée.

— Toujours, avec les clients sympas, je le taquine.

— Alors vous m'appréciez un petit peu ? demande-t-il avec une pointe d'inquiétude dans la voix.

— Vous en doutiez ?

— Non pas vraiment mais…

— Mais… ?

— Écoutez…

Il a raison, il vaut mieux qu'on s'arrête là…

Le groupe s'est installé sur la scène et commence à jouer.

Je me concentre sur la musique mais je perds vite le fil.

Je réalise brutalement que je n'ai jamais eu de rencard… En tout cas, pas comme celui-là ! Et pas avec des mecs de la trempe de James. Que voulez-vous que je vous dise ? Il est parfait. Pourtant c'est Connor qui revient sans cesse dans mon esprit.

Y a vraiment quelque chose qui ne tourne pas rond chez moi.

N'importe quelle nana normalement constituée serait déjà tombée dans les bras de James, et moi j'enclenche les aérofreins. Je pense à un mec que je ne reverrai sans doute jamais et je panique, sans égard pour celui, magnifique, qui est assis à côté de moi.

Mais qu'est-ce que je veux, enfin ?

Mes amis se sont décarcassés pour faire de moi une fille bien dans ses baskets. Contre toute attente, je me trouve même jolie. James, qui a tout pour lui, m'apprécie, alors qu'il y a à peine deux jours, je croyais dur comme fer que j'allais finir vieille fille au fin fond d'un couvent.

Je suis indécrottable. Si Paolo et Tristan apprennent que je me suis comportée comme une oie blanche face au grand méchant loup, je vais en entendre parler jusqu'à la fin des temps.

— Ça vous plaît ?

— Oui, je réponds machinalement.

— Vous êtes ailleurs ? remarque-t-il.

— C'est si évident que ça ?

— Un peu. Que se passe-t-il ? Vous voulez en parler ?

Je secoue la tête. J'ai envie de lui expliquer pour Connor, je crois qu'il comprendrait. Mais je n'ose pas, alors je mens.

— C'est mon stage qui commence demain. J'ai beau passer un super moment avec vous, j'ai attendu trois ans une opportunité professionnelle comme celle-là et je n'arrête pas d'y penser.

— Vous vous savez assez compétente pour un tel stage ?

— Oui.

— Alors montrez-leur de quoi vous êtes capable. Vous serez dans votre élément, profitez-en.

Je lui souris. Vraiment, ce mec est un prince !

Nous sirotons nos cocktails tout en écoutant le groupe.

— Connor m'a confié qu'il vous connaissait, lâche mon voisin sans crier gare.

Dire que je suis désarçonnée est un euphémisme. Décidément je ne m'en sortirai pas. Pourquoi me parle-t-il de lui alors que je fais tout pour l'oublier et me concentrer sur le moment présent ? (Je n'y arrive pas vraiment, d'accord, mais ce n'est pas une raison pour en remettre une couche.)

— Oui, depuis vendredi soir, je confirme. Mais ça a été très bref, je ne peux pas m'empêcher de préciser.

Il attend la suite et je soupire.

— Pour faire court, j'ai eu maille à partir avec une de ses amies, il est venu s'excuser pour le comportement de cette dernière, point final.

— C'est tout ? s'étonne-t-il.

— Oui, pourquoi ?

— Non, rien, se rétracte-t-il.

— James…

— Non, c'est seulement que… Enfin… Connor m'a parlé de vous d'une façon qui laissait sous-entendre que…

— Que quoi ? je m'agace.

— J'ai cru que lui et vous…

— Qu'il y avait quelque chose entre nous deux ? je propose sèchement.

— C'est l'impression que j'ai eue et il n'avait pas l'air très content que je vous invite.

Je grommelle… En fait je suis énervée… Non, je suis super en colère ! Depuis vendredi soir ce mec a envahi ma vie et mon esprit. J'essaie de l'en chasser et il revient sans arrêt me torturer. Et alors que je tente de passer un bon moment avec James, il s'immisce encore entre nous. Mais qu'a-t-il été lui dire, bon sang ?

— Mina, ça va ?

Je contemple James qui a l'air sincèrement inquiet. Qu'est-ce que je pourrais bien lui répondre ? Qu'il est génial mais que son meilleur copain joue à un jeu que je ne comprends pas ? Qu'il me torture et que ça me met très mal à l'aise ? Que je n'arrive pas à le croire quand il se montre gentil ? Que, derrière chacun de ses compliments, j'ai l'impression qu'il cache autre chose ? Que Connor me retourne les sens ? Que je n'ai jamais éprouvé de tels sentiments ? Que je panique parce qu'il me plaît trop et que j'ai peur que tout ça ne soit qu'une farce ?

— Mina, m'interpelle mon voisin.

— Pourquoi fait-il ça ?

Question que je regrette aussitôt.

James me contemple, puis je vois un sourire se dessiner sur ses belles lèvres pleines.

— J'ai bien une petite idée, avoue-t-il avec une pointe de regret dans la voix. Mais je ne voudrais pas m'avancer et risquer de me tromper.

— Quoi ? je souffle comme une prière.

Son regard plonge dans le mien.

— Je pense seulement que je vais avoir de la concurrence.

— Pour quoi ?

— Pour avoir le privilège d'être à vos côtés.

— N'importe quoi, j'objecte. Votre ami ne sortirait pas avec moi.

— Et pourquoi ? s'étonne-t-il.

— Parce que quelqu'un comme lui ne sort qu'avec des bombes ou des top models, pas avec des filles comme moi.

Pourquoi je ne la ferme pas ?

— Il vous plaît, n'est-ce pas ?

Je reste muette et honteuse d'être aussi transparente. J'ai l'impression d'être un monstre. De profiter de lui alors que je pense à son meilleur ami.

Je me rends compte d'une chose.

Je ne suis pas prête pour tout ça. Oui, j'ai décidé d'être une nouvelle Mina, plus sûre d'elle, mais c'est allé trop vite. Connor, James, cette invitation, se sentir désirée et s'entendre affirmer qu'on va se battre pour vous, en quelque sorte.

Non, définitivement c'est trop pour moi et malheureusement je ne vois qu'une issue à tout ça.

Il faut que je me tire… Et vite !

James attend toujours ma réponse. C'est impossible. Je veux lui dire que oui, que j'apprécie vraiment beaucoup son ami, mais ça rendrait mes sentiments tangibles et je ne saurais pas comment les gérer.

— Vous voulez que je vous ramène chez vous ? propose-t-il avec beaucoup de douceur.

Je secoue la tête négativement. Il est si… tout.

Je pose ma main sur sa joue légèrement râpeuse. Puis mes lèvres remplacent mes doigts.

— Ne vous privez pas de ce petit voyage en Louisiane pour moi. Merci beaucoup, James, vous êtes une très belle personne mais je ne… C'est trop… Je dois y aller, je lâche en me levant pour quitter la table.

— Mina !

Je m'arrête net dans mon mouvement.

— Vous êtes aussi une très belle personne, dans tous les sens du terme. Si un idiot vous dit le contraire, il aura à faire à moi.

— Je vous aime beaucoup, James Buckanon…

— On se revoit bientôt ?

J'acquiesce.

— Bonne chance pour demain.

Je suis déjà partie et je ne me retourne pas.

CHAPITRE 8

Qu'est-ce qu'une femme est censée faire quand, après avoir pleuré toute la nuit, elle se retrouve à deux heures d'un des moments les plus importants de sa vie professionnelle, avec des yeux de lapin albinos dépressif ?

Si j'étais experte en maquillage, ça me tirerait d'affaire, mais c'est loin d'être le cas.

Je suis pâle et j'ai les yeux rouges et bouffis.

Je me sentais si bien samedi soir, badinant gentiment avec James que je ne prenais alors que pour un simple client sympa.

Vive la nouvelle Mina ! Tu parles ! Une chose est sûre, James sait que Connor m'apprécie. Et que l'inverse est vrai : je n'ai pas répondu à sa question… Qui ne dit mot consent, non ? Mais que se serait-il passé si je n'avais pas fui hier soir ? Que se serait-il passé entre James et moi ?

Je ne joue plus dans la cour des jeunes ados boutonneux, James est un homme, un homme viril qui plus est. Et que fait un tel mec quand il se retrouve avec une nana qui lui plaît ? Il passe la nuit avec elle et ça se termine par un petit-déjeuner ?

Je peux cacher mon corps sous de jolis vêtements, mais de là à l'exposer à la vue d'un homme si beau soit-il, le laisser le regarder, le caresser…

Je me plie en deux, gagnée par la nausée.

Il ne manquerait plus que ça, que je me vide. Le teint vert et les yeux rouges, c'est sûr je vais faire un malheur.

Je place ma tête entre mes genoux et je m'efforce de respirer doucement. Il faut absolument que je me calme, que j'oublie mes aventures de ce week-end et que je me concentre sur ma première journée de boulot. En plus, ça, je sais le faire. Voilà trois ans que je mets ma vie entre parenthèses pour ne penser qu'à mon travail, alors je me remets sur les rails et je fonce.

Ma nausée passée, je m'occupe de mon apparence et y a du boulot. À l'aide de compresses froides, je me rafraîchis le visage, insistant sur mes yeux congestionnés. La technique est éprouvée mais elle semble faire effet. Je suis toujours aussi pâle, mais au moins les ravages causés par ma crise de larmes se sont estompés.

J'essaie de me rappeler les différents conseils de Brice. J'applique l'anticerne avec modération en l'étalant avec mon doigt. Je laisse de côté le fond de teint trop compliqué pour la poudre que je dépose avec parcimonie – si je fais un gros pâté, je n'aurai sûrement pas le courage de tout recommencer.

Je m'occupe ensuite de mes yeux. Ils sont grands et, pour le moment, complètement délavés par les torrents de larmes versés cette nuit.

Brice m'a dit que je pouvais me permettre le côté charbonneux. Ça a au moins le mérite de camoufler les dégâts et en plus ça me va plutôt bien. Enfin, c'est au tour de mes lèvres. J'y applique un peu de gloss et je contemple le résultat dans le miroir.

Je décide que c'est une réussite et je suis assez fière de moi. C'était pas gagné.

Je m'habille – c'est vite fait quand on sait déjà ce qu'on va mettre –, prends mon book, mon sac, et descends dans la rue où le taxi que j'ai commandé hier soir avant mon rendez-vous m'attend.

Mon chauffeur n'a pas l'air bien réveillé, il ne m'adresse pas la parole de tout le trajet, et ça me convient.

Je répète mon mantra de la journée : « Je me concentre sur ce que je sais faire et tout ira bien. »

Le parcours à travers les rues de Londres me semble interminable, pourtant, quand le taxi me dépose devant l'immeuble de style victorien dans lequel est installée l'agence, je ne me sens pas prête du tout. Si j'avais encore quelques minutes pour me préparer...

Je secoue la tête... Ça ne servirait à rien.

Je me cramponne à la poignée de mon book et à la lanière de mon sac et je grimpe, d'un pas que je veux décidé, les marches qui me séparent de la porte d'entrée.

L'agence MacKinley et Murray se trouve au troisième étage – sans ascenseur. Je respire profondément tout en gravissant l'escalier. Je fais le vide, je me concentre sur mes pieds et j'arrive devant une belle porte en bois massif. Une plaque design, sur laquelle sont gravés les noms des deux fondateurs de l'agence, y est accrochée.

Je respire une dernière fois et j'entre.

Je suis dans ce qui ressemble à un salon. Il y a deux canapés, un fauteuil et une table basse sur laquelle sont disposés magazines et plaquettes en tout genre.

Les murs sont tendus de cuir crème. Surprenant mais très beau. Les meubles sont de style contemporain aux couleurs vives. C'est lumineux et chaleureux, j'aime beaucoup l'image dynamique que donne l'agence dès qu'on y pénètre.

Je traverse le petit salon et me dirige vers un large bureau laqué derrière lequel une jeune femme rousse me regarde approcher.

— Que puis-je faire pour vous, mademoiselle ? demande-t-elle d'une petite voix aiguë.

— Je suis Mina Westcomb, je dois commencer mon stage ce matin.

Elle contemple l'écran de son ordinateur quelques secondes.

— Oh oui ! s'écrie-t-elle alors qu'elle pointe quelque chose sur son écran. Mme Simmons m'a prévenue que vous deviez arriver ce matin mais elle ne m'avait pas précisé l'heure. Elle veut vous rencontrer avant votre entretien avec M. MacKinley. Installez-vous dans le salon en attendant que j'aille la prévenir. Vous désirez boire quelque chose ?

— Non, je vous remercie.

Je n'ai rien avalé depuis hier soir, trop de stress. Et ce matin, j'étais tellement nauséeuse que rien n'est passé.

Toujours accrochée à mon sac, je rejoins un des deux canapés sur le bord duquel je m'assieds.

C'est parti et je suis sur des charbons ardents.

Heureusement, mon attente ne dure pas. La jeune hôtesse vient me prévenir que Mme Simmons m'attend dans son bureau. Elle m'explique que c'est la troisième porte sur la droite et s'excuse de ne pas pouvoir m'y accompagner car on l'a chargée d'aller faire une course urgente.

Je m'engage donc seule dans le couloir, lui aussi tapissé de cuir crème et éclairé de spots encastrés dans un plafond en bois blond, quand une femme d'un certain âge, sanglée dans un tailleur noir strict, sort dudit bureau et s'avance à grands pas dans ma direction.

Elle est blonde et sa coiffure sort tout droit d'une BD des années cinquante. Elle porte des lunettes vert pomme, des créoles en perles multicolores et des escarpins jaune poussin. Faut oser mais ça lui va bien. Cette femme me plaît.

— Mina ! s'écrie-t-elle en arrivant à ma hauteur. Je suis enchantée de vous rencontrer enfin. Venez, nous allons nous installer dans mon bureau, nous serons plus à l'aise pour faire connaissance.

Elle passe son bras autour de mes épaules et m'escorte jusqu'à sa porte avant de m'inviter à entrer. Ce n'est pas très grand mais c'est mignon. Devinez quoi ? Ce bureau est aussi coloré que son occupante. Les murs sont blancs mais une multitude de dessins colorés et encadrés y sont accrochés. Ils sont plutôt maladroits. Je suppose que ce sont ceux de ses enfants ou de ses petits-enfants. Sa table de travail est encombrée de dossiers et de gadgets en tout genre et c'est plutôt un endroit agréable, comme Mme Simmons qui m'invite à poser mes affaires et à m'asseoir.

— J'ai envoyé Maureen nous chercher du café et quelques douceurs. En attendant parlez-moi un peu de vous, ma belle.

Ce qu'il y a de sûr, c'est que je ne m'attendais pas à un tel accueil. Mme Simmons fait preuve de prévenance et de gentillesse ; je me sens plutôt à l'aise.

Maureen, légèrement essoufflée, a déposé cafetière, tasses et viennoiseries devant nous. Mme Simmons nous sert un café puis elle m'encourage à poursuivre.

Je bois une gorgée du liquide noir et je parle de mes études, de ce que je pense du métier que j'ai choisi. Je lui dis combien je suis heureuse et fière d'être là, avec sincérité tout en essayant de ne pas me laisser déborder par l'émotion.

— Oh, ma chère Mina. Je suis très heureuse de vous compter parmi nous. Nous avons tous été surpris par la qualité de votre travail et il nous tardait de découvrir qui se cachait derrière. Vous savez que vous avez énormément de talent !

Je ne sais plus où me mettre.

Mais je reconnais que ses louanges me vont droit au cœur. Savoir que des professionnels aguerris trouvent ce que je fais intéressant me conforte dans mon envie de tout déchirer.

— Bon, j'arrête de vous lancer des fleurs… Vous n'allez pas chômer pendant ces huit semaines. Vous vous sentez d'attaque ?

— Oui, bien sûr ! je m'exclame.

Au moins mon enthousiasme revient au galop et ça la fait sourire.

— Super ! Bon, M. MacKinley va vous recevoir d'ici une petite demi-heure. M. Murray et Mlle Mauris étant en déplacement professionnel aux États-Unis pour trois semaines, vous n'aurez affaire qu'à lui en attendant. D'accord ?

Je hoche la tête affirmativement.

— Je vous fais signer toute la paperasse et je vous mène à son bureau. Vous avez des questions ?

— Euh… non, aucune pour l'instant.

— Si vous en avez, n'hésitez pas à les poser. Vous trouverez toujours quelqu'un pour y répondre. Ce n'est pas si souvent que nous avons de nouvelles têtes à l'agence et je crois que toute l'équipe est impatiente de vous rencontrer. Un peu de sang neuf, c'est vivifiant, n'est-ce pas ?

Je souris, cette femme est une perle. Elle s'est présentée comme l'assistante de M. MacKinley. Et je me rends compte que je ne sais pas grand-chose sur l'entreprise qui m'accueille. J'en ai un peu honte d'ailleurs. Je connais sa réputation, son travail mais je ne sais pas à quoi ressemble celui que je vais rencontrer. Je sais qu'il a environ trente-cinq ans. Il a fondé l'agence il y a une dizaine d'années avec son meilleur ami et, aujourd'hui, ils font partie de ceux qui comptent dans le métier.

Je réalise que j'ai vraiment beaucoup de chance et il faudra que je pense à remercier mes profs et M. Mauris qui m'ont aidée à être là ce matin. J'ai été surprise d'apprendre que sa fille travaillait ici et qu'elle était l'associée des deux fondateurs. Il me tarde de lui être présentée.

Je parcours le contrat que je dois signer et constate avec bonheur que je vais être rémunérée pour ces deux mois. Quand Angus m'a proposé de prendre un extra pour les semaines à venir afin de me laisser toutes mes soirées, j'étais soulagée. Je l'étais moins quand j'ai fait mes comptes pour découvrir que je devrais vivre avec le peu que j'avais mis de côté. Alors cet argent inattendu est le bienvenu.

J'en remercie Mme Simmons qui s'écrie que c'est absolument normal de rémunérer le travail que j'effectuerai ici, surtout s'il est de la qualité de ce qu'elle a déjà vu.

Je rougis de plaisir.

Je suis dans les starting-blocks. Mme Simmons se lève. C'est l'heure. Elle m'invite à la suivre jusqu'au bureau voisin. Elle me sourit, confiante, et d'une main dans le dos m'encourage à avancer.

Elle ouvre la porte et me pousse doucement dans la pièce.

— Monsieur MacKinley, Mina Westcomb.

— Merci, Doris.

— Dois-je apporter du café ou autre chose ?

— Ça ira pour le moment, Doris. Qu'on ne nous dérange pas.

— Bien, monsieur.

J'entends la porte se refermer derrière moi. Tout mon enthousiasme s'est évaporé d'un coup et je me demande ce que j'ai pu faire dans une vie antérieure pour que la situation soit aussi pourrie.

C'EST TROP BEAU...

CHAPITRE 9

Je suis maudite !

C'est toujours quand je pense que tout s'arrange que les choses empirent.

— Asseyez-vous. On dirait que vous allez vous écrouler.

C'est pas faux.

Je m'assieds donc en face de Connor MacKinley.

Eh ouais ! C'est lui ! Celui qui me hante depuis deux jours, celui qui a voulu m'embrasser et qui m'a vertement reproché de l'avoir déçu.

Monsieur Vilain Garçon, séduisant et irritant. M. Connor MacKinley, mon patron durant les deux mois à venir.

C'est inimaginable et pourtant c'est la terrible réalité.

Il est calé dans son fauteuil de P-DG, derrière son lourd bureau, années vingt. Il est craquant en costume noir près du corps et il me dévisage. Je ne sais pas ce qu'il pense, toutefois il n'a pas réussi à cacher sa surprise quand il m'a vue pénétrer dans son bureau.

Ça n'a pas duré longtemps, mais lui non plus ne devait pas s'attendre à me revoir ce matin. D'ailleurs il me le confirme.

— Je savais que Mina Westcomb nous rejoignait ce matin, or, je ne m'attendais pas à ce que ce soit la jeune barmaid du MacKintosh.

— C'est cet emploi qui me permet de poursuivre mes études, je rétorque sur la défensive.

— Vous avez donc beaucoup bossé. Vous vous reposez quand ?

— Quand je le peux.

— C'est difficile d'être en forme quand on rentre tard alors qu'on doit se lever tôt.

La vache ! Je parierais ma future paie qu'il ne me parle pas de mon boulot au pub mais plutôt de ma sortie de la veille. Petite pique sur laquelle je ne m'attarderai pas.

— J'ai très bien dormi, je vous remercie, et je suis tout à fait prête à commencer.

J'ai été déstabilisée en le découvrant derrière le bureau, mais c'est fini.

J'arrive à faire face aux crétins et pochetrons du pub, il n'y a pas de raison que je n'arrive pas à affronter Monsieur Beau Gosse, même si je subodore qu'il peut se montrer très agaçant, d'ailleurs il me l'a déjà largement prouvé.

— Bien, puisque vous êtes prête, commençons. Je suppose que Doris vous a briefée sur les aspects pratiques et administratifs du stage ?

— Oui, elle m'a tout expliqué et m'a fait signer le contrat.

— Parfait, je vais donc pouvoir vous expliquer ce que j'attends de vous. Vous voulez du café ?

— Hein ?

— Café ?

— Oui, merci.

Il appelle Doris qui apparaît aussitôt, deux mugs fumants en main.

Connor attend que son assistante nous remette nos tasses puis reprend quand elle referme la porte derrière elle.

— Quand nous nous sommes rencontrés vendredi soir, nous fêtions la signature d'un de nos plus gros contrats. Je vous fais un topo rapide. M. Fossbury est le président de Milady, une des plus grandes marques de cosmétiques du pays. Et la plus ancienne car elle a été fondée par l'arrière-arrière-grand-père de sa femme. Le problème c'est qu'elle est vieillotte. Ils sont à la pointe de la recherche mais leur stratégie de com et leur packaging sont d'une autre époque. Elle se fait donc grignoter tout doucement par ses concurrents directs.

— Et vous avez été engagés pour redonner un coup de jeune à tout ça ?

— Exactement, et c'est là que vous intervenez. On ne peut pas se permettre d'échouer. Cela mettrait l'agence en danger. Alors deux équipes bosseront parallèlement sur le projet. Deirdre dirige la première équipe et Justine s'occupe de la seconde. C'est dans cette dernière que vous serez intégrée dès que nous en aurons fini. Ils vous montreront nos locaux et vous expliqueront ce qu'ils attendent de vous. Vous avez tout compris ?

— Oui, c'est très clair.

— En accord avec vos professeurs, nous avons décidé que ce serait ce projet qui servirait de support à votre mémoire, autant vous dire qu'il faut qu'il soit mené à bien. La présentation que vous en ferez devant le client sera votre partie orale. M. Curver y assistera. Cet arrangement vous convient-il ?

Je n'ai pas vraiment le choix et, le défi semblant intéressant à relever, j'acquiesce.

— Bon, finissez votre café puis je vous escorterai jusqu'à l'atelier.

Je lui obéis et avale mon café. Lui téléphone à Doris et passe d'autres appels.

Je me concentre sur tout ce qu'il m'a dit mais ce n'est pas évident quand il me regarde comme il le fait à l'instant. Comment vous dire ? C'est comme s'il allait me dévorer ? Ouais, peut-être… Je crois que je préfère quand il s'énerve. Au moins je sais à quoi m'en tenir.

Je n'en reviens toujours pas d'avoir Connor en face de moi. Il y a des milliers de patrons dans la capitale et il a fallu que je tombe sur lui. Pourquoi ? En plus, avec Connor, j'hérite de Deirdre, la working-girl infernale qui m'a copieusement pourrie vendredi soir. Ma seule consolation est que je ne travaillerai pas avec elle. Mais ça va être difficile de l'éviter pendant deux mois et nos futures rencontres risquent d'être mouvementées, surtout si l'échange de propos ressemble à celui de notre premier face-à-face.

Bon, malgré le fait que Connor est mon patron et que je risque de me crêper le chignon avec la blonde de service, je suis satisfaite de travailler sur un gros projet. Encore plus d'être rémunérée pour le faire.

— On peut y aller ? me demande-t-il après avoir raccroché.

Je pose mon mug sur le plateau en acajou de son bureau.

— Oui.

Je récupère mes affaires.

Je n'arrive pas à me caler sur ses grands pas, mes talons aiguilles ne me le permettent pas. On traverse plusieurs couloirs, on passe devant différentes portes ouvertes sur des bureaux, un studio de photo, un atelier, une salle de réunion. Il règne une belle effervescence.

— Bon sang, je ne sais pas pourquoi on a fait mettre des portes ici, grommelle Connor. Personne ne les ferme jamais.

Mon patron est ronchon et, je ne sais pas pourquoi, je sens que j'y suis pour quelque chose.

Il me présente les différentes personnes que nous croisons mais il va tellement vite que j'ai à peine le temps de les saluer.

Enfin il pénètre dans une salle de travail. Une femme et deux hommes sont debout autour d'une table. Ils épluchent des documents, débattant et prenant des notes.

— Justine !

— Oui.

La jeune femme qui vient de répondre quitte ses deux collègues pour nous rejoindre. Elle est de type asiatique, aussi grande que moi mais toute menue. Son visage est en forme de cœur. Des grands yeux noirs en amande et une jolie bouche, le tout auréolé de cheveux noirs soyeux coupés au carré. Elle porte un pantalon cigarette noir et un haut en cuir qui épouse son torse de garçon manqué.

— Justine, je te présente Mina Westcomb.

— Oh ! Enchantée, Mina !

Sa poignée de main est franche et chaleureuse.

— Elle va travailler avec vous sur le projet Fossbury. Je le lui ai expliqué dans les grandes lignes. Je te laisse les détails.

— Super ! s'écrie-t-elle.

— Bien, tu gères ?

— Oui, pas de problème, boss.

— OK, je vous laisse travailler.

Il a l'air tout penaud.

Ce mec me rend dingue. Il change d'humeur comme de chemise. Il grogne, il râle, il joue au patron, puis l'instant d'après il semble vulnérable et peu sûr de lui.

Il me donne le tournis.

Mais enfin, après un dernier grognement et un signe de la main, il sort comme s'il avait le feu aux fesses.

Je lève les yeux au ciel.

— Je crois que ce projet le rend dingue, le défend Justine de sa petite voix teintée d'un accent nippon. Viens, je vais te présenter au reste du groupe.

Ce qu'elle fait. Le premier se nomme Sylvain, il a un look de geek. On dirait un adolescent attardé. Son sourire est avenant et sa poignée de main, solide. Son acolyte est plus réservé mais son accueil n'en est pas moins amical et sincère. Tommy ressemble à un jeune premier : pantalon de costume, chemise et gilet qui lui donnent l'allure d'un dandy.

— Bon, t'es prête ? Parce qu'on a un monceau de boulot et on ne sera pas trop de quatre pour faire la nique à la Barbie d'en face.

— Tu n'as pas l'air de l'apprécier beaucoup, j'ose demander.

J'essaie de rester impassible mais je suis secrètement ravie de ne pas être la seule à trouver Deirdre antipathique.

— Je la déteste mais motus et bouche cousue. C'est une des associées du boss.

D'après ce que j'ai compris, les deux équipes qui bossent sur le projet Fossbury sont aussi différentes l'une de l'autre que le jour et la nuit.

Deirdre a minutieusement choisi ceux qui travaillent avec elle. Elle a opté pour l'expérience, laissant de côté les petits jeunes, trop novices à son goût. Ces derniers, regroupés sous la tutelle de Justine, ont donc un défi à relever : montrer que, malgré leur jeune âge, ils sont tout à fait capables de mener à bien une telle campagne. Et ce qui me plaît, c'est qu'ils ont la même philosophie que moi. Ne rien s'interdire à condition que ça réponde aux demandes du client.

Sous-entendu, je suis la bienvenue, d'autant qu'ils connaissent mon travail – pour lequel ils me complimentent – et qu'ils attendent de moi que je participe pleinement à leur aventure.

Je passe la fin de la matinée avec eux. Ils me font visiter les lieux, me briefent sur la campagne et m'invitent même à déjeuner.

Justine m'a attribué le bureau à côté du sien. J'y suis restée tout l'après-midi à éplucher le dossier Fossbury pour m'en imprégner. J'ai pris un tas de notes, esquissé quelques idées. On doit en débattre demain matin et commencer une sorte de brainstorming pour définir la ligne créative.

C'est excitant de faire tout ça pour de vrai. J'ai plutôt bien réussi les différents exercices proposés par mes profs. Mais il n'y avait pas vraiment de challenge car pas de véritable client à satisfaire et aucune pression financière dans la balance. C'était pour de faux.

Mais là c'est très différent, il y aura une première entrevue avec le client dans un mois et le rendu du projet final à la fin du suivant, alors, le délai étant très court, il va vraiment falloir mettre les bouchées doubles. Heureusement nous sommes tous les quatre du même avis : il faut atomiser, pulvériser Deirdre et son équipe !

— Mina ?

Je relève la tête du tas de documents étalés sur mon bureau. (C'est un peu le souk mais ça m'aide, alors je persiste dans mon bazar organisé.) C'est Justine, franchement amusée.

— Eh bien, quand tu fais quelque chose, tu le fais à fond !

Je ris. Oui, c'est une qualité mais un défaut aussi. Je suis tellement absorbée que j'oublie tout ce qui m'entoure et j'en ai une nouvelle preuve aujourd'hui.

— Il est dix-neuf heures, annonce-t-elle, et tout le monde est parti. Tu veux que je te ramène chez toi ?

Je décline sa proposition en la remerciant. Je veux passer au MacKintosh pour retrouver Paolo et lui raconter ma première journée. De toute manière, si je ne vais pas le voir, il est bien capable de débarquer avec sa moitié après son service, c'est-à-dire en plein milieu de la nuit, pour obtenir un compte rendu détaillé.

Je n'ai donc pas le choix – cependant je ne sais pas si je lui parlerai de Connor. En plus ça va être sympa. Ce sera la première fois en trois ans que je fréquenterai le pub en tant que cliente. À mon tour de venir m'y relaxer après une longue journée de boulot. Angus va me chambrer mais je suis heureuse d'aller y traîner avant de me retrouver seule chez moi.

CHAPITRE 10

Il faut que j'arrive dans le hall de l'immeuble pour me rendre compte qu'il pleut à torrent.

Saleté de pays...

Je n'ai pas de parapluie et, si j'essaie de gagner Le MacKintosh à pied, je serai complètement trempée avant d'y arriver. Je n'ai plus qu'à appeler un taxi qui va me coûter une blinde et, pour le coup, je ferais mieux de rentrer directement à la maison. Je m'y résous, tant pis. J'appellerai Tristan en arrivant et il se chargera de transmettre les nouvelles à Paolo.

— Vous attendez quelqu'un ?

C'est pas vrai ! Je croyais vraiment que tout le monde était parti.

— Non, j'allais appeler un taxi, je réponds sèchement en lui montrant mon téléphone.

— Rangez-le. Ma voiture est garée devant le bâtiment, je vous ramène.

— Ce n'est pas la peine, j'objecte.

Le problème avec ce mec, c'est qu'il a une fâcheuse tendance à n'en faire qu'à sa tête.

Il ne tient donc aucun compte de mon objection et s'empare de mon book et de mon sac posés à mes pieds.

Je n'ai pas le temps de l'en empêcher qu'il passe déjà la porte et dévale les quelques marches qui mènent à la rue.

— Quelle bourrique ! je m'écrie.

Je lui courrais bien après pour lui reprendre mes affaires et rentrer à pied s'il le faut, quitte à être copieusement saucée, mais pour cela il faudrait que je me débarrasse de mes escarpins. En même temps ce n'est pas l'envie qui m'en manque. J'ai les pieds en compote et je décide de renoncer à les porter demain. Encore une journée perchée sur ces talons et il faudra me coller dans un fauteuil roulant.

Je le suis donc et me précipite (enfin façon de parler !) aussi vite que je le peux vers la voiture. Il a tiré sa veste sur sa tête pour se protéger des trombes d'eau qui s'abattent sur la capitale mais nous sommes déjà trempés quand les portières se referment sur nous.

Je suis frigorifiée et il y a tellement de circulation qu'il va nous falloir des plombes pour arriver chez moi.

— Vous avez froid ?

— Oui un peu, j'avoue.

Il met le chauffage au maximum mais il faut attendre que la température dans la voiture s'élève.

— Mon manteau est sur le siège arrière, mettez-le sur vous.

— Ça va aller, merci.

— Ne soyez pas ridicule, Mina. Vous êtes gelée alors faites ce que je vous dis.

Je grogne mais une fois que j'ai son manteau posé sur mes genoux, comme une couverture, je me détends. En plus le tissu est imprégné de son odeur. Un mélange de fraîcheur, de cèdre et d'encens qui fait frétiller mes narines.

— Vous êtes venue comment ce matin ? me demande-t-il.

— En taxi.

— Vous comptez en prendre un matin et soir ? Ça va vous coûter cher.

— Non, c'était juste pour ce matin. Je voulais être sûre d'arriver à l'heure. À partir de demain, je prends le bus, il y a une ligne directe.

— Je viendrai vous chercher et je vous ramènerai.

— Mais non ! je m'exclame (ou est-ce que je couine ?). C'est absolument hors de question !

— Et pourquoi ? s'étonne-t-il.

— Mais parce que… parce que vous ne pouvez pas faire ça…

— Parce que vous n'êtes que ma stagiaire ou…

— Ou quoi ?

— Ou vous avez peur que je veuille encore vous embrasser ? Vous ne devriez pas pourtant !

Me ramener, non mais vraiment ?

— Et pourquoi je ne devrais pas ?

Oh là là, je sais que je dois me taire.

Priez pour moi !

— Parce que, d'après vous, il n'y a aucune chance qu'un mec comme moi, qui ne sort qu'avec des bombes ou des top models, s'intéresse à une nana comme vous ?

Je tourne la tête vers lui… Oh le traître ! Ce sont exactement les mots que j'ai sortis à James hier soir, avant de le quitter.

Qu'est-ce que c'est que ce micmac ? Pourquoi James s'est-il senti obligé d'aller balancer ce que je lui avais confié à Connor ?

Qu'est-ce que vous voulez que je réponde à ça ?

Il faut que je sorte de cette voiture… Courage, fuyons ! Comme hier soir, et ça m'agace car j'ai l'impression de ne faire que ça.

Je pousse un soupir de soulagement quand je reconnais les premiers immeubles de ma rue mais, comme d'habitude à cette heure, elle est embouteillée.

— Je vais descendre là, je propose, à quelques mètres de chez moi.

— Il n'en est pas question. Je vais me garer, je vous accompagne.

— Bon sang, non !

Et pourtant c'est ce qu'il fait.

Je sors en trombe de la voiture, malheureusement je perds du temps pour récupérer mes affaires et il est déjà là, à côté de moi.

Je me précipite vers mon hall d'entrée, trempée. Connor est toujours sur mes talons.

Il dégouline aussi quand nous pénétrons dans mon appartement où il fait divinement bon. Je paie cher, c'est clair, mais il y fait toujours chaud, et c'est agréable, surtout les jours comme celui-ci.

— Enlevez votre veste et faites-la sécher devant un des radiateurs, je vais vous chercher une serviette pour vous essuyer.

J'en profite pour me changer. Un legging, un gros pull et une serviette que je m'empresse de lui apporter.

Il a enlevé sa veste et sa cravate qui sont posées sur le dossier d'une chaise devant un des convecteurs. Il se frictionne le visage, les cheveux puis pose la serviette sur ses épaules.

— Tenez !

Il a l'air d'avoir froid alors je lui tends un gilet laissé par Tristan. Bon, il est violet, mais Connor ne fait pas la fine bouche et l'enfile.

— Vous voulez un café ?

— Je veux bien, merci.

Je prépare deux mugs pendant qu'il fait le tour de mon appartement qui doit lui sembler bien petit. Je suis certaine que le sien est gigantesque, très luxueux et très masculin.

— Votre foyer est chaleureux.

— Merci, je réponds, surprise qu'il fasse attention à de telles choses. J'aime que ça ressemble à un cocon. Ce n'est pas très grand mais je m'y sens bien.

— Je m'y sentirais bien aussi, lâche-t-il alors que je manque de m'étrangler. Il me rappelle celui que j'avais quand je suis arrivé à Londres. Minuscule mais j'y ai passé les meilleurs moments de ma vie. C'était la bonne époque.

— Vous êtes nostalgique ? je m'étonne.

Il ne devrait pas, il a magnifiquement réussi et dirige une grande agence de com qui doit lui permettre de vivre à son aise. Comme quoi !

— Oui… J'avais moins de problèmes et de responsabilités que maintenant.

— À cause de l'agence ?

— Oui, en partie, murmure-t-il en me faisant face.

Je reconnais que j'ai un peu de mal à respirer et j'ai trop chaud maintenant. Je lui tends un des deux mugs avant d'aller m'asseoir sur le canapé.

Tout en sirotant son café, il inspecte la bibliothèque, suivant les tranches des livres du doigt, soulevant quelques objets pour les regarder de plus près avant de les reposer délicatement.

— Pourquoi affirmer que vous n'êtes pas une fille pour moi ?

Il contemple mes dessins accrochés au mur, mais sa question me fait l'effet d'une petite bombe qui vient de me péter à la figure.

— Connor… je le prie doucement.

— Répondez-moi, m'intime-t-il.

— James n'était pas censé vous répéter ça.

— Je crois qu'il essayait de comprendre.

— Mais il n'y a rien à comprendre, je m'énerve. C'est comme ça et c'est tout !

— Expliquez-vous et je vous ficherai la paix. Sinon je campe dans votre salon jusqu'à demain. Oh mais, en fait, c'est même une très bonne idée ! s'écrie-t-il. Comme ça je serai déjà là pour vous emmener au bureau.

Debout devant moi, il retire le gilet que je lui ai prêté. Ses cheveux sont encore humides et en désordre. Les premiers boutons de sa chemise sont défaits, révélant un triangle de peau dorée et imberbe et ses manches sont roulées sur ses avant-bras musclés. Je déglutis et je replonge dans mon mug pour cacher la rougeur qui n'a pas manqué de teinter mon épiderme.

Je me suis recroquevillée alors qu'il me défie de ses yeux gris. Je suis sûre qu'il serait capable de passer la nuit ici et j'en frémis (je ne sais pas si c'est de peur ou de désir).

— Alors, je peux dormir sur votre canapé ?

— Ça vous amuse de me mettre dans l'embarras ?

— Non, vous m'avez tenu à peu près les mêmes propos vendredi soir et je veux comprendre, c'est tout.

— Connor, est-ce que vous m'avez bien regardée ?

— Oui, pourquoi ?

Je suis sûre qu'il le fait exprès et ça m'agace prodigieusement.

Je me lève du canapé et me plante devant lui.

— J'ai dix kilos en trop, de la cellulite, des vergetures et je suis vierge… C'est plus clair pour vous maintenant ?

Silence embarrassé pour moi, hébété pour lui.

— Vous êtes vierge ?

Je me prends la tête entre les mains. Ce mec va me rendre chèvre, et moi je lui balance que je suis vierge. Y a pas à dire, je perds le sens commun quand il est dans les parages.

Et merde ! En plus c'est mon patron…

J'ose lui jeter un regard. Il a l'air incrédule.

— C'est à cause de ce que Deirdre a dit sur vous ? C'est à cause de ses remarques quand elle a cru que c'était votre numéro sur la serviette ?

— Parce que vous croyez que ces remarques étaient les premières de ce genre ?

Mon rire est grinçant… Il est bien naïf.

— Quand je vous ai dit que vous étiez belle, je le pensais, et c'est aussi ce que pense James.

— Eh bien vous aurez peut-être un prix de groupe chez l'ophtalmo.

Ça ne le fait pas rire, et finalement moi non plus.

— Je vais vous prêter un parapluie, comme ça vous ne serez pas mouillé pour regagner votre voiture.

— Vous me mettez dehors ?

— J'ai répondu à votre question, vous n'aurez pas besoin de camper dans mon salon.

— Qui vous a donné cette image de vous, Mina ?

— Ça ne vous regarde pas, vous devriez partir maintenant.

— D'accord, mais nous n'avons pas fini cette discussion.

— Je crois que si.

Il remet sa veste et fourre sa cravate dans sa poche. Il s'empare du parapluie que je lui tends.

— Je serai là à sept heures demain…

— Je vous ai dit non !

— Je suis votre patron, Mina.

— Et alors ? Vous allez me virer parce que je ne veux pas que vous m'emmeniez au bureau ?

— Ce n'est pas exclu.

— Vous avez besoin de moi pour le projet, je le défie.

— Personne n'est irremplaçable, Mina.

— Mon œil… je murmure.

J'entends le son de ses pas s'estomper dans l'escalier.

Je suis dans la merde, enlisée jusqu'au cou, et je m'y suis collée toute seule, comme une grande !

CHAPITRE 11

Cela fait trois jours que Connor vient me chercher tous les matins et me ramène le soir.

Nos conversations se cantonnent au temps qu'il fait, aux nouvelles du jour ou au projet sur lequel malheureusement je n'ai pas encore grand-chose à dire.

Il ne m'a posé aucune question personnelle, intime, et fait comme si je ne lui avais pas lâché que j'étais moche et vierge.

Sans blague, qu'est-ce qui m'a pris de lui balancer ça ?

Pensais-je vraiment le faire fuir ?

À l'évidence ça n'a pas marché puisque je suis assise dans sa voiture.

J'avais peur que Mme Simmons et mes collègues me fassent une réflexion mais, bizarrement, ils n'ont pas eu l'air surpris. Connor MacKinley se préoccupe du bien-être de ses salariés. Enfin j'espère que je ne suis pas la seule à bénéficier de ses attentions.

Je n'ai aucun début d'explication pour justifier son attitude envers moi et je n'en ai pas parlé aux garçons. Ils savent que Connor est mon patron, que mon stage est super et que je n'ai pas revu James, point à la ligne.

Je leur ai promis de leur en dire plus ce week-end pour les faire patienter. Je sais qu'ils sentent que je ne dis pas tout.

Mais comment voulez-vous que j'explique un truc sur lequel je n'arrête pas de m'interroger ?

Je laisse Connor devant son bureau et gagne l'atelier où nous devons passer en revue les différentes propositions de chacun.

J'aime ces échanges car on est enfin dans le vif du sujet. En plus, mon cerveau sera trop occupé pour divaguer et me laisser ruminer sur le comportement de Connor.

À midi, nous avons opté pour deux idées très différentes et l'une d'elles vient de moi. Il est décidé que les deux garçons en développeront une pendant que Justine et moi travaillerons sur la mienne. En fait, elles partent du même constat, mais nous avons envie de les traiter de deux manières très différentes. Ça va être sympa.

— Mina, tu pourrais demander à Maureen d'aller nous chercher à manger, s'il te plaît ?

Sylvain est un estomac sur pattes. Il est tout le temps en train de bouffer.

« Réfléchir, ça creuse » est son leitmotiv et il est sec comme un coup de trique.

C'est vraiment trop injuste ! Si je mangeais seulement un dixième de ce qu'il avale quotidiennement au bureau, je pourrais à coup sûr rivaliser avec les femmes sumos.

Mais bon, je m'exécute quand même : il est midi et on a tous besoin d'une pause.

Maureen accepte de nous rendre ce petit service, elle partait s'acheter quelque chose de toute manière.

— Mina ?

Je me retourne alors que James sort du bureau de Doris qui, elle, reste invisible.

Il s'approche de moi à grands pas et avec le sourire.

Je suis gênée mais rassurée. Il n'a pas l'air de me tenir rigueur de ma fuite précipitée de l'autre soir.

— Qu'est-ce que vous faites là ? me demande-t-il.

Je lui rends son sourire.

— Je fais mon stage de fin de troisième année.

— C'est ici que vous avez commencé lundi ?

— Oui…

Il se retient de rire et je lui en suis fortement reconnaissante. Je crois qu'il a compris tout le surréalisme de la situation.

— Et comment ça se passe ?

Je ne crois pas qu'il me parle du boulot mais je ne le suis pas sur ce terrain-là et me cantonne au domaine professionnel.

— Super, je suis dans une équipe sympa et le projet sur lequel on bosse est un gros défi. Je m'éclate.

Il hoche la tête, il semble avoir compris le message. Ouf !

— Je suis désolé, Mina, je ne vous ai pas rappelée.

Bon, pas tout à fait alors…

On aurait pu s'abstenir de parler de ce qui s'est passé dimanche soir, d'autant plus que c'est à moi de lui présenter mes plus plates excuses.

— Je ne m'attendais pas à ce que vous le fassiez, je le rassure. Je me suis comportée comme une sauvage en vous laissant en plan.

— On pourrait peut-être rattraper le coup ? demande-t-il timidement. Demain soir ?

— James… Je…

— Écoutez, Mina. Je crois que j'ai fini par comprendre. Je suis un peu long à la détente mais je pense savoir ce qui vous a posé problème. J'aimerais bien qu'on en discute si vous le voulez bien. Vous aimez la nourriture chinoise ?

— J'adore… (Maudit estomac !)

— Alors on dit demain soir ?

— Désolé, don Juan, mais Mina est prise demain soir.

Connor se matérialise à notre côté. Je ne l'ai pas vu arriver et je me demande depuis combien de temps il est là.

— Tu plaisantes ! s'écrie James, contrarié.

— Non, je l'emmène à un cocktail. Doris et moi avons pensé que ce serait une bonne idée. Elle pourra rencontrer pas mal de monde et se faire quelques contacts.

— Ouais, c'est clair, présenté comme ça.

Houhou, je suis là…

— Alors, Mina, on décale notre rendez-vous à samedi ?

Merci de vous souvenir que j'existe. De toute manière, je n'ai pas vraiment le choix.

— Ça marche pour samedi. Vous passez me chercher ?

— Vingt heures ?

— Ce sera parfait.

— OK, je vous laisse bosser. À plus, Connor, on reparle de tout ça la semaine prochaine.

Puis, se tournant vers moi :

— À samedi, Mina… Il me tarde, me murmure-t-il.

James disparaît et je pivote vers Connor, méfiante.

— Quoi ? aboie-t-il.

— Il n'y a aucun cocktail prévu demain soir, je lui crache.

— Et si ! Mademoiselle Je-sais-tout, je passe vous chercher à dix-neuf heures.

— Mais je ne vous ai pas donné mon accord.

— Je suis votre patron, Mina, et je sais ce qui est bon pour vous.

— Je n'ai rien à me mettre.

— Eh bien vous trouverez…

On m'a donné un ticket pour les montagnes russes. J'évolue entre des hauts et des bas. Je me sens heureuse, satisfaite et, l'instant d'après, c'est panique à bord ou je suis furax. Bizarrement, Connor MacKinley y est toujours pour quelque chose.

Il m'a laissée au milieu de l'accueil et est retourné dans son bureau, très content de lui. Ça m'…

Pourquoi Doris et lui ont-ils décidé, tout à coup, que ma présence à cette petite sauterie professionnelle était indispensable ? Me faire des contacts ? D'accord, encore que je doute que les grands pontes de la pub partagent leur expérience avec une petite stagiaire sans importance…

Et je n'ai rien à me mettre… Je soupire.

Je ne vois qu'une personne susceptible de me sortir de là et j'espère qu'elle pourra me recevoir dès que je serai sortie de ces foutus bureaux.

Ouf, sauvée… Vivianne a exigé au téléphone que je passe immédiatement après mon travail. Elle était ravie de me revoir et a, m'a-t-elle déclaré, exactement ce qu'il me faut pour une telle occasion.

Je suis rassurée et file récupérer notre repas auprès de Maureen pour l'apporter à l'équipe.

L'après-midi passe en un battement de cils.

Connor vient me chercher dans le bureau déserté par mes collègues.

— Je ne paie pas les heures supplémentaires, dit-il en souriant.

— Je suis désolée, je n'ai pas vu le temps passer.

— On peut y aller ?

— Euh… j'ai appelé un taxi, je murmure.

J'ai oublié de le prévenir, mais c'est sa faute après tout…

— Vous vous rappelez, je dois aller me trouver une tenue pour demain.

— Je peux vous déposer.

— Ce sera plus facile avec un taxi.

— Comme vous voulez.

— À demain ?

— Oui… À demain.

Je fonce, il est déjà dix-huit heures.

Je rêve ou Connor avait l'air déçu que je ne reparte pas avec lui ? Il ne comptait quand même pas m'aider à choisir une robe ?

En même temps, Vivianne ne l'aurait pas laissé entrer. Il aurait poireauté dans le petit salon. Après tout l'idée aurait pu être bonne. Lui faire faire des trucs débiles pour qu'il se lasse et me laisse tranquille…

J'y réfléchis et on en reparle, d'accord ?

— Elle vous attend.

Brice me lance l'info en passant en coup de vent. J'arrive tard et je suis embarrassée d'empêcher Vivianne de rentrer chez elle. Je pénètre donc aussitôt dans le showroom pour qu'elle ne m'attende pas davantage.

Pour le coup, elle ne m'attendait pas du tout et j'aurais dû frapper avant d'entrer. Vivianne est dans les bras du plus beau mec que j'aie jamais vu (bon, le deuxième plus beau mec… après Connor bien sûr). Et vu le baiser qu'ils échangent, ils sont très, très proches.

Je fais demi-tour pour les laisser à leur intimité quand Vivianne m'interpelle :

— Mina ! Je suis contente que tu sois venue.

Elle quitte les bras de son dieu vivant et se précipite vers moi pour m'embrasser. Puis elle se tourne vers l'homme qui la regarde tendrement.

— Mina, je te présente John, mon fiancé.

— Je suis enchanté de vous rencontrer, Mina, dit-il d'une voix chaude et onctueuse, alors qu'il prend ma main pour y déposer un baiser.

— Euh… moi de même, je réponds.

Vivianne aussi le couve d'un regard chargé d'amour. Ces deux-là s'adorent et je me prends une première claque.

Un dieu vivant, baraqué, attentionné peut s'éprendre d'une nana comme Vivianne, tout en rondeurs ?

— Je vous laisse, les filles. De toute manière, je ne serais d'aucune utilité.

— C'est un menteur, me murmure Vivianne. Il a très bon goût.

— La preuve, ma puce, puisque je t'épouse.

— Et moi ? Je ne t'épouse pas alors ? le taquine-t-elle gentiment.

— On a très bon goût tous les deux, bébé.

Il la plaque contre lui et dépose un baiser possessif sur ses belles lèvres rouges. Mon amie glousse de plaisir.

Il me sourit et s'en va, laissant Vivianne entre ciel et terre, pas tout à fait prête à redescendre parmi ses semblables.

— Ce mec est trop…

— … beau, je propose.

— Oui et…

— … bien foutu…

— Oh oui, mais il est aussi intelligent, drôle, attentionné et très, très doué.

Je vois parfaitement ce qu'elle veut dire (techniquement du moins puisque je n'ai aucune expérience).

Mais je me suis pris une deuxième claque. On peut être épanouie sexuellement quand on a des rondeurs ?

Je suis vraiment à côté de la plaque, et ça depuis le début ! Je suis pathétique. Vivianne et John forment un très beau couple et feront des mariés extraordinaires.

J'ai une révélation subite et effarante : j'ai érigé ma propre prison et je me suis claquemurée à l'intérieur pour « me protéger » ! La blague !

— Qu'y a-t-il, Mina ?

Je regarde Vivianne et je pleure. Je pleure et j'en ai marre. Depuis le week-end dernier, j'ai l'impression de ne faire que ça. À part fuir, bien sûr. Quand je ne sors pas des inepties à mon patron. Mon amie me prend dans ses bras et m'entraîne vers un canapé sur lequel elle m'installe. Elle me tend une boîte de Kleenex et patiente le temps que je me reprenne.

Dès que je suis capable de parler, je lui raconte tout depuis le début. Je parle de Connor, de notre rencontre de vendredi. Comment il est venu s'excuser dans la ruelle. Ce qu'il m'a dit à cette occasion. Le baiser qu'il voulait me donner. Je parle de James, je lui explique pourquoi j'ai fui. Je partage mes peurs, mes questions, mes doutes.

Puis j'évoque encore Connor et le fait qu'il ait menacé de dormir chez moi si je ne lui donnais aucune explication.

— Je lui ai tout lâché, Vivianne ! Je lui ai dit que j'avais dix kilos en trop, des vergetures, de la cellulite et que j'étais vierge. Non mais t'imagines ! Non seulement il sait que je ne suis pas très affriolante et en plus que je n'ai jamais vu le loup.

— Et il a fui ?

— Non... Il m'emmène au travail tous les matins, il me ramène chez moi en fin de journée et il veut que je l'accompagne à un cocktail demain soir - pour lequel je n'ai rien à me mettre.

Vivianne a beaucoup de difficultés à cacher son amusement.

Puis, n'y tenant plus, elle éclate de rire, ce qui me vexe un peu - elle ne manque pas de le remarquer. Elle se reprend.

— Je suis effarée, commence-t-elle, de constater à quel point nous sommes idiotes. Non, plus précisément, à quel point les hommes nous rendent bêtes et peu sûres de nous.

— C'est l'histoire de ma vie, je gémis.

— Oui et ça a été la mienne aussi. On a beau s'assumer, s'habiller avec de jolies choses, réussir professionnellement, on est totalement démunies face à un mec qui nous plaît. Et c'est encore pire quand il s'avère qu'on lui plaît en retour.

— Mais tu sors avec John et tu vas l'épouser !

— Oui, mais ça ne s'est pas fait sans mal.

— Vous vous aimez. C'est visible comme le nez au milieu de la figure.

— Je l'ai repoussé tant que j'ai pu, avoue-t-elle.

— Mais pourquoi ?

— Peut-être pour les mêmes raisons que toi, ma belle.

— Mouais.

— J'ai rencontré John il y a cinq ans lors d'une vente aux enchères. Il était avec sa petite amie, un vrai canon, et pourtant il a passé tout son temps à me dévisager. J'aurais dû me sentir flattée qu'un tel mec me regarde, eh bien non, je me suis sentie gênée et en danger. Je ne sais pas comment il m'a retrouvée mais le fait est que, une semaine après, il m'attendait à la sortie de l'atelier. J'étais tétanisée, je te jure, il était si beau. Mon métier est de mettre les femmes rondes en valeur pour qu'elles se sentent bien et retrouvent de la confiance et je me suis retrouvée là, comme une idiote, alors que John s'évertuait à me faire comprendre qu'il me trouvait belle et voulait être avec moi. Si j'avais été à sa place, le pauvre, j'aurais proclamé la cause perdue et laissé tomber. Mais contre toute attente, il s'est accroché. Il a été doux, patient et, petit à petit, il m'a apprivoisée.

— Pourtant ils peuvent avoir les plus belles femmes du monde, je tente encore d'objecter, plus très convaincue.

— Mais nous faisons partie des plus belles femmes du monde ! assène Vivianne avec force.

Elle secoue la tête en me voyant réfléchir.

— Mina… Ton corps reflète ton histoire. Il porte les stigmates de ta vie. Tu es ronde, et après ? Oui, je sais, beaucoup de mecs, même s'ils nous trouvent à leur goût, ne l'avoueront jamais. Avoir une nana bien foutue à leur bras les met en valeur, les rassure. Mais ils ne sont pas tous comme ça, et ton Connor fait peut-être partie de ces exceptions.

— Et s'il se passait quelque chose ?

— Entre vous ?

J'acquiesce.

— Eh bien, tu prends le risque d'être déçue et de souffrir, mais si tu n'essaies pas, tu risques aussi de passer à côté de quelque chose de merveilleux. Et vu le portrait que tu m'as fait de ton boss, tu pourrais tomber plus mal pour ta première fois.

— Vivianne !!!

— Quoi, c'est toujours mieux qu'un ado boutonneux, éjaculateur précoce, à l'arrière d'une bagnole !

Je glousse.

— Je ne savais pas que les stylistes étaient aussi thérapeutes, je plaisante.

— Mina, tu as le droit d'être heureuse… Profites-en, prends tout ce qui t'est offert et ne regrette rien.

— J'essaierai.

— Non, ma belle, tu ne dois pas te contenter d'essayer. Lance-toi et, si ça ne se passe pas comme tu le veux, tu seras la bienvenue pour t'épancher.

— Y aura de la glace ?

— Oui, et une grosse boîte de Kleenex, dit-elle en pouffant.

— Mais il pourrait aussi y avoir des confidences croustillantes et beaucoup de rires.

— Tope là, ma puce, j'achète… J'adore tout ce qui est croustillant.

Comment vous dire ? Je me sens… légère. Oui, samedi je me sentais jolie mais ce n'était pas suffisant. J'ai à peine plus de recul, cependant Vivianne a raison : il ne suffit pas de bien paraître, il faut être en accord avec ce que l'on est. Et cela aucun magasin ne pourra jamais vous le vendre.

On se bride avec nos propres entraves. On a souffert, et se mettre à nu, se donner, paraît beaucoup trop risqué. Alors mieux vaut ne rien faire, rester dans sa routine confortable.

Enfin c'est ce que je croyais. Jusqu'à ce que Connor se manifeste.

Il me pousse à bout mais c'est parce qu'il me met face à moi-même. Il m'oblige à réfléchir, à explorer toute cette partie de moi que j'ai sciemment tenté d'occulter.

Et finalement, je souffre parce que je fais tout pour ne pas souffrir.

Ça fait déclic, c'est la seule expression pour expliquer ce qui vient de se passer en moi. Tout devient limpide.

On rit toutes les deux et c'est libérateur. Elle me comprend parce qu'elle a vécu des choses similaires et elle m'avoue être heureuse que je puisse enfin éprouver ce qu'elle connaît dans les bras de John.

Du coup, en un temps record, on a choisi ma tenue de cocktail et c'est une robe.

CHAPITRE 12

Je suis incapable de me concentrer plus de cinq minutes depuis que je suis arrivée au boulot.

Connor était à l'heure, comme toujours, mais pas plus causant et pour une fois ça m'a gênée.

En fait je crois que nos petites joutes oratoires me manquent. Mais depuis lundi soir, il ne s'est plus aventuré sur ce terrain, et je suis frustrée.

La journée passe à deux à l'heure et pourtant ce n'est pas le boulot qui manque. On a appris que la présentation avait été avancée d'une semaine mais ça ne m'a pas boostée pour autant. Aujourd'hui je ne suis bonne à rien.

Justine, qui s'est amusée de ma baisse de régime, m'a aidée à mettre de l'ordre dans ce qui a déjà été fait pour que nous puissions dresser une liste de ce qui nous reste à voir. On a notre ligne directrice, qui est encore à peaufiner, on a notre plan d'action et les premiers scénarios. La journée n'a donc pas été si stérile que ça.

— Dis, ma belle, tu ne devais pas partir à dix-sept heures ?

— Si, pourquoi ? Il est quelle heure ?

— La demie, s'amuse Justine.

Merde, merde, merde ! Je suis en retard et Connor m'attend pour me déposer et pouvoir rentrer chez lui se préparer.

J'embrasse Justine en lui souhaitant un bon week-end et je me précipite à l'accueil où Connor est en train de s'entretenir avec un homme. Je ne le reconnais pas tout de suite mais je l'ai déjà rencontré. C'est M. Mauris, le père de Deirdre et accessoirement l'homme qui m'a appuyée pour l'obtention de ce stage.

Je danse d'un pied sur l'autre en attendant qu'ils aient terminé. Connor m'interpelle et m'invite à les rejoindre.

— Vous connaissez Henry ?

Je le salue :

— Monsieur Mauris.

— Mina, je suis heureux de vous voir, dit celui-ci très gentiment.

Il a un regard doux quand il le pose sur moi et je me sens bizarre.

— Connor me dit que vous vous êtes très bien intégrée et que vous travaillez d'arrache-pied.

— J'aime ce que je fais et M. MacKinley m'a intégrée dans une de ses équipes. J'ai la chance de travailler sur un gros dossier.

— Mais vous le méritez, Mina, réagit Connor.

— Bien dit, mon garçon ! renchérit Henry Mauris. Il faut aider les jeunes qui ont du talent et Mina n'en manque pas. J'espère que vous profiterez de ces quelques semaines.

— J'y compte bien, je lui réponds, et je vous suis très reconnaissante de m'avoir soutenue pour cette place. Merci beaucoup.

Il a du mal à détacher ses yeux de ma personne. Je jette un coup d'œil à Connor qui hausse légèrement les épaules. Mais M. Mauris se reprend.

— Il n'y a pas de quoi, Mina. Connor, nous nous revoyons très vite.

— Je t'appelle dans les jours à venir.

— Très bien. Mina, je suis heureux de vous avoir vue. Connor…

Il nous fait un dernier signe de tête puis se dirige vers le bureau de Doris.

Contrairement à sa fille, c'est un homme charmant. Il doit avoir un peu plus de soixante ans mais les porte bien. C'est un bel homme et un mécène. Il aide les écoles et la mienne en particulier. C'est grâce à lui si je suis là et je suis heureuse d'avoir pu l'en remercier.

— Eh bien, vous avez fait forte impression sur Henry, remarque Connor.

— Je n'étais pas la seule bonne élève de ma promotion, je rétorque, embarrassée.

— Peut-être, mais c'est pourtant votre nom qui a été avancé quand nous avons émis l'idée de prendre des stagiaires. Il a été plus qu'élogieux…

— C'est bon, Connor, je le coupe. J'ai beaucoup bossé et je suppose qu'il a aimé mon travail. Quoi d'autre sinon ?

— D'ailleurs, vous étiez encore en train de bosser ?

— Je suis là pour ça, non ?

— Oui, mais que ça ne vous empêche pas d'être à l'heure.

— Vous avez décidé de bougonner et de râler toute la soirée ?

— Ça dépendra de ma partenaire, me répond-il du tac au tac.

— C'est moi qui vous fais râler ? je m'étonne.

— Oui, mais il faut qu'on y aille. Je suppose qu'il vous faudra un peu de temps pour vous préparer.

— Ben oui, quand même.

— C'est bien ce que je pensais.

Il démarre et prend le chemin du retour.

— Je me changerai chez vous.

— Hein ?

— Quoi ? Vous étiez en retard et je n'ai plus le temps de rentrer chez moi maintenant.

— Une demi-heure…

Une fois garé devant chez moi, il récupère une housse noire posée sur la banquette arrière.

— En fait vous aviez déjà prévu de vous habiller ici, sinon vous n'auriez pas vos affaires.

— On ne peut pas vous faire quitter l'agence, objecte-t-il.

— Vous voulez que je vous dise, même si j'étais sortie une heure en avance, vous vous seriez quand même changé chez moi.

Et son sourire, que je juge machiavélique, me le confirme.

Je le laisse se débrouiller dans le salon et je m'enferme dans la salle de bains. Je prends une douche rapide et sors en catastrophe alors qu'on tambourine à la porte. J'enfile mon peignoir, j'enroule une serviette autour de mes cheveux et je vais ouvrir.

— Qu'est-ce que vous voulez ? je demande à Connor, qui (sainte Marie mère de Dieu !) est torse nu.

— J'aurais besoin de votre salle de bains.

— Entrez.

— Vous avez bientôt fini ?

— Non, et si vous n'arrêtez pas de m'interrompre, je ne serai jamais prête.

— Vous avez prévu quelle tenue pour ce soir ?

— Vous verrez bien. Allez hop ! Bougez-vous !

Je le pousse dans la salle de bains.

— Vous auriez une serviette ?

— Sur l'étagère ! je hurle en claquant la porte.

Dès que j'entends l'eau couler, je me dépêche de m'habiller avant qu'il sorte me demander autre chose.

J'enfile ma robe, mes chaussures, mais il faut encore que je me maquille et que je me sèche les cheveux. J'attends donc que Monsieur veuille bien libérer la salle de bains pour que je puisse prendre sa place.

L'incongru de la situation me fait pouffer. J'imagine que si nous étions vraiment en couple, ce serait à peu près la même chose, avec la gêne en moins.

Enfin l'eau arrête de couler. Il peut dire que je mets du temps à me préparer, il est pire qu'une gonzesse.

— Connor, vous avez fini ? je crie à travers la porte close.

— Oui, ça y est.

Il sort en se séchant la tête et il est toujours torse nu. Sans aucune vergogne, je le reluque pendant qu'il est occupé.

J'aime son torse viril et imberbe. Sa peau est dorée, ses épaules larges, ses pectoraux ont l'air durs comme de l'acier et ses abdominaux sont à croquer. Sa musculature est fine et elle roule sous sa peau alors que, bras levés, il se frictionne les cheveux.

Je déglutis en repensant à ce que m'a dit Vivianne.

Quelle première fois aurais-je avec un tel mec ?

Torride ? J'en suis sûre. En même temps, j'ai déjà chaud partout rien qu'en le contemplant. Je n'ose même pas imaginer ce que ce serait si je posais mes mains sur lui. Je mourrais d'autocombustion, c'est sûr…

— Tournez-vous !

— Quoi ? je couine, encore perdue dans mes pensées lubriques.

Et si c'était lui qui posait ses mains sur moi ?

— Mina, vous rêvez ?

— Hein, mais quoi bon sang ?

— Tournez-vous que je vous regarde.

— Quoi ?

Ah oui ! C'est vrai, je suis habillée mais pas encore prête.

— Vous êtes ravissante, déclare-t-il en me détaillant des pieds à la tête, admirateur.

— Oui, peut-être, mais je ne suis pas encore prête.

Et je prends sa place dans la salle de bains.

Anticerne, poudre, ombres à paupières, crayon, rimmel et hop, le tour est joué. Je sèche ma tignasse qui restera telle quelle et je suis enfin parée.

— Mina, on va être à la bourre !

— À cause de qui ? je grogne.

J'entrouvre la porte. Connor est assis sur mon lit, sa cravate à la main. Costume noir, chemise blanche. Il est à tomber, comme d'habitude.

— Je vous ai déjà dit que vous étiez ravissante ?

— Euh… oui, il y a cinq minutes.

— Ah !

— Fermez la bouche, Connor !

— Hein ?

Je n'ai qu'à le regarder pour savoir qu'encore une fois Vivianne a fait des miracles. Il a les yeux un peu exorbités et mon ventre se noue de nouveau.

J'ai chaud et j'ai du mal à respirer.

L'atmosphère est pesante et, si l'un de nous deux ne se décide pas à bouger, on en sera toujours au même point demain matin.

Alors je bouge. Je me soustrais à son regard, je chope mon sac et mon étole et je l'invite à se magner.

— Aidez-moi à nouer ma cravate.

— Mais vous êtes un grand garçon. Vous le faites tous les matins. Vous n'avez pas besoin de moi.

Comme d'habitude il ne tient aucun compte de ce que je dis et il me tend sa cravate.

Je repose donc mes affaires et je m'attelle à la tâche. Quand je le fais pour Paolo ou Tristan, ça m'amuse, mais, à cet instant, je trouve que c'est très intime. Pour la énième fois, mes joues se colorent, ce qui fait sourire Connor.

— Vous êtes gênée, murmure-t-il d'une voix rauque.

— Arrêtez de bouger.

— Et vous n'aimez pas qu'on vous complimente.

— Connor ! je m'écrie, prête à me servir de sa cravate pour l'étrangler.

— Mina, vous êtes mal à l'aise avec tous les hommes ou juste avec moi ?

Je ne sais plus où j'en suis. Est-ce qu'on doit passer le grand bout à gauche, derrière ? Du coup le nœud est bon à refaire.

— Taisez-vous. Je n'arrive pas à me concentrer.

— Répondez à ma question.

Je lève les yeux et je me perds dans son regard gris.

— Je me suis sauvée du club de jazz ou James m'avait emmenée. Ça répond à votre question ?

— Tous les hommes alors ?

— S'il vous plaît, Connor.

Il finit par se taire et je peux rajuster sa cravate qui est enfin nouée impeccablement. Mes mains tremblent encore quand je récupère mes affaires pour que nous puissions y aller.

Vivianne a vraiment fait du super boulot et en plus et contre toute attente je me sens à l'aise même si je porte une robe.

Pour être plus précise, c'est une tunique noire, fluide, à manches longues qui s'arrête au-dessus du genou. Elle souligne mes courbes sans les marquer et bouffe au-dessus de la ceinture en argent qui enserre mes hanches. Mes épaules sont dégagées et le décolleté laisse deviner la naissance de mes seins. J'ai longuement hésité quand Vivianne me l'a présentée. Puis je l'ai carrément refusée. Mais à force de cajoleries et après m'avoir montré plusieurs autres modèles absolument hideux (la maligne), j'ai cédé et je me suis isolée pour la passer. L'étoffe soyeuse a glissé sur ma peau et j'ai trouvé la sensation très agréable. Puis j'ai fixé la ceinture et je suis sortie pour montrer le résultat à mon amie. Elle m'a fait enfiler des escarpins bleu turquoise dont les lanières s'enroulent autour de mes chevilles et est restée un moment à m'examiner.

Je n'ai pas attendu son verdict très longtemps. Son sourire et son air attendri ont parlé pour elle. Vivianne m'a conduite devant le miroir en pied et m'a laissée m'habituer à cette nouvelle image de moi, vêtue d'une magnifique robe de cocktail. Ça m'a pris quelques longues secondes, jamais je n'aurais cru que ce genre de fringue m'irait, c'est pourtant le cas et je crois que Connor est aussi de cet avis.

C'est simple mais c'est parfait, et les regards qu'il me lance tandis que nous gagnons la voiture me le confirment.

J'ai promis à Vivianne que je ne ferais pas qu'essayer.

Je prends cette soirée comme un nouveau départ, LE grand départ.

Que ceux qui ne m'aiment pas ne me regardent pas et passent leur chemin. Je ne laisserai plus toutes les bombes de la terre m'atteindre par leurs critiques et je compte bien m'amuser.

— Il ne vous a pas embrassée, alors ?

— Mais de quoi vous parlez ?

Il a vraiment le chic pour lâcher ses questions quand je m'y attends le moins et chaque fois je passe pour une demeurée.

— James, est-ce qu'il a essayé de vous embrasser ?

— Non !!! Je me suis sauvée, vous vous rappelez. Et c'est votre faute d'ailleurs.

Nous sommes arrêtés à un feu et il se tourne brusquement vers moi.

— Vous pouvez m'expliquer ?

— Pourquoi avez-vous dit à James qu'on se connaissait ?

— Mais parce que c'est vrai. Je vous ai rencontrée avant lui, se défend-il.

— Il croyait qu'il y avait quelque chose entre nous.

— Ah !

— Il l'a déduit à cause de ce que vous avez dit sur moi. Non, c'était plutôt la façon dont vous avez parlé de moi... Mais qu'est-ce que vous lui avez dit au juste ?

— Je ne sais plus, s'agace-t-il. En tout cas rien qui puisse vous porter préjudice.

— À peine ! Seulement quelque chose qui l'a poussé à croire qu'on était ensemble.

— Je n'en sais rien, Mina, on avait pas mal bu.

— Oh !!!

— Oui, oh !!!

— Et s'il m'avait embrassée ? je le nargue.

— Je lui aurais fait la peau.

C'est dit avec une pointe d'agressivité. Comme s'il allait casser la figure à l'un de ses meilleurs amis pour moi !

— Vous dites n'importe quoi.

— Non, d'ailleurs ce n'est pas une bonne idée que vous sortiez avec lui demain.

— Et pourquoi, je vous prie ?

— Parce que vous lui plaisez.

— C'est peut-être précisément la raison pour laquelle il m'invite, non ?

— Oui, mais si vous avez accepté c'est qu'il vous plaît aussi.

— Oui, je l'apprécie et j'espère qu'on pourra devenir amis.

Il s'esclaffe, alors que nous sommes arrêtés une nouvelle fois.

— Il veut coucher avec vous.

C'est brut, direct mais c'est parlant.

— Il ne le fera pas si je ne le veux pas.

— Et il vous faudra combien de rendez-vous avant que vous craquiez ?

— Il pourrait y en avoir des centaines, ce n'est pas lui qui me fait craquer !!!

Et merde !

Ça finit toujours comme ça ! Il faut que je balance le truc qu'il ne faut pas. Mais il est si... si... HORRIPILANT !

— Et qui vous fait craquer ?

— Regardez la route et arrêtez de fouiner.

— Moi !!!

— Connor !

— OK, c'est moi !

CHAPITRE 13

Il est exaspérant !

La fin du trajet s'est déroulée dans un silence pesant pour moi alors que Connor n'a pas cessé de fredonner.

Il est Gros Minet et moi, Titi, et je peux vous assurer qu'il s'amuse beaucoup.

Il a arrêté la voiture devant un des plus grands palaces londoniens. Il confie les clés au voiturier et vient m'ouvrir la porte pour m'aider à descendre.

Je ne suis jamais entrée dans un hôtel aussi luxueux. En même temps, je ne sais pas ce que je serais venue y faire puisqu'une nuit dans une de ses chambres est l'équivalent d'au moins cinq mois de mon salaire.

C'est pourtant magnifique.

Le hall est gigantesque, illuminé par un énorme lustre à pampilles. Des colonnes de marbre rose et beige structurent l'espace. De grands tapis au sol étouffent les pas et le bruit des bagages qui roulent, et un nombre incalculable de fauteuils et canapés accueillent les clients qui lisent le journal, se reposent ou attendent quelqu'un.

Connor a glissé mon bras sous le sien et m'escorte au premier étage où il montre un carton d'invitation noir filigrané d'or à un homme en costume.

Ce dernier s'empare de l'invitation et se plonge dans la liste des noms qu'il détient. Il fronce les yeux puis, après quelques secondes, se redresse et nous rend l'invitation avec un sourire onctueux.

— Monsieur MacKinley, nous sommes heureux que vous ayez pu venir… finalement.

— Oui, merci. Je vous présente Mina Westcomb, une de mes collaboratrices.

— Enchanté, mademoiselle, j'espère que vous passerez une agréable soirée.

Ouais, peut-être après avoir étranglé mon cavalier…

Mais le gentil monsieur n'y est pour rien. Je le remercie chaleureusement avant d'être précipitée dans la cage aux fauves.

Encore une fois, Connor n'en a fait qu'à sa tête. À première vue, et d'après l'homme qui nous a accueillis, Connor ne devait pas venir ce soir mais… finalement… il a changé d'avis. Et il est bien là et avec moi. Ce qui me met en colère, c'est que je sais pertinemment ce qui est à l'origine de ce revirement. Tout pourvu que je ne puisse pas sortir avec James !

Ma seule consolation, c'est que son plan a échoué, je dîne quand même avec son ami, demain soir.

« Il veut coucher avec vous… » Je pense que cette phrase sibylline était censée me foutre les jetons.

Mais il ne se passera jamais rien avec James, c'est ce que je compte lui dire demain. J'aimerais qu'on soit amis, s'il le veut bien, c'est tout. Je ne trouve pas ça réglo de sortir avec lui alors que je n'ai que Connor en tête. Même s'il ne se passe jamais rien avec mon patron, James ne sera pas la roue de secours.

En attendant, mon patron joue son rôle à la perfection. Il me guide à travers la foule d'un pas souple. C'est un félin sûr de lui sans être prétentieux. Il me présente à différentes personnes de la profession dont je ne retiens pas les noms, puis nous conduit à notre table.

Un orchestre joue une musique d'ambiance et des techniciens s'affairent sur l'estrade pour installer chaises et micros.

Nous sommes assis l'un à côté de l'autre avec six autres personnes. Il les connaît tous et me présente à eux, encore une fois, comme sa collaboratrice. Un nombre incalculable d'hommes, mais surtout de femmes, s'arrêtent à notre table pour parler avec lui, pourtant à aucun moment il ne me laisse de côté, m'incluant toujours dans la conversation. C'est adorable.

Voilà Connor… exaspérant et adorable. Et on dit que les filles sont compliquées.

Le repas s'avère long et les plats qu'on nous sert sont insipides, à peine chauds. Les discours se succèdent jusqu'au dessert. Puis nos hôtes nous invitent à profiter du bar et de la piste de danse.

D'ailleurs le mot *danse* est à peine prononcé qu'une belle plante brune invite mon patron.

Il me regarde comme s'il avait besoin de mon autorisation, que je lui donne d'un léger hochement de tête.

Il peut bien se trémousser avec qui il veut, en tant que collaboratrice, je n'ai rien à dire, et il n'est pas mon mec.

Je profite de son absence pour gagner les toilettes où il y a foule. C'est dingue ce que ce genre de petite sauterie peut donner envie de faire pipi. Je plaisante, il y a aussi beaucoup de femmes qui sont là simplement pour se repoudrer le nez.

Ce qui est bien, c'est que je ne connais personne et j'en profite pour écouter ce que les unes et les autres se disent. J'entends le nom de MacKinley à plusieurs reprises mais rien de significatif et au bout d'une demi-heure je peux enfin regagner notre table.

Elle est cachée derrière un pilier habillé de soie. J'y retrouve Connor, mais je découvre alors qu'il est en grande conversation avec une blonde magnifique, moulée dans un fourreau lamé or. J'ai beau ne pas apprécier ce genre de beauté éclatante pourvue d'un décolleté impressionnant, je dois reconnaître qu'elle est sublime.

Ils ne m'ont pas remarquée, absorbés par leur tête-à-tête. Ils sont de profil, face à face, à quelques centimètres de moi et ils ne murmurent pas. Du coup, malgré la musique, j'arrive à entendre ce qu'ils se disent et je ne suis pas déçue. La blonde a un sourire éclatant que je juge un peu forcé et Connor, l'air contrarié, lui répond du bout des lèvres.

— Tu as changé de type de casse-croûte ? demande-t-elle d'une voix mielleuse.

— De quoi parles-tu ? s'agace-t-il.

— De la petite grosse que tu trimballes, accrochée à ton bras, depuis le début de la soirée.

— Ne sois pas méchante, Bettina. Mina est stagiaire à l'agence.

Son ton est cassant mais ça n'arrête pas son interlocutrice. Je n'aime pas ce que j'entends, mais bizarrement les mots glissent sur moi comme des gouttes de pluie sur un pare-brise.

J'en suis plutôt fière.

— Oh ! Tu me rassures. J'ai bien cru que tu avais changé de type de femme.

— Et si c'était le cas où serait le problème ?

— Aucun problème, mon chéri. Mais je sais que ce n'est pas le cas. Pourquoi se contenter du commun alors qu'on sait tous les deux ce que tu aimes et ce qui t'excite. Et je ne pense pas qu'une petite stagiaire rondouillarde puisse t'offrir tout ce dont tu as besoin. On pourrait peut-être s'éclipser et je te…

— Mademoiselle, une coupe de champagne ?

Pour la discrétion, le serveur peut repasser ! Il attend que je me décide. Je prends une flûte sur son plateau alors que Connor s'est tourné vers moi. Il semble très mal à l'aise.

Tu m'étonnes !

La dénommée Bettina est toujours collée à lui comme une moule à son rocher et ne semble absolument pas gênée de se retrouver devant celle qu'elle vient de critiquer copieusement.

Pourtant je fais comme si je n'avais pas entendu un mot de leur échange. Rien ne peut m'atteindre ce soir. J'ai déjà été la cible de ce genre de propos des milliers de fois. Une de plus, une de moins… Et j'ai de la chance, le champagne est délicieux.

— Mina, il y a un problème ?

— Oh non !!! Je ne voulais pas vous interrompre, j'étais simplement venue chercher mon étole. Je vais aller contempler le jardin, c'est tout.

C'est Mademoiselle Crustacé qui me la tend avec un sourire très, très faux. Je la remercie avec le même sourire de parade et je les laisse. Pour être honnête, je ne sais même pas s'il y a un jardin, mais je ne tiendrai pas la chandelle. J'espère seulement que Connor me ramènera ou me trouvera un taxi avant d'aller se la taper.

D'accord, je suis à nouveau de mauvaise humeur. Je ne suis pas blessée par ce que j'ai entendu, mais imaginer Connor dans les bras de cette grue me met hors de moi.

Je vide mon verre et en prends un autre, sans oublier de demander au serveur s'il y a un jardin.

Heureusement pour moi, c'est le cas, et il m'indique le chemin pour m'y rendre.

J'arrive à récupérer une nouvelle flûte pour remplacer celle que je viens de vider d'une traite. Puis je sors.

Il fait frais mais l'endroit est magnifique. C'est un patio où s'amoncellent des plantes en tout genre. Pas très fleuri en cette saison mais tout de même très agréable.

Je m'assieds sur un banc à côté de la fontaine et, tout en sirotant mon champagne, j'écoute le clapotis de l'eau.

Je me sens bien et je crois que l'alcool y est pour quelque chose. Je suis pompette. J'ai trop bu, trop vite, mais la sensation n'est pas désagréable.

Ce serait encore mieux si je pouvais arrêter de penser à Connor en train de se faire peloter et embrasser par la bimbo. Sans ça, ce serait parfait.

— Mina, je vous cherche partout, bon sang !

Tiens ! Quand on pense au loup…

— Eh bien, je suis là ! je m'écrie en levant les bras.

— Rentrez à l'intérieur, c'est trop humide ici. Vous allez attraper une pneumonie !

— Oui, mais c'est beau, il y a les plantes, le bruit de l'eau et le champagne.

Je regarde ma flûte désespérément vide, avant de la retourner.

— Ah ben non, y en a plus ! je fais, désolée.

— Vous êtes bourrée ?

— Non, pompette… Je suis pompette !

— On rentre !

— Non, encore une petite coupette… S'il vous plaît, monsieur MacKinley. Et puis vous savez je peux rentrer en taxi. Vous avez des choses plus importantes à faire que de materner votre petite stagiaire.

— Et lesquelles, Mademoiselle Je-sais-tout ? demande-t-il d'un petit air pincé qui me fait glousser.

— Oh rien, laissez tomber.

Il faut quand même que je prenne appui sur la margelle de la fontaine pour me relever.

— Bon Dieu ! Mais on ne peut pas vous laisser cinq minutes.

— C'est vous qui êtes allé danser… je vous rappelle, et quand je vous ai retrouvé vous discutiez avec la blonde. J'allais quand même pas tenir la chandelle pendant qu'elle vous grimpait dessus.

— Parce que vous y connaissez quelque chose peut-être ? ironise-t-il.

— Plus que vous ne croyez ! je rétorque, piquée. Je suis vierge, je ne suis pas ignare. Oh là là, il me faut du champagne.

Du pas le plus assuré possible, je passe devant Connor qui fulmine et m'emboîte le pas, et, dès que nous sommes à l'intérieur, j'attrape une flûte pleine sur une desserte.

— Arrêtez de boire, gronde-t-il à mon oreille.

— Vous n'êtes pas mon père, je rétorque avant de boire une longue gorgée du vin subtilement pétillant. Et patron, ça compte pas.

— Ah non ?

— Non… Allez donc retrouver votre petite copine et laissez-moi déguster mon champagne tranquille.

— Ce n'est pas ma petite copine, Mina !

— Ouais, ben va peut-être falloir lui expliquer, parce qu'elle a pas l'air au courant.

Je la lui désigne de la main qui tient mon verre déjà aux trois quarts vide. Va me falloir de nouvelles munitions.

Elle approche d'un pas chaloupé qui accentue son déhanchement. Elle vient se mettre entre moi et Connor avant de me regarder d'un air condescendant.

— Vous ne pouvez pas lâcher votre patron, me reproche-t-elle comme si elle parlait à une gamine ou à une demeurée.

Puis, se tournant vers Connor :

— Tu m'invites à danser ? S'il te plaît, Connor, en souvenir du bon vieux temps…

Il tergiverse.

J'ai envie d'éclater de rire devant les yeux plein de désir non contenu et les lèvres humides et entrouvertes de cette pétasse. Tout dans son corps crie « baise-moi », et s'il n'y avait pas tant de monde je suis certaine qu'elle lui aurait déjà sauté dessus.

Et zut !!! Même pompette, je me rends bien compte qu'on ne joue pas dans la même catégorie. Je ne reviendrai pas sur le « elle est plus jolie que moi », « elle est mieux foutue que moi » et patati et patata…

Elle me donne surtout une bonne excuse pour déguerpir et rentrer chez moi. Je veux dormir mais surtout enlever mes chaussures qui me font un mal de chien, prendre une douche et me vautrer dans mon canapé, pour cuver tout le champagne que j'ai avalé.

— Connor, viens ! l'implore Barbie en le tirant par le bras vers la piste de danse.

— Vous ne bougez pas d'ici, me lance-t-il alors qu'il est entraîné malgré lui.

Bien sûr ! Je vais poireauter là en attendant qu'ils aient fini de virevolter en se pelotant.

Je finis mon champagne et je pose mon verre sur une table désertée puis je me précipite vers la sortie.

Non, c'est pas exact… Je me *dandine* jusqu'à la sortie (je précise, l'association talons hauts et champagne est à proscrire).

Je demande au portier de m'appeler un taxi, ce qu'il s'empresse de faire. En un temps record, j'ai quitté le palace et je me réjouis de retrouver mon petit appart. Connor va être en rogne quand il verra que je suis partie mais ce n'est pas grave. L'alcool me rend optimiste et confiante. Il me remontera les bretelles lundi matin, et puis c'est tout.

CHAPITRE 14

Je suis divinement bien… Enfin ! Je suis pieds nus, emmitouflée dans mon peignoir et je bouquine, vautrée dans mon canapé en grignotant des shortbreads. C'est le paradis !

L'effet du champagne se fait encore sentir et j'ai l'impression d'évoluer dans un monde cotonneux. C'est étrange, puisque je n'ai pas l'habitude de boire, mais j'aime bien. Je ne suis pas malade et j'apprécie cet état dans lequel je me sens légère et un tantinet fofolle.

Je reconnais que j'ai un peu de mal à me concentrer sur mon roman, d'autant que, comme un fait exprès, j'arrive au passage où les deux héros, après moult péripéties, vont enfin conclure. Je pense que la scène qui va suivre ne me cachera rien de ce qui peut se passer entre un homme et une femme éperdument épris.

« Il l'embrassa goulûment avant de la pousser sur le lit où il la rejoignit. Il entreprit de la déshabiller pour pouvoir atteindre sa chair tendre… »

Je vous l'avais bien dit, ça devient chaud bouillant !

— Mina !

Non !!!

J'ai vraiment fait preuve d'un optimisme débordant… Je pensais sincèrement qu'il attendrait lundi ou qu'il me laisserait un message assassin sur mon portable. En même temps, je suis un peu naïve, j'aurais dû le voir venir. Exaspérant comme il est, je savais pertinemment qu'il ne pourrait pas attendre deux jours pour m'incendier et qu'il ne se contenterait pas d'un message, même bien senti, sur ma boîte vocale.

Il ne pouvait venir que ce soir, pour m'enguirlander de vive voix.

— Mina ! hurle-t-il encore une fois. Ouvrez, ou je vous jure que je vais défoncer cette putain de porte !

Je me lève pour aller lui ouvrir avant qu'il ne réveille tout l'immeuble ou qu'il ne mette sa menace à exécution.

— Arrêtez de hurler ! je crache en le découvrant rouge de colère dans le couloir.

Je le laisse dehors et je regagne mon canapé. J'ai une scène croustillante à lire.

Je crois que ma nonchalance et le fait que je ne me préoccupe pas de lui et de son humeur de dogue l'agacent prodigieusement. Il claque la porte derrière lui et vient se poster devant moi, me dominant de toute sa hauteur.

Il est vraiment furibard, mais un reste de vapeur de champagne aidant, je n'ai absolument pas peur.

— Qu'est-ce que vous n'avez pas compris quand je vous ai demandé de m'attendre ? rugit-il.

— Baissez d'un ton, Connor. Si vous voulez me crier dessus, attendez lundi matin !

Moi aussi je peux me montrer désagréable après tout. Je reprends :

— C'est votre stagiaire qui vous a fait faux bond ce soir, donc si vous avez des reproches à lui faire attendez qu'elle vienne à l'agence lundi.

— Pourquoi êtes-vous partie ? crache-t-il.

— Vous me soûlez, Connor.

— Quoi ? éructe-t-il.

— Vous avez bien compris. J'ai passé une très bonne soirée. Là, je me détends et vous, vous vous pointez en me gueulant dessus. En plus vous étiez super occupé et vous n'aviez pas besoin d'une nounou.

— Je n'ai dansé que deux minutes, bordel ! s'écrie-t-il encore.

— Et pourquoi pas plus longtemps ? j'ironise. Surtout qu'elle se collait à vous comme une limace, la bave en moins.

Pfff ! Je suis trop fière de ma comparaison (vive le champagne !) et je glousse. Mais il n'y a que moi que ça amuse.

— Vous avez repris du champagne ?

— Non, Monsieur l'Inquisiteur, je n'ai pas repris de champagne.

— Alors pourquoi êtes-vous partie ?

— Je vous l'ai dit.

— La vraie raison ?

— Mais vous êtes têtu !

— Vous avez entendu ce qu'elle a dit sur vous ? C'est ça ?

— Et alors, je ne vois pas le rapport.

— Ça vous a blessée ?

— Mais non !!! Pourquoi ?

— Ne me mentez pas.

J'incline la tête sur le côté pour le jauger. Il n'a plus l'air si en colère, il semble plutôt soucieux.

— Vous vous êtes inquiété pour moi ? je m'étonne.

— Et ça vous surprend alors qu'elle a été odieuse !

— Ouais, comme la grande majorité des filles très bien foutues qui ne comprennent pas qu'on ne puisse pas toutes avoir leurs mensurations, je rétorque vivement. Dites, c'est vrai que c'est votre genre de nana ?

— C'était, murmure-t-il, un peu désemparé.

— Pourquoi « c'était » ? je demande.

— Bon sang, Mina ! Je ne sais plus comment m'y prendre avec vous ! grogne-t-il.

— Eh bien, essayez la relation patron-employée. Ça ira très bien et on pourra remettre cette petite discussion à lundi.

— Vous essayez encore de me foutre à la porte !

— Ben, disons que j'arrivais à la partie croustillante de mon roman, je dis en désignant mon livre abandonné ouvert sur le canapé.

— Croustillant comment ?

— Super hot !

Il fait une drôle de tête. Puis sans préavis, il éclate de rire et ce n'est plus du tout le même mec.

Il m'embarrasse avec toutes ses questions. J'ai essayé de maintenir cette relation bizarre sur un plan professionnel mais ça ne marche pas.

Et je suis toujours pompette et comme d'habitude en sa présence j'ai tendance à déraper et à dire tout ce qui me passe par la tête.

Pendant que je le contemple avec des yeux de merlan frit, il prend mon bouquin et le lit. Il est hilare.

— Vous n'allez pas me faire croire que vous préférez lire ces scènes de galipettes plutôt qu'être avec moi ?

J'ai peur de comprendre mais je fais comme s'il n'essayait pas de me dire que ces mêmes galipettes seraient beaucoup plus agréables en vrai et avec lui. Non, il n'a quand même pas… ?

— Et pourquoi pas ? Au moins il n'y a pas de cris et de sous-entendus qui ne mènent nulle part.

— Vous pensez que votre premier amant ressemblera aux héros romantiques et attentionnés de ces bluettes ?

— Mais qu'est-ce que ça peut vous faire ? je m'emporte. Vous postulez pour le rôle ? Vous pensez que vous pourriez faire mieux ?

Il me fixe, plus que surpris… Et, ce qui est rare, sans aucune repartie cinglante à me balancer.

— Je lui ai dit que j'avais effectivement changé de type de femme.

— Hein ?

Ah ben non, il recommence.

Il saute du coq à l'âne, et moi, je suis paumée.

Puis la conversation entre la blonde et Connor me revient. Plus particulièrement le moment où elle lui demande s'il a toujours les mêmes goûts en matière de femme.

— Pourquoi vous lui avez dit ça ? Elle était trop collante et vous avez voulu la faire fuir ?

— Oh, Mina ! s'écrie-t-il, désespéré.

Il s'est pris la tête entre les mains. Ben, ça le met dans un de ces états !

— Qu'est-ce qu'il y a ? J'ai encore dit une bêtise ?

— Bordel non ! gémit-il.

Il se lève et se met à faire les cent pas au milieu de mon petit salon (il fait énormément d'allers-retours, donc).

— Vous ne ressemblez en rien à toutes les femmes que j'ai connues. Avec vous je ne sais jamais quoi penser, je ne dis que des conneries, je me conduis comme un imbécile et vous... vous...

— « Vous » quoi ? je l'encourage.

— Vous... Bon sang, Mina ! Comment dois-je m'y prendre pour vous faire comprendre que vous me plaisez, que vous êtes intelligente, drôle, que j'adore vos yeux pailletés d'or et vos courbes attirantes. Que j'ai furieusement envie de vous clouer le bec en vous embrassant et que par-dessus tout je veux être le premier !

— Ben comme ça, je réponds innocemment alors que je n'ai qu'une envie, me jeter dans ses bras. C'est mieux que de me harceler avec vos questions qui me mettent le cerveau en ébullition. C'est aussi mieux que de m'escorter matin et soir ou de m'emmener à un cocktail – auquel vous aviez préalablement refusé de vous rendre –, pour que je ne sorte pas avec James.

— Qu'est-ce qui a changé en une semaine ? me demande-t-il avant de se rasseoir à mes côtés.

— J'ai parlé avec ma bonne fée.

— Et qu'est-ce qu'elle vous a dit ?

— Que je ne devais pas me contenter d'essayer.

— Ça n'a aucun sens.

— Pour moi si, je rétorque.

Il se rapproche et frôle ma joue du dos de la main.

— Vous voulez toujours que je parte ?

Je secoue la tête de gauche à droite.

— Mina, commence-t-il doucement, vous savez ce qui va se passer si je reste ?

Cette fois-ci je hoche la tête de haut en bas.

Bien sûr que je le sais et, pour la première fois de ma vie, j'en ai vraiment envie.

— Connor, je ne veux plus réfléchir, sinon je trouverai un tas d'excuses pour ne pas le faire et je finirai tétanisée par la peur. Alors oui, je sais ce qui va se passer et j'ai vraiment très envie que tu restes. Et ce n'est pas pour faire la lecture.

J'ai tutoyé mon patron, je viens de lui dire que je voulais qu'il soit mon premier amant et il sourit.

— Je ne suis pas un grand romantique mais je peux être attentionné et doux.

— Je sais.

CHAPITRE 15

Je vais passer à la casserole !

C'est une expression idiote, non ? Il ne va quand même pas me faire cuire et me dévorer ? Quoi que, en y réfléchissant bien…

Je vais perdre ma virginité avec le plus beau mec du monde, et ce n'est pas rien.

Il a quitté sa veste et il n'a plus de cravate non plus. Et pour ne rien arranger, le champagne ne fait plus effet. Je suis totalement dégrisée et ça arrive au plus mauvais moment.

Je me mets instantanément à réfléchir. Mon cerveau commence à développer toutes sortes de raisons, totalement valables, pour me convaincre que ce que je m'apprête à faire est irresponsable et carrément inenvisageable.

L'argument suprême. Non, en fait y en a deux mais ils tiennent dans une même phrase. Le mec avec qui j'envisage de perdre ma virginité est mon patron et il va me voir telle que je suis, c'est-à-dire avec tous mes défauts. Il ne pourra pas s'empêcher de faire des comparaisons avec les filles qu'il a eues avant et, bien entendu, il sera déçu, et je serai malheureuse.

Non, en fait j'ai vraiment tout un tas de raisons complètement censées pour m'éviter de passer à la casserole !

— Arrête de réfléchir !!!

— C'est à cause du champagne.

— Tu es encore pompette ?

— Non, c'est bien là le problème, je réponds, dépitée et assaillie par une nouvelle fournée de doutes.

Je ne savais pas, jusqu'à cet instant, que mon cerveau et mes hormones étaient deux choses distinctes et, ma foi, très antagonistes. Ma tête me crie de lui ordonner de partir, que de toute manière ce n'est pas la peine qu'on le fasse puisque ça ne mènera à rien. Alors que, de leur côté, mes hormones, après une bonne phase d'échauffement, sont prêtes à passer à l'action. Et pour ma défense, jusqu'à maintenant, j'ai toujours suivi ce que me conseillait ma tête.

Je ne sais même pas quoi faire. Je le regarde… Il est tellement beau ! J'ai vingt-trois ans, un dieu vivant est assis dans mon canapé, et je me ronge le cerveau pour savoir ce que je dois faire ou pas.

— Mina, et si tu me laissais faire ? me propose Connor.

Sa voix est douce. Il est patient quand même.

Et ça, c'est vraiment attentionné de sa part. Je dégage une mèche noire tombée sur son front et je laisse mes doigts glisser jusqu'à sa joue.

Il est comme un beau cadeau de Noël. Un gros paquet dans un magnifique emballage avec un gros nœud (je sais, jeu de mots à deux balles). On le regarde avec convoitise mais c'est difficile de déchirer le papier parce qu'il est trop beau.

— Mina, ma puce ? Dis quelque chose, s'il te plaît. Ne t'éloigne pas de moi.

« Ma puce… »

— Je suis là pourtant, je réponds, penaude.

— Viens vers moi.

Il m'ouvre les bras mais il ne me force pas. C'est à moi de décider et les mots de Vivianne sont là, gravés au fer rouge. « N'essaie pas, fais-le. »

Je repousse la couverture et je me blottis gauchement dans ses bras qui se referment sur moi. Je pose ma main sur sa poitrine et je suis surprise de constater que son cœur bat aussi vite que le mien.

— Je peux te poser une petite question ? je demande.

— Oui, souffle-t-il dans mes cheveux.

— Pourquoi tout ce numéro depuis vendredi soir ?

— Ce n'était pas un numéro, répond-il sèchement.

Je me recule pour voir son visage et son expression. Il a de nouveau l'air en colère, mais je ne crois pas que ce soit contre moi.

— Viens là, t'es trop loin.

Il m'attire sur ses genoux.

Je me tortille, mal à l'aise : je dois être lourde.

— Non, tu ne l'es pas.

— Tu lis dans les pensées ?

— Non, je commence enfin à comprendre les méandres de ton esprit. Et je peux t'assurer que c'est un boulot à plein temps.

C'est clair, il a du mérite étant donné que, la plupart du temps, je ne me comprends pas moi-même.

— Je voudrais d'abord qu'on soit bien clairs sur une chose et on n'en reparlera plus jamais.

— Tu sais que t'es flippant parfois.

Il sourit mais il n'est pas dupe.

— Ne change pas de sujet, me prévient-il.

Il commence vraiment à me connaître et c'est réellement flippant !

— Oui, j'ai toujours apprécié les belles blondes, les « bombes », comme tu les appelles. Je pensais même en épouser une, un jour. On aurait eu de jolis enfants parfaits et blonds. Et la photo de notre parfaite petite famille aurait trôné au-dessus de la cheminée dans notre parfait petit intérieur.

— Qu'est-ce qui a changé ?

— Je ne sais pas, admet-il, mais je crois qu'il n'est pas tout à fait franc.

Il se tait et j'attends, fébrile.

— Vendredi, ce n'était pas la première fois que je venais au MacKintosh.

— C'était la première fois que je t'y voyais, je m'étonne.

Sinon, je suis certaine que je ne l'aurais pas oublié.

— Je suis venu en journée plusieurs fois et un soir je suis resté plus tard avec un client et je t'ai vue.

— Ben merde alors !

Il rit.

— Tu étais concentrée. Il y avait pas mal de monde et tu essayais de satisfaire chaque demande, toujours avec le sourire. Tu étais mal coiffée, tu avais un T-shirt bleu informe, les yeux cernés par la fatigue et pourtant je t'ai vue.

Waouh !

— T'as dû te dire que…

— Je ne me suis rien dit du tout, Mina… Simplement je t'ai trouvée jolie et j'avais une furieuse envie que tu m'adresses le même sourire. J'ai découvert que les belles blondes n'étaient plus les seules femmes à m'attirer. Je pense que tu as deviné que Bettina et moi avions été amants ?

— Disons que c'était difficile de passer à côté.

— J'ai mis fin à notre relation le soir où je t'ai vue pour la première fois.

— Nan ? Et tu m'as vue quand pour la première fois ?

— Il y a environ trois mois.

— OK, mais il y a eu d'autres femmes blondes après ?

— Non !

— Des brunes, des rousses ?

Il pouffe mais secoue la tête.

— Tu veux dire que tu n'as pas… euh… enfin, tu sais quoi… depuis trois mois ?

— Non.

— La vache… !!! Te mets pas en colère mais… t'es sûr que c'est pas parce que t'es gravement en manque que tu veux coucher avec moi ?

— Nooon !!! fait-il, outré.

Ce qui ne l'empêche pas de sourire.

— Écoute-moi, reprend-il plus sérieusement. J'ai quand même été surpris de te trouver à mon goût. Je n'ai jamais fait attention aux brunes et…

— … aux femmes rondes ?

— Oui, s'excuse-t-il.

— Mais ?

Il me caresse la joue puis s'attarde sur mes lèvres qui s'entrouvrent. Je commence à manquer d'air alors que ses doigts m'effleurent à peine.

— J'ai haï Deirdre quand elle t'a critiquée… Tu étais là, stoïque alors qu'elle t'agonissait d'injures et tu étais magnifique. Tu faisais front avec courage, et je me suis dit que la vraie beauté n'était pas assise sur la banquette à côté de moi. Ensuite je t'ai vue prendre une cigarette et ton blouson et sortir, et c'est devenu vital pour moi, il fallait que je te voie, que je te parle, que je m'excuse.

— Et que tu proposes de m'embrasser ?

— Oui, aussi… J'en avais vraiment très envie, mais ça ne s'est pas fait.

— Et tu es revenu le lendemain.

— Belle erreur !

— Je ne comprends pas ! je m'étonne en me raidissant.

— Attends ! Ne commence pas à cogiter, je me suis mal exprimé. J'aurais dû compléter en disant « de ma part ».

— C'est toi qui as fait l'erreur ?

— Oh bon sang, Mina ! Arrête de m'interrompre, sinon je n'y arriverai jamais.

Je cadenasse ma bouche et jette la clé.

— OK, je t'explique. C'est moi qui ai donné rendez-vous à James au pub. Je devais y arriver avant lui mais y a eu un problème de transport. J'ai dû amener Deirdre et Fraser à l'aéroport. Et quand je suis enfin arrivé et que je t'ai vue en grande conversation avec lui, j'ai cru que j'allais m'évanouir. Et je ne te parle pas de l'état dans lequel ton « oui » à son invitation m'a plongé. J'avais envie de le tuer. Et je te jure que j'ai fait de gros efforts pour ne pas débarquer dans cette boîte de jazz pour t'enlever. C'était la même chose quand il t'a invitée hier. Je ne pouvais pas te laisser y aller.

— T'as cru que je préférais James ?

— Et pourquoi pas ? Il est riche, séduisant, vraiment très gentil.

— C'est n'importe quoi.

— Pas plus que croire que tu es moins bien que les autres femmes.

— Ah oui mais non !!! C'est pas du tout la même chose.

— Qu'est-ce que tu vas bien pouvoir inventer ? s'amuse-t-il.

— Mais rien du tout. Seulement James et toi jouez dans la même catégorie.

— Et ?

— Et je n'ai absolument rien en commun avec une Bettina ou une Deirdre.

— Heureusement ! s'exclame-t-il, faussement horrifié.

Ce qui me fait rire.

— Et je n'ai pas leur expérience, je complète malgré moi.

— Oui, et c'est un problème ?

— Ben ça pourrait le devenir, imagine que je sois une catastrophe au lit.

— Oh non, et n'oublie pas tu as un bon professeur.

— Je ne voudrais pas que tu sois déçu.

— Je ne le serai pas. Je ne veux plus qu'on parle de tout ça, ma puce. Tu es parfaite, merveilleuse et je n'attends plus qu'un mot de ta part pour te le prouver.

— Tu pourrais commencer par m'embrasser, je suggère.

J'aime son petit sourire malicieux et ses yeux voraces.

CHAPITRE 16

Je suis sur ses genoux et, en quelques secondes, je me retrouve dans ses bras. Il me soulève et je couine comme un goret.

Il va se casser les reins !

Finalement non, il n'a pas l'air de faire plus d'efforts que ça. Il ne ahane pas, ne grimace pas, il me sourit, me dévore des yeux alors que mes bras se sont refermés autour de son cou.

Il s'arrête devant le lit que je contemple avec une certaine dose d'inquiétude.

J'y dors toutes les nuits depuis trois ans et, pourtant, j'ai l'impression que c'est la première fois que je le vois. Il m'apparaît comme un espace un peu mystérieux dans lequel doit s'opérer une magie dont je ne connais pas grand-chose.

Il me pose au sol mais nous restons dans les bras l'un de l'autre. Mes doigts s'aventurent timidement dans ses cheveux épais et doux. Je ne savais pas que j'avais autant envie de les toucher avant que mes doigts s'y perdent.

— Je peux t'embrasser ? me demande Connor timidement.

On dirait qu'il ne veut pas m'effrayer, et là encore les mots de Vivianne me reviennent à l'esprit. « Il m'a apprivoisée. » Et c'est exactement ce que Connor fait avec tendresse, respect et, je le répète, une patience infinie.

Ses belles mains racées et puissantes remontent de ma taille à mon visage qu'il prend en coupe.

Je suis un glaçon qu'on a exposé à un soleil puissant… Je fonds et me liquéfie.

Il s'approche lentement et ses lèvres sont sur les miennes. Il est délicat. Son baiser est léger. Il picore ma bouche puis explore le reste de mon visage, mon cou et à nouveau ma bouche.

Je sens sa langue titiller mes lèvres qui s'entrouvrent pour l'accueillir.

Il a un goût divin, enivrant. Je sais embrasser et j'aime ça. Il faut dire que, privée du reste, j'ai beaucoup pratiqué. Et je sais reconnaître un expert.

Sa langue me pénètre tranquillement et la mienne va à sa rencontre. Elles se mêlent et entament un ballet humide et rafraîchissant.

C'est bizarre, le premier baiser est souvent maladroit. On a la bouche sèche. On ne sait pas comment s'y prendre, comment plaire à l'autre. Alors que là, rien de tout ça.

C'est facile, spontané comme si nous nous connaissions depuis longtemps.

Naturellement, et parce qu'il sait bien y faire, son baiser devient plus exigeant. Il gémit, je crois que moi aussi d'ailleurs, et cela devient plus violent, encore plus profond comme si on voulait s'aspirer l'un l'autre. C'est dément.

— Tu me rends dingue, ma puce ! susurre-t-il.

Je suis tellement concentrée sur les sensations procurées par sa langue jouant avec la mienne, que je n'ai pas senti ses mains quitter mon visage. Il les a posées sur mes hanches et, alors qu'il s'empare une nouvelle fois de ma bouche, je les sens glisser sur mes fesses, le long de ma colonne puis, à nouveau sur ma taille.

— J'aimerais que tu enlèves ta chemise, j'ose demander, le rouge aux joues.

On est collés l'un à l'autre et ma poitrine s'écrase sur son torse puissant. J'ai vraiment très envie de le sentir, de le toucher, de suivre de mes doigts le contour de chacun de ses muscles. Je veux apprécier son grain de peau, le sentir frémir sous mes caresses.

— Et tu enlèves ton peignoir…

— C'est du chantage.

— Oui, je sais.

Et il m'embrasse de nouveau.

Il s'amuse avec mes lèvres, il les lèche, les mordille, les agace. J'en veux plus, or un reste de pudeur mal placé me fait encore hésiter.

Bon sang ! *N'essaie pas, fais-le.* Tout de même, c'est difficile d'oublier, en quelques minutes, qu'on a été complexée toute sa vie.

Mais Connor sait.

Il me couve des yeux, rassurant, protecteur. Il fait passer sa chemise par-dessus sa tête. J'ai envie de resserrer les pans de mon peignoir autour de moi mais il ne me laisse pas faire. Sans me quitter des yeux, il dénoue la ceinture qui maintient ma carapace hermétiquement close.

J'ai peur qu'il me l'enlève, mais ça aussi il le devine.

— Regarde-moi, mon cœur. Fais-moi confiance.

J'ai des papillons dans le ventre et mon sexe se crispe d'envie, c'est si fort et si inédit. Ses mots me font fondre, sa voix me calme, m'apaise.

Il a glissé une main entre les deux pans de mon vêtement qui glisse de mes épaules. Je suis parcourue d'un frisson qui naît sous sa paume pour se diffuser sur tout mon corps.

Ses deux mains sont sur moi et elles commencent un ballet sensuel sur ma peau à vif.

Elles m'explorent, me caressent, me brûlent, centimètre après centimètre, sans se presser. Il me découvre alors que nos regards sont toujours accrochés l'un à l'autre.

Il s'approche et se serre contre moi, mais je me sens frustrée. Mon peignoir, ma carapace que je pensais ne jamais vouloir quitter, m'irrite et m'entrave. Je veux seulement le sentir. Je veux que mes seins s'écrasent sur son torse… Que nos peaux s'embrasent.

Je me tortille et réussit à faire glisser le peignoir par terre mais du coup je baisse les yeux sur ma nudité. Je n'ai pas pu m'en empêcher. Et… oh mon Dieu !

— La Vénus de Botticelli, murmure-t-il à mon oreille.

— Je n'ai rien d'une œuvre d'art, je marmonne.

Il glousse.

— Relève la tête et regarde-moi. Je ne veux pas que tu baisses les yeux, que tu te sentes gênée. Tu es pulpeuse et très désirable. Donne-moi ta main.

Je la lui donne, méfiante, et il la pose sur la protubérance qui déforme son pantalon.

— Un homme ne peut pas mentir, mon cœur. Et ce que tu sens-là, c'est le résultat d'un désir pour toi qui me rend dingue.

— T'es en train de me rendre dingue aussi mais, contrairement à toi, à partir de maintenant, je ne sais plus vraiment ce que je dois faire.

— Alors contente-toi de ressentir et si tu as envie de quelque chose, si tu as envie de me toucher, de m'embrasser, fais-le, OK ?

Je hoche la tête.

— Allonge-toi ou aide-moi à me déshabiller, suggère-t-il.

— Je te déshabille, je lance.

— Tu retardes l'inéluctable.

Je fais la moue.

Toutefois j'ai empoigné le bout de sa ceinture et je la lui enlève avant de défaire son bouton, puis sa braguette. J'ai les mains qui tremblent.

— Tu trembles, tu as froid ?

— Je ne crois pas que ce soit le froid.

— Tu as envie de moi ?

— Oui, je souffle. (S'il savait !)

— Tu veux faire l'amour avec moi ?

— Baiser, je me sens obligée de rectifier.

Parce que, pour moi et ma maigre expérience, faire l'amour sous-entend la présence de sentiments, ce qui n'est évidemment pas à l'ordre du jour.

Il secoue la tête vivement.

— Non, ma puce. Je vais te faire l'amour pour que ta première fois reste un merveilleux souvenir et pour que tu aies envie de recommencer. Mais on baisera aussi, quand on se connaîtra mieux physiquement, quand je connaîtrai tes limites. On pourra se lâcher davantage.

— Pourquoi, tu penses vraiment que j'aurai envie de recommencer ? je le taquine.

— Ouais, moi en tout cas, oui, je ne me contenterai pas d'une seule fois. Il m'en faudra beaucoup, beaucoup plus pour être rassasié de toi.

— J'achète ! je m'écrie.

— Allonge-toi.

Je n'ai plus d'échappatoire possible et je suis heureuse de constater que je n'en ai plus besoin.

Je recule et m'allonge sur le lit alors qu'il passe ses pouces sous la taille de son pantalon pour le faire glisser sur ses cuisses.

Il garde son boxer.

— Tu as peur de me choquer, je plaisante.

Il me sourit et tout en me fixant intensément, il fait glisser son boxer avant de s'en débarrasser d'un coup de pied.

Je suis choquée !

Il est vraiment... très impressionnant. Son sexe dressé touche presque son nombril (non, je n'exagère pas). Je déglutis, pas rassurée. Je vais déguster !

Il approche... Oh là là, j'ai envie de reculer. Il est comme une panthère, tout en puissance et en retenue. Chacun de ses muscles roule sous sa peau. Il me rejoint sur le lit et se couche à côté de moi. En appui sur un coude, il me contemple, s'attardant sur toutes les parties de mon corps. Il pose une main sur mon ventre puis il se penche pour m'embrasser.

Je frémis et lui, tremble.

— Tu as froid ? je le charrie.

— Oh non ! Si tu savais l'effet que tu as sur moi. J'ai tellement envie de toi.

Il me caresse les seins alors que ses lèvres glissent de ma bouche à mon cou. Puis il aspire mon téton durci par le plaisir.

Comment vous expliquer tout ce que je ressens ? C'est tellement nouveau que je ne saurais pas par quoi commencer. Il est si beau alors qu'il titille l'extrémité de mon sein de la langue. Je gémis et il passe à l'autre, continuant de caresser, de malaxer doucement le premier.

Ma poitrine est hypersensible et j'accueille ses caresses avec délectation, attendant la suite avec fébrilité.

— Caresse-moi ma belle, me prie-t-il.

Il s'est glissé au-dessus de moi, en appui sur ses avant-bras, et continue de m'embrasser le buste.

Mes mains, timides, moulent ses épaules puis s'enhardissent. Elles parcourent son dos. Je sens ses muscles tendus, la texture extraordinairement douce de sa peau.

— Je veux te goûter.

— Euh… Si tu veux… (Il a bien dit « goûter » ?) Tu vas me léch…

— Oui…

— Ah…

OK, j'ai bien compris… Alors je m'abandonne et je le laisse faire…

Il m'écarte les cuisses sans brusquerie tout en me caressant. Sa bouche s'est approchée de mon sexe. Il y pose les lèvres puis c'est sa langue que je sens. Elle me fouille avant de trouver mon clitoris. Et dès qu'elle le touche, mon bassin fait un bond en avant.

J'ai empoigné la couverture sous le coup de l'éclair qui vient de me traverser des orteils au sommet de mon crâne.

Il me laisse m'habituer à ces nouvelles sensations puis il reprend plus doucement. Sa langue me torture et je gémis. Ses mains sur mes hanches me plaquent sur sa bouche et, très vite, je n'en peux plus. Je n'arrive plus à reprendre mon souffle parce que c'est trop bon et que je me sens totalement submergée par ce qu'il provoque en moi. C'est violent. J'ai mal de plaisir mais je me rends compte aussi que j'en veux plus. Je le veux en moi, je veux le sentir, lui appartenir.

— Tu aimes ? souffle-t-il.

— Mmmm !

— Je prends ça pour un oui.

Il glousse alors que mes mains dans ses cheveux l'invitent, un peu brutalement, à continuer. Il replonge entre mes cuisses et mes doigts agrippent ses longues mèches noires alors que sa langue, ses dents me tourmentent agréablement.

Je me cambre. Je frissonne. C'est extraordinaire. Il y a une boule au creux de mon ventre et elle grossit. La pression est de plus en plus forte et je ne sais pas où elle va s'arrêter. Je halète alors que tout mon corps se tend, prêt à s'embraser.

— Jouis pour moi, mon cœur.

Oh ses mots ! Ils agissent sur moi comme un détonateur, et j'explose alors qu'il me maintient contre ses lèvres. C'est trop bon, trop intense. Chaque nouveau coup de langue me brûle et me fait grimper un peu plus haut. J'ai l'impression de devenir folle. Je crie son nom alors que tout mon corps se tord à cause du tsunami qui le dévaste. Je suis atomisée, éparpillée en mille morceaux.

— S'il te plaît, Connor, je l'implore.

— Je suis désolé de te demander ça maintenant mais est-ce que tu prends une méthode de…

— … contraception ? Oui…

— Ouais, je sais, c'est pas très romantique, mais je n'ai pas pensé à te le demander avant. J'ai des préservatifs.

— Tu as déjà fait un test HIV ?

— Oui, récemment, et il est négatif.

— Et moi je suis vierge…

— Alors pas de capote ?

— Non.

— Tu vas avoir…

— … mal ?

— C'est la première fois, mon cœur.

— Oui, je suis au courant, je pouffe.

— Non, pour moi… Je n'ai jamais fait l'amour avec une…

— … vierge ? je m'étonne.

Il hoche la tête.

— C'est facile, ne t'inquiète pas, je le taquine.

Il sourit, il fait plus jeune. Il se positionne au-dessus de moi et m'embrasse, et son baiser est plein de tendresse. Je me liquéfie.

Il se positionne entre mes jambes et ses doigts se sont glissés entre nous pour titiller mon clitoris gonflé. Je gémis à nouveau, mes mains se posent sur ses fesses musclées.

Je veux qu'il me pénètre, j'en ai besoin.

Il lit dans mes pensées.

Il entre doucement mais il est si gros. Il continue à me caresser et, d'un grand coup de reins, il s'enfonce en moi jusqu'à la garde avant de s'immobiliser.

Je me suis crispée, je m'agrippe à lui. La brûlure est cuisante et je retiens ma respiration.

— Je suis désolé.

— Ça va, je le rassure.

Je ne mens pas. Il patiente quelques instants pendant que ses doigts me caressent toujours. Je gémis et mes hanches commencent à onduler. Je veux qu'il bouge en moi. Je me détends et la douleur reflue. Ses va-et-vient sont lents, paresseux. Je suis calée sur son rythme et je l'accompagne.

— Oh Connor, c'est si… Oh là là, c'est trop bon !

Il m'embrasse profondément tout en accélérant la cadence, et je crois que je vais me désintégrer.

Comment je vais pouvoir me remettre d'un truc pareil ?

— Tu me rends fou, souffle-t-il, la tête dans mon cou.

Son sexe me remplit et ses mouvements font enfler la vague de jouissance qui menace de tout submerger.

Je crie avant d'exploser littéralement, le bassin incliné vers lui pour le prendre davantage.

C'est inimaginable !

Il accélère puis se crispe à son tour alors qu'il jouit en moi en prononçant mon prénom encore et encore. Mes jambes enserrent ses hanches, mes mains s'agrippent à son dos. On ne fait plus qu'un, nos souffles hachés se mêlent.

Il a posé son front contre le mien. Ses mains caressent mes cheveux et il continue à répéter mon prénom.

— Tu es passionnée, Mina, mon Dieu, tu es pleine de fougue. Merci, ma belle.

— Pour quoi ? je m'étonne.

— De m'avoir fait confiance.

— Tu es une merveilleuse première fois.

— Je suis content de vous avoir satisfaite…

Il plaisante mais ses yeux brillent, il est ému et je trouve ça foncièrement romantique, quoi qu'il prétende.

Il se retire et roule sur le côté, m'entraînant avec lui.

— T'as pas trop mal ?

Je prends quelques secondes pour faire un check-up.

— Non, ça chauffe un petit peu mais c'est très supportable.

— T'es fatiguée ?

— Et toi ?

— J'ai faim.

— Ouais, moi aussi en fait. Ce qu'on a mangé au cocktail était vraiment dégueu.

— On ne va pas là-bas pour faire un repas gastronomique.

— Je peux nous préparer quelque chose.

— Non, je m'en charge, repose-toi.

— Eh ! Je viens de me faire dépuceler, je ne suis pas handicapée.

Il rit.

Il se lève, remet son caleçon et disparaît dans la salle de bains. Il en revient avec un gant de toilette mouillé et me le tend.

— Tu veux que je le fasse ? me propose-t-il gentiment.

Pour le coup, je décline son offre et je m'en charge alors qu'il sort de la chambre.

J'enfile mon peignoir et le rejoins dans la cuisine.

Il est trois heures du matin, on est assis sur le canapé avalant l'omelette que nous avons préparée à quatre mains. On ne parle pas beaucoup mais c'est un super moment. On a ri en cuisinant, et je n'ai jamais passé de nuit aussi merveilleuse. Je n'ai pas envie qu'elle prenne fin, aussi je demande, nerveuse :

— Tu vas t'en aller ?

— Tu le veux ?

— Non.

— Ouf, en fait je n'avais pas l'intention de le faire. Je comptais seulement faire un saut chez moi demain, récupérer quelques affaires, pour passer le week-end avec toi, t'es d'accord ?

— T'es vachement en manque, dis donc.

— Petite impertinente… Si tu n'étais pas si endolorie, je te jure que…

— On n'est pas obligés d'aller jusqu'au bout.

— Je peux savoir ce que tu entends par là ? J'ai créé un monstre insatiable.

— Eh bien, il ne faut pas être si doué, je rétorque.

— On va au lit ?

— Tu sais que tu peux t'avérer super autoritaire.

— Oui, et je te jure que dans certaines occasions tu trouveras ça très excitant.

— Le premier au lit fait ce qu'il veut à l'autre ! je crie, alors que j'ai déjà atteint la porte de ma chambre.

CHAPITRE 17

Mon nuage a quitté la terre au moment où Connor a posé sa bouche sur moi pour la première fois.

Et depuis, il a atteint une altitude inimaginable et n'a absolument pas envie de retrouver le plancher des vaches.

On a très peu dormi, je suis même au-dessous de la réalité. Mais j'ai aimé chaque instant. J'ai mal partout, je suis percluse de courbatures et pourtant je pourrais recommencer à l'instant.

C'est vrai, je suis un monstre lubrique mais je vous assure que c'est vraiment trop bon !

Connor est parti chercher quelques affaires chez lui et il va revenir.

Je n'arrive toujours pas à réaliser (malgré les douleurs qui sont là) que j'ai fait l'amour toute la nuit avec mon patron. J'ai même été très vilaine mais je crois qu'il a adoré.

Je souris en repensant à ses gémissements quand je l'ai pris dans ma bouche. Ayant très peu d'expérience dans ce domaine je l'ai laissé me guider au début puis il m'a laissée faire. Je ne m'y suis pas si mal prise car après quelques minutes il m'a prévenue qu'il allait jouir.

N'ayant aucun a priori et voulant lui rendre tout le plaisir qu'il m'avait donné, je l'ai laissé éjaculer dans ma bouche. C'était indescriptible. Je me suis sentie puissante et j'en ai tiré beaucoup de plaisir. En fait ce n'est pas aussi dégueulasse qu'on le dit. D'accord, c'est particulier, mais je recommence quand il veut si c'est pour l'entendre crier mon nom aussi passionnément.

Je suis tirée de mes souvenirs post-coïtaux par la sonnerie de mon téléphone. Je lis le nom qui s'affiche sur l'écran et mon nuage fait un atterrissage forcé.

Elle ne pouvait pas plus mal tomber.

— Bonjour, maman.

— Pourquoi n'as-tu pas appelé ? hurle-t-elle en guise de préambule.

— Parce que je n'ai pas eu une minute, je lui réponds. J'ai commencé mon stage et j'ai beaucoup de boulot. (Bonjour à toi aussi, maman.)

— Tu as reçu mon colis ?

— Non. Quel colis ?

— Ne me mens pas.

— Je ne te mens pas, je n'ai rien reçu.

Et c'est vrai… Je ne sais même pas de quoi elle parle.

Connor choisit ce moment pour franchir la porte.

— Mon cœur ! m'appelle-t-il.

Il me découvre alors, téléphone à la main.

— Oh !

Je pose un doigt sur mes lèvres pour lui indiquer de se taire. Il hoche la tête, il comprend, ouf !

— C'est qui ? braille ma mère à l'autre bout du fil.

Ça y est ! Mon tympan vient d'exploser et Connor fronce les sourcils avant de venir s'asseoir à côté de moi.

— Un ami.

— Un ami qui t'appelle « mon cœur » ! s'esclaffe-t-elle, vexante. Eh bien quand tes sœurs vont savoir ça. Le vilain petit canard a enfin un homme dans sa vie !

Je suis trop consciente que Connor entend tout. Je raccrocherais bien mais je n'y arrive pas.

— C'est bon, maman, pourquoi m'appelles-tu au fait ? C'est quoi ce paquet que je n'ai pas reçu ?

— Aucune importance… Mais raconte-moi un peu. Comment s'appelle-t-il ? Où l'as-tu rencontré ? Il fait quoi dans la vie ? (Sous-entendu : il est riche ?)

— Je n'ai pas envie d'en parler.

— Le problème, ma petite, c'est que, si tu m'avais écoutée, tu ne serais plus célibataire depuis longtemps. Avec dix kilos en moins ça aurait été plus facile.

C'est reparti, et ça va monter crescendo. Je devrais vraiment raccrocher avant qu'elle atteigne les sommets auxquels elle m'a habituée.

— Si tu étais plus mince tu ne serais pas si complexée. Je suppose que tu n'as pas encore couché avec lui. J'espère qu'il n'est pas trop difficile. Mais après tout, s'il te donne du « mon cœur », c'est qu'il n'a pas encore fui.

Ouais, là c'est trop ! Je lui raccroche au nez. Elle s'est surpassée cette fois-ci.

La coupe est pleine, ça fait trop longtemps que ça dure et la nouvelle Mina n'a plus à endurer toutes ces inepties.

— C'est toujours comme ça ?

Je me tourne vers Connor. Son visage est crispé et son ton est tranchant.

— Je ne sais pas, je dis en contemplant mon téléphone. Depuis que je suis née, je suppose.

Il serre les poings. Je vois ses jointures blanchir et je sais que ce n'est pas moi qu'il a envie de frapper.

J'éteins mon téléphone et je le jette sur la table. Je prends ses poings dans mes mains et je passe mon pouce sur ses articulations malmenées.

— Ça va, tu sais. Je suis une nouvelle Mina et ce genre de truc nauséabond ne m'atteint plus, surtout venant d'elle.

— C'est insupportable, Mina, tu n'as pas à endurer ça.

Il est hors de lui.

— Bordel, tu es sa fille quand même ! ajoute-t-il.

Je suis aux anges que mon mec prenne ma défense de cette façon. Hormis Paolo et Tristan, personne ne l'a jamais fait et c'est très important pour moi.

Mais je ne veux pas que ma mère s'immisce entre nous alors que nous commençons une relation.

— Connor.

Je veux qu'il redevienne le gars charmant et rieur de ce matin, je ne veux pas qu'il accorde trop d'importance à tout ça. Ma mère n'en vaut pas la peine.

Je me hisse sur ses genoux et je m'y assieds à califourchon, tenant toujours ses mains.

Je le pousse au fond du canapé et je me colle contre lui avant de déposer plein de petits baisers dans son cou, sur son menton impeccablement rasé, ses joues, sa bouche crispée, ses pommettes, ses yeux, son front.

Mon Dieu... J'aime ce mec !

Je passe ma langue sur ses belles lèvres serrées et pâlies par la rage que je sens bouillonner en lui.

— Ne sois pas en colère, je le supplie. Pas aujourd'hui, elle n'en vaut pas la peine... Ma famille n'en vaut pas la peine.

— Bordel, Mina, tu es si belle. Pourquoi ils ne le voient pas ? s'énerve-t-il.

Je crois que de tout ce qu'il m'a dit, c'est la chose la plus jolie, celle qui me touche le plus.

— Tu prêches une convaincue, mon cœur, je réponds avec un grand sourire serein.

Ses lèvres s'étirent légèrement et je le sens se détendre imperceptiblement sous moi.

— Tu ne l'étais pas autant hier soir, me fait-il remarquer.

— Oui, mais ça c'était avant.

— Avant quoi ? susurre-t-il.

— Euh… avant que tu m'embrasses, que tu me caresses, que tu me fasses jouir et crier ton nom.

— Tu rougis, mon cœur…

— T'es plus en colère ?

— Non… Si… Mais pas contre toi.

— Les gens ne sont pas tous comme ça. Il y a des abrutis partout. Parfois leurs réflexions me passent au-dessus de la tête, parfois elles me frappent et ça me fait mal. Bizarrement, aujourd'hui, j'étais plus gênée pour toi que pour moi.

— Parce qu'elle pensait que j'allais te laisser à cause de tes rondeurs ? Que j'allais fuir comme les autres ?

— Oui, je crois.

— Pourquoi tu ne lui as rien dit sur moi, sur nous ? Tu aurais pu lui clouer le bec.

— En lui jetant au visage que tu es mon patron, un homme riche, important. Que tu es le plus beau mec de la terre et un amant extraordinaire.

Il rougit et c'est mignon.

— Je ne lui ai rien dit parce que c'est notre histoire et qu'elle salit tout ce qu'elle touche. Tu sais, parfois je comprends que mon père l'ait quittée…

— Tu ne l'as pas connu ?

— Je n'en ai aucun souvenir, il est parti alors que je n'avais que trois ans.

— Tu sais ce qui s'est passé ?

— Non, et on n'en parle jamais, alors je n'ai pas cherché à en savoir plus.

— Pourquoi ?

— Je n'en sais rien.

Je suis toujours partie du principe qu'en nous quittant, mon père avait tiré un trait sur nous. Il ne s'est jamais manifesté depuis, alors pourquoi aurais-je cherché à en savoir plus ? Pourquoi me soucier de quelqu'un qui a abandonné sa femme et ses trois enfants sans un regard en arrière ?

— Ça t'embête de parler de lui ? s'inquiète Connor.

— Non, je n'y pense pas, c'est tout. Mais je me dis que, connaissant ma mère et mes frangines, il avait peut-être ses raisons et ça me suffit.

— Elles sont si chiantes que ça ?

— Tu n'imagines même pas. Tu viens d'avoir un petit aperçu de ce que ma mère est capable de faire... C'est une enquiquineuse... Et devine...

— Quoi ? demande-t-il en riant franchement cette fois.

— C'est une belle blonde de cinquante-cinq ans, et mes sœurs sont tout aussi blondes. Ce sont trois bombes, si tu préfères.

— Bordel !!! lâche-t-il.

— Ouais, comme tu dis, j'ai été élevée dans la maison de la famille Barbie.

— D'où le surnom de « vilain petit canard », marmonne-t-il. Tu faisais tache dans le tableau ?

— Je suppose, oui...

— Je comprends mieux ton acrimonie envers les bombes blondes, dit-il en riant.

— Seulement celles qui me prennent de haut, je rectifie.

Il me couve d'un regard brûlant.

— OK ! On ne parle plus de ta super famille, ni de ton emmerdeuse de mère. On a bien d'autres choses à faire.

Ça me va ! Je suis tout ouïe (et plutôt très excitée).

Je me suis redressée en appui sur son torse. En fait je sais ce qu'il a en tête. Je suis assise sur son bas-ventre délicieusement protubérant.

J'ondule sur lui, lui arrachant un gémissement.

— On est trop habillés. Aide-moi.

Il se redresse à son tour et je lui retire son sweat que je balance par-dessus mon épaule. Il fait de même avec mon pull. Je n'ai pas de soutien-gorge.

— J'aime tes seins, déclare-t-il tout de go. Ils sont fermes, doux et exactement à la bonne taille.

Il les caresse comme s'ils étaient les choses les plus précieuses du monde et je me sens spéciale et chanceuse qu'un tel mec me trouve belle et à son goût.

— Et ils sont cent pour cent garantis sans silicone.

Il glousse et pose ses lèvres sur mon mamelon droit, puis sur le gauche. Ma tête est rejetée en arrière et mes mains font pression sur sa nuque. Je me cambre alors qu'il me presse contre lui.

— Oh, Connor, oui. C'est si bon…

— Ouais, trop bon. Je ne pense qu'à ça depuis que je me suis levé. Deux heures sans toi, c'est trop dur.

— C'est clair, c'est très dur, je plaisante alors que mon entre-jambe glisse sur son érection.

— Viens par là.

Il me déloge de ses genoux pour me remettre debout. Il tire sur mon legging et le fait glisser le long de mes jambes, ne me laissant que ma petite culotte.

Il embrasse mon ventre rebondi, caresse mes hanches pleines, passe sa langue sur les petites lignes blanches qui zèbrent ma peau. Chaque défaut y passe et il en fait quelque chose de normal.

Je me suis appuyée sur ses épaules tant mes jambes flageolent. On est en plein jour, je suis nue, et un mec extraordinaire me vénère. Il est si expérimenté et pourtant il prend son temps, il m'apprend, il me traite comme si j'étais une petite chose précieuse et fragile.

Ce n'est pas qu'une question de sexe.

Je le regarde me toucher. Ses mains si belles me parcourent. Elles soulignent toutes mes courbes, les explorent. Il aime mon corps imparfait.

Il lève la tête et nos yeux se rencontrent.

Il me sourit et, tout en me regardant, il embrasse encore mon ventre rond.

Il se relève et s'empare de ma bouche avec avidité. Il me colle contre lui.

— Je ne savais pas que j'aimerais autant ce que je découvre.

Effectivement, il a l'air surpris. Je suis heureuse qu'il soit si honnête.

Il finit de se dévêtir et nous pouvons reprendre la leçon là où nous nous sommes arrêtés cette nuit. Je me mets à genoux entre ses jambes et j'applique consciencieusement tout ce qu'il m'a appris.

— Hmmm !

Ses beaux yeux gris sont voilés par le désir puis par le plaisir que ma caresse lui procure, mais il me fixe ardemment.

— Tu es si sexy, ma puce. C'est ahurissant !

— Ça a l'air de t'étonner.

— Un peu… Je n'ai jamais fait l'amour avec une femme comme je l'ai fait avec toi. Ce n'était pas seulement sexuel.

— Chut, s'il te plaît.

Je ne veux pas entendre ça, pas encore. Je veux qu'on se découvre, qu'on aille doucement, qu'on profite de chaque moment. Je l'aime mais je ne veux pas polluer ces instants avec des sentiments précipités. Je veux être sûre.

Il hoche la tête.

J'adore sa capacité à me comprendre à demi-mot. Ça me fait peur mais ça me rassure aussi. Il ne me laissera plus me cacher et retomber dans mes travers.

Mais je m'égare.

— Oh Mina, c'est si bon… Ma puce… Ha !

Voilà, c'est ça que j'aime. Le voir à la dérive, prononcer mon nom parce que c'est moi qui le mets dans cet état-là.

— Arrête, s'il te plaît, implore-t-il. Je veux te prendre, viens sur moi.

Je m'exécute et je confirme que c'est une position vraiment très intéressante. Je le sens profondément en moi et, très vite, je suis envahie par tout un tas de sensations avant qu'un orgasme destructeur nous cueille à l'unisson et nous laisse complètement inertes.

Je suis une poupée de chiffon, mes muscles et mes os ont fondu et je me suis écroulée sur mon amant qui referme ses bras autour de moi.

— Je suis désolé, s'excuse-t-il.

— *Ouquoi ?* j'essaie d'articuler dans son cou.

Ma bouche ne fonctionne plus, je suis vidée de toute force vive.

— Je t'ai fait mal. C'était peut-être un peu trop tôt pour les nouvelles expériences.

— *Était to bon...*

Je confirme, pendant qu'il me possédait, il a pincé mes tétons un peu fort mais je ne lui en veux pas. Je résume, sensation grisante, le mélange douleur et plaisir est mon nouveau cocktail préféré.

Il rit, m'étreignant davantage.

— *As enco eaucoup de nouelles choses essayer ?*

— Des tonnes.

— *Ool...*

— Si ta mère savait que la plus belle chose qu'elle ait faite est justement celle qu'elle malmène si cruellement.

J'appuie mes lèvres juste sous son oreille et je le hume.

Je préfère ne rien répondre. Les larmes me brûlent les yeux et je risque de lui dire que je l'aime.

L'après-midi s'écoule alors que nous restons dans les bras l'un de l'autre. La table basse supporte nos provisions. De quoi boire et manger sans avoir à bouger de notre petit nid douillet. Nous sommes étroitement enlacés dans le canapé et on parle.

Il me raconte son enfance au cœur des Highlands. Il me parle de l'Écosse que nous visiterons, il me le promet. Il évoque ses parents. Sa mère et son père, retraités tous les deux. Elle, était institutrice et lui, ouvrier. Il me parle de son frère qui a préféré rester au pays, de son neveu qui ne va pas tarder à naître.

Il y a beaucoup d'amour dans sa famille et beaucoup de respect.

Ensuite, c'est au tour de l'agence. Il m'explique comment lui et son associé ont débuté alors qu'ils venaient juste d'obtenir leur diplôme. Comment ils ont ramé, sans argent, avant de rencontrer Henry Mauris, séduit par ces deux zigotos qui voulaient révolutionner le monde de la com. Il les a aidés et plus tard sa fille les a rejoints pour travailler à leur côté.

— C'est grâce à lui que je suis à l'agence, je lui rappelle.

— Oui, c'est vrai qu'il a beaucoup insisté pour qu'on regarde ton dossier. On a donc étudié ton travail, lu les appréciations de tes professeurs et on a finalement accepté. Seule Deirdre était réticente. Elle a argué que tu serais une gêne alors que nous devions traiter le dossier Fossbury. Mais c'est Fraser qui l'a emporté en affirmant qu'avec ton talent évident, ce serait au contraire un atout que tu sois parmi nous.

— Ben elle n'a pas dû apprécier.

— Elle s'y est faite même si je reconnais que, ce jour-là, elle est partie en claquant la porte.

— Super. Travailler avec elle, ça va pas être du tout-cuit, je grogne.

— Ne t'occupe pas d'elle. De toute façon c'est avec Justine que tu bosses et elle ne tarit pas d'éloges sur toi.

— Elle est vraiment sympa et bourrée de talent.

— C'est aussi ce qu'elle dit de toi, même si elle dit également qu'elle n'a jamais vu quelqu'un utiliser aussi peu son ordinateur.

— C'est vrai, j'avoue en rigolant. J'ai besoin d'écrire et de dessiner sur le papier, c'est vital. J'en ai besoin pour fixer les choses, trouver différentes solutions, organiser mes idées. Mais une fois que tout est bien clair dans ma tête, je peux tout balancer sur mon ordi et préparer ma présentation.

— Justine m'a confié que tu avais eu une idée sympa.

— Qu'est-ce qu'elle t'a raconté ?! je m'exclame.

— Eh, calmos ! Rien de précis. Elle a juste avancé que tu m'en parlerais le moment venu.

Je respire.

— Bon, j'avoue, j'ai une idée, mais elle ne me satisfait pas encore.

— J'attendrai alors… Au fait il est quelle heure ?

— Bientôt dix-huit heures, pourquoi ?

— Rien d'important.

— Allez !

— Non, je t'assure.

— Tu sais que j'ai les moyens de te faire parler.

Mais je n'ai pas le temps de les lui montrer car on tambourine à ma porte.

CHAPITRE 18

On sursaute tous les deux et, prestement, on essaie de remettre un peu d'ordre sur le canapé.

— C'est pas ta mère, quand même ? s'alarme Connor.

Je ne peux pas m'empêcher de rire. Je sais qui tambourine comme une brute et la voix qui se fait entendre me le confirme.

— Putain, Mina, ouvre ! On va rater le début du Crunch !

Saperlipopette !

— Nom de Dieu ! je m'écrie devant un Connor médusé.

— Quoi ? s'étonne-t-il.

— J'avais complètement oublié le Crunch. Paolo et Tristan devaient venir le voir ici. Oh là là ! J'ai failli oublier le match, je répète encore.

— Tu regardes le rugby ? me demande Connor, les yeux ronds, médusé.

— Ouais, c'est la finale du tournoi des 6 Nations. Ça se loupe pas, un match pareil !

Alors que ma porte va finir par voler en éclats, je me retrouve dans les bras de mon amant qui m'embrasse goulûment.

— Mon cœur, je t'aime ! lâche-t-il, tout excité.

Ne nous affolons pas ! Il m'aime parce que je suis fan de rugby, on ne s'emballe pas. Et là je comprends.

— C'est pour ça que tu me demandais l'heure ?

— Oui, me répond-il, penaud. Je ne rate aucun match d'habitude.

— Tu regardes le Top 14 ? je demande, aussi excitée que lui.

— Ouais, et le Super 15.

— Mina, mais qu'est-ce que tu fous, bordel ?

— Merde… euh… je suis présentable ? je m'inquiète devant un Connor hilare.

— Oui, comme une femme qui se fait trousser depuis hier soir.

— On va en entendre des vertes et des pas mûres.

Je file vers la porte, puis j'hésite et me retourne.

— Au fait, ça ne t'embête pas qu'ils sachent pour nous ?

— Ouvre ! Sinon ils vont ameuter tout le quartier.

J'ouvre la porte alors que Paolo s'apprête à abattre un énième poing rageur dessus.

— Mais qu'est-ce que tu…

Ça y est, il commence à comprendre…

Il me prend par les épaules et me pousse à l'intérieur sans un mot. Et là, il le découvre. Connor est toujours assis dans le canapé, un genou replié contre sa poitrine. Il lui sourit et lui fait un petit signe de la main.

Paolo me lâche puis s'empare de son portable.

— Allô, mon chéri, commence-t-il.

Il a beaucoup de mal à cacher son excitation alors que son regard va de moi à Connor.

— Oui… T'es au resto ?… Ouais… Cool. Alors tu multiplies la commande par deux… Non… Fais ce que je te dis… Oui… Mina a de la visite et je crois que son ami « i » et elle sont très affamés… Et si ! (Il glousse.) Elle a l'air bien… Oui, il est canon… Arrête avec tes questions et magne-toi de rappliquer, le match va commencer.

Je secoue la tête, gênée, alors que Connor éclate de rire.

Puis Paolo se tourne vers moi :

— Pourquoi tu ne nous as rien dit ? J'ai essayé de t'appeler tout l'après-midi.

— J'avais éteint mon portable, ma mère a appelé.

— Et ça va ? s'inquiète-t-il.

— Oui, très bien, je réponds.

— Eh bien !… lâche un Paolo ébahi.

Mon ami s'approche du canapé et tend la main à Connor qui la saisit avec empressement.

— En tout cas, ça te réussit. Tu es resplendissante, ma puce, murmure Paolo avant de s'installer dans le canapé.

— Je suis tout à fait d'accord, renchérit Connor qui échange un sourire entendu avec mon ami.

Hourra pour la solidarité masculine. Je lève les yeux au ciel et ils rient, les traîtres.

— Au fait, on a acheté chinois, ça vous va ?

Du chinois !!!

Restaurant chinois !!!

Rendez-vous !!!

J'ai complètement zappé James.

— Mina ? me dit Connor. Qu'est-ce qu'il y a ?

— J'ai oublié James ! je m'écrie.

— Je l'ai déjà prévenu.

— T'as fait quoi ?

— Il m'a appelé quand je suis retourné chez moi pour prendre mes affaires. Il m'a demandé ce que je faisais ce week-end et je ne lui ai pas menti.

— Oh non… je gémis. C'était à moi de lui dire. Ça aurait été plus correct.

— Ne t'alarme pas, ma puce !

— Elle fait toujours ça, confirme Paolo.

— Il a très bien compris. Il m'a confié qu'il s'en doutait un peu et que c'est de ça qu'il voulait te parler ce soir. Et je te présente mes excuses. Tu avais raison, tu t'es fait un nouvel ami, très protecteur.

— Pourquoi dis-tu ça ?

— Parce qu'il a juré que, si je te faisais du mal, je le regretterai amèrement.

— Ouais, je confirme ! lâche sèchement Paolo qui ne rigole jamais avec ça. Mais il faudra d'abord qu'il passe après Tristan et moi.

Waouh ! Après la solidarité au masculin un bon échange de testostérone.

Nous sommes sauvés par de nouveaux coups à la porte. J'ouvre et laisse Tristan entrer, des sacs plein les mains.

— Hé, je croyais que Paolo se foutait de moi… Mais… non… Oh ma pitchounette !!!

Voilà, c'est Tristan, le mec le plus fleur bleue que je connaisse.

— Hé ! le match commence.

C'est surréaliste.

Tristan serre la main de Connor non sans le détailler des pieds à la tête. Puis il m'aide à débarrasser la table sur laquelle nous déposons tout ce qu'il a apporté.

Mes deux meilleurs amis, mon mec et moi sommes installés dans mon petit salon et regardons la finale de la H-Cup, en mangeant des plats chinois. C'est le pied total.

Si l'équipe de France gagne, le 15 de la Rose remportera le tournoi en faisant le grand chelem. Si la France perd ce sera l'Irlande qui gagnera le tournoi.

Je suis pour le 15 irlandais et Connor aussi, ce qui nous réjouit. C'est la guerre contre Tristan et sa moitié qui parient sur la France et donc sur l'Angleterre.

Connor est à son aise, il me serre contre lui, possessif, ce qui fait se pâmer Tristan et sourire Paolo.

C'est génial de partager un tel moment avec trois des personnes les plus importantes de ma vie.

On s'asticote, on se balance des vannes, on parle de stratégie et Connor est souvent de mon côté, ce qui fait grogner mes amis.

Tristan s'extasie sur les joueurs de l'équipe de France et Connor se marre de nous voir tous les trois commenter hardiment le physique si avantageux de l'arrière ou si sexy de l'ouvreur.

— Mina ! m'interpelle Paolo alors que je viens de qualifier le fessier du numéro 15 d'absolument somptueux.

— Quoi ?

— T'as vu le mec qui te tient dans ses bras ? Je te jure que, si j'avais à choisir, c'est ce fessier-là que je prendrais.

— Hé, Paolo ! s'écrie Tristan, outré. C'est le mec de ta meilleure copine.

— Mais t'as rien à craindre, mon chéri, ton fessier est définitivement celui que je préfère.

Connor me serre davantage et murmure à mon oreille que c'est génial et qu'il est très content d'être là avec nous. Il rajoute, encore plus bas, qu'il lui tarde qu'on se fasse une petite mêlée à deux.

J'essaie de cacher mon trouble mais mes amis ne sont pas dupes.

Je devrais être avec James mais je ne regrette rien, je n'aurais voulu rater ce moment pour rien au monde. Je l'appellerai demain pour m'excuser et pour lui parler de ce qui se passe avec Connor. Je lui dois bien ça.

Paolo et Tristan nous ont quittés assez tard, et Connor et moi avons pu nous adonner à notre sport favori – non, ce n'est pas le rugby.

On a multiplié les matches, marqué un nombre incalculable d'essais, et cela tout le dimanche. C'est donc très fatiguée et plutôt courbaturée que je me retrouve dans la cuisine où Connor prépare le repas. Je ne sais pas ce qu'il fait mais ça sent divinement bon et mon ventre gargouille.

J'ai passé le plus beau week-end de ma vie mais demain nous allons devoir quitter mon appartement, retourner au boulot, et je ne sais pas ce qui va se passer ensuite.

Je suis préoccupée quand Connor me demande de goûter sa sauce.

Je prends la cuillère qu'il me tend et en approche les lèvres machinalement.

— C'est bon, je déclare, plongée dans mes sombres pensées.

— Qu'est-ce qu'il y a ? Ce n'est pas assez salé, épicé ?

— Non, c'est parfait, je le rassure.

— Alors qu'est-ce qui te tracasse ? demande-t-il en me caressant le front pour en faire disparaître la tension.

Je tergiverse quelques secondes puis je me lance :

— Bon, tout d'abord, ne crois pas que je veuille tout régenter, tout savoir, m'imaginer des trucs… Mais qu'est-ce qui va se passer demain ?

— Demain ? Tu veux dire au boulot ?

— Oui, je réponds piteusement.

— Qu'est-ce que tu veux, toi ? me demande-t-il.

Je suis surprise et je le regarde. Aucune entourloupe, il me demande vraiment mon avis.

— Je préférerais qu'on garde notre relation pour nous, je commence, incertaine. Je veux continuer à être Mina la stagiaire qui doit faire ses preuves et pas Mina la stagiaire qui se tape le patron. Et puis, il y a Deirdre. Je me sentirai mieux si elle ne sait rien.

— Elle ne rentre que dans deux semaines.

— Oui, mais elle l'apprendra quand même.

— Je comprends.

— Tu n'es pas fâché ?

— Non, pourquoi ? Je continuerai à t'emmener au boulot et à te ramener. On essaiera d'être discrets si tu veux. Tu sais que c'est un gros sacrifice et que je vais souffrir le martyr ?

Je glousse.

— Si tu savais ce que j'avais envie de te faire quand tu t'es présentée à mon bureau pour la première fois.

— Raconte.

— Je t'enlevais ton jean, ta petite blouse bleue et je ne te laissais que tes bijoux et tes magnifiques escarpins. Puis je t'allongeais sur mon bureau…

J'y suis et je voyage avec lui dans son fantasme. La seule idée de faire l'amour à la boîte, sur son bureau, avec le risque de se faire surprendre, me tétanise mais en même temps m'excite au plus haut point.

— Ça te parle ? me demande-t-il, haletant.

— Je suis un peu embarrassée mais c'est très explicite.

— Ne t'inquiète pas, mon cœur. La journée on mettra notre relation de côté mais le soir on se retrouvera et on rattrapera le temps perdu.

Je me blottis contre lui. J'aimerais qu'il ait raison… mais je sais qu'on risque gros, et ce qui m'inquiète le plus, c'est Deirdre. Si elle apprend pour nous deux, c'est l'enfer qui s'abattra sur nous, et j'en frissonne déjà.

OÙ TOUT DÉRAPE...

CHAPITRE 19

Connor se gare devant l'agence. Il me caresse la cuisse et nous échangeons un dernier regard complice avant de sortir de la voiture.

Dès que nous refermons les portières, nous redevenons un patron et son employée. C'est vraiment une sensation bizarre après le week-end que nous venons de passer. Câlins, discussions, rugby et du sexe, beaucoup de sexe.

Et j'ose l'avouer… avec Connor, j'adore ça !

Vous me direz, ce n'est pas très difficile, je n'ai aucun point de comparaison, mais quand même, ce mec est vachement doué et mon corps peut vous le confirmer. J'ai mal partout, surtout dans des endroits que la décence m'empêche de vous préciser. Et je dois être un peu masochiste car il me tarde déjà d'être à ce soir, pour retrouver mon amant qui est un professeur très attentionné, patient et dont j'apprécie énormément les travaux pratiques.

Cependant voilà, toute bonne chose ayant une fin, nous avons quitté notre petite bulle de béatitude et de félicité pour retrouver la dure réalité et l'agence où personne ne doit savoir pour lui et moi.

Je sais que Connor aimerait qu'on le dise, il me l'a de nouveau proposé sur le trajet mais, encore une fois, j'ai refusé.

J'ai plus à perdre que lui dans cette histoire. J'ai peur qu'on me juge. J'ai peur qu'on s'intéresse davantage à ma vie privée qu'à mon travail. J'ai vraiment besoin de briller lors de ce stage, l'obtention de mon diplôme en dépend, et la suite de ma carrière professionnelle aussi. Je préfère qu'on se souvienne de moi à cause de mes idées, pas parce que je suis celle qui couche avec le boss.

Alors que Connor regagne son bureau, je traverse les locaux, en apesanteur. Je suis à nouveau perchée sur mon petit nuage rose qui a atteint des sommets absolument démentiels.

Je suis heureuse, comblée, et, vu le regard que Justine me lance quand j'entre dans le bureau, c'est affiché en lettres d'or sur mon visage.

— Oh là là ! Mademoiselle Mina a passé un week-end d'enfer à ce que je vois... s'amuse Justine.

— Mais pas du tout, je réponds, pince-sans-rire.

Elle glousse et s'approche pour me décocher un petit coup de coude dans le bras.

— À d'autres ! Ton visage me dit clairement que tu as été très, très occupée et très vilaine, petite coquine, et ne me dis pas que c'est le projet Fossbury qui te donne ces jolies joues rouges, ces lèvres légèrement gonflées et ces yeux cernés.

J'éclate de rire. Si elle savait...

— Alors ? Je ne veux pas me montrer indiscrète, mais il est comment ?

Qu'est-ce que je dois répondre ?

Style... « le mec qui m'a déflorée puis fait grimper au septième ciel, un nombre incalculable de fois, c'est ton boss »... Non, ça ne le fait définitivement pas...

— Je suis désolée, Mina, je ne voulais pas t'embarrasser, s'excuse ma collègue devant mon mutisme.

— Non, ce n'est pas ça, je la rassure... Simplement c'est tout nouveau et extraordinaire. Je n'arrive même pas à croire que ça m'arrive, alors de là à en parler.

— T'inquiète, je comprends. Quand c'est tout nouveau, j'arrive pas non plus à verbaliser, je suis dans le ressenti.

— Ben voilà. Tout pareil...

Justine me fait un clin d'œil complice et nous nous plongeons dans le boulot.

Nous ne levons pas notre nez du projet de toute la journée, il y a encore tant à faire. Quelques minutes pour engloutir un sandwich, une salade, c'est tout.

Armée de mon café, je n'ai pas vu le temps passer. Mais une chose est sûre, Connor m'a manqué à chaque minute. Je l'aperçois de temps en temps mais j'essaie de rester loin de lui et, les quelques fois où nous nous retrouvons en présence l'un de l'autre, c'est très difficile de faire comme s'il ne se passait rien entre nous.

Lui, arrive toujours à me lancer un clin d'œil, à m'effleurer de manière inopinée mais de mon côté, rien, je suis tétanisée et trop transparente quand je suis en sa présence.

Nous nous rattrapons quand nous le pouvons, c'est-à-dire dès que nous sommes à la maison, sans témoin.

J'avais vu juste… Jamais je ne me remettrai de ce que je ressens quand nous faisons l'amour tous les deux. Outre le fait de me donner beaucoup de plaisir, il m'apprend à aimer mon corps et à accepter chacun des défauts que je trouvais rédhibitoires. C'est un cadeau précieux, tout bonnement inestimable.

S'il me fallait une bonne raison pour continuer à me pomponner comme je l'ai promis à mes amis, je l'ai trouvée, et elle vaut toutes les autres… Je veux plaire à mon homme. Et je pense que je me débrouille pas mal car nos soirées sont torrides. Nous n'arrivons pas à nous rassasier l'un de l'autre. À peine remis d'un orgasme dévastateur, nous recommençons déjà à nous caresser pour le round suivant. Ça m'embarrasse un peu de passer pour une obsédée, mais Connor rit et trouve tout ce que nous vivons absolument extraordinaire. C'est inédit pour lui, me confie-t-il souvent. Jamais il n'a eu envie d'une femme comme il a envie de moi.

J'ai tendance à penser qu'il exagère, qu'il me dit ça pour me rassurer ou me faire plaisir mais chaque fois il me détrompe par ses actes et ses paroles. Alors, petit à petit, j'ose le croire.

En fait, depuis dimanche, il ne m'a pas quittée. Il s'est installé chez moi, ne retournant dans son appart que pour récupérer des affaires et son courrier. J'avais un peu peur d'étouffer, moi qui n'ai jamais eu à partager mon intimité avec quelqu'un – et sûrement pas avec un homme. Mais la cohabitation dans la boîte d'allumettes qui me tient lieu d'appart se passe plutôt bien. Connor cuisine, je m'occupe du reste.

Nous regardons des films, des matches, débattons des rencontres passées, des joueurs, de stratégie. Nous rions beaucoup. Il est toujours aussi surpris de pouvoir discuter de rugby avec moi. C'est la première fois que sa petite amie a la même passion que lui et il est ravi. Au moins, dit-il, nous n'aurons pas à nous battre pour la télécommande, les jours de match.

Si nos corps, comme je l'ai longuement laissé entendre, sont au diapason comme s'ils se connaissaient depuis toujours (sensation plutôt déstabilisante), ce n'est pas la même chose pour le reste, alors nous nous efforçons de combler les manques. Je n'ai jamais autant parlé avec un mec (sauf avec Paolo et Tristan, bien sûr). Je me confie mais c'est réciproque et j'aime ce que Connor laisse filtrer de sa vie avant moi.

Il m'avoue qu'il a eu beaucoup d'aventures. Je ne m'en offusque pas. Avec son corps d'Apollon et sa belle gueule, je ne vois pas comment il aurait pu faire autrement. De plus, d'après lui, aucune ne lui a laissé de souvenir impérissable. À part moi (hé hé…), et peut-être une fille quand il avait seize ans. Marie était plus vieille que lui, leur relation n'a pas duré très longtemps, mais elle reste inoubliable. Sûrement, reconnaît-il, parce qu'elle était sa première amante et que leurs ébats étaient vraiment géniaux.

Cette réflexion de Connor me ramène à notre propre histoire et aux questions que je me pose déjà.

À certains moments et même si Connor veille au grain, je ne peux pas empêcher le doute de m'assaillir, escorté de son lot de questions.

Mes sentiments pour Connor grandissent trop rapidement à mon goût.

J'ai peur d'être amoureuse de lui. Et ça… après quelques jours seulement.

C'est là que le doute s'installe et que les interrogations fusent.

Serait-ce la même chose s'il n'était pas mon premier amant ? Si je disposais de points de comparaison, par exemple ? Serait-ce la même chose s'il ne me donnait pas autant de plaisir ?

Je n'en sais fichtrement rien et j'ai parfois peur que ce que j'éprouve soit biaisé par cet état de fait.

Mais qu'en est-il de Connor ?

Est-il victime de l'attrait de la nouveauté ? Il découvre qu'il peut aimer un autre type de femme que les blondes bien foutues, et c'est peut-être assez inédit pour qu'il n'arrive pas à se rassasier. Ça n'a peut-être pas vraiment de rapport avec moi après tout ?

Voilà où me portent ces moments de cogitation intenses. Ils ne sont pas nombreux mais ils sont là quand même, pesants, et malgré les encouragements de Connor, je n'arrive pas à en parler.

Fidèle à lui-même, il me laisse le temps, il me rassure mais il n'est pas dupe.

Je vous l'ai déjà dit, c'est terrifiant à quel point il peut lire en moi, alors il fait tout pour apaiser mes craintes, sans en avoir l'air – et de mon côté je ne suis pas dupe non plus.

Moi qui pensais mordicus que le prince charmant n'existait pas, je me suis pris une grande baffe… Il existe et il est pour moi.

Si les journées au bureau sont longues, je les supporte car je sais que le beau mec installé dans son gros fauteuil de P-DG en cuir sera tout à moi dès que ma porte sera close. J'aime l'apercevoir au détour d'un couloir, quand il ne me voit pas. Je le contemple, grand, vêtu de son costume noir griffé qui moule son corps, souligne ses larges épaules, ses jolies fesses et ses longues cuisses musclées. Mon bel amant est à tomber. Et sa démarche… Vous ai-je déjà parlé de sa démarche ? Souple, mesurée, une vraie panthère. Ce mec est une bombe, et c'est cet explosif en puissance qui m'aide à découvrir mon corps. Je vous jure que je m'y fais… que je l'apprivoise et que je prends de plus en plus d'assurance. J'étais une grande novice ; je ne le suis plus et j'ai maintes occasions de mettre mes nouveaux talents à contribution.

J'espère que la prochaine soirée ne fera pas exception à la règle.

Connor est en rendez-vous depuis ce matin et nous avons décidé de nous rejoindre directement chez moi. Je ne sais pas à quelle heure il compte rentrer, alors je mets mon temps libre au service de ma toute nouvelle amie que j'appelle longuement après m'être assurée que je ne la dérange pas dans son travail.

— Tu plaisantes ! lance Vivianne. D'autant que tu as plein de choses à me raconter, petite cachottière…

Je pouffe, rouge comme une pivoine. J'aurais dû me douter que Tristan et Paolo ne pourraient pas la fermer bien longtemps. La nouvelle était trop énorme pour qu'ils n'aient pas envie de la partager avec un tiers. Les traîtres !

— Alors, ma puce, je veux tout savoir…

— T'avais raison…

— En quoi, ma jolie ?… me presse-t-elle.

— C'était une merveilleuse première fois et un magnifique premier amant…

— J'en étais sûre ! clame-t-elle au risque de me percer le tympan. Je suis heureuse pour toi, Mina. Il n'y a rien de plus important dans la vie intime d'une femme que la première fois. C'est génial !

— Si ce n'est pas trop indiscret…

— Tu voudrais savoir si John a été le premier ?

— C'est le cas ?

Silence…

Je crois que pour le coup j'aurais dû remiser ma curiosité au placard.

— Je suis désolée, Vivianne, je ne voulais pas me montrer indiscrète.

— Mais tu ne l'es pas, reprend mon amie, d'une voix plus ténue. Simplement, j'ai eu moins de chance que toi.

— Excuse-moi, Viv !

— Laisse tomber. J'ai cru qu'il était sincère, qu'il m'aimait vraiment et, comme beaucoup d'autres avant moi, je me suis fait avoir.

— Vous avez rompu longtemps après ?

— Le soir même, lâche-t-elle. Il voulait simplement s'amuser.

— Oh, le rat !!! T'as son nom, son prénom, son adresse ? je m'écrie, outrée.

— Pourquoi ? s'étonne-t-elle.

— Pour que j'aille lui casser la gueule, je rétorque.

Elle glousse et je suis soulagée.

— T'es trop bête, d'autant plus que John me l'a déjà proposé.

— Et t'as accepté, j'espère…

— Non, parce qu'il est marié avec cinq gosses, il est bedonnant et a perdu ses cheveux…

— Non !

— Tu vois, pas besoin de lui casser la figure, je suis vengée. J'ai un mec top canon, je n'ai pas perdu au change… Finalement, c'est lui ma vraie première fois. Mais je parle de moi alors que c'est toi qui devrais me raconter toutes sortes de choses plus croustillantes les unes que les autres… Allez, ma grande, je veux tout savoir.

Sans aucune retenue (enfin presque), je lui balance tout… On se bidonne encore quand Connor franchit la porte l'air complètement lessivé.

Après maints bisous et promesses de la rappeler très vite, j'abandonne Vivianne et je m'occupe de mon homme qui s'effondre à côté de moi dans le canapé.

Il a besoin d'un gros câlin et vient poser sa tête sur ma poitrine. Je l'entoure de mes bras et le serre contre moi.

— Putain, je déteste ces réunions qui ne servent à rien, lâche-t-il tout en caressant mon ventre de sa main.

— Détends-toi, mon cœur, c'est le week-end et on a deux jours devant nous pour décompresser.

— Ouais, je te préviens on ne bouge pas d'ici, on n'ouvre à personne, on hiberne…

— Vendu ! je m'exclame, ravie de l'avoir pour moi toute seule jusqu'à lundi.

Je bénis toutes les puissances supérieures jusqu'à ce que son portable se mette à sonner.

— Et merde, râle Connor en récupérant l'appareil dans la poche intérieure de sa veste.

Il regarde le nom qui s'affiche sur l'écran puis prend l'appel après un gros soupir.

— M'man ! Comment ça va ?

— Il est né !

J'entends une voix de femme hurler à l'autre bout du fil.

— Eh ! doucement, grogne-t-il, éloignant l'appareil de son oreille.

— Ton neveu, il est né il y a quelques minutes ! continue-t-elle toujours aussi excitée. Ils l'ont appelé Mickael. Il pèse trois kilos cinq cents, mesure cinquante-six centimètres et se porte comme un charme, et sa maman aussi. Tu verrais ton frère ! C'est lui qui m'a demandé de t'appeler, je crois qu'il est tellement déboussolé qu'il en a perdu son téléphone. Tu te rends compte, mon premier petit-fils… Il faut que tu viennes, mon chéri…

— Maman, j'ai un boulot monstre…

— Connor, ton frère vient d'être papa et il aimerait que tu sois là, le réprimande-t-elle avant de reprendre son monologue.

Je sais que ce n'est pas le boulot qui le retient. C'est moi ! Mais là quand même c'est un moment super important et sa mère a raison, il doit le partager avec eux. Je lui touche le bras pour attirer son attention et hoche la tête pour lui faire comprendre qu'il doit accepter.

Il pose sa paume sur le micro.

— Quoi ? demande-t-il.

— Ta mère a raison, tu dois y aller.

— Écoute, ma puce, j'ai un neveu pour de très longues années. Ça peut attendre quelques semaines.

— Non, Connor. Ton frère doit être super pressé de te le présenter, et je crois que tes parents aimeraient vraiment que tu partages ce moment avec eux. Il faut que tu y ailles.

— Et toi ?

— J'irai voir les garçons et je me reposerai.

— Mais c'est pas vrai !

— Connor… Connor, avec qui parles-tu ?

— Dis-lui que tu viens, je répète.

— Connor, qui est avec toi ?

— C'est Mina, maman.

— Oh, oui… James nous en a parlé.

— James ?

— Oui. Il a appelé ton frère cette semaine et il lui a dit que tu avais fait une jolie rencontre.

— Maman…

— Venez tous les deux !

Je secoue la tête. C'est hors de question !

— Connor, mon chéri… On est si heureux… On est si pressés de fêter ce grand moment. Si vous ne venez pas ce ne sera pas la même chose.

— …

— Mon grand, le prie-t-elle.

— C'est bon, on vient. Je te rappelle pour te donner notre heure d'arrivée à Inverness.

— Oui, oui bien sûr… Tu viens avec ton amie ?

— Oui, maman, on vient tous les deux.

— Oh je suis tellement contente. J'attends ton appel, mon chéri, ton père viendra vous chercher. À demain, je vous embrasse.

— Nous aussi, maman.

Il raccroche et abandonne son téléphone sur le canapé avant de reprendre sa position, lové contre moi.

Par contre cette fois-ci mes bras ne se décident pas à l'étreindre. Je suis sous le choc !

— Quoi encore ? demande-t-il, agacé.

Il s'est rassis et me fixe, irrité.

— Je ne peux pas venir.

— Oh que si ! Tu as entendu ma mère, elle nous attend tous les deux.

— Non, Connor ! Je ne viens pas avec toi. Vous allez passer un moment familial intense et vous n'avez pas besoin de moi.

— Mais qu'est-ce qui te prend, à la fin ?

OK, cette fois, il est en colère. Et moi qui ai remercié les dieux de l'avoir rien qu'à moi ce week-end !

Pour le coup, il ne comprend pas mes réticences. Elles sont pourtant légitimes, et c'est ce que je vais essayer de lui expliquer – même si je vous prédis que ce ne sera pas de la tarte.

CHAPITRE 20

Il est campé devant moi, mains sur les hanches, et me jette un regard furieux.

— Ce n'est pas la peine de prendre tes grands airs avec moi, Connor. Je ne viens pas.

— Et pourquoi ? siffle-t-il.

— Parce que je trouve que c'est un peu tôt pour rencontrer toute ta famille, surtout dans un moment comme celui-là.

— Mais qu'est-ce que tu me chantes ? On est ensemble, Mina.

— Est-ce que tes parents ont rencontré tes autres petites amies ?

— Nooon !!!

— Eh bien tu as ta réponse. Dans quelques mois, si on est encore ensemble, je les rencontrerai si tu veux, mais là c'est trop tôt.

— « Si on est encore ensemble » ? Pourquoi, tu comptes me quitter ?

— Mais t'es dingue ?

— Je comprends rien, Mina, bon sang !!!

— Tu te sens obligé de m'emmener parce que ta mère te l'a demandé. Si James n'avait pas ouvert sa grande bouche, encore une fois, la question ne se serait jamais posée.

— Mais tu dis vraiment n'importe quoi… Je te l'aurais demandé de toute façon…

— Non !

— Si, Mademoiselle Je-sais-tout ! Arrête de réfléchir à ma place !

— Je ne réfléchis pas à ta place ! Je trouve seulement que cette rencontre est prématurée.

— Tu sais quoi, Mina ? Tu me soûles. ! Quand comprendras-tu, une bonne fois pour toutes, que je ne fais jamais les choses parce que je m'y sens obligé ? Putain, je croyais qu'on avait dépassé ce genre de conneries !

Et il se barre.

Sans me laisser répondre. Il a pris son téléphone, il est sorti, et je me sens vraiment très con…

Pourquoi est-ce que je n'arrive pas à vivre les choses simplement ? Pourquoi faut-il toujours que je la ramène ? Et finalement, pourquoi est-ce que je n'arrive pas à lui faire confiance ?

Je suis chiante et, finalement, j'ai réussi à le faire fuir…

C'est nul… Je suis nulle… Mettez-moi des baffes !

Après tout, s'il veut que je vienne avec lui, pourquoi est-ce que je me pose des questions ? En plus, d'après lui, je suis la première qu'il emmène dans sa famille… Je devrais me sentir privilégiée, importante, heureuse et pourtant je me sens terrifiée.

L'unique chose qui me vient à l'esprit, c'est que tout arrive beaucoup trop vite… J'ai seulement l'impression de ne plus rien gérer et j'ai la trouille.

En attendant, je fais quoi maintenant ?

Où est-il parti ? Est-ce qu'il est rentré chez lui ?

Il va aller en Écosse, et nous ne nous reverrons pas avant lundi matin.

Ça me fait profondément chier !!! Voilà !

Je suis trop compliquée, je le sais, mais c'est ma première vie à deux ! Je découvre que c'est le paradis quand tout va bien et je découvre aussi que c'est une galère sans nom quand l'un des deux déconne. Malheureusement, depuis le début, c'est moi qui pose problème. C'est moi que Connor n'arrête pas de rassurer, d'attendre, d'apprivoiser, et j'ai bien peur de l'avoir lassé.

Je n'arrive pas à trouver le sommeil. Connor est parti voilà deux heures, et je n'ai aucune nouvelle de lui. Mon portable est posé à côté de moi mais rien, même pas un petit SMS. C'est désolant.

Si ça se trouve, Connor est déjà dans un avion en direction des Highlands… Et moi, je suis là, toute seule, entortillée dans mes draps imprégnés de son odeur… Absolument navrant.

Je n'insiste pas, j'en ai marre de me retourner dans un lit trop grand pour moi quand il n'y est pas.

Je me lève et je vais me vautrer dans le canapé avant d'allumer la télé.

Tout pourvu que j'arrête de réfléchir.

Du coup je crois que je me suis assoupie car je me réveille en sursaut alors que ma porte d'entrée se referme.

Je suis un peu paumée, il me faut quelques secondes avant de me rappeler où je suis et ce qui s'est passé pour que je me retrouve seule sur mon canapé. C'est d'autant plus difficile que Connor est devant moi, un bagage à la main.

Il le lâche et vient se mettre à genoux devant moi.

Je ne sais vraiment pas comment réagir… Enfin si, je sais… Mais… et puis zut… Je me jette sur lui. Nous basculons tous les deux en arrière alors que je couvre son beau visage de milliers de baisers.

— Ma puce ! s'écrie-t-il.

— T'es plus en colère contre moi ? je demande, inquiète.

— C'était… pas… contre… toi ! essaie-t-il de répondre alors que ma bouche a du mal à quitter la sienne.

Ah ouais ?! !

— Contre qui alors ? je m'exclame.

— Contre James d'abord, puis contre moi ensuite.

Je suis assise à califourchon sur lui tandis qu'il est couché sur mon tapis. Il a l'air grave même si un demi-sourire se dessine sur ses lèvres.

— Tu m'expliques ? je demande.

— D'abord, j'en veux à cet abruti de James d'avoir vendu le morceau. C'était à moi d'annoncer à mes parents pour nous deux. S'il n'avait rien dit, ma mère ne m'aurait pas prié de venir avec toi et, ensuite, je n'aurais pas cédé, en oubliant de te demander ton avis. On aurait dû en parler tous les deux avant que j'accepte son invitation.

— Mais tu voudrais quand même que je vienne ?

— Oui, mais tu ne viendras pas, je me trompe ?

— Non.

— Tu peux essayer de m'expliquer ?

— Je panique...

— Pourquoi as-tu dit que ça allait trop vite tout à l'heure ?

— Mais parce que c'est le cas...

— Tu penses qu'on n'a pas attendu assez longtemps avant de coucher ensemble ?

— Non !

— C'est parce que je vis ici ?

— Mais non !

— Alors ?

Je suis désolée, je n'y arrive pas.

Je ne sais pas comment lui expliquer que notre histoire est trop parfaite, trop idyllique. Que j'aime tout de lui. Que je me sens perdue quand il n'est pas là. Que mes sentiments pour lui ont atteint un point critique et que, malgré tout, je ne sais pas si je peux faire confiance à tout ce que je ressens. Parce qu'il est mon premier vrai mec, qu'il me comble et que j'ai peur de ne plus jamais ressentir tout ça.

— Mina, parle-moi.

— Je n'y arrive pas, excuse-moi. Je suis désolée mais tout ce qui m'arrive depuis deux semaines me dépasse un peu (c'est un euphémisme). Je me sens submergée et j'aimerais avoir le temps de respirer. Honnêtement, je ne pense pas qu'un week-end chez tes parents m'aidera à y voir plus clair.

J'ai essayé d'être la plus explicite possible sans avoir à lui révéler que je l'aime comme une dingue et que, finalement, c'est ça qui me pose problème. Tout simplement parce que j'ai peur que ça ne soit pas réciproque. Je le fixe et attends qu'il dise quelque chose en priant pour qu'il ne m'asticote pas, comme il a l'habitude de le faire.

— Je comprends…

Je ne m'attendais pas à cette réponse. Je le regarde, sonde ses magnifiques yeux gris. Il me comprend vraiment. Je me fais la réflexion qu'il est peut-être temps que je lui accorde toute ma confiance. (Qui a dit que j'étais longue à la détente ?)

— Mina, arrête de cogiter.

— T'es marrant toi… Je n'y arrive pas. Si je ne suis pas ta première petite amie, tu es mon premier mec, dans tous les sens du terme. Alors excuse-moi si tout ce que je ressens me semble un peu trop inédit et intense.

— Et tu penses sûrement que, n'ayant eu aucune autre aventure avant moi, tu ne te fais pas confiance en ce qui concerne tes sentiments.

J'en reste bouche bée… Je vous jure, c'est vraiment terrifiant qu'il arrive à me connaître aussi bien.

— Je vois que j'ai visé juste.

— Tu me fous la trouille parfois. Tu en es conscient, j'espère ?

Il me sourit tendrement et je fonds. Je ne le mérite pas…

— OK, ma puce… Je vais aller en Écosse sans toi pendant que tu te prélasseras ici avec les garçons et Vivianne à médire de moi. Mais je tiens tout de même à attirer ton attention sur le fait que tu me laisses dans la panade.

— Je suis désolée.

C'est vrai qu'il va devoir expliquer à toute sa famille pourquoi je ne suis pas venue.

— Tu m'abandonnes alors que je vais être confronté à de nouveaux grands-parents hystériques, un frangin qui doit être complètement gaga, une jeune mère ayant donné naissance au plus beau bébé du monde et, enfin, ledit bébé qu'il faudra que je prenne dans mes bras avant de lui faire risette, sans manquer de m'extasier sur lui et sur sa ressemblance flagrante avec ses géniteurs.

Je ris, il est si drôle et semble effectivement désolé. J'ai tellement envie de lui avouer combien je l'aime mais j'ai affreusement peur de le faire. Peur que ce ne soit pas la même chose de son côté.

Je l'ai donc laissé partir, seul.

Il était à peine dans le taxi que je recevais un SMS dans lequel il me confiait que je lui manquais déjà. Je regrette un peu de m'être entêtée à ne pas vouloir l'accompagner mais c'est mieux comme ça, ce qu'ont confirmé les garçons quand je leur ai confié mes inquiétudes.

Tristan mais surtout Paolo, sans remettre en cause notre histoire, pensent eux aussi que tout va très vite et qu'un peu de distance ne peut pas nous faire de mal.

Mais bon sang que c'est difficile.

Connor partage ma peine, ça se voit dans ses messages. Il m'écrit qu'il aimerait que je sois à ses côtés. Il me rassure en me disant que ses parents regrettent que je ne sois pas venue mais qu'ils comprennent et qu'ils m'embrassent.

Le samedi soir, il m'appelle longuement et me raconte avec beaucoup d'humour son après-midi à la clinique.

Il a dû affronter, et ça dès son arrivée, ses parents excités comme des puces d'être papi et mamie pour la première fois. Puis ce fut au tour de son frère de s'effondrer dans ses bras, pleurant et riant sur la chance qu'il avait d'être père. Et que dire de sa belle-sœur ? Fatiguée mais totalement épanouie devant le petit Mickael, sans conteste la huitième merveille du monde. Comme il l'avait prévu, Connor a dû faire toutes sortes d'amabilités à son premier neveu qui s'est contenté de gazouiller ou de pleurer. C'est un bébé magnifique, avoue-t-il tout de même avant de m'envoyer une photo d'un minuscule bout de chou emmitouflé dans une couverture jaune imprimée de petits lapins.

Il me tarde vraiment qu'il rentre. Le dimanche semble interminable.

J'attends avec anxiété son SMS m'annonçant son heure d'arrivée, quand, à vingt heures, il m'écrit qu'il a un empêchement et doit reporter son retour au lendemain.

Je suis dépitée. Je traîne ma misère toute la soirée, ronchonnant sur les nouveau-nés qui ne m'ont pourtant rien fait, hormis m'enlever mon amant tout un week-end.

Je dors très mal. Demain, je devrai me rendre au bureau, seule. Pour le coup, je serai obligée de prendre le bus.

CHAPITRE 21

Je pensais retrouver Connor à l'agence.

J'étais si pressée de le revoir. Je me suis même imaginée me jeter dans ses bras devant tout le monde tant il me manque, et au diable les ragots. Une deuxième nuit sans lui et mes résolutions de prendre mon temps et de ne pas trop m'impliquer sont parties en fumée. C'est donc pleine d'impatience que je me précipite dans nos bureaux. Mais je suis déçue. Hormis Doris, il n'y a personne.

Je me réfugie dans mon antre, vite rejointe par Justine, et je poireaute toute la matinée, bonne à rien, ce qui amuse ma collègue qui met mon manque d'entrain professionnel sur un autre week-end très chargé. Je ne la détrompe pas.

Je dois attendre le début d'après-midi pour l'apercevoir.

Contrairement à ce que j'ai dit, je ne me précipite pas dans ses bras car mon amant n'est pas seul. Il est accompagné d'une très mauvaise surprise. Je croyais que Deirdre Mauris et Fraser Murray ne devaient revenir, ensemble, que jeudi. Elle est pourtant là, sans Fraser, et collée à Connor.

— Tes parents sont vraiment gagas de leur petit-fils, dit-elle à mon amant.

— Oui, c'est clair.

— Ils ont été très gentils de m'inviter à dormir chez eux. J'avais tellement hâte de t'annoncer la bonne nouvelle.

— Je crois qu'ils étaient heureux d'avoir un témoin de plus prêt à les écouter vanter les mérites de leur premier petit-enfant.

— Ils étaient vraiment trop drôles.

Je crois que je vais me sentir mal.

Je pensais profiter de quelques minutes avec Connor. J'avais même une excuse toute trouvée pour le voir seul dans son bureau, et voilà que j'apprends qu'il a passé la fin de son week-end avec Deirdre, qu'elle est restée dormir chez ses parents, et qu'elle a fêté avec eux la naissance du petit Mickael.

Ça aurait dû être moi bon sang ! Si je n'avais pas été aussi paniquée et stupide, c'est moi qui arriverais au bras de Connor après avoir passé deux jours avec sa famille.

Mon cœur se serre alors que je regagne mon bureau. Heureusement Justine et moi avons beaucoup de boulot et nous n'arrêtons pas un instant. Mon projet prend forme (pas comme ma vie amoureuse), il manque encore quelque chose mais je sais que nous sommes sur la bonne voie (je réitère : pas comme ma vie amoureuse).

La première présentation aura lieu en fin de semaine. Le client sera là et choisira l'un des deux projets ou aucun. S'il en valide un, il sera finalisé et exposé quelques semaines plus tard.

Ma thérapie « travail intense » a fait son office. Elle a évité que je me ruine le cerveau et le temps s'est écoulé plus vite. Je suis heureuse de voir la fin de journée arriver et les heures supplémentaires sont exclues pour aujourd'hui.

Je n'aspire qu'à une chose, retrouver Connor, qu'il me ramène chez moi (ou chez nous), où je pourrai lui prouver combien il m'a manqué.

Je me dirige vers l'accueil. J'espère qu'il sera là pour qu'on puisse déguerpir en vitesse.

Il est bien là mais, encore une fois, il n'est pas seul et j'enrage.

Deirdre s'est refait une beauté. Elle porte une petite robe bleue très décolletée et elle badine avec Connor qui est tout sourires.

Je ne l'ai pas vu depuis deux jours, et quand il revient il est au bras de sa collègue après avoir passé le dimanche avec elle, en Écosse. D'ailleurs, après réflexion, les SMS de Connor se sont faits moins nombreux et moins intimes vers la fin du week-end, et je découvre que je suis jalouse. Je suis vite rattrapée par mes vieux démons. (Ceux qui insinuent insidieusement qu'elle est plus belle, mieux foutue...)

Ils me voient arriver. Connor me regarde à peine et Deirdre me snobe ouvertement. Elle m'a reconnue, je le sais. Mais elle fait mine de m'ignorer. J'aimerais déguerpir au plus vite cependant Doris me rejoint pour me faire signer des papiers.

Je paraphe les feuilles machinalement, concentrée sur le couple derrière moi.

— Je n'en reviens pas que le vieux Gosling ait enfin craqué, confie Deirdre à mon petit ami. Il accepte de nous rencontrer ce soir et nous ne serons pas trop de deux pour attaquer la négociation.

— Tu me prends de court, lui rétorque Connor qui semble plus tendu qu'en début d'après-midi. J'avais déjà quelque chose de prévu.

— Plus important qu'un contrat de plusieurs millions ?

J'aimerais me retourner pour voir sa tête car il ne dit rien.

— On est bien d'accord, lâche Deirdre. On doit passer les chercher alors ne tardons pas. Je passe un coup de fil et on bouge.

Il ne dit toujours rien.

Doris est repartie et je n'ai plus aucune raison de rester.

Je ramasse mon sac et sors.

J'ai le cœur en lambeaux. Je suis bien sûr moins importante qu'un contrat juteux, et je ne peux même pas lui en vouloir. C'est sa boîte, il doit la faire tourner et, par les temps qui courent, il faut sauter sur toutes les occasions d'assurer financièrement la pérennité de l'agence.

Mais quand même, l'impression d'être quantité négligeable est plutôt perturbante. Passer après un contrat même pharamineux, c'est blessant.

— Mina !

Je me retourne, il est là… Il se précipite vers moi, dégringolant les quelques marches qui nous séparent encore.

— Je suis navré, ma puce, murmure-t-il, arrivé à mon niveau.

— De quoi ? je réponds plus fraîchement que je ne le veux vraiment.

— J'aurais dû t'appeler hier soir, mais Deirdre a débarqué chez mes parents en fin d'après-midi et on n'a pas eu une minute. C'était un week-end de dingue.

— Je comprends.

— Mina…

— Arrête, Connor… J'ai entendu que vous étiez prêts à négocier une grosse affaire, Deirdre va t'attendre.

— Ne fais pas ça, Mina…

— Quoi ?

— C'est toi qui voulais que personne ne sache pour nous au bureau.

— Je ne vois pas le rapport, je rétorque.

— Si, et tu le sais très bien. Je préférerais rentrer avec toi mais le rendez-vous de ce soir est capital. Je ne te rejoindrai sûrement pas, on risque de finir très tard.

— On se voit demain alors ?

— Oui ma puce. Tu m'as manqué…

Il a l'air sincère et s'apprête à m'embrasser quand nous entendons des claquements de talons aiguilles se rapprocher.

Je n'attends pas le baiser de Connor qui secoue la tête, dépité. Je disparais avant qu'il tente quoi que ce soit pour m'arrêter.

Deirdre, un/Mina, zéro.

Voilà, ils vont bosser toute la soirée. Je suis amère alors que je sais pertinemment que je n'ai aucune raison de l'être.

Je me sens perdue. Je n'aime pas savoir Deirdre avec Connor parce que je n'ai aucune confiance en elle. Appelez ça l'intuition féminine, mais je ne la sens pas.

En attendant me voilà sans chauffeur, je n'ai plus qu'à prendre un taxi. Je suis bien trop fatiguée pour me taper une heure de bus en pleine affluence.

Ça m'a coûté cher, mais enfin je suis chez moi.

Je reçois un SMS de Connor dans lequel il me dit, encore une fois, qu'il est désolé. Qu'il me souhaite une bonne nuit et qu'il sera là demain matin à sept heures.

C'est si bizarre de me retrouver chez moi sans lui, un soir de plus.

Je me suis sentie amputée d'une part de moi tout le week-end et cette impression persiste tandis que je grignote, vautrée dans mon canapé.

Mon téléphone sonne alors que je m'apprête à aller me coucher.

C'est lui ! Je décroche, pressée d'entendre sa voix.

— Allô ? Oh, zut ! Je me suis trompée...

Ce n'est pas Connor. C'est son numéro qui s'affiche, mais ce n'est pas sa voix. C'est une voix de femme que je reconnais très bien.

Qu'est-ce que c'est que ce cirque ? Qu'est-ce que Bettina fait avec le portable de mon petit ami ?

— *Bettina, tu fais quoi ? Rends-moi ce téléphone...*

La voix de Connor.

— *Je crois que j'ai fait un faux numéro*, répond-elle en gloussant.

— *Tu l'as fait exprès ?* je l'entends crier.

Puis plus rien : la communication est coupée.

Je contemple mon portable.

Qu'est-ce que je fais ?

Je devrais rappeler Connor pour qu'il m'explique ce qu'il fabrique avec son ex. Mais dans ce cas je vais passer pour la petite amie hystérique qui veut tout savoir, tout régenter et je me détesterai.

Je décide de lui faire confiance et d'attendre le lendemain pour lui poser les questions qui m'empoisonnent.

Du coup, j'ai droit à une nouvelle nuit très mouvementée. Même si je crois Connor fiable, même si je suis sûre que Bettina est avec lui pour une bonne raison (qui n'a rien à voir avec leur ancienne relation), je ne peux pas m'empêcher d'imaginer le pire et les images de mon petit ami dans les bras de son ex ont hanté mes pensées une bonne partie de la nuit.

D'abord Deirdre, puis Bettina. C'est beaucoup trop après avoir passé le week-end seule. Finalement l'angoisse me serre les tripes pendant que je bois mon café.

Il est encore tôt mais je me dépêche de me préparer.

La cerise sur le gâteau m'attend quand je sors de la salle de bains. Mon portable affiche un SMS qui finit de me plonger dans un abîme de perplexité.

Connor, dans l'incapacité de venir me chercher, m'envoie un taxi. Il m'expliquera plus tard, il m'embrasse.

Je ne lui réponds pas, trop déçue, et descends attendre la voiture qu'il m'a envoyée. J'essaie de ne pas trop cogiter mais c'est peine perdue. Et c'est au trente-sixième dessous que j'arrive à l'agence où il n'est pas.

Encore une fois je me plonge dans le travail. Je ne vais même pas déjeuner, je n'ai pas faim. Mon estomac est complètement noué de toute manière. Je m'occupe pour ne pas penser, parce que, alors, mon esprit se met à divaguer et j'ai envie de hurler.

Il ne réapparaît pas de la journée. Je lui envoie plusieurs SMS (deux, en fait… sur les cent que j'ai tapés), mais il ne répond pas.

À dix-huit heures, Justine me propose de me raccompagner en voiture et, n'ayant aucune nouvelle de Connor, j'accepte.

J'arrive chez moi quand mon téléphone sonne. C'est lui…

— Mina !! Tu es où, bon sang ?

— Bonjour à toi aussi, Connor. Je suis à la maison, Justine m'a ramenée.

— Pourquoi tu ne m'as pas attendu ? me reproche-t-il.

— Tu ne t'es pas manifesté… Tu n'as pas reçu mes SMS ?

— Non… Je suis désolé ! Mina, ça ne devait pas se passer comme ça, grogne-t-il. Avec l'affaire Gosling, je n'aurai pas beaucoup de temps à te consacrer.

— Je comprends…

— *Connor, tu viens ?*

Encore elle !

— C'est Bettina ? je demande, tendue.

— Oui, fait Connor, mal à l'aise.

— Et vous avez besoin d'elle pour négocier ? je l'interroge, sarcastique.

— Mina, ce n'est pas ce…

— … que je crois ? J'en suis sûre, Connor. Je comprends que tu n'aies pas de temps pour me répondre ou simplement pour me prévenir que ce n'est pas la peine que je t'attende. Et ne prête pas ton portable à n'importe qui…

— Quoi ? Arrête, s'il te plaît. Bettina est la fille de Gosling. C'est normal qu'elle soit présente.

— Pourquoi ? Elle est associée aux affaires de son père ?

— Mina, arrête !

— Alors ? j'insiste.

— Il semblerait, oui.

— *Connor chéri, on t'attend. On n'a pas toute la nuit.*

Et elle glousse cette pétasse. Toute la nuit pour faire quoi ?

— Je vois.

— Mina !

Je raccroche...

Et je balance mon portable sur le canapé. Je l'aurais bien fait contre le mur pour qu'il explose en mille morceaux – comme mon cœur – mais je n'ai pas les moyens de m'en acheter un autre.

Il est encore avec elle. Je m'en doutais depuis hier soir, mais je suis un peu longue à la détente. Il négocie un contrat et son ancienne maîtresse, très entreprenante, est présente.

Je suis gagnée par la nausée et je me rends compte que je n'ai rien avalé de la journée.

Je verse des céréales dans un bol avec un peu de lait tiède. Je crois que c'est la seule chose que mon estomac supportera.

Je suis vraiment jalouse et je déteste ce sentiment qui me ronge.

Connor et moi ne sommes ensemble que depuis deux semaines, je n'ai aucun droit sur lui, or, je viens de lui faire une crise comme une vieille maîtresse acariâtre et ça me désole.

Je ne suis pas un coup d'un soir. En cela, je crois ce que m'a dit Connor. Mais il ne m'a pas dit ce qu'il attendait de moi ou de nous.

Sommes-nous vraiment ensemble ou suis-je seulement une maîtresse de l'ombre ? Celle qu'il retrouvera quand il aura un petit moment ou une grosse envie ?

Je secoue la tête... Je divague. Je pense vraiment n'importe quoi. Je repousse les céréales. Décidément je ne peux rien avaler. Je repasse en boucle nos conversations, ce que nous avons fait.

Il m'a donné des preuves qu'il tenait à moi. Ce qu'il m'a dit, ce que nous avons partagé, sa façon de me faire l'amour.

Le problème est que tout ce que je ressens est nouveau pour moi et je ne sais pas comment y faire face.

Je vais passer une autre nuit sans lui. Mais cette fois-ci je sais qu'il est avec elle. Contre toute attente et malgré ma crise de tout à l'heure, je décide vraiment de croire en lui.

Mais en ce qui concerne Deirdre et son âme damnée Bettina, c'est une tout autre histoire.

CHAPITRE 22

Je suis d'une humeur massacrante. Il n'est pas venu me chercher et ne m'a pas prévenue. Encore une fois je me retrouve le bec dans l'eau. J'appelle un taxi, et la somme que je laisse au chauffeur ne fait rien pour arranger mon humeur.

J'ai passé ma nuit à espérer qu'il me rejoigne quand même, alors que je savais pertinemment qu'il ne viendrait pas.

Justine et moi bossons dans l'atelier sur une idée de packaging. Comme d'habitude, nous sommes submergées de croquis et de papiers couverts de notes mais elle ne me charrie pas. Elle sait que quelque chose me chagrine même si elle ne m'a rien demandé. Et je lui en suis reconnaissante.

Je griffonne une énième idée sur un Post-it rose quand je l'entends.

Le rire de Deirdre.

Elle doit être au téléphone devant la porte restée entrouverte. Elle ne parle pas très fort mais le silence dans la pièce me permet de ne rien perdre de sa conversation.

— Oh si tu avais vu Bettina et Connor !

Malgré moi je tends l'oreille. Je veux savoir ce qu'elle a à dire, même si je sais que je ne vais pas aimer.

— Non… Oui, elle était avec son père et tu sais comme elle est malheureuse depuis qu'ils ne sont plus ensemble… Oui, je sais… Oui, mais que veux-tu, elle a des arguments… S'il y a résisté ?… À ton avis ? Il l'a raccompagnée chez elle hier soir… Alors…

Je veux fuir, Je ne veux pas entendre la suite. Je ne sais pas avec qui elle parle mais je déteste ce que j'entends.

— Oui ce serait formidable que tout s'arrange entre eux. Tu savais que le vieux Gosling voit en Connor un gendre parfait ?... Oh non ! Peut-être qu'on aura un mariage à célébrer cette année... Ouiiii. Bon, écoute je te laisse. On se voit bientôt, je te raconterai la suite des événements... Non, je n'y manquerai pas. Bises.

Je suis anéantie. Justine est penchée sur son dossier et sourit. Elle doit trouver ça drôle que Connor et Bettina remettent le couvert, moi ça ne m'amuse pas du tout.

Je découvre que j'ai envie de faire du mal comme on vient de m'en faire. Je me vois bien enfoncer son téléphone au fond de la gorge de Deirdre et si je pouvais faire bouffer ses implants en silicone à Bettina, ce serait parfait.

Je sais que Connor est à l'agence et je sais qu'il doit encore assister à une réunion ce soir. J'ai entendu Doris en parler à Maureen.

À dix-sept heures pile, je décide de mettre les voiles. Je suis soulagée de ne pas le croiser. Que lui dire ? Je ne saurais pas comment réagir de toute façon. Ou si. Je me retrancherais derrière ma colère et je lui balancerais des horreurs que je regretterais aussitôt.

Je n'ai aucun recul, je n'ai jamais vécu un truc pareil. Mon cerveau me conseille de laisser couler, mes hormones, de botter le cul aux deux blondasses, mais je suis mon cerveau. Je ne veux pas me transformer en furie, même si j'en ai une folle envie.

Comment a-t-on pu en arriver là ? Tout a commencé parce que je n'ai pas voulu l'accompagner en Écosse. Mon refus l'a peut-être plus contrarié qu'il ne l'a dit. Je ne sais pas comment Deirdre a atterri chez ses parents, je ne sais pas quel rôle Bettina peut bien jouer dans les affaires de son père et franchement je n'ai pas vraiment envie de le savoir.

Mon portable sonne et je vérifie le nom qui s'affiche avant de répondre.

— Bonjour, Mina, c'est James.

Je pousse un soupir de soulagement.

— Je te dérange ?

— Oh non, pas du tout. J'attends le bus.

— Ce n'est pas Connor qui te ramène normalement ?

Et zut !

— Non, pas ce soir. Il a une réunion qui risque de finir tard.

— Ah, OK.

— Je suis désolée pour samedi soir, James.

— Ne t'excuse pas. Je me doutais un peu du tour que prenaient les événements. J'ai trouvé Connor très transparent dans cette histoire, s'amuse-t-il. On en a parlé au téléphone, et je suis ton ami, non ?

— Oui, je réponds, émue.

— Je vais être pas mal pris avant mon départ et je tiens à ce qu'on dîne ensemble quand même.

— Quand ?

— Je pensais à ce soir, ça te va ? Au moins tu ne passeras pas ta soirée toute seule.

S'il savait...

— Alors, ça te va ?

— Oui, c'est bon.

— Au fait je te tutoie, ça ne te gêne pas ?

— Non, je pouffe.

— Je passe te chercher alors ?

— Non, on se retrouve au restaurant. C'est pas trop habillé comme endroit ? je m'inquiète.

— Non. Viens comme tu es, c'est un petit bistro français.

— Oh cool ! J'adore la cuisine française.

— Super ! On dit dans une heure ?

— Oui, j'y serai.

J'ai à peine raccroché que je regrette déjà d'avoir accepté son invitation. Je ne vais pas être de très bonne compagnie et je ne sais pas si j'arriverai à donner le change pour qu'il ne se doute pas que mon cœur ressemble à un puzzle dont il manque la moitié des morceaux.

Je n'ai pas le temps de rentrer et je me rends directement au lieu de notre rendez-vous. J'ai changé trois fois de bus mais, après une multitude d'arrêts et plus d'une heure de trajet, j'arrive enfin à destination.

Je pensais que ce restaurant serait tout simple, style bouchon lyonnais ou gargote, un lieu tranquille, intime, mais ce n'est pas tout à fait ce que j'avais imaginé.

C'est grand, lumineux, et on se croirait en France. Le décor est chaleureux, des plaques émaillées de toutes formes et couleurs vantent les produits en vogue autrefois. Les petites tables sont recouvertes de nappes à carreaux rouges et blancs et la voix de Piaf s'élève belle et puissante.

Un serveur vient à ma rencontre et me conduit à la table où James m'attend. Il est toujours aussi beau mais quelque chose a changé, il ne me fait plus aucun effet. Il est mon ami, rien de plus. Il n'y a plus d'ambiguïté entre nous.

Il se lève, prend le relais de l'employé et m'aide à m'asseoir après m'avoir chaleureusement saluée en me serrant dans ses bras, déposant un gros baiser sur ma joue.

— C'est cool que tu sois venue, me dit-il.

— C'est surtout gentil à toi de m'avoir invitée à nouveau. Après une fuite et un lapin c'était risqué.

Il rit et ça me fait beaucoup de bien.

— Je suis désolée, James, j'aurais préféré tout t'expliquer moi-même. Ça aurait été plus correct.

— Stop, ma belle, arrête de t'excuser. Je crois que Connor a eu peur de mon charme ravageur, plaisante-t-il.

Je lui souris mais j'ai bien peur de ne pas faire illusion. Pourquoi Connor m'empêcherait-il de sortir avec James, si c'est pour me tromper avec Bettina à la première occasion ? Ça n'a pas de sens, je le sais. Encore faut-il que j'en sois convaincue, ce qui n'est pas le cas.

James hausse les sourcils.

— Que se passe-t-il, Mina ?

— Oh rien. Je suis crevée, c'est tout.

— T'as faim au moins ?

— Oui, je lance en priant pour que mon estomac veuille bien supporter ce que je vais lui faire ingurgiter.

Un serveur nous apporte les menus et nous propose de prendre un apéritif.

James demande deux kirs royaux, m'ayant convaincue de goûter ce cocktail simple mais typiquement français.

Il a raison, c'est bon. J'aime l'alliance du champagne et de la liqueur. C'est sucré et pétillant et ça descend tout seul.

Nous savourons cet apéritif, plongés dans la carte, commentant chacun des plats. James m'en présente certains que je ne connais pas et, finalement, j'ai l'eau à la bouche.

J'opte pour une salade périgourdine et du pain perdu. Je referme mon menu quand je surprends des éclats de voix venant de l'entrée.

— Qu'est-ce qui t'a pris de changer de restaurant au dernier moment ? Deirdre, j'avais réservé chez Manolo.

Ça, c'est la voix geignarde de Bettina et le rire peu discret appartient à Deirdre, qui passe la porte du restaurant au bras d'un homme d'un certain âge. Bettina, elle, escorte Connor ou, plus exactement, s'agrippe à lui.

— Mina ? m'appelle James.

Je ne réponds pas, focalisée sur les deux couples qui attendent pour qu'on les conduise à une table.

Deirdre est en grande conversation avec son cavalier. Bettina, moulée dans une robe d'un rouge éblouissant, est collée à Connor.

Elle murmure quelque chose à son oreille, et il lui sourit en hochant la tête.

— Mina, que se passe-t-il ? me demande James encore une fois.

Il a l'air inquiet.

Connor relève la tête et nos regards se croisent.

Le mien est mort et le sien, inexpressif. Il regarde James de longues secondes puis se focalise à nouveau sur moi.

— Connor !

Oh non pas ça !

Mais c'est trop tard. À l'appel de James, il s'approche.

— Mina, James, nous salue-t-il.

— Je me suis permis d'inviter Mina, lance James en souriant.

— C'est ce que je vois. Tu as bien fait, répond doucement Connor.

— Tu es donc sorti de ta réunion plus tôt que prévu, remarque James. Mina m'a dit que tu étais pris ce soir.

— Oui, on négocie une grosse affaire. D'ailleurs je dois y retourner. Passez une bonne soirée. Mina, je passe demain matin à sept heures.

Il fait demi-tour et part rejoindre Bettina qui l'attend, seule (les autres sont déjà attablés).

— Qu'y a-t-il avec Connor ?

— Rien du tout, je réponds trop vivement. On a décidé de ne rien dire sur nous au boulot.

Je respire doucement, j'essaie de ralentir mon rythme cardiaque et d'endiguer l'angoisse qui risque de me submerger.

— Tu n'es pas une bonne menteuse.

— Je suis désolée, James, mais je préférerais qu'on parle d'autre chose… S'il te plaît.

Il ouvre la bouche pour refuser, je suppose, puis se ravise et hoche la tête.

— Merci.

Il n'a pas l'air très content cependant il ne me parle plus de Connor.

Ce qu'on nous sert est délicieux et le foie gras, sublime. James s'amuse des étincelles qui illuminent mon regard à chaque bouchée.

On parle beaucoup. Il est amusant, il fait tout pour que nous passions une bonne soirée. Je fais des efforts surhumains, alors que je ne veux qu'une chose, être seule et pleurer toutes les larmes de mon corps.

Je lui renouvelle tous mes remerciements au moment où il s'arrête devant chez moi.

— Mina, s'il te fait du mal, je...

Je l'interromps :

— Merci pour tout, James, et merci pour cette soirée, j'ai passé un très bon moment.

— Tu as mon numéro. Appelle n'importe quand.

— Je le ferai, promis.

Je dépose un baiser sur sa joue et je m'extrais de sa voiture.

Je grimpe l'escalier quatre à quatre et, dès que j'ai refermé la porte derrière moi, je m'effondre.

CHAPITRE 23

Je suis inconsolable…

Comment peut-on souffrir autant ? Je ne suis pourtant avec lui que depuis quelques jours. Si Connor n'était pas mon premier mec, serais-je dans le même état ? Pourrais-je revivre les mêmes choses avec un autre homme ? Aurais-je jamais envie d'un autre que lui ?

J'ai besoin qu'on m'apporte des réponses mais je n'ose pas appeler mes amis, ni Vivianne d'ailleurs. J'ai tellement peur qu'ils se foutent de moi. Ou qu'ils me disent : « On t'avait prévenue. »

Et si Connor avait quand même été déçu, malgré tout ce qu'il m'a dit ? Est-ce qu'en revoyant Bettina, il s'est rendu compte qu'il avait fait une erreur ?

Je n'arrête pas de me repasser le film de ces deux semaines à ses côtés. Toutes ses caresses, ses baisers, ce qu'il m'a dit, ce que nous avons partagé. Il avait l'air si sincère.

Du coup, je me remets à pleurer. Je suis une vraie fontaine et j'ai bien peur que la boîte de Kleenex, coincée entre mes jambes, n'y suffise pas.

Encore une fois, qu'est-ce qui a merdé ?

Est-ce que j'ai fait quelque chose de mal ?

Ou suis-je d'une indécrottable naïveté d'avoir cru le premier mec à m'envoyer au septième ciel ? Le premier mec avec qui je me suis trouvée belle ?

Ou suis-je seulement trop inexpérimentée pour comprendre les méandres des relations qui lient hommes et femmes ?

Je ne veux plus le voir. Je ne saurai pas quoi lui dire ou comment me comporter.

Et si je me mets à pleurnicher devant lui ? Ou, pire encore, à le supplier de m'expliquer ce qui n'a pas marché ?

J'ai envie de téléphoner au boulot pour leur dire que je ne viendrai pas aujourd'hui. Je peux très bien finir la présentation à la maison, j'ai tout ce qu'il faut.

Le problème c'est que Connor n'en croira pas un mot, et je ne veux pas qu'il me harcèle comme il sait si bien le faire. Il me connaît trop bien.

Et merde… J'ai quand même un reste de fierté. Il est mince mais il me pousse à aller bosser. Si je ne le fais pas pour lui ni pour moi, je le dois bien à Justine qui m'a tant aidée.

En plus, on a dit qu'on ne mélangeait pas vie privée et vie professionnelle, et vu qu'il ne me reste que la seconde, je ne peux pas me défiler.

Une nuit blanche et des tonnes de larmes ont marqué mon visage.

J'ai fait ce que j'ai pu pour cacher les dégâts, mais il les verra, me questionnera et je ne répondrai rien. C'est décidé. Il veut jouer au con, je peux le faire aussi.

Je suis devant mon immeuble, m'agrippant à ma faible résolution, et j'attends.

Non… Sans déconner !

Ce n'est pas la sportive noire de Connor qui s'arrête devant chez moi. Justine baisse la vitre passager de sa voiture et m'appelle :

— Connor a eu un empêchement, il m'a téléphoné pour que je vienne te chercher.

Je suis soulagée, mais aussi en colère.

Heureusement, le sujet Connor n'est pas à l'ordre du jour et ça m'aide à me raccrocher à ce qui nous occupe aujourd'hui.

On doit terminer la présentation de demain pour faire la nique à l'équipe de Deirdre.

On les a très peu vus depuis qu'ils planchent sur leur campagne et personne ne sait ce qu'ils ont préparé. Si l'on rajoute à ça l'absence de Deirdre, la grande majorité du temps, je me demande bien ce qu'ils ont pu inventer.

Autour d'un café, Justine et moi faisons la liste de ce qu'il nous reste à faire et nous nous y attelons.

Je ne vois pas Connor de la journée mais je suppose qu'il sera présent demain pour le rendez-vous avec Fossbury. On cale tout sur l'ordinateur. J'aurais aimé que Justine fasse la présentation, elle a davantage l'habitude, mais ça fait partie de mon évaluation. Je n'ai donc pas le choix.

La réunion étant prévue à dix heures, nous arriverons une demi-heure avant pour nous installer, et il n'y aura plus qu'à prier pour que le client adhère à notre point de vue.

Il est dix-neuf heures quand nous relevons enfin les yeux de nos écrans et papiers, et nous éclatons de rire. Pour fêter ça, Justine m'invite à dîner avant de me ramener.

Nous essayons d'oublier le boulot tout en dégustant nos hamburgers, arrosés de bière pour elle et de Coca pour moi, mais il revient toujours au cœur des discussions et occupe nos esprits jusqu'à ce qu'elle me dépose au pied de chez moi.

Je suis dans le gaz.

On n'a pas arrêté une minute pendant cette journée éreintante, qui a eu le mérite de m'aider à ne pas trop penser à Connor.

Je traverse le hall de mon immeuble que je laisse dans le noir. Je pourrais atteindre mon appart les yeux fermés et l'interrupteur, le seul qui fonctionne au rez-de-chaussée, est trop loin pour que je fasse un pas supplémentaire. Je veux rentrer chez moi et m'effondrer sur mon lit, tout habillée, pour sombrer dans l'oubli.

Ouais… C'est exactement ce que je vais faire.

— Tu étais où ?

Je sursaute et je me précipite vers l'interrupteur rescapé, à côté de la porte qui donne derrière le bâtiment.

Connor est appuyé contre le mur au pied de l'escalier.

— Tu m'as foutu la trouille, je crie.

— Où étais-tu ?

— Je t'en pose des questions, moi ?

— Réponds-moi, Mina ! exige-t-il.

— Avec Justine.

Mais bon sang ! Pourquoi est-ce que je lui réponds ? En quoi est-ce que ça le regarde ?

Il m'a bien menti pour aller retrouver son ex avec laquelle il vient de passer trois soirées et peut-être même trois nuits !

Je me rends compte que ma tristesse a cédé le pas à la colère. Plus aucun risque que je me mette à larmoyer pitoyablement (enfin pour le moment).

Je passe devant lui, sans un regard, et je commence à gravir les multiples marches usées par le temps.

Bien entendu il m'emboîte le pas et nous nous retrouvons tous les deux devant ma porte.

— Je crois que tu devrais t'en aller, je murmure en glissant ma clé dans la serrure.

Mes yeux se focalisent sur le panneau de bois alors que je sens son regard peser sur moi.

— Il faut qu'on parle.

— Non, je ne crois pas, je rétorque. Je ne veux pas t'entendre mentir encore une fois.

— Je ne t'ai pas menti, assène-t-il avec violence.

— C'est ça, je grommelle.

— Putain, Mina, regarde-moi !

— Va retrouver Bettina, Connor.

Sur ce, je rentre et referme ma porte brutalement, le laissant dehors.

— Mina, laisse-moi entrer ! rugit-il en balançant un coup puissant sur le battant.

— Va-t'en !

— Non, il faut qu'on parle. Il faut que tu m'écoutes !

— Connor, bon sang, tu l'as ramenée chez elle...

— Qui t'a dit ça ?

— C'est pour ça que tu n'es pas venu me retrouver ? Tu étais trop occupé à la consoler. La pauvre, elle souffre tellement depuis votre séparation.

— Mina ! Mais d'où tu tiens ça ? Ouvre la porte, bordel... Qui t'a raconté toutes ces saloperies ?

— Merde, Connor... Je déteste celle que je suis devenue depuis lundi, tu comprends ? J'avais confiance en toi, je t'ai tout donné et toi... tu as menti, tu m'as trompée. C'était quoi bon sang ? Une expérience ? Puis tu t'es rendu compte que tu t'étais gouré ?

— Mais de quoi tu parles ?

— Je ne suis pas ton genre de femme, Connor, et tu le sais... D'ailleurs, Papa Gosling est tout prêt à t'accepter dans la famille. Il semble penser que tu ferais un gendre absolument parfait.

— Tu délires ! Arrête de dire ça... C'est des conneries et tu le sais ! hurle-t-il à son tour.

Il y a du désespoir dans ses derniers mots. Ma tête est appuyée contre ma porte et je lutte pour ne pas ouvrir et me jeter dans ses bras.

— Va-t'en, Connor ! je répète.

Je ne veux plus le sentir là, aussi proche, je ne veux pas ouvrir et me précipiter dans ses bras, je ne veux pas qu'il m'explique ou qu'il me mente encore. Parce que j'accepterai tout ce qu'il me dira.

— Mina, ouvre, m'implore-t-il encore.

— Va-t'en, j'assène de nouveau en tapant rageusement sur le panneau de bois.

Je suis si pathétique et ça me ronge.

J'ai connu le paradis trop peu de temps alors que la vie sans Connor est un enfer.

Je l'ai entendu partir et je me suis laissée glisser par terre.

Je pleure, c'est la seule chose que j'arrive encore à faire.

C'est lamentable.

CHAPITRE 24

J'ai l'impression de passer mon temps à cacher les stigmates de mon mal-être et je bénis ceux qui ont inventé le maquillage pour permettre à de pauvres filles éplorées, comme moi, de pouvoir reprendre figure humaine.

J'ai dormi quelques heures mais d'un mauvais sommeil. Je me sens au-dessous de tout. Je me suis demandé, un bon million de fois, si je n'aurais pas dû le laisser entrer pour qu'on s'explique.

Et s'il ne m'avait pas menti ?

Et s'il y avait autre chose ?

Je n'en sais foutrement rien et j'ai d'autres préoccupations à deux heures de la présentation de notre travail à mon premier vrai client.

Je m'habille sans conviction. Un jean, ma blouse bleue, mes escarpins turquoise que je noue à mes chevilles. J'attrape mon blouson, mon sac et je descends.

Justine m'attend et je lui fais un pauvre sourire.

— Ça va, ma belle ? s'inquiète-t-elle.

— J'ai pas beaucoup dormi, je crois que j'ai un peu le trac.

— T'inquiète, tout ira bien. On a tout vérifié, tout est prêt au bureau. On arrive, on s'installe et il sera enchanté, j'en suis persuadée.

— Ouais, je l'espère, je réponds, pas très convaincue.

C'est le branle-bas de combat quand on débarque à l'agence.

Maureen nous apprend que la réunion a déjà commencé et cela depuis une bonne heure.

M. Fossbury ayant un rendez-vous en milieu de matinée, il l'a fait avancer, et il semblerait que personne ne nous ait prévenues.

Justine et moi nous précipitons dans la salle de réunion où Deirdre est en train de conclure.

Je regarde ceux qui sont assis autour de la table.

Connor, le premier, qui nous contemple en fronçant les sourcils. Il paraît surpris. Son associé Fraser a l'air vraiment furibard, l'équipe de Deirdre a du mal à cacher son contentement et, enfin, Deirdre, qui se penche pour parler à l'oreille de celui qui doit être Fossbury.

Mais ce n'est pas tout. Il y a aussi M. Curver, mon professeur, venu m'évaluer pour ma première présentation.

— Mina, souffle Connor.

— Qu'est-ce que c'est ? s'énerve Deirdre, faussement irritée par notre intrusion.

— Qu'est-ce qui se passe ici ? demande Justine qui peine à dissimuler sa colère, tout à fait justifiée. La réunion ne devait avoir lieu qu'à dix heures. Pourquoi n'avons-nous pas été prévenues ?

Deirdre se tourne vers un de ses collaborateurs.

— Martin, tu as bien fait la commission, n'est-ce pas ? lui demande-t-elle.

— Oui, bien sûr, se défend-il. J'ai envoyé un mail à l'adresse que tu m'as indiquée, comme tu me l'as demandé.

— Quand l'as-tu envoyé ? l'interroge ma collègue sèchement.

— Hier soir, dès que Deirdre m'a donné l'info.

— Menteur ! crie Justine.

— Quoi ? s'énerve Martin. Tu n'as qu'à être plus consciencieuse après tout.

— « Consciencieuse »... Tu te fous de ma gueule, trou du cul ! J'ai regardé mes mails ce matin et le tien ne s'y trouvait pas. Tu expliques ça comment ? Et c'était trop difficile de nous appeler ou de nous envoyer un SMS pour nous prévenir que l'horaire avait changé ou que la réunion allait commencer ?

— Ça suffit ! crie Deirdre devant l'assemblée médusée. De toute manière ça ne change rien. M. Fossbury vient de donner son accord pour notre projet.

Je fixe Deirdre et je remarque le petit sourire carnassier qu'elle affiche alors qu'elle indique au client l'endroit où il doit signer.

— Deirdre, je crois qu'il y a encore une proposition, lâche Connor, mécontent.

— Ce ne sera pas nécessaire, MacKinley. Je n'ai pas le temps de toute façon, assène Fossbury. Et puis, Deirdre s'est montrée très convaincante, elle a toute ma confiance.

Fossbury vient de tapoter le haut des fesses de Cruella. Il la saute ou quoi ?

— Laisse tomber, Connor, crache Justine.

Elle fait demi-tour et sort avant de claquer la porte derrière elle. On l'entend crier qu'elle prend sa journée.

Il ne reste que moi. Je suis assommée.

J'ai tout compris et je me retiens de sauter par-dessus la table pour aller enfoncer son petit sourire suffisant dans la gorge de Deirdre. Elle me fixe et, sans un mot, me crie qu'elle a gagné.

Je voulais savoir ce qui déconnait depuis lundi, eh bien j'ai ma réponse.

C'est elle.

Tout va de travers depuis qu'elle est revenue.

La fin de mon histoire avec Connor. Je ne sais pas comment elle s'y est prise, mais la preuve est là : elle a réussi.

Mais ça ne lui suffit pas.

Cela fait des semaines que Justine et moi bossons d'arrache-pied sur cette foutue campagne et en un tour de main elle nous coupe l'herbe sous le pied.

Elle nous fait passer pour des incompétentes, elle nous discrédite devant Connor et Fraser. À cause d'elle, je ne serai pas évaluée et je risque de perdre tout le bénéfice de ce stage.

M. Curver devait regagner l'école. Il avait l'air très mécontent. Il m'a fait une remarque sur le manque de professionnalisme et ses conséquences et m'a rappelé que la ponctualité est la règle, quoi qu'il arrive. Je n'ai rien eu à lui répondre. Il m'a serré la main, affichant sa déception et sa réprobation, et m'a donné rendez-vous à la fin de mon stage.

Je suis écœurée. Pas pour moi qui ne serai plus là dans un mois, mais pour Justine qui va avoir du mal à encaisser ce coup bas et qui vient de perdre une belle opportunité de montrer de quoi elle est capable. Je sais que notre projet est le bon et je ne peux rien faire pour l'aider.

Pourquoi Deirdre m'en veut-elle ? Qu'est-ce que je lui ai fait pour qu'elle me haïsse autant ?

— Mina, allez nous chercher de quoi arroser ce contrat ! me lance-t-elle comme si j'étais la bonniche de service.

Je n'arrive pas à croire que personne n'ait compris ce qui se passe, ce qu'elle vient de faire.

Fraser discute avec le client et, s'il pouvait se frotter les mains de contentement, il le ferait. Deirdre s'est jointe à eux et minaude, victorieuse.

Seul Connor reste sur la réserve. Son regard va de moi à Deirdre, mais il n'affiche aucune émotion. Je ne dois rien attendre de lui non plus, à première vue, puisque Fraser l'invite à les rejoindre.

Grâce à Dieu, Doris arrive au même moment, poussant un chariot sur lequel sont disposés petits fours, croissants, champagne et café.

— Ah ! Merci, Doris, s'écrie Deirdre. Vous pouvez tout laisser ici, Mina va faire le service.

— Je peux le faire, propose Doris.

— Non, vous avez déjà assez de travail. Mina s'en sortira très bien. N'est-ce pas, Mina ?

Je hoche la tête. Même si j'ai le cœur au bord des lèvres je vais le faire. Il est absolument hors de question que je lui montre ma détresse. Elle affiche déjà assez de satisfaction comme ça.

Je m'exécute donc, avec le sourire, mais dès que la dernière flûte est servie, je m'échappe.

Je croise Doris alors que j'arrive dans le salon.

— Je suis désolée, ma petite.

— Vous n'y êtes pour rien, Doris, je la rassure avec un sourire piteux.

— Vous devriez rentrer chez vous.

— Je ne crois pas que ce serait une bonne idée, je réponds, même si j'ai très envie de me barrer.

— Partez ! Ils vont aller fêter ça, ils n'auront plus besoin de vous et Justine n'est pas là de toute manière.

— Merci, Doris.

— Elle ne l'emportera pas au paradis, Mina, murmure-t-elle.

— Vous croyez qu'elle l'a fait exprès ?

— Quelle autre explication avez-vous ?

Au moins je ne suis pas la seule à avoir remarqué que Deirdre avait tout manigancé. Je suis quelque peu rassurée quand je monte dans le taxi qui me ramène chez moi.

J'appelle les garçons dès que je referme la porte. J'aurais dû leur téléphoner plus tôt. Ils ne m'auraient pas laissée sombrer comme je l'ai fait.

Je me suis battue toute ma vie contre les préjugés et je suis devenue une femme que je n'aime pas. Parce qu'elle ne contrôle plus rien.

Ce qui s'est passé ce matin est la goutte d'eau qui a fait déborder le vase et je n'ai plus qu'eux vers qui me tourner.

J'appelle Paolo mais je suis immédiatement renvoyée sur sa messagerie.

J'essaie le numéro de Tristan et après quelques sonneries il décroche.

— Comment vas-tu, ma chérie ? lance-t-il aussi guilleret que d'habitude. Ah oui ! Comment s'est passée cette présentation ? Et ton prof, il a dit quoi ?

J'étais pleine de bonnes résolutions avant de composer son numéro. Je l'appelais, on parlait de tout ce qui venait de m'arriver, il me donnait des conseils, me rassurait et je passais à autre chose. Mais non, ça ne va pas se passer comme ça.

— Mina, ici la Terre, descends de ton petit nuage, ma chérie.

Oh non, là c'est trop !

Il n'y a plus de petit nuage. Il s'est évaporé et moi je me suis crashée brutalement. Je suis éparpillée. J'ai essayé de ramasser les morceaux mais Connor en a emporté certains en me laissant. Je ne serai plus jamais complète, parce que ce mec est une partie de moi.

— Ma puce, qu'est-ce qu'il y a ? s'inquiète mon ami.

Je lâche tout. Je lui raconte ce qui s'est passé depuis lundi.

Je lui explique que c'est fini avec Connor et pourquoi. Je lui parle de Bettina et de Deirdre. Je lui confie mes soupçons sur cette dernière, comment elle s'est débrouillée pour saper notre présentation et ruiner mes chances d'obtenir mon examen.

Plus j'avance dans mon explication à haute voix, plus je suis convaincue que j'ai raison. Je suis persuadée que, d'une manière ou d'une autre, Deirdre est bien la pierre angulaire de tout ce gâchis.

— Mais pourquoi tu ne nous as pas prévenus plus tôt ? s'exclame Tristan, en colère.

— Je ne pouvais pas, je réponds piteusement.

— Merde, ma puce !

Je l'entends parler à quelqu'un, puis :

— Écoute, Mina, tu ne bouges pas, on arrive.

— Non, ça va aller, ça m'a fait du bien de te parler.

— Arrête tes conneries ! crie-t-il. Tu restes chez toi et tu nous attends.

Je renonce à discuter, de toute façon, je n'ai plus la force de bouger.

CHAPITRE 25

Je me suis traînée jusqu'à mon canapé et, depuis, je suis prostrée. Tu parles d'une nana sûre d'elle ! J'ai échoué sur toute la ligne.

Mes larmes se sont taries. J'ai déjà trop pleuré. Je ne dois plus avoir une goutte d'eau en moi et, du coup, j'ai une migraine d'enfer.

Je n'ai pas à attendre les renforts très longtemps. Ils débarquent et se précipitent sur moi avant de me serrer dans leurs bras. Paolo, qui dépanne Angus, viendra plus tard. Mais je suis surprise de découvrir Vivianne, et surtout John, qui m'a pris la main et me couve d'un regard compatissant.

Les câlins durent longtemps et moi qui croyais m'être transformée en désert de Gobi je redeviens une vraie fontaine.

— Tu as mangé quand pour la dernière fois ? me demande Tristan.

— J'en sais rien.

— Je vois. Je vais aller acheter ce qu'il faut et après je te prépare un monstrueux petit-déjeuner comme tu les aimes.

— Bonne idée, renchérit Vivianne. Pendant ce temps-là, on va rafraîchir ton visage, ma belle.

— C'est pas beau à voir, hein ? je m'inquiète.

— T'es toute bouffie.

— Tristan ! proteste Vivianne. Va faire les courses avant de sortir d'autres âneries.

Il s'exécute, penaud.

— Je te laisse, mon cœur, murmure Vivianne à John qui lui sourit.

— Va t'occuper de Mina, je vais regarder la télé et j'aiderai Tristan à faire le p'tit-déj dès qu'il reviendra.

— Merci, mon chéri.

— Elle a besoin de toi.

Je suis entourée de couples heureux… Tristan et Paolo, Vivianne et John… Ils sont parfaits, et j'éprouve une petite pointe de jalousie que je réprime aussitôt. Je ne vais pas en vouloir à mes amis parce qu'ils sont heureux. Je ne suis quand même pas aussi désespérée que ça ?

Vivianne m'entraîne dans la salle de bains et me fait asseoir sur la lunette abaissée des toilettes (vraiment pitoyable).

— J'ai apporté un remède miracle, annonce-t-elle, sortant une petite fiole bleue de son sac. C'est un concentré de camomille. Je vais te préparer des compresses et tu les appliqueras sur tes yeux.

— Merci encore d'être là…

— Tu aurais dû venir me voir plus tôt, ma puce.

— Je n'y arrivais pas.

Après la fiole, c'est un Tupperware contenant des compresses stériles qu'elle extrait de son sac. Cette nana, c'est Mary Poppins, au moins !

Elle verse de l'eau froide dans le petit récipient en plastique puis y ajoute quelques gouttes de sa potion magique.

Elle y plonge deux compresses.

À côté la télé est allumée. Pauvre John. Il doit se demander ce qu'il fout dans cette galère. Non, en fait il a accompagné celle qu'il aime – j'ai un petit pincement au cœur à cette pensée.

Vivianne pose une serviette sur mes épaules et applique les compresses sur mes yeux rouges et irrités.

L'eau dégouline sur mon visage mais l'effet sur mes yeux est miraculeux. C'est frais, le parfum est léger et l'effet décongestionnant est vraiment le bienvenu.

— Tu veux me raconter ?

— C'est pas très glorieux, je réponds.

J'ai la tête en arrière pour que les tampons mouillés ne tombent pas. Il faut les laisser au moins une demi-heure, assez longtemps pour que je lui raconte tout. Le croustillant et le reste, le paradis et l'enfer dans lequel je me perds depuis lundi.

Je ne la vois pas, ça m'aide.

Quand elle change mes compresses après un quart d'heure, elle sait tout.

Ce que nous avons vécu Connor et moi. Notre première fois magnifique, toutes les belles choses qu'il m'a dites. Le week-end chez ses parents auquel j'ai refusé d'aller. Son retour d'Écosse en compagnie de Deirdre. L'affaire Gosling, la présence de Bettina. Mes SMS auxquels il n'a pas répondu. Il dit qu'il ne les a pas reçus mais je ne le crois pas. Je lui répète la conversation téléphonique de Deirdre, ce qui s'est passé au bistro français et enfin je conclus avec la présentation avortée et l'air très mécontent de mon prof.

Je suis à bout de souffle quand je termine et prête à me morfondre à nouveau.

— Il est venu hier soir ? me demande-t-elle.

— Oui, il m'attendait quand je suis rentrée. Il m'a assuré qu'il ne m'avait pas menti, mais je ne le crois pas.

— Pourquoi ?

— Parce qu'elle a été sa maîtresse, parce que c'est une bombe et, bon sang, Vivianne ! Ils avaient l'air si complice.

— Tu dis ça parce qu'elle est blonde et bien foutue, me reproche-t-elle.

— Non !!!

— Si. Si tu étais comme elle, aurais-tu autant peur qu'ils remettent le couvert ?

— J'en sais rien, je grogne.

— Laisse-le s'expliquer, Mina. Laisse-le te donner sa version de l'histoire. Si vraiment tu doutes encore, il sera temps de mettre un terme définitif à votre relation. Tu dis toi-même que le comportement de Deirdre n'est pas clair. Tu pourrais peut-être lui en parler pour voir ce qu'il en pense.

— Mais il va me prendre pour une dingue, dire que c'est la jalousie qui me fait la soupçonner et il la défendra.

— Mina !!!

Pendant quelques secondes, je crois que c'est Vivianne qui vient de me rappeler à l'ordre. Mais non. On hurle mon nom une deuxième fois. J'enlève les compresses pour voir ce qui se passe et je découvre mon amie, l'oreille collée à la porte.

— Je veux la voir ! crie une voix que je connais trop bien.

— Je ne crois pas qu'elle en ait envie, répond John.

— Ne pensez pas pour elle… Si elle ne veut pas me voir qu'elle vienne me le dire elle-même !

— Allez-vous-en !

— Mais vous êtes qui pour me dire ce que je dois faire ?

— Un de ses amis et je crois que vous lui avez fait assez de mal comme ça.

John est un chevalier blanc, un vrai gentleman. Il me connaît à peine et il me défend. Et vu le ton de Connor et sa colère, ce ne doit pas être une mince affaire de se dresser face à mon irascible Écossais.

Je m'apprête à signaler à Vivianne qu'il vaudrait mieux intervenir quand elle ouvre la porte de la salle de bains. Comme moi, elle semble penser que ça peut dégénérer.

Avant de sortir, elle m'indique de rester où je suis, et je me rassieds sur la lunette des toilettes. Heureusement, elle a laissé la porte entrouverte.

— Je peux savoir ce qui se passe ici ? demande-t-elle avec autorité. Vous devez être Connor, je suppose… Je suis Vivianne, une amie de Mina, et je vous présente John, mon fiancé.

— Je veux la voir, Vivianne.

— Pourquoi ?

— Vous le savez bien…

— Vous voulez lui parler ?

— Rien d'autre.

Non, Vivianne… Non, non, non !

Si ?

Oh non !

Je dis ça parce que je viens de me regarder dans le miroir et c'est absolument impossible. Les compresses ont fait leur office mais y a encore du boulot. Comme me l'a signifié Tristan avec beaucoup de délicatesse, je ne ressemble à rien.

Ils parlent encore mais je n'entends plus ce qu'ils disent jusqu'à ce que Vivianne vienne me retrouver dans la salle de bains dont elle referme la porte.

— Il veut te voir.

— Je sais, j'ai entendu.

Elle me prend par la taille et colle son front contre le mien.

— Tu ferais quoi, Vivianne ?

— Je ne peux pas décider à ta place mais je tiens quand même à te signaler que c'est le deuxième plus beau mec du monde – après John bien entendu.

— C'est exactement la réflexion que je me suis faite la première fois que j'ai vu John, je réponds en pouffant.

— Je le savais, on se ressemble beaucoup toutes les deux. On a des goûts extraordinaires en matière de mecs.

— Et de fringues.

— Oui, et si ta glace préférée est l'Häagen-Dazs vanille caramel avec des morceaux de cookies, je t'épouse.

— Alors considère-nous comme fiancées.

— Oh c'est trop cool, ma belle !

Elle m'embrasse sur la joue et me serre un peu plus fort.

— Je fais quoi, Vivianne ? J'ai peur de faire le mauvais choix. Et regarde la tête que j'ai.

Le miroir au-dessus du lavabo nous renvoie notre image. Vivianne est toujours aussi belle ; je ressemble à Quasimodo.

— Il n'a rien à dire. C'est à cause de lui si tu es toute chiffonnée. Pour le reste, que te conseille ton cœur ?

— C'est bien là le problème.

— Pourquoi ?

— Si je l'écoute, je sors illico et je me jette dans ses bras. Mais mon cerveau et un reste de fierté me disent le contraire.

— Suis ton cœur, Mina, et arrête de réfléchir. Encore une fois, laisse-le s'expliquer. Après seulement tu verras.

— J'ai peur.

— Oui, je sais. Écoute, je le fais entrer, et John et moi, on reste à côté. S'il y a le moindre problème, je le sors et on n'en parlera plus.

Imaginer Vivianne sortir Connor avec perte et fracas me fait sourire.

— T'es géniale, Viv, je lui murmure.

— Sois forte !

C'EST DE LA FOLIE...

CHAPITRE 26

De nouveau, je suis assise sur les toilettes.

Ce n'est pas le lieu adéquat pour qu'on s'explique, Connor et moi, mais je suis heureuse que mes amis soient à côté.

Même si je ne sais pas comment ça va se passer, je vais essayer de suivre le conseil de Vivianne. Je laisse parler mon cœur en faisant abstraction de la raison.

J'entends la porte s'ouvrir et se refermer doucement.

Il est là !

J'ouvre les yeux, et suis surprise de le découvrir devant moi, accroupi à mes pieds.

— Oh mon Dieu ! souffle-t-il alors qu'il me dévisage.

OK, ça a l'air pire que ce que je pensais.

— Je suis désolé, Mina. Je suis tellement désolé.

Mon cœur se serre.

Il est si beau et ses yeux gris sont si tristes. Lui, toujours bien sapé, est tout débraillé. Ses traits sont tirés, il a l'air fatigué et malheureux.

— Tu es venu pour me parler ?

Ma voix est plus sèche que je ne le veux vraiment. J'essaie juste de mettre mes émotions de côté pour laisser la place aux explications.

Il se met à genoux sans essayer de me toucher et je lui en suis reconnaissante. S'il pose une de ses belles mains sur moi, je ne réponds plus de rien.

— Ça me fait tellement de peine de te voir comme ça.

— Explique-moi ce que j'ai fait de mal, Connor.

— Mais rien !!! s'écrie-t-il vivement. Rien du tout !

Je ne peux pas m'empêcher d'avoir un mouvement de recul.

— Bon Dieu, Mina ! Depuis dimanche rien ne se passe comme je l'avais prévu, déclare-t-il.

Il se passe la main dans les cheveux. Il semble perdu et j'ai une envie folle de le toucher, de mettre ma main sur sa joue pour le rassurer, l'encourager.

Mais je m'abstiens. Après tout, c'est lui qui a déconné.

— Deirdre m'a appelé dimanche midi, commence-t-il. Elle voulait qu'on se voie parce qu'elle avait une grande nouvelle. Elle ne m'a pas demandé mon avis, elle a débarqué chez mes parents, qu'elle connaît très bien. Ils l'ont invitée à rester. Elle m'a alors annoncé qu'elle était en relation avec le vieux Gosling et qu'il fallait qu'on en discute rapidement avant de rentrer à Londres pour le rencontrer. Il était prêt à signer un accord avec l'agence et il fallait que ça se fasse le plus vite possible. On savait depuis longtemps qu'il cherchait une nouvelle agence de com, mais il tergiversait. Voilà qu'il se décide et que c'est vers nous qu'il se tourne. C'était inespéré. Or, ça ne s'est pas passé comme on le voulait.

— Pourquoi ? je demande.

— Les négociations ont duré très tard tous les soirs. Il a discuté chaque point et, quand tu penses en avoir enfin terminé, il rappelle le lendemain pour remettre en cause tout ce qui a été discuté la veille. Je savais que c'était un coriace mais pas à ce point-là, et je te jure, je ne savais pas qu'il nous imposerait sa fille. Oui, lundi et mardi soir, je l'ai ramenée chez elle. Son père me l'a demandé et je ne pouvais refuser. Mais je la laissais devant son domicile puis je retrouvais les autres pour poursuivre les négociations.

— Je t'ai envoyé des SMS.

— Je te promets que je ne les ai pas reçus, sinon je t'aurais répondu.

— Tu aurais quand même pu me faire un petit signe.

— Je sais, s'excuse-t-il, mais je me suis laissé embarquer et j'ai donné la priorité aux affaires. Deux contrats de plusieurs millions qui nous tombent dessus, c'est...

— ... inespéré ?

— Oui, mais ce n'est pas une raison, je sais... Je t'ai fait mal.

— J'ai entendu Deirdre parler à quelqu'un au téléphone, elle disait que...

— ... que quoi, ma puce ? demande-t-il tendrement.

— Que tu avais renoué avec Bettina, que M. Gosling espérait que tu deviennes son gendre, que vous aviez couché ensemble !!!

— Mais rien n'est vrai ! murmure-t-il. Ça ne s'est absolument pas passé comme ça. Bettina était là, elle voulait participer aux négociations et son père en a profité pour la préparer à reprendre ses affaires. Je reconnais qu'elle a fait quelques allusions, parfois un peu appuyées, mais ça s'est arrêté là.

— Je croyais que...

— Comment as-tu pu imaginer un instant que je retournerais avec elle après ce qui s'est passé entre nous ?

— Pendant deux jours tu ne me donnes aucune nouvelle. Qu'est-ce que tu voulais que je pense après avoir entendu Deirdre ? Et puis tu as été si froid au bistro français...

— Bordel ! s'exclame-t-il.

— Je suis désolée, Connor, mais je crois que Deirdre est à l'origine de tout ce qui est arrivé. Tout déconne depuis qu'elle est revenue.

— Elle veut seulement que nous obtenions ces deux affaires. C'est sa boîte aussi, après tout.

— Mais t'es aveugle, ma parole ! Quand elle a appris que je venais faire mon stage à l'agence, elle est partie en claquant la porte. C'est toi qui me l'as dit. Ce matin, elle a saboté ma présentation – et par la même occasion l'oral qui devait compter pour la validation de mon stage. On n'a pas été prévenues, Connor, ni Justine ni moi. On n'a reçu aucun mail.

— Mina, Justine a peut-être mal vu…

— Tu ne me crois pas ? je m'agace.

— Si, ma puce… Je te crois, conclut-il, pas très convaincu.

Son soupir est déchirant.

— Je veux juste que tu me laisses découvrir ce qui se passe vraiment. Et ne t'inquiète pas pour la validation de ton stage.

— Tu as du mal à imaginer qu'elle puisse y être pour quelque chose, c'est ça ?

— Je n'en sais rien, Mina. Je connais Deirdre depuis plus de cinq ans. Je sais qu'elle peut être garce parfois mais de là à tenter délibérément de te nuire…

On reste silencieux…

Il a posé sa tête sur mes genoux, et je ne peux plus faire comme s'il n'était pas le mec le plus important de ma vie. Je lui caresse les cheveux avec toute la tendresse dont je suis capable.

— Tu m'as tellement manqué, je murmure.

— Toi aussi, tu m'as manqué.

Il relève la tête et on se regarde, longuement.

— Je t'aime, Mina.

Je ne peux pas retenir mes larmes alors que je pensais réellement ne plus en avoir en réserve.

— Je suis désolé, ne pleure plus, ma puce. Tu trouves sûrement que ma déclaration est un peu rapide, mais c'est ce que je ressens et je ne veux plus me taire.

— Mais je ne suis pas triste, je me défends. Je t'aime aussi, Connor. Si je pleure, c'est seulement parce que je suis heureuse.

Il essuie délicatement mes joues.

— Je suis une vraie fontaine, je dis en reniflant. Je suis sûre que si tu me donnes une pièce je serai capable de réaliser ton vœu.

— Comme la fontaine de Trévise ? sourit-il.

— Oh non, en mieux, je crois que j'ai fait couler plus d'eau en trois jours qu'elle depuis sa construction.

Il se redresse et fouille dans ses poches. Il me tend une livre sterling, un sourire malicieux aux lèvres.

— Bien sûr tu ne peux pas me révéler ton vœu ? je lui demande.

— Dès qu'il se réalisera, tu le sauras, m'assure-t-il, taquin.

Je prends la pièce et la garde en main, la serrant fort.

— Ne me fais plus de mal, Connor.

— Je ferai tout pour ça… Tu acceptes de me donner une nouvelle chance ?

Je hoche la tête.

— Et on ne le cache à personne.

— Si, au bureau.

— Non !

— Pourquoi ?

— Si Deirdre a vraiment essayé de nous séparer ou de te nuire d'une façon ou d'une autre, je veux qu'elle sache qu'elle a raté son coup.

— Elle risque d'être très venimeuse.

— Sûrement, mais on sera ensemble.

Serait-ce de l'espoir que je sens renaître en moi ?

Et s'il me blessait encore une fois ? Je l'aime tellement. Il a pris une place si grande dans ma vie que c'en est effrayant.

— Je t'aime, Connor.

Il me sourit. J'aime ses yeux pétillants. Je retrouve le mec qu'il était ces deux dernières semaines. Il a l'air heureux, léger. Je ne m'en rends compte que maintenant, mais chaque fois que je l'ai aperçu depuis lundi, il semblait abattu, épaules tombantes, tête basse.

Je sais maintenant qu'il était aussi malheureux que moi.

— Je n'ai pas beaucoup d'expérience, Connor. Tu es mon premier vrai petit ami. Je me suis peut-être fait un film cette semaine, mais sans toi c'était l'enfer. Je ne voulais pas te harceler, passer pour une mégère ou une harpie. Je ferai certainement des trucs qui te mettront mal à l'aise, je…

— Chut, murmure-t-il.

Il pause un doigt sur ma bouche.

— Non, tu n'as pas merdé, c'est moi, et oui, tu aurais dû me harceler. Tu aurais dû débouler dans mon bureau pour me dire que ça n'allait pas… Et tu ne feras jamais rien qui puisse me mettre dans l'embarras. Je t'aime pour tout ce que tu es, alors ne te sous-estime jamais. Viens là !

Il me prend dans ses bras et ma tête se pose sur sa poitrine. Son cœur bat la chamade et c'est pour moi.

J'ai retrouvé mon chez-moi, il est mon port d'attache. Je l'enlace à mon tour. J'ai besoin de ça pour savoir que tout est réel, qu'il est bien là, dans ma salle de bains, avec moi, et qu'il vient de m'avouer ses sentiments.

— Je crois qu'il est temps qu'on sorte d'ici, non ? me propose-t-il.

— Tu crois qu'ils sont encore là ?

— À mon avis, oui. Je crois que mon sort est entre tes mains, mon cœur. Tu sais qu'ils sont effrayants ? On dirait des ours qui protègent leur petit…

— En fait, tu te remets avec moi parce que tu es mort de trouille.

Il s'arrête, la main sur la poignée, et m'attire à lui.

— Je ne fais jamais quelque chose parce que j'y suis obligé, ma puce.

— Ouais, mais t'as un peu peur quand même ?

— Reconnais qu'à un contre trois, je n'ai aucune chance.

— T'es une petite nature. Tu te rends compte que je vais devoir affronter Deirdre, Bettina et toutes les bombes qui gravitent autour de toi ? Et je ne te parle même pas de celles de ma famille…

— T'as gagné, s'esclaffe-t-il. Mais t'es une guerrière et… je serai là.

— Alors on les affrontera, t'inquiète. Je te protégerai contre toutes ces hordes de jolies poupées.

— C'est toi, ma jolie poupée, murmure-t-il.

On rit et c'est merveilleux.

CHAPITRE 27

Ils sont tous là, et Connor n'a pas exagéré : ils sont vraiment effrayants.

Tristan est revenu avec un monstrueux petit-déj, et Paolo est arrivé. Connor, à peine sorti de la salle de bains ma main dans la sienne, a droit à une nouvelle mise en garde. S'il déconne encore une fois, ça bardera vraiment pour son matricule.

Mon petit ami fait son mea culpa. Il leur annonce qu'il est fou amoureux de moi et promet solennellement de tout faire pour me rendre heureuse.

Je suis aux anges mais je ne sais plus où me mettre. Paolo n'a pas baissé la garde, il ne quitte pas Connor des yeux. Tristan vient de fondre en entendant la déclaration d'amour de mon amant, et Vivianne et John sourient, béats et soulagés que tout s'arrange enfin.

Très vite l'atmosphère se détend et nous finissons par prendre le super petit-déjeuner promis par Tristan.

Il est gargantuesque ! Je ne sais pas combien de boulangeries il a dévalisées, mais ma table basse croule sous les viennoiseries de toutes sortes. Il y a aussi des muffins, des beignets, des scones. Il a même réussi à préparer une grosse salade de fruits frais, du café pour un régiment et du thé. Ce garçon est un cordon-bleu et une vraie fée du logis.

Connor est détendu, pourtant il ne me lâche pas la main alors que nous faisons honneur à ce qui nous est proposé.

La discussion légère dérive vite sur tout ce qui s'est passé cette semaine et ce matin. Connor se crispe à nouveau. Il nous fait comprendre qu'il ne peut pas se prononcer tant qu'il n'en sait pas davantage, et chacun de nous acquiesce, on le comprend. Par contre ça ne nous empêche pas d'avoir notre théorie.

Les plus virulents sont Paolo et Tristan qui ont définitivement condamné Deirdre. Ils trouvent bizarre qu'elle ait été là, au MacKintosh, et qu'elle m'ait délibérément insultée. Ils estiment aussi que l'affaire Gosling et la présence de Bettina tombent trop bien et pensent qu'elle avait tout prévu pour que nous ne puissions pas faire notre présentation, Justine et moi.

Pour eux c'est un complot, ils vont jusqu'à dire que c'est un danger public et qu'il faudrait la surveiller, style 007. Nous rions et même si je trouve tout ça un peu exagéré, tirant légèrement sur un scénario alambiqué à la *Dallas*, je n'arrive pas à me dire qu'ils ont totalement tort.

La question finale sur laquelle mes amis et moi nous rejoignons tous est : pourquoi Deirdre fait-elle tout ça ?

Connor est surpris, il est même sur la défensive, essayant de contrer la logique de mes deux amis. Puis il se ravise quand Vianne lui rappelle ce qui s'est passé ces derniers jours et ce que ça a failli nous coûter, à lui et moi.

Il promet, encore une fois, de tout faire pour découvrir la vérité et c'est sur cette ultime promesse que mes amis nous laissent enfin seuls.

Connor m'aide à remettre de l'ordre, puis nous nous retrouvons face à face, un peu gênés.

J'ai le sentiment que c'est une nouvelle première fois.

Je franchis l'espace qui nous sépare et je me colle contre lui. Il sonde mon regard et je sais ce qu'il y découvre. Je ne suis plus la petite oie blanche inexpérimentée, la petite vierge effarouchée. Je n'ai plus envie d'être celle qu'on protège, qu'on console. Je ne suis pas une poupée de porcelaine qu'il faut traiter avec douceur. Je veux plus. J'ose à peine me l'avouer, ne voulant pas passer pour une dévergondée, mais je veux que Connor me possède. Je veux lui appartenir et, s'il pouvait me marquer, montrer que je lui appartiens, je l'exigerais.

— Mina, souffle-t-il.

— Je te veux tout entier.

Il me fixe un long moment. Je sais qu'il a compris ma demande et qu'il va y répondre. Nous allons franchir une nouvelle étape. Très vite, sous son regard vorace, je me retrouve nue et je laisse mon amant me faire découvrir une autre facette de sa personnalité, une facette à peine plus sombre. Une petite pointe de domination qui me retourne les sens.

Ce n'est plus tout à fait le même homme qui m'entraîne sur les pentes abruptes du plaisir. Et du plaisir, je vous jure que je n'en manque pas... Connor s'en donne à cœur joie lors de longs préliminaires qui me laissent pantelante et un peu égarée. Il s'occupe de chaque partie de mon corps, il s'en délecte au rythme de mes gémissements. Il m'encourage, me pousse dans mes derniers retranchements, laisse tomber quelques ordres auxquels j'obéis aveuglément.

Nous avons déjà fait l'amour à de nombreuses reprises mais cette fois nous atteignons des contrées inexplorées, dans lesquelles je me perds corps, cœur et âme.

Connor m'a promis que j'aurais plus de plaisir que je ne peux en supporter, et je ne suis pas loin de le croire quand je jouis pour la deuxième fois sous ses coups de langue et ses caresses.

Je crois que je pourrais crier grâce, or, il ne me laisse aucun répit. J'ai l'impression de flotter, de ne plus vraiment être maîtresse de mon corps et de mes sensations. C'est Connor qui pilote et je le laisse faire jusqu'au moment où je dois le supplier, j'ai besoin de lui, en moi.

— Oh Mina, tu es si... C'est si... Je t'aime tellement...

Comment fait-il ça ? Ses paroles m'accompagnent depuis que nous nous sommes abandonnés sur le canapé. Je me suis offerte à lui et il se sert de toutes ses armes pour me rendre dingue et me combler. Je suis à genoux ; il est derrière moi, me dominant de toute sa taille et de tout son amour. Je le sens s'immiscer en moi, me pénétrer doucement puis bouger de plus en plus vite et de plus en plus loin. C'est mon bouquet final, mon apothéose. J'épouse son rythme et je me laisse emporter. Le plaisir est comme des lames de fond qui se brisent, les unes après les autres, me laissant à chaque fois un peu plus meurtrie, au bord d'un gouffre de jouissance extrême.

Alors que je sens le moment de l'explosion finale arriver, je tourne la tête et accroche son regard et c'est à l'unisson que nous crions. Nos corps ne sont que des paquets de nerfs parcourus par des ondes destructrices. Des langues de feu nous consument lorsque ses derniers coups de reins nous font basculer.

Nous nous écroulons sur le canapé, amorphes, éreintés. On tente d'atterrir en douceur, nos mains se joignent, s'étreignent.

Connor dépose des baisers sur ma nuque, sur mes épaules. Il caresse mes reins, remonte le long de ma colonne et je soupire. Il se retire de moi, m'aide à me redresser avant de m'installer plus confortablement.

— Tu vas bien ? s'inquiète-t-il.

Je tourne la tête vers mon amant et je souris. Il n'est pas en meilleure forme que moi.

— Mes bouts de seins sont un tantinet hypersensibles, mes os ont fondu, mes muscles ont promis de m'en faire baver pendant de longues journées mais mes hormones sont à la fête. Elles te remercient beaucoup.

Connor fronce les sourcils puis éclate de rire. Il me caresse la joue, hilare, et je suis heureuse.

Quand je suis en forme, je l'amuse beaucoup.

Nous sommes allongés, serrés l'un contre l'autre. Le calme après la tempête. Je suis blottie contre lui alors que sa main suit chacune de mes courbes, les caressant tendrement.

— C'est… commence-t-il.

— … parfait ? je suggère.

— Oui, c'est parfait ! acquiesce-t-il en déposant un baiser délicat sur mes lèvres. Ça a été une rude journée, déclare-t-il.

— Je confirme, mais elle se termine bien, non ?

Il me sourit et me serre contre lui.

— J'ai déconné, ma puce.

— Moi aussi, j'aurais dû avoir plus confiance en toi.

— Oui, mais j'ai laissé mes affaires mener la barque, ainsi que Deirdre et Bettina. Je ne le ferai plus.

— Finalement, tu penses que Deirdre y est pour quelque chose ? je demande, anxieuse.

Il fronce les sourcils et pousse un soupir déchirant.

— Ce qui est sûr, c'est que tes amis sont très persuasifs.

Il se tait encore et j'attends fébrilement.

— Je crois que Tristan et Paolo ont raison. Je n'adhère pas à toute leur théorie mais je dois quand même reconnaître que ça se tient.

— Tu penses qu'elle est dangereuse ?

— J'aimerais pouvoir te dire non. Le problème c'est que je ne comprends pas pourquoi Deirdre s'en prend à toi.

Je ne dis rien, je n'en sais pas plus que lui.

CHAPITRE 28

On n'a même pas eu la force de se traîner jusqu'au lit. On s'est endormis dans le canapé.

Je viens de me réveiller. J'ai été prise d'un petit moment de panique. La semaine passée et la journée d'hier ont été plus que perturbantes mais je me rassérène très vite en sentant la chaleur de Connor contre moi, son souffle et sa main posée sur ma hanche.

Je me redresse en essayant de ne pas le réveiller et je le regarde dormir.

Il fait beaucoup plus jeune, il n'est plus un chef d'entreprise mais un mec d'une trentaine d'années, beau, sombre, violent dans nos ébats mais si tendre aussi. Un mec qui m'aime et dont je ne douterai plus.

Enfin j'essaierai, promis.

En attendant, il faut que je m'active. Je me sens gagnée par l'émotion. Si je reste à le contempler encore, je vais fondre en larmes. Des larmes de félicité, d'accord, mais des larmes quand même et j'en ai déjà trop versées.

Je me glisse jusqu'à la salle de bains où le miroir me renvoie mon image. Mes yeux ont retrouvé une couleur normale. Ils brillent mais sont cernés, j'ai les joues roses, les lèvres gonflées, deux suçons à la base du cou. Je ne vous parle pas de mes muscles qui ont déjà commencé à m'en faire baver.

J'ai vraiment la tête d'une fille qui, après avoir traversé l'enfer, a fini par se faire prendre un peu vivement, je dirais même sauvagement, par son amant. Après tout c'est ce qui s'est passé en réalité, j'avoue avoir adoré ça. Douleur, plaisir et amour, c'est un mélange très aphrodisiaque que je suis prête à consommer sans modération.

— Pourquoi est-ce que tu t'es levée ?

Je ne l'ai pas entendu arriver, perdue dans les souvenirs de nos ébats nocturnes. Connor s'est glissé derrière moi et enserre ma taille de ses deux bras. Je suis toute chamboulée de contempler le reflet de nos deux corps enlacés. Ma peau blanche, laiteuse, mes courbes, mes seins dont la pointe s'est durcie à son contact, et lui... La perfection faite homme. Hâlé, le torse sculpté, des bras puissants et ses longs cheveux noirs qui balaient mes épaules alors qu'il m'embrasse dans le cou.

Je souris. Contre toute attente, je nous trouve magnifiques.

— À quoi penses-tu ?

Dès qu'il me touche, que je sens son souffle sur moi, je me liquéfie et ce ne sont pas ses baisers sur ma peau hypersensible qui arrangent mon état. Il va falloir me ramasser à l'éponge.

— Dis-le-moi.

— Je nous trouve beaux... tous les deux.

— Ensemble ?

— Oui ?

Il relève la tête et contemple notre reflet.

— Le sexe te va à ravir, mon cœur.

Je rougis.

— Et l'amour aussi, glisse-t-il à mon oreille. Tu vaux toutes les bombes de la terre. J'aime ta candeur et ta passion quand on fait l'amour. Personne ne m'a jamais embrassé, caressé, sucé comme tu le fais. Je t'aime, Mina Westcomb.

Je suis soufflée et submergée par les émotions mais je ne pleure pas. (Ouf !) Même dans mes rêves les plus fous, aucun prince charmant ne m'a jamais fait une déclaration aussi belle et aussi osée.

— Et si on allait se recoucher ? suggère-t-il alors que ses mains entreprennent une danse diabolique.

Je n'arrive pas à détacher mes yeux des siens.

— T'es insatiable...

— Excuse-moi, fait-il en m'enserrant la taille de nouveau. Le problème c'est que j'ai beaucoup de mal à ne pas te toucher. Une semaine sans pouvoir poser les mains sur toi... Je ne veux plus jamais revivre ça...

— Je vote pour, je réponds.

L'instant est magique mais il est gâché par la technologie. Nos deux portables sonnent en chœur.

— Et il n'est que huit heures, je soupire.

— Ouais, et on est samedi, bordel !

Mais on répond quand même.

Je dis bonjour à ma chère mère ; Connor aboie dans le micro de son téléphone qui va finir par exploser pour se venger.

— Mina, réponds-moi bon sang !... Mais qu'est-ce que tu peux être empotée !

— Quoi ? je crie à mon tour.

— Tu n'as rien écouté ?

— Répète, s'il te plaît.

Connor s'est enfermé dans la salle de bains, ce qui ne m'empêche pas de l'entendre hurler. J'essaie tant bien que mal de me concentrer sur ce que dit ma mère.

— Nous sommes à Londres pour le week-end, tes sœurs et moi. Johannie veut nous présenter officiellement son fiancé.

— Oh... Et ?

— Ils nous invitent tous au restaurant ce soir.

J'aurais dû le voir venir.

— Tu viendras avec ton petit ami, ce sera l'occasion de nous le présenter.

— Je ne sais pas, maman. Je lui en parle et je te donne ma réponse en fin de matinée.

— Non ! Je veux une réponse d'ici une heure. Je dois prévenir le restaurant s'il vient.

— C'est quel restaurant, maman ?

— Le Napoléon.

J'ai un karma de merde. C'est le restaurant le plus cher de la ville. On n'y va qu'en robe de soirée ou smoking.

Ça craint !

— Je t'envoie un SMS d'ici une heure.

— Mina, j'espère que tu as quelque chose de décent à te mettre. Tu sais c'est...

— Au revoir, maman.

— Mina, tu...

— Merde, quelle connasse !!!

Aïe ! Connor est en rogne, et je ne sais pas à qui s'adresse cette diatribe.

— Que se passe-t-il ? je demande, dans mes petits souliers.

— Deirdre s'est barrée pour le week-end.

— Ah... Oui... Et c'est quoi le problème ?

Qu'elle ne soit pas à Londres pour nous mettre des bâtons dans les roues me conviendrait plutôt.

— Le problème, c'est que tous les ans l'agence participe à un gala de charité. Que normalement, puisque c'est son idée, c'est Deirdre qui nous y représente et que cette connasse, rien que pour nous faire chier, décide, sur un coup de tête, de se barrer pour le week-end, parce que, dit-elle, « elle a besoin de deux jours de repos pour se remettre de cette dure semaine où elle a été écartelée entre le contrat Fossbury et les négociations avec Gosling ».

Je ne peux pas m'empêcher de pouffer car il imite à la perfection son petit ton pincé et son air hautain.

— C'est pas drôle, Mina, je te signale que tu vas aussi te coltiner cette putain de soirée car tu m'accompagnes et pas en tant que stagiaire !

— Et Fraser ?

— Aux abonnés absents. Lui et sa maîtresse du moment doivent s'envoyer en l'air je ne sais où et, bien sûr, ils sont injoignables.

Je ne peux pas m'en empêcher ! C'est vraiment trop drôle. J'éclate de rire…

C'est notre karma à nous deux qui est foireux.

— Mina, arrête de rire.

— Je… je… peux pas… C'est trop drôle…

— Quoi ? Qu'on aille faire les pingouins dans cette fichue soirée alors qu'on devait passer le week-end au pieu.

— Oh non !

— Quoi alors ?

Je respire, j'essaie de me calmer mais avouez quand même…

— Mina, s'il te plaît, y a rien de marrant !

— Tu vas devoir y aller tout seul, nos karmas sont merdiques, je conclus avant d'être gagnée par un nouveau fou rire.

Je suis pliée en deux dans le canapé et je me tiens le ventre tellement j'ai mal. J'essaie de reprendre mon souffle, de me calmer, mais bon sang que c'est dur.

— Pourquoi tu ne viendrais pas ? finit par me demander Connor qui m'a laissé quelques instants pour me reprendre.

— Ma mère et mes sœurs veulent savoir si tu existes vraiment.

— Hein ???

— Elles sont à Londres pour le week-end. Johannie, l'aînée de mes sœurs, veut nous présenter officiellement son fiancé au Napoléon, ce soir. Mais je pense aussi que cette invitation cache le fait qu'elles veulent vérifier que j'ai bien un petit ami et, accessoirement, à quoi il ressemble. Je dois leur donner une réponse dans l'heure, je lâche d'une traite.

À son tour, il se laisse tomber dans le canapé, nu comme un ver.

— On a dû faire des trucs très moches dans des vies antérieures.

— Ouais, je confirme.

— Tu ne peux pas y aller sans moi, assène-t-il.

— Je serai bien obligée. Tu dois représenter l'agence au gala. Elles te rencontreront un autre jour.

— Non, non, non ! Laisse-moi un quart d'heure, ma puce. Va te recoucher, j'arrive.

— Connor…

— Obéis !

— On t'a déjà dit que tu es trop autoritaire ?

— File ! insiste-t-il avec un sourire effronté.

Je quitte le canapé pour la chambre et me glisse dans les draps froids. J'espère vraiment qu'il va pouvoir venir avec moi. Je ne sais pas pourquoi mais je suis certaine que ces présentations ne sont qu'une excuse. Elles veulent seulement vérifier que je ne me suis pas inventé un petit ami. Johannie a un nouveau petit copain tous les ans, et ce sont tous des fiancés potentiels. Étant donné qu'on ne s'apprécie pas des masses toutes les deux, je ne pense pas que ma présence soit indispensable, surtout pour nous présenter un énième prétendant.

En même temps ce serait l'occasion de leur clouer le bec !

Dans l'absolu, je serais même prête à engager un photographe afin qu'il grave, pour l'éternité, leur expression quand elles découvriront que, et d'une, j'ai réellement un homme dans ma vie, que, et de deux, il est vraiment trop, trop, trop canon.

C'est mesquin ?

Je sais…

Mais bon Dieu, qu'est-ce que j'aimerais ça…

— Oh oui ! Ooooh oui, oui, oui !

Connor déboule dans la chambre et se laisse tomber sur le lit à côté de moi.

— Henry Mauris, que je vénérerai jusqu'à ma mort, va représenter l'agence au gala. J'assiste juste au discours d'ouverture et je viens te rejoindre. J'en connais certaines qui vont faire une syncope.

Je glousse.

— J'ai le droit d'engager un photographe pour immortaliser l'instant ? je plaisante.

— Tout ce que tu veux…

— Je t'aime, Connor MacKinley.

— Je t'aime aussi, ma puce.

Il ponctue sa déclaration d'un long baiser, profond et possessif.

Alors que Connor entreprend de me faire l'amour pour, me souffle-t-il, m'entendre crier son nom, ce dont il ne se lassera jamais, je me dis, avant de basculer dans les affres de la passion, qu'il faut que je voie Vivianne.

CHAPITRE 29

— Trois !

— Trois quoi ?

Vivianne me demande comment s'est passé mon début de week-end.

— Trois heures, trois fois et de multiples orgasmes.

Elle éclate de rire.

— Il est chaud bouillant, ce mec !

— Oh oui, je confirme, avant d'ajouter d'une petite voix : Et John ?

— Pareil ! s'écrie-t-elle.

Je rougis. Jamais je n'aurais pensé avoir une telle discussion avec une autre fille… une amie, qui plus est.

C'est trop excellent ! Plus que ça, je me sens comme les autres, totalement et pleinement comme les autres.

Je suis aimée, j'ai fait l'amour avec tendresse, fougue et, dans ma petite histoire personnelle, c'est comme si je venais de découvrir… je sais pas, moi… la théorie de la relativité.

— Tu es dans la lune, ma belle.

— Carrément !… Je me dis juste que je suis heureuse d'être là avec toi. Qu'en quelques semaines, ma vie a pris un tournant que je n'aurais jamais cru possible… Que je suis amoureuse du plus beau mec du monde et…

— … que ce soir tu vas l'exhiber devant ta mère et tes sœurs qui vont en être vertes de jalousie.

Je pouffe.

— C'est petit, non ?

— Absolument pas ! s'exclame-t-elle.

Elle réfléchit puis reprend, sur le ton de la confidence :

— Peu de temps après le début de notre histoire avec John, j'ai été invitée à une soirée d'anciens élèves. Tu imagines bien que, sur le coup, j'ai refusé. J'ai trop souffert à l'école, trop de moqueries, de méchanceté de la part de pestes qui n'avaient pour elles que leur corps parfait et leur joli minois. J'en ai fait part à John qui n'a absolument pas compris que je refuse.

— Pourquoi ? je demande, suspendue à ses lèvres.

— Parce qu'il ne comprenait pas que je ne me serve pas de notre relation. Il voulait que j'accepte, que je me pende à son bras et qu'on aille narguer toutes celles qui m'avaient fait du mal.

— Et ?

— Et… Ça a été un des meilleurs moments de ma vie. John a été incroyable.

— Qu'est-ce qu'il a fait ? je la presse, curieuse.

— Tout d'abord, commence-t-elle d'un air gourmand, il s'est présenté comme mon fiancé…

— Mais…

— Oui, je sais, c'était un gros mensonge à cette époque, mais c'était si bon. Si tu avais vu leurs yeux de merlans frits quand elles le regardaient. Elles se trémoussaient, lui lançaient des œillades qui auraient fait rougir un incube, et pourtant il n'avait d'yeux que pour moi.

— Waouh !!!

— Je suis d'accord avec toi. Ça avait beau être totalement mesquin, c'était trop jouissif, et on s'est beaucoup amusés.

— Elles vont essayer de me pourrir la vie devant lui.

— Sûrement.

— Ma mère va être vexante.

— Oui.

— Elle va critiquer mon poids, mes fringues…

— Si elle critique tes fringues, je la trouve et je la tue…

On éclate de rire.

Je comprends ce qu'elle veut dire. Quoi que ma mère et mes sœurs fassent, il sera là. J'espère que son regard sur moi ne changera pas. Non… Je sais qu'il ne changera pas… J'ignore pourquoi mais j'en suis certaine.

— Bon, maintenant que tu as ton prince charmant, il te faut une robe, Cendrillon.

— Non, pas une robe… Je veux me sentir très sûre de moi.

— Un tailleur alors ? propose-t-elle après un petit temps de réflexion.

— C'est ça, un tailleur, ce sera parfait.

Connor est déjà parti quand je rentre, un peu tard, certes.

Il a laissé un petit mot et une boîte ovale recouverte de velours grenat.

« Je te retrouve dès que j'ai terminé. Porte-le pour m'avoir avec toi… Je t'aime. »

Je tremble quand j'ouvre l'écrin pour découvrir ce qu'il renferme.

Je n'ai jamais vu quelque chose d'aussi beau. Le bijou qu'il contient est magnifique et sûrement très, très cher.

Au bout d'une chaîne en argent (euh… non, vu le poinçon, c'est du platine) pend la plus belle pierre d'ambre que j'aie jamais vue. Elle est presque brune et pailleté d'or. Elle est en forme de cœur sertie dans un entrelacs de platine. On dirait un bijou ancien, ciselé, arachnéen.

C'est trop beau et je fonds.

Je me dépêche de prendre ma douche. Il faut que je me prépare pour ma grande scène et ce collier est l'accessoire final qui me manquait. Je suis la fille bien dans ses baskets, épanouie professionnellement, sexuellement. Une fille qui aime et qui sait ce sentiment partagé.

Je laisse mes cheveux libres, je me maquille, mettant en valeur mes yeux, dont la couleur me rappelle l'ambre qui va bientôt pendre à mon cou.

Enfin je m'habille. J'enfile mon pantalon noir droit qui gaine mes hanches, me fait un ventre presque plat et un cul d'enfer, la blouse bleu pétrole qui dégage mes épaules et une petite veste noire cintrée brodée de perles de la même couleur.

Vivianne a fait fort !

« Avec ça, m'a-t-elle dit, tu éclipseras toutes les nanas autour de la table. »

Je ne suis pas loin de la croire. Je ne me trouve pas simplement jolie, je me trouve belle. Je finis de m'habiller, j'enfile des escarpins noirs et pour finir j'attache le collier de Connor qui habille parfaitement mon cou et mon décolleté.

Je suis remontée à bloc.

CHAPITRE 30

Le Napoléon est un endroit époustouflant.

Comme je l'ai déjà signalé, c'est le restaurant le plus sélect et le plus cher de toute la capitale.

Vous voulez que je vous dise ? Ma famille va être prise à son propre jeu.

Johannie, et je la connais plutôt bien, n'a pas choisi cet endroit par hasard. Elle l'a choisi parce qu'on doit montrer patte blanche pour y être accepté. Comprenez : on doit être bien sapé. Et comme, pour ma famille, « kilos en trop » rime avec « je m'habille comme un sac », elles doivent certainement être pressées de voir comment je vais m'en sortir. Je suppose encore qu'elles n'espèrent qu'une chose, que je me vautre en beauté pour pouvoir me critiquer et me rabâcher, une énième fois, qu'avec un bon régime je pourrais peut-être, enfin, ressembler à quelque chose.

Je suis accueillie par un homme en queue-de-pie. Je lui donne mon nom et il m'invite cérémonieusement à le suivre.

La salle est de belle taille. De grands lustres en cristal illuminent l'espace et éclairent les tables recouvertes de nappes blanches immaculées.

Les murs sont tendus de soie grise et habillés de boiseries d'un ton plus soutenu. Des fauteuils tendus de tissu jaune rayé de bleu entourent les tables. Les tapis sont dans les mêmes tonalités et des demi-colonnes de marbre soutiennent de jolies statues de bronze ou des lampes d'ambiance en albâtre.

C'est un décor que je juge extravagant mais il faut reconnaître que ça a de la gueule.

Je devrais être intimidée, mais contre toute attente, j'évolue dans cette salle comme un poisson dans l'eau. Je respire, je pose ma main sur le collier offert par Connor. Je ne me tortille pas. Des clients suivent mon avancée des yeux en me souriant – plus d'hommes que de femmes, d'ailleurs, ce qui me rassure sur mon apparence.

Le maître d'hôtel se retourne et m'indique la table où sont déjà installés ma mère, mes sœurs et leur cavalier. Je remercie l'homme et je prends un temps pour les détailler avant qu'elles ne me remarquent.

Sans surprise, elles sont parfaites. Ma mère a la cinquantaine glorieuse et éclatante. Elle resplendit. Comme d'habitude elle est tout de rose vêtue parce que, selon ses dires, cette couleur met sa carnation et sa blondeur naturelle en valeur. Mes sœurs, maquillées, coiffées à la perfection, sont moulées dans une robe vert émeraude pour Johannie et une noire pour Julia.

Toutes deux sont accompagnées. Johannie est assise à côté d'un homme d'une quarantaine d'années aux cheveux poivre et sel. Il n'est pas très beau mais il faut lui reconnaître un certain charisme, alors que le voisin de Julia est très différent. Il est blond et plutôt musclé. L'exemple parfait du beau gosse, sûr de lui et de son physique.

C'est ma mère qui m'aperçoit en premier alors que j'arrive à leur hauteur.

— Je ne suis pas en retard ? je demande en guise de préambule.

— Mina ! s'écrie ma mère qui ne manque pas de m'examiner de la tête aux pieds. Tu as l'air en forme.

Ça y est, j'ai eu mon compliment. « Tu as l'air en forme », sous-entendu : « Tu ne t'es pas habillée comme un sac et nous n'aurons pas honte d'être vues en ta compagnie. »

Je sais, c'est une petite victoire, mais ce soir, je sais que je vais gagner la guerre, alors ça n'a pas beaucoup d'importance.

Cinq paires d'yeux se focalisent sur moi et je subis cet examen, un tantinet intrusif, avec stoïcisme et j'en suis fière.

— Tu es seule ? me demande Johannie d'un ton pincé.

Oui, bonjour à toi aussi…

— Connor a eu une obligation de dernière minute…

— Oh je vois… On peut faire enlever un couvert alors, déclare-t-elle, triomphante.

— Non, je lâche un peu sèchement. Dès qu'il a terminé il nous rejoint, aussi on ne touche à rien.

— C'est ça, murmure Julia, assez fort tout de même pour que je l'entende comme tous les convives de la table.

J'ai gagné… Elles sont si prévisibles.

J'avais visé juste. Rencontrer le nouveau prétendant de Johannie ? Laissez-moi rire !

— Assieds-toi, m'invite ma mère en me désignant la chaise à sa droite.

Il y a deux places vides entre elle et Johannie. J'en occupe une et il me tarde vraiment que Connor vienne s'installer sur la seconde.

On a pris l'apéritif mais, après une heure, on me fait comprendre sans détour qu'on ne peut pas attendre davantage.

Il faut commander.

Connor m'ayant dit de choisir pour lui au cas où il ne serait pas encore arrivé, je m'exécute.

Alors que j'annonce deux menus au serveur, ma mère et mes sœurs me lancent des regards entendus où, entre autres, je lis de la pitié, beaucoup de moquerie et une joie cruelle parce qu'elles sont persuadées que je leur ai menti et qu'il va falloir que je leur dévoile le pot aux roses.

Et alors ? Je peux vous assurer qu'elles se déchaîneront.

Mes frangines ont trouvé deux perles rares, des mecs aussi chiants et prévisibles qu'elles.

Le blond, qui s'appelle Martin, est français et plein aux as – ce qu'il nous fait bien comprendre, pas toujours de la manière la plus fine. Il est le fils d'un grand industriel et doit passer son temps à dépenser la fortune de papa, en exhibant à son bras une bombe blonde qu'il jettera dès qu'il en trouvera une plus belle ou plus jeune ou encore plus attirée par son pognon.

Vittorio, le prétendu fiancé de Johannie, est avocat d'affaires. Il n'a aucune conversation et affiche une mine sinistre comme si ça l'emmerdait prodigieusement d'être là.

Nous attendons les entrées et j'ai peur que Connor ne vienne pas... Je pose encore une fois ma main sur son cadeau pour y puiser un peu de force. Je sais que je n'ai aucune raison de douter, mais s'il était retenu ?

Je n'ose pas regarder mon portable. Je ne veux pas que ma famille pense que je joue la comédie, faisant mine de guetter fébrilement l'arrivée de quelqu'un – qui ne viendra pas puisqu'il n'existe pas.

Mais je le reconnais, je suis à la limite du désespoir.

Pour le moment, elles m'ignorent, elles attendent la curée. Elles échangent des propos anodins, oiseux – des ragots, les nouvelles du jour, le travail et l'argent, l'argent, toujours l'argent...

Je perds le fil et suis distraite par un photographe qui fait le tour des tables, proposant ses services.

C'est bizarre dans un endroit aussi huppé, mais le personnel ne réagit pas. Ce doit être un service offert par la direction pour immortaliser le passage dans leur établissement. Certaines tables accueillent le professionnel avec enthousiasme, jouant le jeu de la pose extatique se voulant le plus naturelle possible. D'autres, au contraire, déclinent la proposition.

Lorsque le photographe arrive à notre table, je souris : ma famille va être ravie d'être immortalisée dans un tel endroit. Le restaurant des gens riches, de ceux qui comptent... Elles pourront dire : « Nous y étions ! »

Snobisme, quand tu nous tiens…

L'homme se campe entre Martin et Vittorio.

— Voulez-vous que je vous prenne en photo ? propose-t-il poliment.

Qu'est-ce que j'avais dit… Elles frétillent et acquiescent avant de prendre la pause.

— J'arrive juste au bon moment…

Un bras se glisse sur mon épaule pour venir m'enserrer le cou. Des lèvres se posent sur ma joue avant de glisser doucement vers ma bouche dont elles s'emparent.

Je n'entends plus que le déclencheur de l'appareil photo qui nous mitraille, avant de me laisser aller dans sa chaleur, son odeur…

Il est là !

— Je suis vraiment désolé d'arriver si tard, mais le discours du gala Van Demer était interminable. Merci de m'avoir attendu.

— Vous étiez à la vente de charité ? demande Johannie d'un ton sec.

— Oui, bien sûr, répond gentiment Connor. Notre agence est un des mécènes de l'organisation. Je me devais d'y faire un saut. Mais heureusement, un de mes associés a été assez aimable pour prendre le relais afin que je puisse vous rejoindre.

Je dois être rouge de plaisir, les lèvres encore humides du baiser qu'il vient de me donner. Je suis à deux doigts d'éclater de rire, ou de sauter de joie. (Je reconnais, c'est puéril, mais si vous saviez à quel point c'est bon.)

J'aimerais que vous puissiez voir leur tête ! Le plus drôle, c'est que le photographe est toujours là et continue de mitrailler la scène.

Au moment de partir, il me jette un clin d'œil, et je comprends sa présence en ce lieu.

Je me tourne vers Connor qui s'assied, après avoir fait le tour de la table pour saluer chaque convive avec virilité ou courtoisie.

Il a remarqué le signe de connivence du photographe et me sourit. C'est lui ! Connor l'a engagé, j'en mettrais ma main au feu. Il l'a fait rien que pour moi, afin que je puisse contempler, le reste de ma vie, la tête de ma mère et de mes sœurs alors qu'il m'embrasse amoureusement.

Je pourrai même en encadrer une et la mettre aux toilettes.

Ouais, super idée !

Je pose ma main sur sa cuisse, que je serre légèrement. Je veux qu'il sache que, si nous étions seuls, je le dévorerais tout cru. Son sourire et sa main qui rejoint la mienne me disent qu'il a très bien compris.

Les entrées arrivent. Je nous ai commandé du foie gras.

— Excellent choix, ma chérie, me souffle-t-il.

Mes sœurs le regardent et le jaugent, puis elles regardent leur cavalier. Elles comparent. Je suis persuadée que Connor gagne dans les deux cas et de loin.

Ma mère, tout en dégustant son consommé, abreuve Connor de questions en tout genre. Que fait-il ? Où vit-il ? Que font ses parents ?

Il répond à tout, jovial. Il est l'opposé des deux crétins qui nous font face. Il est aussi riche qu'eux, mais lui n'écrase personne et, surtout, il me couve des yeux.

Puis, au plat de résistance, on change de sujet et je deviens le centre de l'attention.

— Comment avez-vous rencontré ma fille ?

C'est dingue, hein ? Toutes ces questions, elle aurait pu me les poser… Quelle idée ? C'est plus sympa de les poser à mon homme pour essayer de me plonger dans l'embarras.

Mais là encore il répond très naturellement en me jetant des regards complices et amusés.

— Nous nous sommes rencontrés dans le pub où Mina travaillait. J'y suis allé plusieurs fois et je l'ai remarquée. Je l'ai trouvée très jolie, et puis un soir je l'ai abordée. Elle m'a envoyé balader. (Il rit et me contemple, songeur.) Mais comme je suis un homme très chanceux, je l'ai retrouvée dans mon bureau le lundi matin suivant alors qu'elle venait faire son stage de fin d'études.

— Mais alors ça ne fait que quelques semaines que vous êtes ensemble, persifle Julia.

— Vous avez raison, ça ne fait que trois semaines, affirme-t-il avec beaucoup d'aplomb.

— C'est tout nouveau, renchérit Johannie.

Sous-entendu : « Ça ne va pas durer. »

— Nous avons bien cru que Mina ne trouverait jamais personne.

— Pourquoi donc ? demande Connor, cassant. Elle n'a que vingt-trois ans, c'était vite la condamner, non ?

— Vous êtes son premier petit ami.

— Oui, et alors ?

— Je ne sais pas moi, réagit Martin. Je crois que je préfère les femmes d'expérience, les oies blanches, ça va un moment, mais on s'en lasse, non ? fait-il en se tournant vers Vittorio.

— Absolument, renchérit ce dernier en posant un regard entendu sur Johannie, qui ne se sent plus pisser.

— Eh bien, je suis ravi. J'ai donc une perle pour moi seul, et ça me convient tout à fait.

— Vous vous lasserez, répète Julia en me toisant.

— Je ne crois pas, non, rétorque Connor.

Alors là !… Je ne sais pas comment il fait pour garder son calme. Moi, je bous. Je savais que ma famille n'était pas folichonne, mais ce soir, elle bat des records.

— Vous avez l'air bien sûr de vous, se moque ma mère.

Elle le prend de haut. Ça me hérisse.

— Oui, j'en suis même si sûr que je vais profiter de cette sympathique réunion de famille pour faire les choses dans les règles.

Tous se figent autour de la table, moi y compris. Pour couronner le tout, mon ami le photographe est de retour.

— Vous ne voulez tout de même pas…

— Quoi, l'épouser ? poursuit Connor.

— C'est du grand n'importe quoi ! s'écrie Johannie.

Julia ne dit rien mais elle s'esclaffe méchamment.

Il s'est tourné vers moi et son regard est si intense que je suis tétanisée. Je sais ce qu'il va dire… Je ne veux pas qu'il fasse ça pour leur clouer le bec… Ça ne fait que trois semaines que nous sommes ensemble, elles ont raison.

En même temps, bien que je trouve que c'est de la folie pure, je me laisse gagner par l'euphorie du moment. Je n'y peux rien, je suis raide dingue de ce mec et je suis secrètement ravie de ce qu'il fait.

Il me serre toujours la main mais un peu plus fort.

— Pensez ce que vous voulez, leur déclare-t-il. J'aime votre fille, c'est la plus belle chose qui me soit arrivée. Si j'étais croyant, je bénirais le ciel d'avoir été le premier et je prierais encore pour être l'unique et le dernier, si elle le veut bien.

Je ne sais pas si ses paroles émeuvent ma mère et mes sœurs, mais moi, ça me met dans un de ces états !

Il est fou ! Je ne sais pas s'il pense ce qu'il dit ou si c'est un jeu. Pourtant sa façon de me regarder, le ton solennel qu'il a pris pour dire tout ça me font penser qu'il ne plaisante pas et, encore une fois, qu'il est cinglé.

Personne ne pipe mot… Silence radio.

Tous les regards sont tournés vers moi.

Qu'est-ce qu'ils attendent ?

Oh ! Nom d'un p'tit bonhomme !

Je fixe Connor qui me fait un clin d'œil discret et je hoche la tête. Pour tous ceux qui sont autour de la table je viens de lui dire oui. J'ai un peu de mal à le réaliser.

Mais il se lève, pose sa serviette et m'invite à en faire autant.

— Je veux que Mina soit heureuse, assène-t-il en dévisageant ma mère puis mes sœurs. Je détesterais qu'elle souffre pour une raison ou pour une autre... Une vilaine critique est si vite arrivée. Le dîner est pour moi... Nous nous reverrons au mariage si vous recevez un faire-part. Je vous souhaite une très bonne fin de soirée.

Sur ce, il tourne les talons, m'entraînant avec lui.

Je suis sidérée.

En cinq minutes, il vient de me demander en mariage, a mouché ma mère et mes sœurs et s'est même permis de les menacer.

Ce mec est mon super-héros.

Arrivés à sa voiture, il m'ouvre galamment la porte passager tout en me détaillant.

— Vivianne est une fée, murmure-t-il, tu es magnifique.

— Elle m'a aussi proposé des sous-vêtements magiques.

— Et quel pouvoir ont-ils ? s'amuse-t-il.

— Ils doivent rendre dingue mon futur mari.

— Et ma future femme n'a pas honte ?

Femme, mari. Je reconnais que ces deux mots me procurent une belle bouffée de bonheur pur mais je suis rattrapée par ce qui vient de se passer et par l'ampleur qu'a prise ce satané dîner. Je n'aurais jamais imaginé qu'on en arriverait là et je ne sais pas pourquoi Connor s'est senti obligé d'aller jusqu'à me demander en mariage.

— T'es fou, Connor, je lui reproche.

— Pourquoi ?

— On ne peut pas décider d'épouser quelqu'un comme ça ! Trois semaines seulement après l'avoir rencontré. Je comprends que tu aies dit ça pour les faire mariner, mais tu n'avais pas à aller jusque-là.

Il me regarde, surpris.

— Je suis quelqu'un de sensé et je ne prends jamais de décision à la légère. Je t'avoue aussi que je suis le premier surpris.

— Alors, pourquoi ? J'ai le sentiment que tu t'es senti obligé de le faire et je ne le veux pas. Pas comme ça, en tout cas !

— Arrête ! Je ne me suis pas senti obligé ! Ça m'est apparu comme une évidence, mon cœur. Je sais que tu trouves que c'est précipité et que tu paniques, mais je te laisserai le temps de t'y habituer.

Je pensais que rencontrer ses parents était prématuré… Voilà qu'il me demande en mariage, union à laquelle je viens de consentir devant témoins. Et quels témoins !

Je lui caresse la joue. Il est vraiment à la masse. Je sais qu'il regrettera ce qu'il vient de faire, aussi je le prends pour ce que c'est : une gentille façon de me faire mousser auprès de ma famille pour les enquiquiner.

J'ai de l'amour pour toute une vie, mais je serai raisonnable pour deux. Je ne le laisserai pas gâcher son avenir parce qu'il a voulu me faire plaisir.

CHAPITRE 31

Ce début de semaine est très différent du dernier.

Le soleil est au beau fixe dehors, mais pas seulement. Il l'est aussi entre Connor et moi. Je savais que, dorénavant, on aurait du mal à être loin l'un de l'autre. Je ne pensais pas que ce serait à ce point.

Si je n'ose pas trop m'approcher de son bureau de peur de le déranger ou de passer pour la petite amie encombrante, lui ne se gêne pas.

Pas une heure ne s'écoule, quand il n'est pas en réunion ou en déplacement professionnel à l'extérieur, sans qu'il m'envoie un SMS ou glisse la tête par la porte du bureau dans lequel nous travaillons, Justine et moi.

Dire que cette dernière a été surprise, lundi, de le voir se pointer à tout bout de champ est en dessous de la réalité. J'ai bien cru, après la dixième apparition de la journée, que ses yeux allaient sortir de leur orbite.

Le soir venu, après un manège de plus de huit heures, et n'y tenant plus, elle m'a demandé si Connor était celui qui avait occupé mes week-ends et si nous sortions ensemble.

Elle était gênée d'avoir osé poser une question si personnelle et moi aussi par la même occasion. J'ai confirmé du bout des lèvres, appréhendant sa réaction, mais elle n'a pas été celle que j'attendais.

Elle a commencé par ouvrir la bouche, s'apprêtant à dire quelque chose avant d'y renoncer, puis l'info ayant sûrement atteint son cerveau, elle a écarquillé les yeux. Elle s'est mise à applaudir, si surprenant que ce soit, et finalement m'a sauté dans les bras en s'exclamant que c'était génial.

Pour ne rien vous cacher, j'ai été rassurée, d'autant que Doris s'y est mise aussi. Connor lui a demandé de m'apporter un dossier sur lequel il avait collé un Post-it rose fluo où il avait dessiné un cœur avec deux yeux et une bouche. Ce cœur-smiley a plongé son assistante dans tous ses états mais elle a fini par me déclarer qu'elle était ravie pour nous deux et que j'étais exactement ce qu'il fallait à son patron, qui avait irradié de bonheur toute la journée.

Après les déclarations de soutien de mes deux collègues, j'ai donc réintégré mon nuage rose sur lequel je me vautre allégrement.

On a passé notre dimanche dans le canapé à faire l'amour, parler, rire. On a évoqué cette dernière semaine qui a failli voir la fin de notre toute jeune histoire. Connor m'a avoué que ses parents avaient hâte de me rencontrer, pensant d'ailleurs venir vérifier par eux-mêmes si j'étais la perle qu'il avait décrite.

Je suis heureuse. Je ne dis pas que je suis totalement rassurée. Je ne cache pas que ça m'effraie toujours un peu. C'est tellement génial que je redoute le moment où tout s'arrêtera de nouveau. Même s'il s'est excusé, même s'il me clame son amour, même s'il a été jusqu'à me demander en mariage, la semaine passée est encore présente dans mon esprit.

Parfois ce que j'éprouve dans ses bras est si puissant que mes doutes reviennent à l'assaut. J'ai envie de tout arrêter avant que notre relation ne prenne trop d'importance, puis je me rends compte que c'est déjà le cas.

Je me vois finir ma vie à ses côtés, je me surprends même à m'imaginer avec un ventre rond, enceinte de notre premier enfant.

Et je panique… !

J'ai tout ce que j'ai toujours voulu. Mais j'ai peur et parfois je suis paralysée par l'ampleur de ce qui m'est tombé dessus. J'ai encore l'impression que je reste prisonnière de quelque chose de néfaste qui me menace ou qui menace notre couple comme si tout pouvait s'arrêter d'un moment à l'autre. Et je sais que Deirdre n'est pas étrangère à cette sombre prémonition.

Je croyais que le travail à l'agence me poserait beaucoup moins de soucis. J'ai vite remisé mon optimisme en prenant connaissance de la proposition acceptée par Fossbury. Là encore Deirdre semble avoir fait des siennes. Le projet pour la nouvelle image de Milady ressemble étrangement au nôtre.

Justine et moi n'avons pas assisté à la présentation, nous ne savons donc pas à quoi ressemblait ce qu'elle a proposé, mais maintenant que nous avons lu le compte rendu, nous n'avons plus aucun doute. Nous ne savons pas comment elle a fait mais elle s'est servie de notre travail.

Le problème, c'est que nous ne pouvons pas le prouver car elle a été assez maligne pour opérer quelques changements qui, à notre avis, vont à l'encontre de l'idée de départ. Mais elle n'a pas été assez rusée pour s'en rendre compte.

Sans forfanterie aucune, je suis persuadée que le projet que Justine et moi avons développé est idéal pour Milady. Il n'a pas besoin de tous les ajouts et transformations de Deirdre qui le dénaturent. Ma coéquipière et moi sommes frustrées qu'on ne nous ait même pas laissé une chance de le défendre.

En même temps, elle ne pouvait pas nous laisser faire, on aurait pu découvrir qu'elle avait triché. Cerise sur le gâteau, elle a eu le plaisir de me faire passer pour une incompétente aux yeux de Fraser et de mon prof.

Bien sûr, j'ai fait part de mes soupçons à Connor. Justine et moi lui avons présenté notre projet pour qu'il compare les deux travaux. Comme nous, il est convaincu que ce qu'en a fait Deirdre ne rime à rien et a fini par la vouer aux gémonies, déclarant ne plus la comprendre depuis quelque temps.

D'ailleurs, cette dernière n'a pas reparu au bureau. Je pensais la croiser lundi matin, mais ne se sentant pas bien, elle a téléphoné pour signifier son absence, et n'a donné aucune date pour son retour.

Ce ne serait pas grave si tout le monde ne comptait pas sur elle pour la campagne Fossbury, dont la présentation finale approche. Personne ne sait où elle en est, et Fraser erre dans les bureaux, se demandant quand elle reviendra et ce qu'elle a fait avec Gosling, dont nous n'avons plus aucune nouvelle non plus.

Les deux plus gros contrats de l'agence sont au point mort et, Deirdre ayant la mainmise dessus, nous n'avons aucun moyen de débloquer la situation.

On est mercredi, et Connor a de plus en plus de mal à cacher son inquiétude mais il fait des efforts.

— T'es prête, ma puce ? demande mon homme, qui vient, pour la énième fois de la journée, de passer la tête par la porte de mon bureau.

— Oui, j'arrive, je ramasse ça.

— C'est encore le projet Fossbury ?

— Oui, je réponds alors que j'entasse consciencieusement pochettes, chemises, carnets dans mon sac qui va exploser.

— Waouh ! Justine n'a pas exagéré quand elle m'a décrit ta façon de travailler, s'amuse-t-il.

— J'en ai besoin. Mais je peux t'assurer que la présentation aurait été tout ce qu'il y a de plus moderne et réussie, je tiens quand même à te le préciser.

— J'en suis certain, ma puce, me rassure-t-il, avant de déposer un baiser dans mon cou.

Mon corps réagit au quart de tour. Mon cœur bat la chamade, j'ai chaud et je suis parcourue de frissons qui émanent de l'endroit où il vient de poser ses lèvres.

— Tu crois que ça restera toujours aussi chaud entre nous ? je demande, toujours surprise par l'intensité de ce qu'il me fait ressentir.

— Oui… murmure-t-il en continuant de m'embrasser.

— Même si ça ne fait que trois semaines ? C'est normal, c'est tout nouveau et d'ailleurs ça l'est encore plus pour moi.

— Je n'ai jamais été vraiment amoureux jusqu'à maintenant alors on est à égalité. C'est nouveau pour moi aussi. Beaucoup de personnes, comme ta mère ou tes sœurs, remettront en cause la force de notre relation parce qu'elle est récente. Et alors ? C'est notre histoire, elle sera ce qu'on en fera et je compte te faire crier mon nom encore très longtemps.

Je glousse.

— Comme hier soir ? je demande, rougissante.

— Oui, confirme-t-il, amusé. Et comme avant-hier soir, le soir d'avant et ce matin…

— Je suis une obsédée ! je m'écrie.

— Et j'adore ça.

— Ouais, tu dis ça parce que tu es mon prof.

— C'est vrai, lâche-t-il en riant et en m'embrassant passionnément.

J'aime ses baisers qui de légers deviennent profonds et possessifs.

— Dis-moi qu'il n'y aura jamais personne d'autre que moi.

Je suis étonnée du ton de sa voix et je le dévisage.

— Pourquoi me demandes-tu cela ?

— Parce que je t'aime comme un fou, que je suis le premier et que tu pourrais ne m'aimer que pour ça justement.

— Parce que tu as été le premier à me donner du plaisir ?

— Tu pourrais confondre amour et plaisir, alors que ça n'a rien à voir.

— Tu paniques ?

— Non, je flippe.

Changement d'ambiance. Qu'est-ce qui lui prend ?

— OK, alors écoute-moi bien…

Il s'apprête à m'interrompre mais je lui pose un doigt sur la bouche.

— Chut ! Je suis sérieuse.

Il hoche la tête, muselé.

— Depuis qu'on est ensemble, j'ai connu le paradis et l'enfer... Les jours sans toi ont été les plus difficiles de ma vie et je ne parle pas du manque de plaisir, Connor. Oui, j'aime faire l'amour avec toi, non, en fait j'adore ça, mais ce n'est pas tout. Je suis une autre Mina. Grâce à toi, je me sens belle, presque tout le temps sûre de moi, toute petite quand tu m'étreins. Tu étais avec moi pour affronter ma famille, tu aimes mes amis même s'ils te mettent la pression. Tu m'écoutes, tu ne me juges pas et tu m'aimes. Je ne veux que toi... Tu comprends ? Seulement toi !

— Pour toujours ?

— Jour après jour.

— C'est pas assez long, grogne-t-il.

— C'est tout ce que je peux te promettre pour le moment.

— Tu fais référence au mariage ?

— Oui et non... Je veux seulement que tu nous accordes du temps.

— Tu sais que le premier mec qui te fait du gringue, je l'atomise ! assène-t-il d'un air boudeur.

— Tu me fais quoi, là ?

Il est hallucinant ! Il est canon, gentil, plus romantique qu'il ne le croit, c'est un dieu au pieu et il n'est pas sûr de lui.

Il est touchant !

Je prends son visage en coupe et j'essaie de mettre dans mon baiser toute la passion, tout le désir et l'amour que je ressens pour lui.

Il me le rend bien, et c'est très essoufflés que nous sortons de l'agence.

Alors qu'il m'ouvre la portière côté passager, il m'embrasse encore.

— Ah oui au fait, les mecs viennent ce soir.

— Les mecs ?

— C'est notre soirée poker mensuelle.

— Votre quoi ? je couine.

— Tous les mois, enfin on essaie, Vale, Travis et moi nous retrouvons chez moi pour notre partie de poker. Et James se joindra à nous ce soir.

— Et tu me dis ça seulement maintenant ?

— Je voulais t'en parler tout à l'heure mais ça m'est sorti de la tête.

— Et vous faites ça en semaine ?

— Ben ouais, on viendra bosser demain après-midi.

— Mais bien sûr ! C'est facile pour toi, tu es le patron. Je te signale que je ne suis que stagiaire et que je me vois mal manquer une matinée parce que j'ai joué aux cartes toute la nuit.

— Je te ferai un mot, propose-t-il, malicieux.

— Non ! Hors de question.

En attendant, pour nourrir tout ce petit monde on s'arrête faire des courses.

Non, on dévalise le magasin. On passe chez moi prendre quelques affaires et on file à l'appartement de Connor.

— Euh, tu crois qu'ils vont m'apprécier ? je demande, gagnée par l'inquiétude.

— James t'adore déjà !!! Mais au fait tu sais jouer au poker ?

— Oui.

— Quel niveau ?

— T'as peur ? je le défie.

— Je suis mort de trouille.

— À la bonne heure, je vais vous atomiser !

CHAPITRE 32

Je suis estomaquée quand je découvre l'appartement de Connor.

On pourrait en loger trois comme le mien rien que dans son salon, qui ouvre sur une cuisine américaine. Trois grandes baies vitrées donnent sur la rue. Comme l'appart est au dernier étage, la vue est magnifique, et sa situation en hauteur interdit au bruit de venir troubler la sérénité qui y règne.

Je croyais que l'appartement d'un célibataire serait froid et très masculin mais ce n'est pas le cas. L'ensemble est chaleureux, et je souris parce qu'il ressemble au mien. Pas de gris, de noir ou de blanc. Les murs sont peints de tons chauds. Le bois est omniprésent. De grands tapis épais recouvrent le sol. Des affiches de films et des pubs de toutes les époques ornent les murs. Une immense bibliothèque occupe tout un côté alors qu'une cheminée, surmontée d'un écran plat, trône en face des baies. Une table ronde entourée de sièges en cuir, un grand canapé d'angle en tissu chocolat, un Chesterfield qui a déjà bien vécu et une table basse composent l'ensemble du mobilier.

Il me montre ensuite les deux chambres, celle réservée aux invités et la sienne, donc la mienne ou la nôtre, si vous préférez (moi, je préfère en tout cas), dans laquelle il dépose mon sac, à côté d'un bureau encombré de dossiers et de livres. Le lit, immense, est encadré de deux chevets. Il n'y a aucun rangement, ce qui s'explique par la présence d'un immense dressing-room qui pourrait rendre verte de jalousie Carrie Bradshaw elle-même.

De retour dans le salon, Connor allume la cheminée à l'éthanol qui fait son effet, à défaut de réchauffer l'atmosphère comme le ferait un bon feu de bois. Il met de la musique – Simple Minds, j'adore –, et on installe tout pour la soirée.

Plus les minutes passent, plus j'ai le trac.

— Tu sais que tu es la première fille à participer à cette réunion ?

— Tu me charries ?

— Non. On a toujours dit que seules celles qui compteraient vraiment pour nous auraient le droit de s'asseoir à notre table ou d'assister à la soirée.

Bon, s'il veut me rassurer, c'est raté !

J'ai encore plus la trouille de ne pas leur plaire. Mes anciens doutes reviennent au galop et Connor n'en manque rien.

— James t'adore déjà, me répète-t-il. Vale et Travis t'aimeront aussi. Ne t'inquiète pas.

Je ne vais pas tarder à le savoir puisqu'on frappe à la porte.

Je me réfugie dans la cuisine et finit de garnir les plats que je dépose sur le bar qui sépare la cuisine du salon.

Je dispose les derniers sandwiches sur une assiette quand je sens qu'on se glisse derrière moi.

Ce n'est pas Connor.

— Je t'ai manqué ?

Je me retourne et tombe dans les bras de James qui m'étreint avec force.

— Tu veux que je corrige ce crétin ? me glisse-t-il à l'oreille.

— Non, je lui souffle à mon tour.

— Il a été gentil avec toi ?

— Oui.

— Il te rend heureuse ?

— Très !

— OK, je lui accorde le bénéfice du doute, alors.

— James, lâche-la ! ordonne Connor.

Au lieu de ça, James m'enlace encore plus étroitement et dépose un gros baiser dans mon cou.

— James, bordel !

— Ne le laisse pas te marcher sur les pieds et, s'il merde encore, tu me préviens, d'accord ?

Je hoche la tête, rougissante.

Je viens de remarquer les deux autres amis de Connor, debout derrière le bar. Ils nous observent, James, Connor et moi, goguenards.

— Les mecs, je vous présen…

— James, bon Dieu ! C'est à moi de le faire ! s'insurge Connor.

— Ta, ta, ta ! Je considère cette nana comme ma frangine, alors j'ai le droit.

— Ouais, le droit de te taire, grogne mon homme.

OK. Je prends les devants pendant que ces deux-là s'étripent.

— Salut, je suis Mina, dis-je en approchant des deux inconnus qui me fixent.

Je serre la main du premier.

— Travis, lâche-t-il alors que sa poigne est solide, voire un chouïa destructrice.

Il est blond, les cheveux coupés en brosse. Il est impressionnant, grand, musclé et, semble-t-il, plutôt réservé.

Le deuxième, que je suppose être Vale, ressemble au héros de ma jeunesse. J'ai sous les yeux le sosie d'Albator. Grand, mince, cheveux longs et bruns et une cicatrice qui barre son nez de l'œil droit à sa joue gauche. Bon sang, je suis sûre qu'il serait moins séduisant sans. Il ne lui manque qu'un bandeau sur l'œil, un étrange oiseau sur l'épaule et il pourrait très bien jouer le rôle du corsaire de l'espace. Et ce n'est pas son accoutrement de motard et ses nombreux tatouages qui me feront dire le contraire.

Vale s'est avancé sans saisir la main que je lui tends. Ce qui m'arrange car mes doigts ne se sont pas encore remis du traitement infligé par ceux de Travis.

— Alors tu penses avoir le droit d'être là ce soir ? me demande-t-il, plein de défi.

Travis a croisé les bras. Connor et James sont muets comme des carpes, la bouche ouverte, attendant sûrement de me voir reculer devant ces deux molosses.

Un court instant, je panique à l'idée qu'ils me rejettent, puis je me reprends. Je croise aussi les bras, je redresse les épaules et je les dévisage sans ciller. Si c'est une sorte de rite de passage, je suis fin prête.

— Oui, j'affirme sereinement mais avec détermination.

— Tu sais que ne sont admises ici que des filles très spéciales…

— Mais je le suis… je rétorque.

— Ah oui !… Et qu'est-ce qui te fait croire ça ?

— Je rends Connor heureux et… accessoirement, je suis plutôt du genre serré agressif… au poker.

Pour le coup, ils me dévisagent mais semblent plus surpris qu'autre chose.

— J'ai le droit de m'asseoir à cette table, alors ? je demande en les toisant, confiante.

— Tu es pour l'Irlande ?

— Oui, et pour la France.

— Ton joueur préféré ?

— Travis, Vale, c'est bon ! lance Connor, dépité.

— Laisse, mon cœur, je crois que c'est une sorte de rite de passage, c'est marrant, non ?

James grogne mais je crois surtout qu'il essaie de ne pas rire. Je reprends donc.

— Alors, mon joueur préféré… ? C'est difficile, il y en a beaucoup. O'Driscoll, Wilkinson bien sûr, Dusautoir… Vous en voulez d'autres ? Parce qu'il y a aussi ceux que je trouve trop mignons, Clerc, Médard, Halfpenny…

— OK les mecs, stop ! Je crois qu'elle a parfaitement répondu à toutes vos questions à la con.

— Tu crois qu'il est jaloux ? demande Vale à Travis.

Ce dernier hausse les épaules avec un petit sourire en coin.

— Il est dans sa phase homme de Cro-Magnon, toutefois il fait des efforts, il ne m'a pas traînée par les cheveux depuis… deux heures.

C'est absurde mais je crois que j'ai gagné.

— Alors c'est toi, la fameuse Mina.

Je hoche la tête.

— Tu es la première à intégrer notre petit groupe, c'est une lourde responsabilité. Va falloir que tu fasses tes preuves…

— Moi aussi, je suis très heureuse de vous rencontrer.

Vale éclate de rire. Travis me sourit un peu, moins sur la défensive, et finalement Vale passe outre l'avertissement de Connor et me serre dans ses bras.

— Bienvenue, ma jolie ! Putain, Connor, t'as vraiment le cul bordé de nouilles. Elle est belle, intelligente, elle n'a pas peur de nous, elle joue au poker, aime le rugby et elle arrive à te supporter.

— Cette petite mérite une médaille. Mina, s'il joue au crétin suffisant, tu nous préviens.

— Hé vous n'êtes pas censés me défendre ? s'écrie Connor. Vous êtes mes potes quand même.

Il m'extirpe des bras de Vale et me colle contre lui.

— Pas si tu fais l'imbécile avec cette petite, le préviennent-ils en chœur.

— J'y crois pas.

— Bon, on joue ? lance James qui a déjà pris place à table et mélange les cartes.

Le « ouais » est unanime.

Connor distribue les bières, dispose deux dessertes avec des plats de sandwiches, des chips, des M&M's pour les p'tits creux et c'est parti !

CHAPITRE 33

— Brelan ! Putain, je suis le meilleur.

— Quinte ! Désolée, mon grand, mais t'es un peu court.

— Et merde ! Mina... Tu call avec quatre et cinq ? Mais t'es dingue !

— Eh ! ils sont assortis et j'ai quatre fois ton stack, et regarde, j'ai bien fait parce que maintenant t'as plus rien.

Sur ce, je nettoie la table.

— Ouiiiiiiiii !

— C'est la chance du débutant, grogne Travis.

Je les ai rincés. Il est deux heures du matin et je viens de remporter la dernière main de la partie.

Trop forte !

— Connor, cette demoiselle est vraiment pleine de surprises, déclare Vale qui regarde un match, vautré dans le canapé.

— Ouais, elle cache bien son jeu, renchérit Travis qui me jette un regard faussement furibond en finissant sa bière.

Je lui adresse un sourire tandis qu'il me le rend – ouf !

Ils ont tous repris une bière. Connor s'est assis à côté de moi et me donne mes gains, hilare. James console Travis en riant et vient m'ébouriffer les cheveux.

— Bien joué, ma puce ! Il me tarde de te voir face à la méchante Deirdre, déclare-t-il en tendant une nouvelle bouteille à Vale.

— Qu'est-ce que tu veux dire ? je demande, surprise qu'il ramène le sujet Deirdre sur le tapis.

— Tout simplement, je crois qu'elle t'a sous-estimée et qu'elle n'a pas intérêt à s'en prendre à toi encore une fois... Elle risque de le regretter.

— Tu dis n'importe quoi.

— Pourquoi ? Qu'est-ce qui se passe avec Deirdre ?

— Oh, mais c'est vrai que M. Vale a eu une aventure avec elle... reprend James en fixant son ami qui fait la grimace.

Alors là ! Je regarde Connor, étonnée. Il confirme d'un hochement de tête. Mon sosie d'Albator a eu une liaison avec Cruella ? J'y crois pas ! Je pensais qu'il avait meilleur goût que ça.

Je viens de passer la soirée avec quatre mecs totalement canon et très différents les uns des autres.

Connor est Connor, droit, intelligent, incisif et amoureux. James semble préoccupé. Il sourit, il plaisante mais je sais que quelque chose le tourmente et j'aimerais vraiment qu'il me fasse assez confiance pour m'en parler. Il m'a aidée, il me considère comme sa petite sœur et je l'adopte sans problème. Il a fait plus pour moi en quelques jours que mes propres frangines en une vie.

Vale est charmeur. Connor m'a confié qu'il est mécanicien et qu'il a son propre atelier où il répare les bécanes, qu'il aime la fête, les filles et les bécanes. Il n'a pas arrêté de me faire du baratin toute la soirée. Je ne sais pas s'il essayait de me déstabiliser ou de faire enrager Connor. Je retiens plutôt la seconde option. Malgré ses yeux doux, ses petits mots grivois et ses compliments, je l'ai sorti en deux heures chrono.

Et puis il y a Travis. Il est très sympa mais semble toujours sur la défensive, comme s'il craignait quelque chose. Je l'apprécie beaucoup, j'aime son côté déménageur dont il use sans retenue dans son boulot de videur. Je dirais que c'est un gros nounours mais je garde cette image pour moi.

— Quand vous en parlez on dirait que ça a duré des lustres entre nous, reprend Vale qui s'extrait du canapé.

Il est un peu parti mais ça ne l'empêche pas de prendre une nouvelle bière.

— On n'est sortis ensemble qu'un mois et je peux vous assurer que c'était largement suffisant.

— Pourquoi ? je demande.

— Parce qu'elle est barge !

— T'en avais jamais parlé, remarque Connor.

— Ouais… fait Vale, pensif. J'aurais peut-être dû… Elle avait le béguin pour toi à l'époque.

— Hein ?

Connor a l'air sidéré.

— Je ne déconne pas. Elle n'arrêtait pas de parler de toi. « Connor par-ci, Connor par-là », « Connor fait ci, Connor fait ça »… Elle ne m'a jamais dit ouvertement qu'elle en pinçait pour toi, mais c'était flagrant.

— Elle ne me l'a jamais montré… Elle n'a jamais rien dit.

— Je sais pas… Je te l'ai dit, cette gonzesse est complètement barrée.

— Ça expliquerait qu'elle s'en soit prise à toi, ma puce.

— Putain, qu'est-ce qu'elle a fait ? s'étrangle presque Travis.

Connor me regarde comme s'il attendait mon consentement. J'acquiesce. Il peut leur dire. Après tout c'est ses potes et ça ne me gêne pas. J'ai confiance en James et j'ai le sentiment, vu la réaction de Travis, que je me suis attaché deux nouveaux chevaliers servants.

— Elle a insulté Mina. Elle a bien failli nous séparer et a fini par l'empêcher de présenter son projet en ne la prévenant pas que l'heure de la réunion avait été avancée, du coup, Mina est pénalisée pour son diplôme. Je ne sais pas ce qui lui prend mais, au vu de ce que tu viens de dire, elle est peut-être jalouse.

Ils émettent tous une théorie différente. Jalousie, pour Connor et Vale. Travis grogne que quoi qu'elle fasse, elle ne l'emportera pas au paradis. Mais je suis plus de l'avis de James. Je ne suis pas certaine que la jalousie soit la seule cause de tout ça. La première fois qu'elle m'a vue je ne sortais pas encore avec Connor, et elle m'a insultée quand même.

C'est clair, il y a autre chose mais je n'arrive pas à mettre le doigt dessus, ça m'échappe totalement.

— Tu l'as revue depuis que vous vous êtes séparés ? se renseigne James.

— Oh là là ! Non ! On n'est pas restés en très bons termes. Elle m'a accusé de l'avoir trompée.

— Et ce n'était pas vrai ?

— Si, mais là n'est pas la question. Elle a pété les plombs. Elle m'a accusé d'être comme les autres, de lui raconter des bobards. Elle s'en est prise à la Terre entière, et je me suis barré.

— Elle t'a foutu les jetons ?

— Ben, c'était pas joli à voir, elle était complètement hystérique... C'était même un peu extrême. J'ai préféré arrêter là.

— T'aurais dû nous en parler, lui reproche Travis.

— Eh bien, je le fais, là.

— Ouais, t'as mis le temps !

— Je ne pensais pas que ça vous intéresserait autant, s'excuse-t-il avant d'aller reprendre sa place sur le canapé.

— Faudra bien qu'elle s'y fasse, conclut Connor, qui a lui aussi ouvert une nouvelle bière.

Je remarque que je suis la seule à ne pas avoir bu alors que les cadavres de bouteilles jonchent le bar. Il y en a vraiment beaucoup. Les garçons ont les yeux brillants et la bouche un peu pâteuse. Je décide de les laisser. Je suis encore bien décidée à me lever dans trois heures pour aller bosser, quoi qu'en dise mon patron.

Je me lève donc, embrasse Connor puis annonce que je vais me coucher.

— Hé ! Nous aussi on a droit à un baiser ! se plaint James.

— Ouais ! Tu me dois au moins ça, rajoute Travis.

— Viens me rejoindre sur le canapé, ma belle.

— Foutez-lui la paix ! fulmine Connor, prêt à m'escorter jusqu'à la porte de la chambre.

Je glousse.

Trop de testostérone pour ce soir mais je ne laisse pas mes nouveaux amis en reste malgré la garde rapprochée de mon homme.

Je fais le tour de la table et je dépose un baiser sur la joue de Travis qui me le rend avec un sourire doux.

— Tu ne m'en veux pas trop ? je lui demande.

— Bien sûr que non. J'aurai ma revanche. Bien joué, ma belle, dors bien.

Sa réserve a fondu. L'alcool y est sûrement pour quelque chose, mais je sais que c'est un mec bien et je l'embrasse à nouveau.

Je salue ensuite James, qui me serre fort contre lui malgré les grognements de Connor.

— Ça va, James ? je lui demande discrètement.

— Je peux t'appeler un de ces quatre ?

— Avec grand plaisir, je réponds, flattée qu'il m'estime assez pour me confier ce qui le tourmente.

Il ne me reste plus que Vale.

Il ne bouge pas d'un poil et je dois me baisser pour déposer un baiser sur sa joue.

C'est vraiment lui le plus bourré. Il s'esclaffe et me tire à lui. Je suis appuyée contre son torse tout aussi sculptural que celui de Connor en me retenant au dossier.

Je suis surprise car je ne ressens rien, aucune étincelle, aucun petit frisson d'excitation. Il est beau, certes, il m'enlace étroitement mais il ne me fait aucun effet. Il le sait très bien, mais c'est si drôle de faire tourner Connor en bourrique.

— Fous-lui la paix, Vale, lâche Travis qui doit avoir peur, l'alcool aidant, que Connor pète vraiment les plombs.

— T'occupe, ma puce, murmure Vale dont le regard marron a accroché le mien. Je suis heureux que Connor ait trouvé une fille comme toi. Je ne l'ai jamais vu aussi heureux, mais méfie-toi de Deirdre, ma belle… Je crois vraiment qu'elle est capable du pire.

— T'exagères pas un peu, Vale ? T'inquiète, je resterai sur mes gardes.

— Connor a mis nos numéros dans ton portable, si tu as le moindre problème tu appelles, promis ?

Je suis trop émue pour répondre et je pose ma tête sur son épaule pour un gros câlin.

— Oh ! C'est bon, Mina ! se récrie Connor qui m'aide à quitter les bras d'un Vale hilare et bourré.

— T'es vraiment jaloux, mec, pouffe Vale qui fait semblant de me laisser partir à regret. Bonne nuit, ma belle Mina, me lance-t-il, tel Roméo à sa Juliette.

J'éclate de rire alors que Connor me pousse vers la chambre.

— Tu veux que je reste avec toi ? me demande-t-il.

— Non, retourne auprès de tes amis et finissez bien. Je t'aime.

— Je t'aime…

Je referme la porte derrière moi. Je les ai envahis trop longtemps et je crois qu'ils ont besoin de se retrouver entre mecs.

CHAPITRE 34

Mon réveil sonne à six heures et j'ai l'impression de ne pas avoir dormi. Je suis éreintée mais je n'aurais manqué la soirée poker pour tout le sommeil du monde. J'ai vraiment passé un excellent moment avec les garçons. Je suis assez fière d'être la première à entrer dans leur petit cercle fermé. J'ai été acceptée et intronisée, et je les aime déjà tous très fort, si différents qu'ils soient les uns des autres.

Connor dort encore. Il grogne mais je ne le réveille pas. Il est venu se coucher il y a à peine une heure et il ne sera pas opérationnel avant un bon moment.

Je pourrais le regarder dormir jusqu'à ce qu'il se réveille ; il est si beau. Il est couché sur le ventre et la couette ne couvre que ses fesses, laissant son dos musclé et ses cuisses puissantes à découvert. J'ai une folle envie de le toucher mais je me secoue. Je me contente de déposer un baiser léger sur sa joue râpeuse et je file prendre une douche.

L'eau me fait du bien mais je suis encore un peu vaseuse quand je sors de la salle de bains.

Je souris en entendant des ronflements émaner de la chambre d'amis. J'en connais qui vont avoir la gueule de bois au réveil mais avec le nombre de bières qu'ils ont ingurgitées je ne vois pas comment ça pourrait être autrement.

En attendant, c'est de café dont j'ai besoin... En perfusion par exemple, comme ça je pourrais la traîner avec moi et m'en injecter toute la matinée.

Je suis surprise d'en sentir l'odeur en pénétrant dans la pièce principale.

Elle est nickel… Les mecs ont tout rangé avant d'aller au lit. C'est impressionnant, surtout dans l'état où ils devaient être.

James est là, assis dans le canapé devant les infos du matin, un mug en main.

— Tu veux un café ? me propose-t-il.

— Oui, mais ne bouge pas, je vais me servir.

— Je t'emmène au boulot ?

— Tu ne veux pas te reposer un peu ? Tu n'as pas dormi ?

— Non.

Je me sers et vient m'asseoir à côté de lui. Il a les yeux cernés et n'a pas l'air en forme, même si son sourire de façade tente de me persuader du contraire.

— Qu'est-ce qui ne va pas ? je demande.

Il ne dit rien. Pendant un moment, je crains qu'il ne réponde jamais.

— J'ai rencontré quelqu'un, lâche-t-il enfin.

Oh !

— Je crois qu'à part toi, c'est la seule fille qui me donne l'impression d'être… unique.

Je suis flattée et je me dis que, si Connor n'avait pas fait irruption dans ma vie, c'est peut-être dans ses bras que j'aurais vécu ma première fois.

Je rougis mais il ne le voit pas, trop absorbé par ses pensées. J'aimerais connaître celle qui a réussi à mettre mon ami dans cet état. Il semble un peu paumé.

— On ne s'est vus que deux fois. Je ne sais rien d'elle. Je sais seulement que je l'attire, mais elle reste si réservée.

— Laisse-lui un peu de temps. Je ne sais pas pourquoi elle hésite à se livrer, mais elle a sûrement ses raisons.

— Je n'ai pas l'habitude de ce genre de situation.

— Tu as plutôt l'habitude qu'on te tombe dans les bras, j'essaie de plaisanter.

— Avant oui... Mais depuis un certain temps, il semble que je perde la main.

— J'avais déjà rencontré Connor, je le rassure. Si je t'avais rencontré en premier...

— Tu aurais craqué ? me demande-t-il, pas très sûr de lui.

— Comment peux-tu en douter ?

— J'ai envié Connor.

Je rougis.

— Et je l'ai rencontrée...

— Elle doit être très spéciale pour te mettre dans cet état.

— Tu n'imagines même pas à quel point.

Il a retrouvé le sourire et ses yeux pétillent. J'espère sincèrement qu'il arrivera à ses fins.

— Merci de me faire assez confiance pour partager ça avec moi.

— Tu veux bien être ma frangine ? J'en ai déjà une, mais deux c'est mieux.

— Une sur chaque continent ?

— Ouais, c'est un peu ça, pouffe-t-il.

— Plutôt deux fois qu'une, beau gosse.

J'ai droit à un énorme bisou qui aurait fait bondir Connor.

— Au fait tu as déjà vu les photos ?

— Quelles photos ? je m'inquiète.

— Celles prises pendant le repas avec ta famille.

— Oh celles-là ! Non, je réponds en rigolant, mais il me tarde.

— La tête qu'elles ont dû faire quand Connor t'a demandée en mariage, s'esclaffe-t-il.

— Tu savais ?

Bon Dieu, mais il l'a dit à la Terre entière !

— Il n'aurait jamais dû faire ça, je m'énerve.

— Pourquoi ? me demande James, vraiment surpris.

— Mais parce qu'il l'a fait seulement pour leur clouer le bec.

— Oh, Mina… J'espère que tu ne crois pas ça ?

— C'est n'importe quoi ! On ne peut pas décider d'épouser quelqu'un après si peu de temps. Il le regrettera, c'est sûr !

— Ma puce… Connor a toujours été le plus réfléchi de nous quatre, et je te jure que s'il a dit qu'il voulait t'épouser, c'est qu'il envisage vraiment de le faire.

— Mouais…

Je suis peut-être bornée, et même si c'est un de ses meilleurs amis qui l'affirme, je ne suis toujours pas convaincue.

James me dépose au bureau avec quelques minutes de retard, et je regrette vraiment de ne pas être restée couchée.

Je suis à dix pour cent de mes capacités, je me traîne. Justine est déjà dans le bureau et se moque gentiment de ma tête qui affiche que je n'ai pas assez dormi.

Elle me briefe sur l'avancement de notre travail. Elle a bossé sur les dernières idées que je lui ai données.

— C'est bien meilleur, me dit-elle.

— Ouais, je réponds, laconique. Dommage que ça ne serve à rien.

— Arrête ! Ce projet est génial, et je peux t'assurer qu'il aurait plu à Fossbury.

— Peut-être mais on ne le saura jamais.

— Qu'est-ce qu'on fait de la première version ? me demande-t-elle.

— À la poubelle !

— T'es sûre ?

— Non, mais c'est certain que Deirdre en a eu vent, et de toute façon elle n'a plus grand-chose à voir avec la nouvelle, alors remise-la.

— OK. Au fait, elle est de retour.

— Super !

— Elle a réquisitionné tout le monde pour finir sa présentation.

— Sauf toi et moi.

— Ouais, et Sylvain et Tommy aussi sont sur la touche. Ils bossent sur un petit projet que leur a refilé Fraser.

— Prions pour que je ne la croise pas jusqu'à midi.

Et les dieux semblent avec moi…

Connor vient de m'appeler, il m'attend au restaurant pour déjeuner avant de revenir avec moi au boulot.

Il me manque, et il me tarde de le retrouver.

En attendant midi, on peaufine donc ce nouveau projet inutile. J'en suis très contente. Il colle point par point au cahier des charges du client et j'enrage qu'il reste dans les cartons.

Mais enfin, je peux quitter les bureaux et rejoindre Connor.

L'Owen est au bout de la rue et il est fréquenté par ceux qui bossent aux alentours. Je n'y suis allée que quelques fois, on y mange bien mais c'est un peu cher pour ma bourse, alors je me contente souvent d'une salade ou d'un sandwich, quand je n'apporte pas carrément mon repas.

Mon super patron amant m'attend et me sourit tendrement quand je le rejoins.

Il rapproche sa chaise de la mienne et se colle contre moi pour me donner un baiser langoureux qui me fait frémir, comme chaque fois.

— Tu dois être crevée, ma puce, murmure-t-il.

Oui, d'accord, mais vu sa tête, je ne suis pas la seule.

— Vale et Travis sont partis ?

— Ouais, tout à l'heure, et ils t'embrassent. Tu as vu James ?

— Il m'a amenée au bureau, je crois qu'il avait un rendez-vous assez tôt, il n'a pas dormi.

— Il semblait préoccupé, s'inquiète Connor.

— Oui, je crois qu'il y a une femme là-dessous, je lâche du bout des lèvres.

— Tant que ce n'est pas la mienne, remarque-t-il sérieusement.

Je glousse. Je sais que Connor s'en fait vraiment pour son ami mais ce n'est pas à moi de lui raconter ce que James m'a confié. Il m'a fait confiance et s'il veut que Connor, Vale et Travis sachent ce qui ce passe, c'est à lui de le leur dire.

— Merci de m'avoir fait partager votre soirée, je lui dis en déposant un baiser sur sa joue fraîchement rasée.

— Ouais, c'était une expérience très intéressante.

— Ils m'aiment bien, tu crois ?

— Non…

— Ah !

Ben merde alors…

— Tu veux dire qu'ils t'aiment trop…

Ouf ! Je respire…

— Ils m'aiment parce qu'ils t'aiment alors, je rétorque vivement.

— T'as été géniale, ma puce. Je pensais que tu allais te sauver en courant quand Vale et Travis ont décidé de te faire passer sur le gril.

— Eh ! C'était inédit pour eux aussi… La première fille à entrer dans votre petit cercle de virilité. ils avaient le droit d'être un peu méfiants.

— Je suppose mais il va quand même falloir que je mette quelques limites.

— Ah oui, lesquelles ? je le taquine, sachant très bien où il veut en venir.

— J'ai rien à dire sur Travis mais je te jure que si James ou Vale continuent à te tripoter comme ils l'ont fait hier soir, je les pulvérise.

J'éclate de rire. Je ne peux pas m'en empêcher.

— T'es trop jaloux, mon cœur, ils voulaient juste t'asticoter. Attends qu'ils ramènent une nana à nos parties et là, tu pourras te venger.

— Carrément…

Il me regarde ardemment.

— J'aime quand tu dis « nos ».

— Oui, moi aussi.

— Ça veut dire que pour le mariage… tente-t-il.

— Chut !!! Tu vas me couper l'appétit.

Il va répondre mais nous sommes interrompus. Nous étions tellement focalisés sur nous que nous ne les avons pas vues venir.

Et merde !

— Connor… Mina, que faites-vous là ? demande Deirdre, plutôt étonnée alors qu'elle découvre nos doigts enlacés sur la table.

Elle est devant nous, en tailleur, un chignon parfait sur la nuque. Si elle était malade en début de semaine, elle n'en a plus l'air. Elle a retrouvé toute sa férocité. Bettina se tient derrière elle et essaie de s'approcher de notre table mais Deirdre l'en empêche.

— Nous déjeunons, répond Connor, calmement.

J'essaie de retirer ma main de la sienne. Je ne veux pas m'afficher devant cette nana. Elle a déjà essayé de nous séparer une fois et pas question qu'elle se serve de nos sentiments pour nous faire souffrir. Malheureusement, Connor n'est pas de mon avis et retient ma main fermement.

— Tu n'es pas venu travailler ce matin, reproche-t-elle.

— Non, en effet.

— Oh ! Mais c'était ta soirée poker ?

— Effectivement.

— Et tu as gagné ! dit-elle d'un air entendu.

— Non, pas cette fois… C'est Mina qui nous a tous sortis, elle a été impressionnante.

Il me lance un regard admiratif et je rougis. Je vous jure que ça m'agace d'afficher devant ces deux blondasses combien chacun de ses mots, de ses gestes envers moi, me met dans tous mes états. Mais je ne peux rien y faire, c'est toujours comme ça entre nous. Électrique…

— Mina ? s'écrie Bettina qui a enfin réussi à se faufiler à côté de sa voisine. Mais je croyais que ces soirées étaient réservées aux mecs. Tu n'as jamais voulu m'y emmener, braille-t-elle à l'adresse de Connor.

Vu sa tête, Deirdre est aussi au courant de la règle en vigueur entre les garçons, et le regard qu'elle me lance me le confirme. Il est haineux et je ne peux pas m'empêcher de frémir.

— Oui, mais les filles qui comptent y sont acceptées, balance Connor, tranchant.

— Mais qu'est-ce que tu racontes ? s'insurge Bettina dont la voix part dans les aigus.

— Mina et moi sommes ensemble.

— Tu plaisantes ! s'écrie encore l'ex-maîtresse de mon petit ami. Depuis quand ?

— Près d'un mois.

Puis, se tournant vers Deirdre, Bettina se met à hurler :

— Tu le savais !

— Bettina, tais-toi, grogne Deirdre.

— « Tais-toi » ? répète-t-elle, hargneuse. Mais tu ne manques pas de toupet ! Tu me demandes de me taire alors que tu m'as roulée dans la farine depuis le début.

— Va m'attendre dehors, je vais t'expliquer.

— Tu ne vas rien m'expliquer du tout. Tu t'es servie de moi, et je te jure que tu vas le regretter. D'ailleurs, vous allez tous le regretter ! crie Bettina qui fait demi-tour avant de se diriger vers la sortie.

Deirdre n'y fait même pas attention tant elle est concentrée sur moi.

— Alors tu as eu ce que tu voulais, me crache-t-elle au visage.

— Je ne vois pas de quoi vous voulez parler, je réponds.

— Fraser est au courant ?

Elle s'est tournée vers Connor.

— De quoi ? demande celui-ci.

— De ça… répond-elle en montrant nos mains jointes.

— Oui… Tout le monde est au courant. Toi aussi, n'est-ce pas ? Et ce depuis le début, je me trompe ?

Elle ne répond pas…

— Comment ? Tu nous as fait surveiller ?

Toujours pas un mot.

— Alors c'est Mina que tu as fait surveiller, suppose Connor en la toisant durement.

— Tu dis n'importe quoi, mon pauvre Connor, s'esclaffe-t-elle.

Ça sonne faux et Connor, comme moi, n'est pas dupe.

— Je ne sais pas à quoi tu joues, Deirdre, mais si tes actes nuisent à Mina ou à l'agence, je te jure que tu auras des comptes à nous rendre, que tu sois associée ou non.

— Je n'ai rien à te dire et aucun compte à vous rendre et surtout pas à elle, conclut-elle en me désignant d'une main dédaigneuse.

Elle pince les lèvres, livide. Son regard flamboie. J'avoue qu'elle me fait flipper. Je repense à ce que nous a confié Vale. « Elle est dingue… totalement barrée… »

Sans un mot de plus, elle tourne les talons et sort à son tour.

Connor et moi, nous nous taisons. Je finis par rompre le silence :

— C'était quoi ce sketch entre Bettina et Deirdre ?

— Je n'en sais absolument rien, conclut Connor, sombre. Mais je te jure que je vais découvrir ce qu'elles mijotent.

CHAPITRE 35

La fin de semaine se déroule sans autre anicroche.

Deirdre m'ignore, elle a l'air préoccupée, mais j'ai d'autres chats à fouetter. Justine et moi avons mis un point final au projet Fossbury. On a organisé mes idées, on a mis en ordre mes divers papiers mais on n'a rien finalisé sur ordi. Trop de boulot pour rien.

Je n'ai plus que trois semaines à passer ici et Justine m'a proposé de travailler avec elle sur un projet pour une nouvelle gamme de produits bio.

J'ai accepté. On a consacré une bonne partie de notre vendredi à échanger des idées pour se mettre au travail dès lundi. C'est un dossier moins important que le contrat Fossbury mais on a bien rigolé. Il faut mettre des fruits et des légumes moches en valeur, et je crois qu'on tient une piste.

Connor arrive alors que je griffonne quelques idées de slogans sur un de mes nombreux carnets. Il m'embrasse dans le cou et je frissonne immédiatement, ce qu'il ne manque pas de remarquer.

— On bouge, mon cœur ?

— Laisse-moi encore quelques minutes, s'il te plaît.

— Mina, il est dix-neuf heures, c'est le week-end !

— S'il te plaît, je répète.

— Non ! Si tu ne viens pas, je te hisse sur mon épaule et je t'enlève.

Je pouffe et repose mon stylo. Je cède, sinon il est bien capable de mettre sa menace à exécution et de se faire un tour de rein.

Mon sac va exploser. Il est vieux et mes notes commencent à prendre un volume considérable.

Connor secoue la tête et s'empare de ma sacoche pour la coincer sous son bras.

— T'es super pressé ce soir, je lui fais remarquer quand il saisit ma main pour me traîner derrière lui.

— J'ai une surprise, et on est déjà en retard.

— Tu as trop envie de moi, c'est ça ?

Il sourit mais secoue la tête. Je suis un peu déçue.

— Non, ma chérie, la surprise d'abord…

Ouf ! Qu'est-ce qu'il a bien pu mijoter, alors ?

Direction son appartement.

Je le harcèle de questions durant tout le trajet, mais il reste muet, se contentant de me sourire d'un air malicieux.

Alors je boude et il éclate de rire.

Il me prend par la taille et m'entraîne dans l'ascenseur où il se montre enjôleur. Une ascension de cinq étages pendant laquelle il m'embrasse et me caresse.

Quand on arrive devant sa porte, je suis rouge, j'ai chaud, je suis terriblement excitée, j'ai le souffle court mais je ne boude plus.

J'ai à peine le temps de reprendre mes esprits.

La porte s'ouvre et ce que je découvre m'arrache des cris hystériques. Je me rue à l'intérieur du grand salon sous le regard amusé de Connor et je me jette dans les bras de mes amis.

On s'embrasse, on s'étreint. Ça fait une semaine qu'on ne s'est pas vus et ils m'ont beaucoup manqué. Je les ai eus au téléphone, on s'est envoyé un million de SMS, comme d'habitude, mais les cachottiers se sont bien gardés de me dire qu'ils venaient ici ce soir.

— Il nous a appelés ce matin, me confie Vivianne alors que les garçons ont décidé de boire une bière. Il nous a dit que tu avais quelque chose à partager avec nous.

Qu'est-ce que je dois partager avec eux ?

Oh merde !

Il ne m'a pas fait ça ?

Après ma famille et les mecs, Connor va vouloir annoncer nos fiançailles à mes amis... C'est pour ça qu'il les a fait venir ce soir ?

— Qu'est-ce qu'il y a, ma puce ? s'inquiète Vivianne.

— Rien... Simplement je ne savais pas que j'avais quelque chose à partager avec vous.

Vivianne fronce les sourcils et je me rends compte du côté blessant de ma réponse.

— Je reprends... Je suis super contente que vous soyez là, mais je ne sais pas pourquoi Connor vous a invités – à part pour me faire plaisir.

Vivianne rit de mon malaise.

— Je crois qu'on va le découvrir.

Connor revient avec un verre de vin blanc pour chacune et nous invite à nous asseoir.

Mais qu'est-ce qu'il fait ?

Paolo, Tristan et John nous rejoignent et prennent place à côté de Vivianne sur le canapé. Moi, j'ai opté pour le fauteuil.

Connor sort un CD d'une boîte et le glisse dans le lecteur avant d'allumer l'immense télé. Il vient me rejoindre, télécommande en main, et s'installe sur l'accoudoir.

— Vous êtes prêts ? lance-t-il.

Il appuie sur « play » et je comprends.

— Bon. Je suppose que Mina vous a parlé de notre petit dîner en famille... Eh bien j'ai voulu en immortaliser tous les instants.

Les photos défilent et montrent tout, les visages de ma mère, de mes sœurs et de leurs chevaliers servants.

Connor montre les clichés du repas alors que mes amis commentent copieusement chaque image.

— Putain, Connor, t'es trop fort ! s'exclame Tristan.

— Ouais, c'était une idée absolument exceptionnelle ! renchérit Paolo.

— C'est Mina qui l'a eue. Je l'ai juste mise en œuvre.

— Bien joué, ma grande, lâche John.

Vivianne est trop occupée à épingler les femmes de ma famille pour participer à ce petit aparté. Elle critique absolument tout. Leur coiffure, leur maquillage et leur tenue qu'elle juge totalement banale et sans intérêt.

Paolo, lui, égratigne Martin et Vittorio, mais tout le monde est unanime : c'est un joli pied de nez à tout ce que ma famille m'a fait subir.

Je ne vous cache pas que je ne suis plus sûre de trouver l'idée super. Je n'arrive pas à me réjouir, ce que Connor remarque aussitôt.

Il me caresse la joue, haussant un sourcil en une question muette.

Je secoue la tête, il n'y a rien…

Seulement qu'on a menti.

— Connor, recule ! s'écrie Tristan.

— Quoi ?

— Reviens en arrière.

Connor s'exécute. Il fait défiler les photos qu'on a déjà vues, et je crois que je blêmis.

— Là… Oui, celles-là ! s'écrie mon ami.

C'est bien ce que je pensais. Je sais exactement à quel moment elles ont été prises.

Les trois femmes de ma famille sont tournées vers Connor qui s'adresse à ma mère. Elles semblent choquées. Elles froncent les sourcils, ouvrent la bouche et dévisagent Connor comme s'il était devenu fou.

Je retiens mon souffle comme je le faisais à ce moment.

— Merde ! Mais qu'est-ce que tu leur disais pour qu'elles fassent cette tronche ? demande Paolo.

Je secoue la tête. Je leur ai raconté la soirée en long, en large et en travers mais je n'ai rien dit de la déclaration de Connor, et voilà qu'elle me revient en pleine face.

— Je demandais seulement à Mme Westcomb la main de sa fille.

Silence total et pesant. Mes amis restent muets. Eux aussi semblent choqués. Je crois que, comme moi, ils pensent que c'est une blague.

— Tu rigoles ! s'écrie Paolo.

Ben tiens !

— Au bout de quelques semaines seulement ? souffle Tristan. C'est pas un peu précipité ?

Vivianne a saisi la main de John. Je n'arrive pas à savoir ce qu'elle pense, alors qu'elle regarde son fiancé, d'un air entendu.

— Mina…

— Hé ma puce ?

Paolo et Tristan m'interpellent mais je reste inerte. Je ne sais plus où me mettre. Il a prétendu vouloir m'épouser et va rectifier le tir tout de suite, confirmant mes doutes : c'était seulement un moyen de faire criser ma famille. Je sais qu'il en a parlé à ses amis, mais je n'arrive pas à intégrer cette information. Pour moi, Connor est fou, il s'est laissé emporter par les événements. Il va bientôt le regretter et m'avouer qu'il s'est trompé.

Connor me regarde ainsi que mes amis. Je dois faire une sacrée tête car ils semblent choqués. Connor met un genou à terre devant moi et prend mes mains dans les siennes. Elles sont glacées.

Je secoue la tête, je suis désespérée et aucun mot n'arrive à franchir mes lèvres hermétiquement closes.

— On en a déjà parlé, ma puce, murmure-t-il.

— Qu'est-ce qu'il y a ? demande Vivianne, anxieuse. Connor ?

— Elle ne veut pas me croire, déclare-t-il avec une pointe de désespoir.

Je gémis.

Paolo s'est levé et invective Connor :

— Putain, Connor, faut que tu t'expliques... Si tu lui as encore fait du mal, je te jure...

— Non, grogne Connor. Ma puce, regarde-moi.

Mes yeux plongent dans les siens.

— Devant tes amis je te...

— Non, s'il te plaît, je l'implore.

— Chut, mon amour. Devant tes amis donc, reprend-il, je te jure que demander ta main à ta mère n'était pas une blague pour les faire chier. Je ne me serais jamais servi de ça. Je ne t'aurais jamais fait ça...

Il respire un grand coup et poursuit, gardant mes mains serrées dans les siennes et toujours sous le coup de la menace de Paolo.

— Je sais que ça ne fait que quelques semaines qu'on est ensemble, je sais que j'ai merdé mais je ne mens pas, Mina. Je t'aime comme je n'ai jamais aimé et je ne veux pas passer à côté de ça. Je veux faire ma vie avec toi, je veux vieillir à tes côtés et plus que tout je veux que tu sois la mère de mes enfants. Je te trouve magnifique, courageuse et je ne te laisserai jamais partir. Mais tu as ma parole, je ne te presserai pas, on fera les choses bien, on prendra notre temps. Seulement, je veux que tout le monde sache que tu es à moi.

Silence total !

Les larmes inondent mes joues.

Il m'a dit que ce n'était pas pour rire. Il vient de confirmer pour la troisième fois qu'il me veut pour femme, et je suis bien obligée de le croire. Non ?

Il me murmure encore « je t'aime » en passant la paume de sa main sur mes joues mouillées.

Mes amis, eux, sont scotchés. Paolo s'est rassis, Tristan écrase une larme, et Vivianne et John sourient.

— Ah ouais, carrément !

— Nom de Dieu !!!

— Oh, c'est trop beau…

— Bien joué, mec !

Qui prononce quoi, je n'en sais rien.

Il est sincère, je le vois dans ses beaux yeux gris qui brillent d'émotion contenue.

Je répète mon mantra. Je ne dois plus avoir peur, je dois lui faire confiance. Je dois enfin l'admettre pour ne plus y revenir. Je suis aimée comme personne, et Connor sera toujours là.

— Tu me crois ? demande-t-il encore, juste pour nous.

— Oui, je souffle.

— Tu es à moi ?

Je hoche la tête même si cette idée me fait encore paniquer un tout petit peu.

— Euh… ça veut dire que c'est un peu comme si vous étiez fiancés ? demande Tristan en indécrottable romantique.

— T'es d'accord ? me demande de nouveau Connor.

J'hésite encore quelques secondes et puis je souffle un « oui » timide.

James m'a affirmé que Connor est plutôt du genre réfléchi, qu'il sait toujours exactement ce qu'il fait, mais je n'arrive toujours pas à comprendre pourquoi il veut lier sa vie à la mienne après si peu de temps.

— Fais-moi confiance, je t'en prie.

— T'es fou !

— Ouais ! confirme-t-il. Je suis fou de toi ma puce et ce n'est pas près de s'arrêter.

— Et si on fêtait ça ! lance Vivianne.

— Je vais acheter ce qu'il faut, s'exclame Tristan, toujours prêt à organiser une petite sauterie.

— Pas la peine, l'interrompt Connor, il y a tout ce qu'il faut dans le frigo.

Branle-bas de combat. Les bouchons sautent, les flûtes se remplissent et tous mes amis nous portent un toast tonitruant.

Il m'a fallu tout ce temps pour réaliser que je suis fiancée depuis cette soirée au restaurant. Je suis aussi cinglée que Connor. Bizarrement, après avoir tergiversé longtemps et m'être inquiétée outre mesure, j'ai la sensation, alors que j'avale ma première gorgée de champagne, que c'est exactement ce qu'il faut faire. J'ai la chance d'épouser le plus beau mec du monde. Mon premier mec, direz-vous, mais j'ai vraiment la certitude que je ne trouverai jamais mieux que lui.

Alors oui, pour la première fois, je me sens vraiment fiancée.

RÉVÉLATIONS...

CHAPITRE 36

Cela fait deux semaines que je suis officiellement fiancée et, jusque-là, tout va bien. Pas de nouvelle crise de panique. Pas de nouveaux assauts de doutes et de questions.

Après un mois et demi d'une liaison torride avec Connor, je suis vraiment devenue une nouvelle Mina. Pour la première fois de ma vie je suis bien dans ma peau. Mes kilos en trop ne sont plus qu'un détail. Je ne me prends plus la tête, je laisse les mains de mon amant me réconcilier avec eux. Il caresse mes courbes avec tant d'amour et de dévotion que je ne voudrais pas l'en priver.

Deux preuves que je suis une nouvelle moi-même.

La première est la plus explicite, et vous devinez que Deirdre y joue le rôle principal. Connor est d'accord avec moi pour dire qu'elle sait pour lui et moi depuis le début. Ce qui implique qu'elle m'a fait surveiller. Comportement que je trouve totalement dingue et qui nous ramène toujours à la même question :

Pourquoi fait-elle tout ça ?

Connor a essayé de le découvrir mais Cruella reste campée sur ses positions. Elle n'a rien fait, simplement elle ne m'apprécie pas, d'où son comportement. Or, les choses ont évolué depuis que, accompagnée de Bettina, elle nous a découverts au restaurant, nos doigts étroitement enlacés. Elle se montre plus agressive. Elle ne perd pas une occasion pour me rabrouer et s'arrange toujours pour qu'il y ait des témoins, clients ou employés. Elle s'amuse à me rabaisser, faisant de moi une stagiaire juste bonne à lui servir de domestique (heureusement ça n'arrive pas si souvent).

Oh ! Elle est maligne, elle la joue fine. Devant Connor elle est l'indifférence même, mais dès qu'il disparaît du paysage, elle attaque, et je reste d'une zénitude exemplaire.

Je laisse couler. Il ne me reste plus que deux semaines avant mon examen, ensuite je ne serai plus obligée de la côtoyer. Je prends donc mon mal en patience et je ris de son manège pathétique.

Je ne vous cache pas que son comportement m'inquiète parfois mais je suis plus forte et j'ai quelque chose qu'elle n'a pas : un homme qui m'aime et une pléthore de chevaliers servants qui nous mettent en garde régulièrement, affirmant que cette fille est cinglée et qu'elle ne lâchera rien. Alors j'attends de voir jusqu'où elle ira, priant pour qu'il n'y ait rien de plus que ses stupides manigances.

Justine et moi lui avons quand même fait part de nos soupçons. Elle a nié, bien sûr, pourtant je me suis permis de rajouter qu'elle n'avait pas pris le bon projet, qu'elle n'avait eu que l'ancienne mouture.

Elle n'a rien dit mais maintenant elle sait que nous ne sommes pas dupes. C'est tout.

La seconde preuve de mon assurance toute neuve : j'ai enfin rencontré mes futurs beaux-parents. En même temps, je n'ai pas vraiment eu le choix puisqu'ils ont débarqué, à l'improviste, le week-end dernier.

J'ai grogné pour la forme, ce qui a hautement amusé mon fiancé. Mais ma mauvaise humeur s'est envolée dès que je me suis retrouvée dans les bras de belle-maman. Comment rester en rogne devant une telle femme et je ne parle même pas de son mari. Elizabeth et Gregor MacKinley sont des parents comme on n'en fait plus. Elizabeth est une belle femme et je sais enfin de qui Connor tient ses magnifiques yeux gris. Nous sommes aussi grandes l'une que l'autre et elle aussi est tout en rondeurs. Des formes harmonieuses, maternelles, douces contre lesquelles on a envie de se blottir. D'ailleurs Gregor ne s'en prive pas ainsi que son fils qui n'hésite pas à la prendre par le cou pour déposer des baisers sur sa joue qui rosit de plaisir chaque fois. Je trouve ça touchant. Un grand garçon comme lui n'ayant pas peur de montrer son amour pour sa mère. J'aime ça. J'aime qu'il soit démonstratif, sans trop en faire (sauf quand il défend son territoire face aux garçons, tel un homme des cavernes).

Si Connor tient de sa mère, il ne peut pas renier sa ressemblance avec son père dont il a la carrure et les cheveux foncés. Gregor MacKinley est pudique et plus réservé que sa femme. Son étreinte a été chaleureuse mais tout en retenue.

Le père et le fils, installés dans le salon un verre à la main, nous ont laissées, Elizabeth et moi, seules dans la petite cuisine. Je suis aux fourneaux et la mère de Connor m'a proposé son aide que je n'ai pas pu refuser, même si je suis intimidée.

Heureusement, cette femme simple et généreuse m'a tout de suite mise à l'aise.

Alors que je préparais l'appareil pour ma tarte aux légumes et qu'elle s'occupait de laver la salade, elle m'a remerciée.

— De quoi ? lui ai-je demandé.

— De rendre mon garçon heureux, m'a-t-elle simplement confié. Il nous a tellement parlé de vous. Je vous imaginais exactement comme vous êtes. Vous êtes magnifique.

— Merci beaucoup.

En quelques mots, elle m'a donné son consentement, mais elle ne s'est pas arrêtée là.

— Connor nous a dit pour le mariage…

— Oh !

J'ai pensé, sur le moment, qu'elle allait protester, me dire que c'était trop précipité, qu'il fallait qu'on attende… Mais rien n'est venu.

Je me suis tournée vers Elizabeth. Ses épaules tremblaient ; elle pleurait, en silence.

Je me suis approchée et j'ai passé un bras autour de ses épaules.

— Je suis désolée, Elizabeth, je crois que Connor s'est un peu emballé. Mais ce n'est pas pour tout de suite, vous savez, on attendra le temps qu'il faudra.

— Oh non ! s'est-elle exclamée.

Pour le coup, je ne comprenais plus rien.

Elle s'est tournée vers moi et a pris mes mains dans les siennes.

— Oh non, Mina… Ne croyez pas que je m'oppose à votre union. Bien au contraire. Je suis tellement heureuse… Seulement… avec le bébé, notre premier petit-fils, et votre mariage, je me rends compte que mes garçons fondent à leur tour leur famille. J'ai deux belles-filles charmantes, attentionnées, et je vois mes fils contents et, croyez-moi, c'est la plus belle chose qui pouvait nous arriver, à Gregor et moi.

Pour le coup, c'était à mon tour de pleurer.

On s'est regardées, nos joues inondées de larmes de crocodile, et on s'est mises à pouffer.

— Oh ! Je suis une vieille folle et voilà qu'on se lamente alors qu'on devrait sabrer le champagne. C'est tout moi, ça !

La soirée a été un enchantement.

On a vidé deux bouteilles de Dom Pérignon et on a beaucoup ri. Elizabeth était pompette, et moi aussi d'ailleurs, ce qui a beaucoup amusé Connor et son père.

J'ai essayé de ne pas dire trop de bêtises, et c'est Elizabeth qui a pris la relève.

— Je suis surprise, Connor ! s'est-elle écriée alors qu'elle finissait sa troisième flûte.

Amusés et un peu inquiets, on l'a tous regardée.

— De quoi, maman ? a demandé Connor.

— Que tu aies aussi bon goût en matière de femmes. Je croyais que tu allais nous ramener une blonde peroxydée avec un QI de chihuahua.

Je n'ai pas pu me retenir et j'ai éclaté de rire.

— Maman ! a gémi Connor, un peu embarrassé.

— Ne fais pas ton ronchon… Je suis très contente que notre Mina entre dans la famille. Tu t'imagines si ma future bru avait ressemblé à cette Deirdre. Ça me fait froid dans le dos !

Là non plus je n'ai pas pu me retenir. Et, champagne aidant, je me suis précipitée sur Elizabeth pour la serrer très fort dans mes bras.

— Oh Mina !

Elle m'a écrasée sur sa vaste poitrine et m'a gratifiée d'un gros baiser.

— J'aime pas cette Deirdre, m'a-t-elle confié, et je ne veux plus la revoir chez nous avec ses airs de sainte nitouche.

— On a compris, maman !!!

J'ai regagné ma place et la soirée a continué sur le même ton. Et je vous jure que les oreilles de toutes les bombes de la terre ont dû siffler, ce soir-là.

Hormis à l'agence, tous ceux qui nous connaissent savent que Connor et moi allons nous marier. Et devinez quoi ? Je suis la seule à encore trouver ça bizarre et trop soudain.

Mais je m'améliore… Mon docteur personnel me fait suivre un traitement approprié et il fait tout pour que je ne rechute pas.

La vie est facile avec Connor et j'en apprécie chaque minute – et oui, je suis bien fiancée. Il ne me manque plus que la bague mais il n'a pas encore trouvé celle qui conviendra. J'ai beau lui affirmer que ça ne presse pas, il cherche toujours.

CHAPITRE 37

J'ai vingt-quatre ans !

Connor m'a souhaité un bon anniversaire ce matin, dès que j'ai ouvert les yeux, avant de me faire l'amour comme nous ne l'avons jamais fait. Étrangement je n'ai aucune nouvelle des garçons. Pourtant, ce n'est pas dans leurs habitudes d'oublier ce jour. En temps normal, je croule sous leurs SMS dès mon réveil. Mais là… rien.

J'espère qu'ils ne pensent pas que je préfère le fêter seule avec Connor. Ça craint…

— Qu'est-ce qu'il y a, ma puce ? me demande ce dernier alors que je vérifie mon téléphone pour la millième fois.

— Les garçons ne m'ont donné aucun signe de vie, je réponds, désolée.

— Ils ont peut-être oublié.

— Non ! D'habitude, ils sont les premiers à me souhaiter un bon anniversaire.

— Tu as essayé de les appeler ?

— Oui, mais ils sont aux abonnés absents.

— Tu ressaieras plus tard et, si tu n'arrives toujours pas à les joindre, on ira chez eux.

— OK !

C'est la première fois depuis trois ans que les garçons et moi, on n'organise rien. Les années précédentes, on passait la journée ensemble, on se payait un bon resto, un après-midi farniente et une soirée bien arrosée, et là, rien !

Le silence radio se poursuit jusqu'en fin de journée. On a même frappé à leur porte, il n'y avait personne. Idem chez Vivianne.

Connor fait tout pour me redonner le sourire mais je suis triste que mes amis n'aient pas eu une petite pensée pour moi en ce jour.

— T'es prête ?

Connor m'emmène dîner...

Il m'a proposé de passer au MacKintosh pour essayer de voir Paolo. Il va m'entendre. J'étais triste, maintenant je suis en colère et mon emportement amuse beaucoup mon fiancé, qui ne perd rien pour attendre.

Je suis d'une humeur de dogue. Ce n'est pas parce que j'ai un petit ami que je n'ai plus besoin de mes meilleurs amis. Ils devraient le savoir.

Il a fallu que je rencontre Paolo et Tristan pour que je souffle mes premières bougies. Chez la famille Westcomb, hors de question de fêter les anniversaires. Pourquoi ? Parce que ça signifie qu'on a un an de plus, et qu'on se rapproche inexorablement de la décrépitude physique, contre laquelle toutes les chirurgies esthétiques du monde ne peuvent rien.

Ces deux imbéciles sont au courant que leur présence à mes côtés en ce jour est indispensable, même si Connor a été là toute la journée, me comblant de multiples attentions.

Il m'a gâtée...

N'ayant toujours pas trouvé la bague adéquate, il s'est rabattu sur un bracelet de style art nouveau, absolument fabuleux. D'ailleurs je le porte au poignet pour notre dîner. Si je n'étais pas aussi obnubilée par l'absence de Paolo et Tristan, cette journée aurait été absolument parfaite.

Et si mes amis pensaient que je n'ai plus besoin d'eux ? Que la présence de Connor les rendait superflus ?

Connor se gare sur le petit parking derrière le pub. Puis nous gagnons la ruelle où nous avons parlé ensemble pour la première fois. Son regard montre qu'il pense à la même chose que moi.

— Tu sais quoi ? Ce soir-là, j'aurais dû te plaquer contre le mur et te coller un mégabaiser, me lance-t-il. Ça m'aurait évité d'attendre toute une semaine en souffrant le martyre.

— C'est moi qui ai souffert, espèce d'enquiquineur. Je ne savais pas ce que tu voulais vraiment et tu n'arrêtais pas de m'asticoter.

— Que voulais-tu que je fasse ? Tu étais persuadée que tu n'étais pas une fille pour moi. Je ne savais plus quoi inventer.

— Dis plutôt que tu n'as pas l'habitude qu'on repousse tes avances.

— T'es une coriace.

— Et toi un acharné…

— J'avoue, mais t'es quand même la femme de ma vie. Si tu n'avais pas résisté un tout petit peu…

— Quoi ? J'aurais été moins intéressante à tes yeux ?

Il réfléchit un instant puis me prend dans ses bras.

— Non… Je voulais vraiment t'embrasser et je crois que j'aurais pu te faire l'amour ce premier soir et le résultat aurait été le même. T'es à moi !

— T'es très possessif !

— Oui, avec toi et je crois que ce n'est pas près de s'arrêter.

Notre baiser est torride…

Si j'avais pu imaginer l'état dans lequel me plonge la moindre de ses caresses, c'est moi qui lui aurais sauté dessus ce vendredi soir…

— T'as toujours envie d'engueuler Paolo ?

— Oui, pourquoi ?

— Parce que je suis à deux doigts d'aller nous chercher une pizza pour qu'on rentre à la maison.

— Tu ne veux plus qu'on aille dîner ?

— Si, mais au moins, on serait chez nous, tu serais déjà nue et je te souhaiterais ton anniversaire comme il se doit.

— Obsédé !

— Oui, je sais… conclut-il en gloussant. C'est parce que ma partenaire est très réceptive, un véritable monstre lubrique.

— Plains-toi !

— Jamais…

En fait, on est monstrueusement lubriques l'un et l'autre et on en rit encore lorsqu'on franchit la petite porte qui donne dans la réserve.

Je ne suis pas revenue ici depuis que j'ai commencé mon stage. Mais je me rappelle bien que, de la réserve, on perçoit clairement le brouhaha de la salle en plein coup de feu. Et vu l'heure qu'il est, le pub devrait être bondé.

Alors pourquoi ce silence ?

Les lumières sont éteintes et il n'y a pas le moindre bruit.

Ma main dans celle de Connor, je longe le couloir qui mène au bar.

— Angus devait fermer ? je demande.

— Je ne sais pas.

La salle est silencieuse et dans le noir total.

— C'est quoi ce bordel ? je m'énerve.

— SURPRISE !!!

Je n'ai pas le temps de réaliser. Toutes les lumières viennent de se rallumer et ils sont tous là, hilares, ravis de la surprise qui, pour le coup, en est véritablement une. (Je suis d'une naïveté déconcertante !)

— JOYEUX ANNIVERSAIRE, MINA !!! s'écrient-ils tous en chœur, alors que Tristan et Travis avancent avec un énorme gâteau, qu'ils déposent avec précaution sur une table.

Il ne manque personne et, moi qui étais super énervée contre eux, je fonds en larmes. Une vraie madeleine alors que, un à un, mes amis me serrent dans leurs bras pour m'embrasser et me renouveler leurs vœux.

Je regarde Connor qui affiche un air malicieux.

— Et bien sûr, tu étais au courant depuis le début ?

— C'est même lui qui en a eu l'idée, s'amuse Paolo. Alors, ma puce, tu voulais nous faire la peau ! me nargue-t-il.

— Je crois que cette demoiselle était à deux doigts de déclencher la Troisième Guerre mondiale, tient à préciser mon fiancé, à qui j'ai fait vivre des heures plutôt difficiles. Y a rien eu à faire. Malgré toutes mes attentions, elle a été d'une humeur de dogue toute la journée.

Je grogne... Mais pas longtemps car les embrassades continuent.

Vivianne et John, puis James, Travis, et Vale qui, comme d'habitude, me garde plus longtemps que nécessaire dans ses bras musclés et tatoués. Enfin, jusqu'à ce que Connor ronchonne et me récupère, me serrant contre lui.

Angus est là aussi – normal, c'est son bar. Ainsi que Justine, Sylvain, Tommy et Doris, accompagnée de son époux aussi haut en couleur que sa moitié.

Mes larmes ne tarissent pas alors que tous me portent un toast tonitruant avant de tremper leurs lèvres dans les flûtes remplies d'un champagne demi-sec absolument divin.

Je leur raconte ma journée et les multiples appels restés sans réponses. Tous les intéressés s'excusent : ils avaient des consignes strictes. On leur avait ordonné de ne pas répondre, pour que la surprise soit totale.

— Je suis désolé, ma puce, s'excuse Connor. Si j'avais su que ça te rendrait si malheureuse, j'aurais fait autrement. Mais j'avais peur que tu soupçonnes quelque chose ou que quelqu'un évente la surprise.

— T'es pardonné, je murmure avant de lui donner un long baiser.

— Putain ! Pensez à ceux qui rentreront seuls chez eux ce soir, râle Vale. Mina, tu ferais mieux d'ouvrir tes cadeaux et, Connor, lâche-la, elle ne va pas s'enfuir.

— Pour que tu la colles à nouveau, même pas en rêve, mec, lâche Connor.

— Tu l'as pour toi seul tout le temps, remarque James. Laisse-nous profiter d'elle le peu de temps qui reste.

— N'y comptez même pas !

Les mecs éclatent de rire et les filles fondent devant l'attention que me porte Connor, lui pardonnant sa possessivité un peu exacerbée.

— Ouvre tes cadeaux, ma puce, m'intime Tristan qui me conduit vers une deuxième table recouverte de paquets en tout genre.

Je suis entourée de mes amis et je m'apprête à découvrir leurs présents avec beaucoup d'émotion.

Comme d'habitude, ma mère et mes sœurs ne se sont pas manifestées. Je n'en suis pas surprise, je ne dois rien attendre de leur part. Ce qui m'émeut le plus, au point de me serrer la poitrine, c'est que parmi ceux qui sont là, certains ne me connaissent que depuis quelques semaines et pourtant ils ont tenu à être présents.

Alors je profite à fond du moment.

Le premier cadeau est de la part de Connor.

— Tu m'as déjà suffisamment gâtée, je lui reproche.

— Chut ! Ouvre...

Oh ! C'est une magnifique sacoche en cuir fauve.

— Je crois que ton vieux sac ne pourra plus accueillir une note de plus, au risque d'éclater, me dit-il en riant.

— Oh oui ! Je n'ai jamais vu quelqu'un bosser de cette façon, s'amuse Justine. Son bureau est tellement encombré de petits bouts de papiers et de Post-it... Le plus surprenant dans tout ça, c'est qu'elle s'y retrouve.

— Je ne sais pas faire autrement, je me justifie.

— Tant que tu continues à avoir de bonnes idées, ma belle, tu peux bien faire comme tu veux, me rassure ma collègue qui me tend un nouveau cadeau. C'est de la part de Tommy, Sylvain et moi.

Génial ! Une énorme boîte de Copic Marker, des feutres professionnels qui valent une fortune, et un tas de paquets de Post-it de toutes les formes et de toutes les couleurs. J'éclate de rire. Je les embrasse et les remercie, pleine de reconnaissance. Puis les présents se succèdent. Paolo et Tristan me tendent une enveloppe et je les engueule, leur rappelant qu'ils m'avaient déjà fait un cadeau et qu'on avait un marché. Ils hochent la tête, l'air de dire « cause toujours », alors que je découvre un bon pour une journée de soins dans un des salons les plus cotés de la capitale. Ils me le paieront, mais je les embrasse quand même. Surtout quand j'apprends que je dois y aller avec Vivianne qui nous a déjà pris rendez-vous pour le samedi suivant.

Doris a opté pour des livres d'art. Stewart, son mari, me confie que sa femme ne tarit pas d'éloges sur la nouvelle petite stagiaire. Je les remercie chaleureusement et j'embrasse Doris qui rosit de plaisir.

Angus m'offre un an de consos gratuites. Oui, vous avez bien entendu, un an !... Je vois déjà les yeux de mes amis s'allumer, et Angus s'empresse de préciser que cette offre s'applique uniquement à moi. Il est écossais, quand même.

Vivianne et John me donnent deux paquets. Sur le plus petit est écrit : « Ouvrez-moi tout de suite. » Ce que je fais. C'est une bouteille de mon parfum. Madly de Kenzo. Ça tombe bien, je n'en ai presque plus. Je les remercie avant de porter mon attention sur la plus grosse boîte où est inscrit : « Ouvrez-moi à deux. »

Je me tourne vers Connor et nous commençons à ouvrir le paquet quand Vivianne nous interpelle :

— Euh... J'ai oublié de préciser : cela s'ouvre à deux... mais plus tard, finit-elle en rougissant.

— Oh ! je m'écrie.

— Désolée, ma belle, murmure Vivianne. C'est… Enfin, tu verras…

Du coup moi aussi je rougis. Connor tousse, un peu gêné, et tous éclatent de rire devant notre mine embarrassée.

— J'aurais dû te le donner plus tard.

— Merci, Vivianne… dis-je en la serrant dans mes bras.

J'étreins John aussi alors que tous questionnent Vivianne pour essayer de savoir ce qu'elle a bien pu nous offrir, à Connor et moi.

Elle est muette et s'amuse des suggestions toutes plus extravagantes les unes que les autres. C'est Vale le plus prolixe, affirmant haut et fort qu'avec ce que contient ce paquet ni mon homme ni moi n'allons beaucoup dormir cette nuit.

— Merde, Vale ! T'es d'une finesse, ronchonne Connor absolument pas soutenu par les autres qui y vont de leurs remarques que je juge un peu graveleuses.

— Écoute, mon pote, t'es le premier de nous quatre à tomber amoureux, laisse-nous en profiter un peu… se justifie Travis.

— Je vous jure, les mecs, que le jour où vous y passerez, Mina et moi, nous allons nous déchaîner.

— Ouais, ben c'est pas demain la veille ! s'exclame Vale, triomphant.

— Fais le malin, crétin ! je t'assure que quand ça te tombera sur le coin du nez, tu feras comme tout le monde…

— Une seule meuf, alors que je peux en avoir des dizaines… Tu rêves, Connor !!! Jamais de la vie.

— C'est pas ce que nous avait déclaré Connor, il y a quelques mois, quand on lui a fait remarquer que ça devenait sérieux avec Bettina ?

Vale dévisage James d'un regard noir.

— Ferme-la, râle-t-il. Jamais, j'ai dit !

On glousse alors que James me tend une petite boîte, guettant la réaction de Connor qui m'a prise dans ses bras.

Deux billets pour aller voir All Blacks/Angleterre à Twickenham.

— Comme tu ne peux pas aller les voir jouer en Nouvelle-Zélande, j'ai pensé que…

— C'est géant ! je m'exclame avant de lui sauter au cou.

— Putain, c'est génial ! s'écrie aussi Connor.

Travis et Vale font la gueule :

— Et nous, on les regarde à la télé ?

— Non, andouilles, on y va tous, j'ai loué une loge.

— Nom de Dieu…

— Ouais, comme tu dis ! renchérit Vale.

Il ne reste plus que Vale et Travis. Ce dernier me tend une petite enveloppe, timidement. Il nous offre à Connor et moi un repas dans un des meilleurs restaurants chinois de la ville. Je salive déjà car j'ai entendu parler de l'endroit, et c'est vraiment très réputé. Nous le remercions tous les deux alors que ses joues se colorent joliment.

Enfin Vale nous offre un tatouage à Connor et à moi, là où il a fait faire les siens. On se regarde, je crois qu'on a la même idée. J'étreins Albator avant de déposer un énorme baiser sur sa joue râpeuse.

— Je n'avais jamais pensé me faire tatouer, je remarque. Mais ce n'est pas une mauvaise idée…

— Je pourrai choisir l'endroit ? me demande-t-il d'un air coquin.

— Dans une autre réalité, grogne Connor.

La soirée s'est poursuivie comme elle avait commencé. On a beaucoup bu, on a ri. Le gâteau, espèce de grosse pyramide blanche et rose recouverte de bougies que j'ai eu un mal fou à éteindre, était excellent. Les garçons et Vivianne ont tout de suite sympathisé avec les autres. Tristan a beaucoup discuté avec Travis sous l'œil un peu noir de Paolo. Vivianne s'est rapprochée de Doris et de son mari.

J'ai pu profiter de chacun, et c'est un peu pompette et euphorique que je les ai quittés, à l'aube, escortée de Connor.

J'ai vingt-quatre ans, je suis fiancée à l'homme le plus doux, le plus attentionné – certes exigeant, parfois dominateur – de la Terre, et j'ai des amis fidèles que j'aime à la folie.

De retour chez mon homme, nous avons ouvert le paquet de Vivianne. Je me suis enfermée dans la salle de bains pour l'enfiler. Le déshabillé noir extrêmement sexy me va à ravir. Il est en dentelle et ne cache pas grand-chose de mon anatomie. Il révèle ma poitrine et mon entrejambe alors que le satin épouse mon ventre et ma taille. Je suis heureuse que le champagne fasse encore effet car je n'ai jamais porté de truc aussi osé. Je me contemple dans le miroir au-dessus du lavabo. Maintenant que je suis réconciliée avec mon corps, je me dis que ce déshabillé me va plutôt bien mais je redoute la réaction de Connor – ce qui est complètement idiot puisqu'il m'a déjà vue beaucoup plus dévêtue.

Il me faut encore quelques minutes avant de me décider à sortir. Puis, prenant mon courage à deux mains, je me lance. Dès que je suis dans la chambre, je cherche le regard de mon amant. Connor est allongé sur le lit, nu, les mains derrière la tête, son sexe déjà au garde-à-vous.

— Je ne vais pas y survivre, ma puce, souffle-t-il. Tu es…

Je le vois déglutir. Il se lève et vient à ma rencontre.

— … tu es sublime et très excitante.

Ses doigts glissent sur mes épaules dénudées. Ils descendent pour s'attarder sur mes seins qui me semblent excessivement sensibles. Ils parcourent le tissu soyeux qui gaine ma taille avant de se poser sur mon sexe palpitant.

— Ton corps a changé, ma puce, murmure-t-il.

— Qu'est-ce que tu racontes ?

— Je crois que tu as perdu quelques kilos.

Je suis scotchée qu'il me connaisse au point de voir ce genre de changement. Je sais que j'ai perdu du poids, mais pas tant que cela, et ce n'était pas voulu. Le stress de ces dernières semaines, l'exercice en chambre et mon nouveau rythme de vie ont réussi là où tous les régimes de la Terre ont échoué. Je me suis délestée de cinq bons kilos. Je devrais m'en réjouir. Bizarrement, je m'en fous.

— C'est important ? je demande, pas très sûre de ce que ça veut dire.

Sa main recouvre mon entrejambe que ses doigts caressent paresseusement, me procurant des ondes de plaisir qui me font trembler.

— Non, ma belle… Je ne te demanderai jamais de changer pour moi. Si tu veux perdre du poids c'est que tu en as envie. Ne le fais pas pour moi. Je t'aime comme tu es et, si tu te sens bien ainsi, ça me va. D'ailleurs, là, je peux t'assurer que ça me va très bien. J'ai tellement envie de toi que c'est un tantinet douloureux.

— Alors il est temps de soulager ta douleur, et j'ai quelques idées.

— Si tu penses que ta jolie bouche peut m'aider…

— Elle peut.

Le soleil se lève sur la capitale, Connor me prend brutalement, me faisant découvrir les affres de la passion avant de me faire l'amour, tendrement, doucement.

Alors que le sommeil nous gagne, je repense à ma soirée d'anniversaire. J'ai été honteusement gâtée, mais mon plus beau cadeau est sous les draps, avec moi et me serre dans ses bras.

Je me réveille dans le même état d'esprit, repue de bonheur. Je passe ma main à côté de moi : Connor est déjà levé. Je saute du lit, file prendre une douche rapide. Quand je m'habille, je l'entends : il hurle. Et je ne sais pas contre qui.

CHAPITRE 38

Connor est au téléphone quand je débarque dans le salon comme une dératée.

— Deirdre a fait avancer la présentation ! m'explique-t-il.

Fraser est en train de vociférer au téléphone. Il a demandé à Connor de mettre le haut-parleur pour que je puisse partager la merveilleuse nouvelle.

Il est hors de lui. Il s'écrie qu'il ne la comprend plus, qu'elle est en train de faire n'importe quoi, qu'elle va réussir à faire capoter deux des plus gros contrats qu'ils aient jamais eus. Il nous annonce que c'est déjà mort pour l'affaire Gosling. Par l'intermédiaire de Bettina, il vient d'apprendre que le vieux est revenu sur leur accord et s'apprête à gagner la concurrence.

Connor lâche une bordée de jurons et me lance un regard plein de colère et de détresse.

— Elle ne t'a rien dit de plus ? demande-t-il.

— Bordel, non ! Cette conne n'a même pas été foutue de me l'annoncer de vive voix, elle s'est contentée d'un SMS m'avertissant que tout était prêt et qu'elle et Fossbury avaient décidé d'avancer la présentation à demain matin.

— Bon Dieu ! Mais qu'est-ce qui lui prend ? On avait encore deux semaines… Si elle foire ce coup-là, on est morts !

— Tu crois que je ne le sais pas ! rugit Fraser.

— Je peux essayer de l'appeler, propose Connor, à bout.

— J'ai déjà essayé, évidemment ! J'ai même appelé son père.

— Qu'est-ce qu'il a dit ? Il sait où elle est ?

— Je n'ai pas pu le joindre, il fait sa retraite annuelle, dixit sa secrétaire.

— Et merde !!

— On fait quoi ?

— J'en sais rien ! Qu'est-ce que tu veux qu'on fasse ? On attend demain et on avisera.

Fraser a raccroché sans ajouter un mot, et sans même nous dire au revoir.

Connor est livide et je me sens impuissante. Deirdre a avancé la présentation. Certes Justine et moi avions déjà fait le plus gros du boulot avant qu'elle nous le pique, cependant elle ne va pas nous servir le projet en l'état, je parie qu'elle l'a modifié. La question est de savoir jusqu'à quel point.

Je ne sais pas ce que Fossbury va en penser mais, personnellement, je crains le pire et Connor aussi.

Pas question de galipettes. Ni Connor ni moi n'avons le cœur à nous envoyer en l'air alors que l'avenir de l'agence est en jeu.

On reste enlacés, à discuter. Connor a besoin de parler alors je l'écoute. Il évoque, à nouveau, l'agence, les galères, le manque d'argent chronique, les difficultés pour s'imposer sur la place, alors que de grosses agences trustent le marché. Puis il me parle de Henry Mauris, comment ce dernier a cru en eux et leur a proposé de s'associer à leur entreprise, apportant avec lui les fonds qui leur faisaient tellement défaut.

Le problème, me confie Connor, c'est que cette association n'était pas tout à fait désintéressée mais ils ne l'ont compris qu'après. Bien sûr Henry Mauris a investi, sachant que l'agence allait se développer et finir par engranger de gros bénéfices, dont il aurait une part substantielle. Mais il avait une autre idée derrière la tête : leur imposer sa fille Deirdre, qu'il tenait à voir travailler. Enfant unique, héritière d'une grande fortune, cette dernière, à l'époque, passait son temps à dilapider les livres sterling si durement gagnées par son géniteur, à des années-lumière de la réalité. M. Mauris voulait que cette dernière gagne sa vie par elle-même. Il désirait qu'elle goûte au monde du travail où il faut donner de sa personne pour obtenir un salaire. Oh, il ne lui a pas coupé les vivres, mais a considérablement réduit son train de vie pour la forcer à réagir et à s'investir.

Deirdre a donc intégré l'équipe, excellant davantage dans les relations publiques que dans la création. Connor reconnaît qu'elle a fait sa part du job en obtenant l'adhésion de nombreux nouveaux clients. Des clients riches, des connaissances à elle et à son père qui les ont appréciés et ont fait marcher le bouche à oreille.

Tout fonctionnait plutôt bien. Mais il y a quelques mois, lors d'une réunion des associés, Henry Mauris a émis l'idée de prendre des stagiaires pour partager leur savoir-faire avec la jeune génération de créatifs qu'il jugeait très intéressante. L'équipe a plutôt été d'accord jusqu'à ce qu'il propose le nom de Mina Westcomb.

Deirdre s'est ouvertement opposée à ma venue – et donc à son père. Connor n'a pas compris pourquoi elle a tant regimbé à me voir intégrer leur équipe.

Mais son opposition a été brève et, par la suite, elle n'en a plus reparlé.

Jusqu'au fameux vendredi soir où elle a demandé à Connor s'il ne connaissait pas un bar sympa où aller fêter dignement l'obtention du si juteux contrat Fossbury. Ils se sont ainsi retrouvés au MacKintosh où Connor et moi avons fait connaissance sans savoir qu'il était mon futur patron.

À cet instant du récit, Connor et moi nous faisons la réflexion que Deirdre savait déjà où Connor l'emmènerait et qu'elle connaissait très bien le nom de celle qu'elle allait insulter si copieusement ce soir-là.

C'était compter sans les nouvelles inclinations de Connor pour les petites barmaids mal fagotées, rondes mais vaillantes et plutôt très jolies (c'est lui qui le dit). Si Deirdre avait cru me mettre minable devant celui qui m'offrait mon stage, c'était raté. Elle devait sûrement penser que Connor s'amuserait avec elle à mes dépens, critiquerait de concert mon physique, mes vêtements. Eh bien, non ! Pas de bol… Ce mec que Deirdre, aux dires de Vale, convoitait est tombé amoureux de celle qu'il aurait dû ne même pas calculer. Deirdre s'est fait prendre à son propre piège et a décidé d'y remédier.

D'où notre inquiétude grandissante au moment de pousser la porte de la grande salle de réunion.

Tout le monde est là, sauf la principale intéressée.

Son équipe est en train d'installer tout le matériel dont elle aura besoin – vidéoprojecteur, pupitre, les prototypes cachés par des voiles rouges…

Fossbury est assis, coincé entre sa femme et sa fille que je reconnais grâce aux photos du dossier. Il a l'air dans ses petits souliers, écrasé par le regard noir de son épouse qui pèse sur lui.

Comme je ne me rappelle pas que toutes deux devaient assister à la présentation, je m'apprête à demander des explications à Fraser qui vient de nous rejoindre, la mine renfrognée.

— Putain, Connor. Ça sent pas bon, siffle-t-il pour nous seuls avant que j'aie pu dire quoi que ce soit.

— Qu'est-ce qu'elles font là ? interroge Connor, désignant discrètement Elvira et Claudia Fossbury.

— J'en sais foutrement rien ! crache Fraser. Ils n'ont pas dégoisé un mot depuis qu'ils sont arrivés. Fossbury est inexistant, un vrai toutou, et sa moitié semble veiller à ce qu'il continue à la fermer. Je crois qu'elle a pris les choses en main et ça craint un max.

— Merde !

— Ouais, comme tu dis… On est morts.

Je m'assieds à côté de Justine, qui semble résignée, vite rejointe par Connor qui me prend la main sous la table pour entremêler ses doigts aux miens. Je les étreins alors qu'il me jette un coup d'œil inquiet. Je lui rends son regard en essayant de le remplir d'amour et de soutien.

J'ai l'impression qu'on va droit dans le mur et la présence des femmes Fossbury ne fait rien pour me rassurer.

Enfin Deirdre arrive, sanglée dans un tailleur noir très strict et très professionnel. Elle affiche un grand sourire en passant la porte. Sourire qui s'éteint immédiatement quand elle découvre Fossbury et ses deux chiens de garde. Je ne sais pas si je me fais des idées mais il m'a semblé voir un petit éclat de panique dans son regard. Ça a été très furtif. Elle n'est plus si sûre d'elle. Elle dépose ses fiches sur le pupitre derrière lequel elle s'est retranchée et se prépare à prendre la parole.

Connor et Fraser échangent un regard entendu. Eux aussi ont remarqué le changement d'attitude de leur associée. Fraser semble de plus en plus nerveux.

Sans préambule, Deirdre commence par retracer l'histoire de la marque et par la même occasion celle de la famille qui l'a fondée. M. Fossbury est directeur d'une firme créée par le trisaïeul de sa femme au XIXe siècle. Deirdre présente, dans les grandes lignes, l'ensemble de la gamme des produits Milady. Elle insiste sur la recherche et les sommes importantes qui lui sont allouées, plaçant la société à la pointe de la technologie du cosmétique.

Puis elle énumère les différentes gammes sur lesquelles elle a décidé de baser la campagne, les soins anti-âge, la minceur du corps et les produits capillaires.

Ce sont ceux que nous avions choisis. Justine et moi avions seulement ajouté toute la gamme bio que je trouve sympa et que, du coup, j'utilise.

Elle rappelle ensuite quelles étaient les différentes attentes de la campagne avant d'expliquer ses idées.

C'est du grand n'importe quoi. Elle a volé notre travail, d'accord, mais elle n'a en main que la conclusion d'une longue réflexion. Tout ce qui nous a amenées à faire nos choix lui est totalement étranger.

Résultat, plus rien n'a de sens.

Justine le remarque et me regarde, dégoûtée.

Au départ, Justine et moi avions pour idée de montrer des gens comme vous et moi, puis nous avions opté pour des mannequins qui correspondraient aux produits utilisés. Une avec une chevelure de rêve, une autre, plus âgée ventant les produits antirides et enfin une troisième, plus ronde, pour les produits amincissants…

Pour rajeunir le look des produits, nous avions travaillé sur leur packaging. Nous avions gardé le côté blanc très clinique mais nous y avions ajouté une palette de couleurs tendance. Une pour chaque produit afin qu'ils soient clairement identifiables et se démarquent de la concurrence sur les différents étals des magasins – sur lesquels, de nos jours, les références se multiplient.

Deirdre nous a volé notre projet pour en faire une grosse bouse qui ne peut que flatter son ego.

Pour elle, « modernité » rime avec « bling-bling ». Les mannequins que nous avions sélectionnés ont été remplacés par des filles superbes qui se promènent en bikinis minimalistes dorés. La blonde qui vante les produits anti-âge doit être plus jeune que moi. La brune sculpturale, qui soi-disant lutte contre la cellulite, a dû remporter le titre de Miss Univers dans une autre vie. Ça n'a aucun sens. Elle a réussi à faire d'une campagne qui nous semblait convaincante un truc nul et convenu qui ne ressemble à rien.

C'est à vomir !

Milady est une marque grand public qui a besoin d'un coup de jeune, en aucun cas de top models vantant des produits dont elles ne se serviront jamais. Comment faire croire à toutes les catégories de femmes qu'elles peuvent se reconnaître dans les trois bombes que Deirdre a choisies ? Les emballages sont tape-à-l'œil et de mauvais goût, les visuels sont mal foutus. C'est du bricolage, ou tout simplement c'est ce qu'on obtient quand on vole le boulot de quelqu'un sans en appréhender les tenants et les aboutissants.

D'ailleurs, sa présentation finie, Deirdre ne résiste pas longtemps à l'assaut de questions d'Elvira Fossbury. Elle est incapable d'expliquer d'où lui est venue l'idée, ce qu'elle entend vraiment par « rajeunissement de la marque ». Mme Fossbury finit même par lui demander si elle a déjà essayé un seul produit de la gamme.

C'est la débandade totale, et l'effet est immédiat.

Mme Fossbury se lève et avec elle sa fille. On dirait qu'elles vont mordre et leur première victime sera sans conteste leur mari et père qui s'est ratatiné dans son fauteuil.

— Victor, je savais que vous étiez un incompétent mais à ce point-là, ça dépasse l'entendement, commence Elvira Fossbury.

— Minouchette...

— Arrêtez avec vos surnoms grotesques ! rugit-elle. Mon père avait raison depuis le début, la seule chose qui compte pour vous, c'est votre position et l'argent...

— Mais non... gémit le pauvre homme qui ressemble de plus en plus à ce qu'il est – une carpette.

— Vous vous foutez royalement de l'entreprise fondée par ma famille, seul vous intéresse l'argent qui tombe sur votre compte en banque. Mais profitez-en bien, car Claudia et moi allons reprendre les rênes et je vous jure que vous allez me payer ce que vous venez de faire.

— Mais qu'est-ce que j'ai fait ? se plaint-il encore.

— Ce que vous avez fait ? hurle-t-elle. Vous êtes sourd et aveugle, mon pauvre ami. Vous avez donné votre accord pour une campagne qui n'a absolument rien à voir avec l'image que Milady a toujours véhiculée.

— Je croyais que vous vouliez du changement...

— Oui, mais pas une révolution, espèce d'âne bâté. C'est cette jeune péronnelle qui vous a monté la tête ? fait Mme Fossbury en montrant Deirdre d'un doigt rageur.

— Qu'est-ce que vous allez imaginer ?

— Que vous a-t-elle promis pour que vous acceptiez une telle proposition ? De l'argent, son joli petit cul ? Je comprends mieux pourquoi vous avez été si contrarié par notre retour anticipé.

— Mais non, vous n'y êtes pas du tout…

— Taisez-vous, crétin… Et vous, espèce de petite grue, si vous croyez que je vais accepter votre proposition, vous vous trompez grandement. Vous êtes une minable incompétente… Je pensais que cette agence avait mieux à offrir, je vois que je me suis trompée et que j'ai perdu un temps précieux.

— Madame Fossbury… essaie d'intervenir Fraser qui n'en mène pas large.

— Je suis désolée, monsieur Murray, mais tant que cette femme travaillera ici, je n'y remettrai pas les pieds.

— Vous vous prenez pour qui ? crache Deirdre, si rouge qu'on dirait qu'elle va éclater.

— Oh vous, fermez-la ! hurle Elvira Fossbury. Vos amis peuvent vous remercier, vous venez de leur faire perdre un joli pactole. Sur ce… Claudia, Victor, on y va.

Même l'armada espagnole ne pourrait rivaliser avec Elvira Fossbury sortant du bureau, escortée de sa fille et remorquant son mari qui n'a plus rien du P-DG rencontré deux semaines auparavant.

Je ne voudrais pas être à sa place. Je crois qu'il vient de tout perdre et il le sait, alors qu'il traîne les pieds dans le sillage de sa femme et de sa fille.

CHAPITRE 39

— Tu peux nous expliquer ? demande Fraser, trop calme.

— Quoi ? Je me suis plantée, ça arrive, voilà tout.

Deirdre ramasse ses fiches qu'elle range précautionneusement dans sa sacoche. Elle est encore rouge et affiche une sérénité qui ne trompe personne. En tout cas pas moi.

— « Je me suis plantée, voilà tout » ! s'énerve Fraser. Tu viens de foirer le plus gros contrat qu'on ait jamais eu ! Putain, mais qu'est-ce que t'as foutu ? On avait encore deux semaines et toi tu foires tout avec une proposition de merde.

— Qu'est-ce que tu veux que je te dise ?

— La vérité, ce serait un bon début.

C'est moi qui ai dit ça ?

Je ne peux plus me taire. Connor me serre la main, mais je ne tiens pas compte de son avertissement. J'en ai marre que cette nana mente comme un arracheur de dents. Je veux qu'elle nous explique à quoi elle joue et quelle est la place que je tiens dans tout ça.

— Mina la stagiaire ! s'esclaffe-t-elle. De quel droit tu me donnes des ordres ?

— Vous avez saccagé cette présentation mais, à votre décharge, vous ne pouviez pas faire autrement, n'est-ce pas ? Vous n'avez pas compris le projet parce qu'il n'est pas de vous. Ce sont les premières idées que Justine et moi avons développées. Vous les avez prises telles quelles mais vous n'y avez rien compris, alors vous les avez arrangées à votre sauce et vous en avez fait quelque chose d'incohérent qui n'a plus rien à voir avec ce que nous avait demandé le client.

— C'est n'importe quoi ! s'offense-t-elle.

— Oh non, Deirdre ! la contre Justine, qui s'est levée pour lui faire face. Tu as volé la première proposition informatique que nous avions imaginée, Mina et moi. Seulement il y a une chose que tu ne connais pas, c'est la façon de travailler de Mina. Contrairement à beaucoup d'entre nous, avec elle tout passe par l'écrit. Un tas de petites notes manuscrites, des croquis, des Post-it avec un code couleur qu'elle seule maîtrise à la perfection. Nous pouvons prouver que tu as volé notre boulot. Ce n'était pas un projet parfait, mais si tu l'avais gardé tel que tu l'as pris, il aurait pu fonctionner et satisfaire tout le monde, même la très exigeante Mme Fossbury. Mais non, tu as encore joué la diva. Il te faut l'or, les paillettes, les top models. Tu ne t'es même pas rendu compte que tu étais à mille lieues de ce qui avait été demandé. Résultat, on a foiré sur toute la ligne et l'agence risque de ne pas s'en relever.

— C'est bon ? Tu as fini ?

— Justine ? demande Connor, se tournant vers elle.

Mon amie hoche la tête mais reste debout.

— Tu peux nous laisser ? lui intime mon fiancé gentiment.

— Bien sûr.

— Merci. Je ne veux pas qu'on soit dérangés.

— Je fais le nécessaire, nous assure Justine avant de sortir et de refermer la porte derrière elle.

— Mais qu'est-ce qui te prend ?

— Il me prend que tu viens de foutre en l'air deux affaires sur lesquelles l'agence comptait vraiment. Tu viens de nous faire perdre des millions, et je veux savoir pourquoi !

L'interphone de la salle se met à sonner.

— Fraser, tu peux aller voir de qui il s'agit, s'il te plaît ?

Ce dernier s'exécute et la voix de Doris nous informe que M. Gosling est là et qu'il souhaite parler à Connor et Fraser immédiatement.

— Faites-le venir, Doris. Merci.

— Mais… Connor !

— Un instant, Fraser. Je crois que cette petite confrontation va être très intéressante.

Je le pense aussi, même si Deirdre n'est absolument pas de notre avis et s'apprête à gagner la sortie. Malheureusement pour elle, M. Gosling entre, lui bouchant le passage. Fraser rejoint Deirdre et l'empoigne par le bras pour la faire reculer. Ce qu'elle fait de très mauvaise grâce.

— Tu vas t'asseoir ici et ne t'avise pas de bouger, la menace-t-il.

Elle grogne, mais les regards de Fraser et de Connor lui montrent, s'il en est encore besoin, qu'elle ferait mieux de se tenir à carreau.

— Ah, elle est là, celle-là !

On s'est tous retournés pour voir M. Gosling.

— Monsieur Gosling, vous pouvez vous expliquer ? lui demande Connor.

— Ouais, mais avant, gamin, tu vas m'offrir un whisky. J'ai le gosier sec.

OK, joli personnage que je n'avais fait qu'entrapercevoir dans le restaurant français où nous avions dîné, James et moi. C'est un homme imposant tant par la taille que par la carrure. Il est âgé, a le crâne dégarni, mais son regard est pétillant d'intelligence.

Connor a sorti une carafe remplie d'un liquide ambré et plusieurs verres qu'il dépose sur la table. Fraser sert un whisky à notre visiteur et nous montre la carafe. Deirdre et moi déclinons l'offre mais lui et Connor se servent avant de reprendre leur place, Connor à côté de moi, Fraser à la droite de Deirdre. Prise entre ses deux associés, elle essaie tant bien que mal de faire bonne figure mais je perçois son masque d'impassibilité en train de se fissurer.

Comme nous, elle attend que le père de Bettina se décide à parler. À mon avis, elle en sait bien plus que nous sur ce qu'il a à nous confier.

Il avale une longue rasade d'alcool, fait claquer sa langue et plonge ses yeux dans ceux de Deirdre qui tente de soutenir son regard.

— Attention, p'tiote, la prévient-il, on ne se moque pas du vieux Gosling sans en payer le prix.

— Je ne vois pas de quoi vous voulez parler, dit-elle d'une voix qu'elle veut posée.

— Ah ! tu ne vois pas ? Le problème, gamine, c'est que Bettina est aussi transparente qu'une vitre et, d'après ce qu'elle m'a confié, je crois, jeune demoiselle, que tu as des choses à nous dire.

— Deirdre, l'interpelle Connor.

Elle fixe un point invisible devant elle et reste muette alors que nous attendons tous qu'elle se décide à desserrer les lèvres.

— Bon Dieu, Deirdre ! s'énerve Fraser.

— Oh, oh... Prise la main dans le sac, hein, ma jolie ?

Il avale une nouvelle rasade de whisky et reprend :

— Figurez-vous, mes jeunes amis, que cette demoiselle - qui n'a pas froid aux yeux, soit dit en passant –, a persuadé ma pauvre fille de se lancer dans les affaires. C'est Bettina qui m'a convaincu de me tourner vers votre agence. Je reconnais que j'ai trouvé ça bizarre, mais après tout pourquoi pas ? J'étais plutôt satisfait qu'elle s'intéresse à autre chose qu'à ses fanfreluches. Une semaine de négociations, et plus aucune nouvelle. Je croyais pourtant avoir donné mon accord.

— Je ne me rappelle pas avoir signé de contrat, fait remarquer Connor.

— Vous êtes vraiment des morveux !

— Monsieur Gosling ! s'indigne Fraser.

— Quoi ? Connor, nous nous sommes serrés la main ?

— Euh... oui ?

— Eh bien tu l'avais, mon accord, espèce d'andouille.

— Je ne comprends plus rien… Deirdre nous a assuré que vous vouliez prendre votre temps pour réfléchir, puis Bettina nous a fait savoir que vous renonciez à travailler avec nous.

— Où est-ce qu'elles sont allées pêcher ça ? Ce n'est pas à ma fille de prendre les décisions, du moins tant que je serai là. Je respecte la parole donnée, MacKinley. Je n'ai jamais traité mes affaires autrement, et ce n'est pas à quatre-vingts ans et des brouettes que je vais m'y mettre. Je crois, mes jeunes amis, que vous vous êtes fait rouler dans la farine. Je ne sais pas quelles sont les motivations de cette demoiselle mais elles doivent être plutôt sérieuses pour qu'elle monte un truc pareil. J'aimerais bien que vous nous expliquiez vous-même, d'ailleurs…

— Je n'ai rien à vous dire…

Je bous… Je suis une vraie cocotte-minute et, si elle continue à nous snober et à se taire, je vais exploser.

D'autant que, au vue de ce que vient de dire M. Gosling, je crois comprendre, enfin, ce que Deirdre a essayé de faire. Je me tourne vers elle :

— Vous vouliez que Connor et Bettina se rapprochent et par la même occasion que Connor me largue avec perte et fracas, n'est-ce pas, Deirdre ? Ça a bien failli réussir, d'ailleurs. Vous avez peut-être même promis à votre amie que Connor lui reviendrait si elle participait aux négociations et vous aidait à amener son père à signer le contrat.

Je sais que j'ai raison. Devant son silence, je poursuis :

— Mais il y a eu un os. Quand Bettina a découvert que Connor et moi sortions déjà ensemble, alors que vous lui aviez promis qu'il serait à elle, Bettina a compris que vous vous serviez d'elle… Alors elle vous a lâchée et nous a fait croire que son père avait désavoué le contrat. Qu'est-ce qui était le plus important, Deirdre ? Que Connor me laisse ou la signature du contrat ?

— Je ne crois pas que tu aies la parole en tant que stagiaire, m'assène Deirdre, cassante.

— Si, je lui rétorque. Surtout quand ça me concerne. Parce qu'il est question de moi, n'est-ce pas ?

— Vous avez une stagiaire très perspicace, messieurs, lâche M. Gosling.

Connor et Fraser semblent abasourdis. Moi, je fixe Deirdre. Je sais qu'elle ne lâchera rien mais je veux lui signifier qu'elle a perdu. Qu'elle a fait tout ça pour du vent.

Elle se lève et lisse sa jupe.

— Tu penses aller où ? lui demande Fraser.

— Vous n'avez pas besoin de moi pour signer le contrat. Je crois que j'en ai assez entendu.

— Toi peut-être… Nous, nous attendons toujours des explications de ta part.

— Je n'ai rien à vous dire, s'entête-t-elle.

Elle récupère sa sacoche et sort sans que personne la retienne…

… à part moi. Je veux des réponses et je refuse d'attendre davantage pour les avoir. Je me libère de la poigne de Connor et me précipite à la suite de Deirdre alors qu'il crie mon nom.

CHAPITRE 40

Y en a marre qu'elle nous prenne pour des cons. Elle doit s'expliquer une bonne fois pour toute, et je ne vais pas la laisser se débiner.

Bon. Encore faut-il que je la trouve.

Je me suis précipitée dans le couloir qu'elle vient d'emprunter mais je ne la vois nulle part. Je vais jusqu'à son bureau : il est vide. Je me précipite dans l'escalier qui mène à la sortie.

Je vois la porte de l'immeuble se refermer sur elle et je me rue à sa suite.

Je lui agrippe le bras avant qu'elle puisse ouvrir la portière du taxi qui vient de s'arrêter à sa hauteur.

— Lâche-moi ! crache-t-elle en essayant de me balancer sa sacoche à la figure.

J'ai juste le temps de me protéger en repliant mon bras devant moi. Elle y a mis tout son cœur, mais j'arrive à repousser l'assaut avant de la coller contre la portière du taxi à laquelle elle est restée accrochée.

— Vous n'irez nulle part ! Pas tant que vous ne m'aurez pas expliqué pourquoi vous m'en voulez autant, je siffle, la bouche à quelques centimètres de son oreille.

— Je n'ai rien à te dire, espèce de grosse merde ! éructe-t-elle. Tu crois que, parce que tu baises avec Connor, tu as tous les droits ? Mais, ma pauvre, il a décidé de tester les gros culs… Il se lassera vite et, quand il en aura marre qu'on se foute de lui parce qu'il sort avec un thon, il te laissera et tu ne seras plus rien. Plus qu'une grosse vache de plus, conclut-elle en ricanant.

Eh bien, quel vocabulaire !

— Écoutez-moi bien, Deirdre... (J'essaie de rester calme malgré mon envie furieuse de lui arracher les yeux.) Vous avez échoué sur toute la ligne. Vous vous êtes donné beaucoup de mal pour me nuire et en fin de compte c'est à vous que vous avez fait le plus de mal. Connor et moi nous nous aimons et il m'a demandé ma main, ce que j'ai accepté. Alors que vous avez voulu nous séparer, nous nous sommes rapprochés davantage, et ce n'est pas toutes vos manigances qui y changeront quelque chose.

Elle est livide... Ses yeux se sont posés sur moi. À cet instant elle a envie de me faire du mal... beaucoup de mal... Mais je n'ai pas fini.

— Ni Bettina ni vous ne me le prendrez. Il ne vous aimera jamais, Deirdre. Il ne sera jamais à vous et ça, vous ne pouvez pas le supporter.

Elle se débat mais je raffermis ma poigne.

— Tu crois que c'est ta relation avec Connor qui me chagrine, ma pauvre chérie ? crache-t-elle en s'esclaffant. Si j'avais vraiment voulu l'avoir, fais-moi confiance, je l'aurais eu.

Elle était à deux doigts de me sauter à la gorge, il y a une minute à peine, mais son humeur vient de changer du tout au tout. Elle se fout de moi ouvertement.

— Tu es à mille lieues de savoir, ma pauvre, et ne compte pas sur moi pour te dire quoi que ce soit. Simplement sache que je te hais, assène-t-elle. Tu ne sais même pas à quel point ta vue m'insupporte et me dégoûte. Je ferai tout pour te pourrir la vie, comme tu as pourri la mienne.

— Mais vous êtes dingue ! je m'écrie. Comment voulez-vous que je vous pourrisse la vie ? Je ne vous connais même pas !

— Mina, lâche-la !

Je ne l'ai pas entendu arriver, concentrée sur Deirdre. Connor est derrière moi et vient de poser sa main sur mon épaule pour m'inviter à m'écarter d'elle.

— S'il te plaît, ma puce, laisse-la.

— Connor !

— Je sais, Mina.

— Non, tu ne sais rien ! (Je m'énerve pendant que Deirdre essaie tant bien que mal de pénétrer dans le taxi.) Elle me crache sa haine au visage, elle m'annonce qu'elle va me pourrir la vie et tu me demandes de la laisser partir ?

Nos regards s'affrontent.

À cet instant, j'en veux à mon amant. Pourquoi est-ce que je la laisserais partir alors qu'elle vient ouvertement de me menacer, qu'elle sait des choses qui me concernent ?

— Mina, me prie-t-il encore.

C'est vraiment à contrecœur que j'obtempère. Dès que je lâche son bras et qu'elle est libre, elle s'engouffre dans le taxi qui démarre aussitôt. Elle n'a aucun regard pour nous et j'enrage qu'elle s'en sorte aussi bien. Ce que je ne manque pas de faire remarquer à Connor qui tente de me ramener vers les quelques marches qui mènent à l'agence.

— Pourquoi, Connor ? C'est la seule à pouvoir nous éclairer.

— Elle ne t'aurait rien dit, Mina.

— Si ! je m'entête.

— Et tu comptais faire quoi pour l'y obliger ? Lui taper dessus en pleine rue, l'étrangler ?

Ouais, j'avais envie de lui faire tout ça et, ouais, je l'aurais bien fait dans la rue, devant tout le monde et, oui, Connor a raison. Nous regagnons nos bureaux, moi, en y mettant toute la mauvaise volonté dont je suis capable.

Nous arrivons à l'accueil quand nous croisons M. Gosling qui semble avoir fini de remplir la paperasse qui le lie à l'agence.

Le contrat ne remplacera pas celui qui aurait dû être conclu avec Fossbury, mais il est assez conséquent pour satisfaire Fraser qui suit son nouveau client, un air ravi sur le visage.

— Eh bien, mes cadets ! Cette nana est un vrai serpent. Croyez-moi, je m'y connais... J'ai été marié cinq fois et je commence à connaître ce genre d'engeance... Méfiez-vous d'elle, elle ne lâchera pas l'affaire sans se battre bec et ongles. Et ça risque de saigner.

— On surveillera nos arrières, monsieur Gosling, en attendant merci d'être venu ce matin et de nous faire confiance.

— Y a pas de quoi, gamin...

Une dernière poignée de main virile et le père de Bettina se dirige vers la sortie sans cacher son amusement.

Y a vraiment que lui qui puisse se divertir du comportement de Deirdre. Moi, ça ne m'amuse pas du tout, et j'en veux encore à Connor d'être intervenu pour défendre son associée. Ce dont il s'aperçoit très vite.

— Mina...

Il s'est approché de moi et essaie de me prendre dans ses bras. Je me contorsionne pour lui échapper. Je n'ai aucune envie qu'il me serre contre lui, et cela pour deux raisons. La première, je suis super en rogne contre lui. La seconde, s'il me touche ma colère fondra proportionnellement à la montée de mon désir. C'est-à-dire à toute vitesse.

— Mina... essaie-t-il encore.

— Non... Fous-moi la paix...

— Qu'est-ce que tu voulais que je fasse ? demande-t-il, alors qu'il a renoncé à m'étreindre.

— La forcer à répondre à mes questions...

— Et tu avais prévu quoi pour qu'elle avoue ? Tu sais que la torture est interdite dans ce pays.

— Ah, ah, ah... Tu te crois malin...

— Mina, je te demande quelques jours. Si elle ne veut rien dire, peut-être que son père pourra nous aider. Mais il faut que tu sois patiente.

— Elle me hait tellement !

— Ma puce, tempère-t-il.

— Je te jure… Si elle avait pu me tuer avec son regard, elle l'aurait fait. Elle m'a dit que je n'étais qu'une gêne temporaire, merde, Connor !

— Tu as peur ?

— Hein ? Non… J'en sais rien ! Je veux seulement savoir pourquoi elle m'en veut autant. Je ne la connaissais même pas avant qu'elle décide de m'insulter quand je l'ai vue pour la première fois.

— Oui, mais de toute évidence, elle, elle te connaissait.

— Comment est-ce possible ?

— Je ne sais pas.

Il me serre contre lui.

L'effet est immédiat : je ne suis plus en colère – mais j'ai vraiment très envie de lui.

— Tu veux qu'on rentre ? me demande-t-il, me berçant toujours dans ses bras.

— Mouiii…

— Ça veut dire quoi, ce borborygme ?

— Tu as des rendez-vous, là, tout de suite, maintenant ?

— Euh… non, pourquoi ? s'étonne-t-il.

— Tu peux demander à Doris qu'on ne te dérange pas pendant un petit moment ?

— Ben oui, mais…

— Tu peux lui dire que j'ai été très chamboulée ce matin et que j'ai besoin de…

— … parler ? propose-t-il quand il comprend enfin où je veux en venir.

— T'es un peu long à la détente aujourd'hui, mon chéri, je lui fais remarquer.

— Oui, peut-être. Mais reconnais que la matinée a été riche en événements.

— Je te le concède.

— Je crois que j'ai aussi un gros besoin de te parler, susurre-t-il avec le regard coquin et affamé que j'ai appris à reconnaître et à apprécier.

Doris est promptement prévenue que nous avons besoin de rester un peu tranquilles. Je ne sais pas si elle nous croit mais elle fait tout comme.

Je suis si pressée, j'ai tellement envie de Connor que je lui saute dessus dès que la porte se referme sur nous.

Je suis prise d'une véritable frénésie. Je dirige Connor vers le canapé le plus proche et je l'y pousse sans ménagement.

Je ne me pose aucune question, je n'analyse rien sinon je vais être horrifiée par mon comportement. Il me faut un exutoire, j'ai besoin de faire sortir toute la rage accumulée depuis ce matin et je dois me prouver que Connor est à moi. Pour faire tout ça je ne vois qu'une solution. Aucun préliminaire, je veux que ce soit rapide, sauvage et débridé.

J'enlève mon pantalon puis j'aide Connor à faire de même.

— Mina... Oh !... Bordel, mais qu'est-ce que tu... ?

Je caresse son sexe et je me positionne au-dessus de lui.

— Oh !... Merde, tu es... Oh bon Dieu, ma puce !!!

Je fixe Connor et, d'un regard, je lui demande implicitement de prendre le contrôle parce que j'en ai besoin et que lui seul peut me donner ce que je réclame.

Il pose ses mains sur mes hanches et me guide alors que je m'empale sur son sexe dressé. L'adrénaline accumulée depuis la fin de la présentation et de ma joute verbale et physique avec Deirdre fait que je ressens cette intrusion plus violemment que d'habitude.

Je veux la guerre, je veux avoir mal, je veux me sentir vivante et cracher à la figure de Cruella que c'est moi qui suis là, sur ce canapé, avec Connor, et que je lui appartiens corps et âme.

— Mina, c'est si bon… Je ne me rassasierai jamais… Put… Ah !…

Il a véritablement pris les rênes et je crois que ses envies sont au diapason des miennes. Nous changeons de position et je me retrouve à genoux, accrochée au dossier du canapé, la bouche dans les coussins pour étouffer les gémissements et les cris que ne manquent pas de provoquer les assauts tumultueux de Connor. Oh oui ! Ça n'a jamais été aussi fulgurant, farouche et excitant.

Notre orgasme est simultané, soudain et destructeur, encore une fois.

Il me tient fermement par les hanches. Je sens ses doigts crispés dans ma chair. Je vais sûrement avoir des marques mais je m'en fous… Tout ce qu'il veut, du moment que, entre nous, ça reste aussi bon et aussi intense.

Il se retire doucement et m'aide à m'asseoir. Je suis une vraie poupée de chiffon. Je suis si molle que je m'effondre à moitié couchée sur le dos.

CHAPITRE 41

C'est terrible… Je n'arrive plus à bouger. Mon corps est anéanti et pourtant il en réclame encore. Quand je vous dis que je suis une obsédée.

— Ça va, ma puce ? me demande Connor, encore essoufflé.

Je hoche la tête car je n'ai pas la force d'articuler un mot, ce qui le fait sourire.

Il s'est laissé tomber à genoux à côté du canapé et caresse mon ventre tout en me contemplant.

— Je t'aime, Mina… susurre-t-il.

— Oui, moi aussi…

— Et tu sais que tu n'as pas besoin de me sauter dessus pour marquer ton territoire ?

— C'était si évident que ça ? je demande, bien que je connaisse pertinemment la réponse.

Je suis un livre ouvert. Je me demande encore comment j'arrive à jouer au poker et à gagner.

— Je ne m'en plains pas… Je dis juste que tu n'étais pas obligée.

— Je sais, j'admets piteusement. Mais j'en avais envie… Vraiment envie. Je t'aime et je voulais seulement te montrer que…

— Rien du tout, ma puce… Tu n'as rien à me montrer, rien à me prouver.

— C'est ce qu'elle a dit, aussi… Je sais que je devrais laisser couler… Pourtant c'est plus fort que moi…

Je pensais vraiment être au-dessus de ça. Cependant la peur latente que Connor m'abandonne un jour fait que les dires de Deirdre m'atteignent plus que je ne le voudrais. Je veux être à la hauteur pour Connor. Ai-je peur qu'il finisse par avoir honte de moi, comme elle l'a suggéré ? Et si on se moquait de lui parce qu'il sort avec moi ? Qu'on se foute de ma gueule, après tout, j'ai l'habitude, mais je ne supporterai pas qu'on ridiculise Connor... Non, c'est sûr, ce serait vraiment insupportable !

— Mina, ma belle... Qu'est-ce qu'elle a dit ?

— La ritournelle habituelle...

— Du style ?

J'aurais vraiment dû fermer ma grande bouche. Pourtant comme d'habitude monsieur Connor arrive à me faire lâcher tout et n'importe quoi.

Ce mec arriverait à faire parler un mur...

— J'ai pas envie de te le répéter...

— Ouais... Effectivement je crois que ça n'en vaut pas la peine. Je pense savoir de quoi il s'agit et je te jure qu'elle ne l'emportera pas au paradis. Je commence réellement à me lasser de cette connasse et de toutes ses manigances.

— Je suis désolée...

— De quoi ?

En fait, j'en sais rien... Peut-être de savoir que, si je n'étais pas entrée dans l'univers de Connor, rien de tout cela ne serait arrivé.

— Désolée de quoi ? insiste-t-il. D'être plus talentueuse qu'elle ? D'être une belle personne dans tous les sens du terme ? D'être la meilleure amante que j'aie jamais eue ? Tu veux que je continue ?

— Non, je murmure, rouge de plaisir.

C'est dingue comme, en quelques mots, Connor arrive à effacer les horreurs « deirdriques » ! Un coup d'éponge sur un tableau noir.

— Écoute-moi bien, Mina. Maintenant, c'est un fait acquis, nous allons nous marier avec la bénédiction de tous les gens qui comptent pour nous. Alors ne te mets pas en tête que je pourrais aller chercher ailleurs ce que j'ai déjà à mes côtés. Compris, Miss Tête de mule ?

Ce mec est comme le tigrounet à grandes quenottes de Sid, il lit dans mes pensées, et c'est toujours aussi déstabilisant de m'apercevoir que Connor me connaît mieux que moi-même. Ça… m'agace ? Ouais… Mais c'est bien aussi, non ?

— Alors, ma puce, faut que je te cire les pompes encore un peu ?

— Nan…

— Ou… est-ce que je t'ai dit que je n'étais pas rassasié ? murmure-t-il alors que sa main a quitté mon ventre pour s'aventurer vers le sud.

Bon, si Connor utilise très, très bien les mots pour me rassurer, il est encore plus doué avec sa bouche, ses mains et, disons-le sans ambages, avec sa queue.

Ses doigts atteignent mon entrejambe et je frémis d'anticipation. Malheureusement l'interphone n'est pas de cet avis et émet un petit *bip*, hautement horripilant et super frustrant, pour se rappeler à nous. Mes hormones sont au garde-à-vous, prêtes à bondir, et elles font la grimace quand Connor se relève pour gagner son bureau. Ce qui, avec le pantalon en bas des jambes, s'avère périlleux.

— Oui, Doris ?

— Excusez-moi de vous déranger mais j'ai M. Mauris en ligne. J'ai pensé que vous voudriez lui parler.

— Oh ! Oui… Vous avez bien fait. Passez-le-moi.

Du coup je me suis aussi mise debout. Je remonte mon jean, reboutonne ma blouse. Je suis un peu chiffonnée, encore excitée, mais en même temps très pressée d'entendre ce que Henry Mauris a à nous dire.

Connor a mis le haut-parleur et se rhabille pendant que Doris fait le transfert.

— Connor !

— Henry… ta secrétaire a pu te faire passer mon message ? demande Connor qui a pris place dans son fauteuil.

— Non, pourquoi… Elle aurait dû ?

— Je lui ai téléphoné tout à l'heure. J'avais besoin de te joindre, mais elle m'a rappelé que tu faisais ta retraite et que tu n'étais pas joignable.

Henry Mauris grogne, lâche deux, trois jurons puis reprend.

— Je suis désolé, Connor, elle fait parfois un peu trop de zèle. Elle sait très bien qu'on peut me joindre si vraiment c'est urgent. Et selon Gosling, ça l'est !

— Gosling ? s'étonne Connor. C'est lui qui t'a appelé ?

— Oui… À l'instant. D'après lui, je devrais rentrer au plus tôt pour m'occuper de ma progéniture. Je peux savoir ce qui se passe ?

En quelques mots Connor résume la situation à son associé. Il lui parle du comportement de Deirdre envers moi, de ce qu'elle a manigancé avec Bettina, de la perte de l'affaire Fossbury.

— Je ne la reconnais plus, Henry. Elle fait n'importe quoi et semble vouer à Mina une haine sans commune mesure. Elle l'injurie, elle lui a volé son travail, elle a essayé de nous séparer en me poussant dans les bras de Bettina. J'aimerais bien savoir ce qui se passe, mais elle refuse de s'expliquer. J'ai pensé que tu pourrais peut-être nous aider.

Deuxième bordée de jurons de notre interlocuteur.

Puis pendant de longues secondes il reste muet.

— Henry ? l'appelle doucement Connor.

— Est-ce que Mina est là ?

— Oui, elle est à côté de moi. J'ai mis le haut-parleur.

— Très bien. Écoutez, tous les deux. Je ne peux pas partir avant la fin de la semaine et je ne veux pas vous en parler au téléphone, ce serait trop long. De toute manière, je préfère le faire de vive voix. Venez à la maison lundi matin, on pourra prendre notre temps. Je vous expliquerai tout.

— De quoi s'agit-il, Henry ?

— Connor, ce que j'ai à dire n'est pas facile et… Mina… Cela vous concerne, alors comprenez que je préfère le faire face à face.

— Monsieur Mauris, s'il vous plaît…

— Je suis navré, Mina, pas comme ça.

— S'il vous plaît, je le prie encore.

— Henry, depuis plus d'un mois Mina se fait malmener, et je ne le supporte plus. Alors crache le morceau, ordonne mon fiancé d'un ton sans appel.

— Je suis le père de Mina…

DERNIÈRES SALVES...

CHAPITRE 42

Est-ce que c'est moi qui ris comme une hystérique ?

Ah ouais !

« Je suis le père de Mina ! »

Quand même, avouez que c'est hilarant… Non ?

L'info n'a pas encore pris corps dans mon esprit. Si c'était le cas, je crois que je ne rirais plus… Je me contente de voir le côté plutôt cocasse des mots que Mauris Vador vient de balancer à Mina Skywalker. Sa fille…

J'hallucine !!!

— C'est une blague ! s'écrie Connor.

Il a l'air sidéré. Par la déclaration de Henry Mauris d'abord, puis par ma réaction qu'il juge sûrement très inappropriée.

Pendant que Connor se demande ce qui est en train de lui tomber sur la tête, je me suis assise sur le canapé que nous venons à peine de quitter.

C'est dingue comme une vie peut basculer en aussi peu de temps.

Quand nous sommes rentrés dans le bureau, tout à l'heure, j'étais Mina Westcomb, stagiaire, fiancée à Connor, détestée de Deirdre et rejetée par sa mère et ses deux frangines.

Vous me direz, c'est encore le cas alors que je suis assise et que j'ai enfin arrêté de rire… Eh bien non ! Il y a quand même une super méga monstrueuse nouveauté !!! Mon père n'est pas celui que je croyais. Et j'ai une demi-sœur, celle-là même qui me pourrit la vie et me poursuit de sa haine depuis un mois et demi.

Je crois que je suis en état de choc…

Non, c'est sûr !

Connor a raccroché. Quand ? Je n'en sais rien. Il est à côté de moi et je ne l'ai pas vu s'asseoir. Enfin, il me parle mais j'ai beau voir ses belles lèvres remuer, je ne comprends pas ce qu'il me dit.

Je viens d'entrer dans la quatrième dimension. Celle où Henry Mauris est mon père. Celle où je m'aperçois que ma mère m'a menti pendant vingt-quatre ans et que j'ai payé très cher le poids d'un fardeau qui n'était pas le mien.

Comment assimiler un truc pareil ?

Il va falloir attendre la semaine prochaine…

Une certitude… Je ne pourrai jamais… et je ne vois qu'une seule solution.

— Il faut que je parle à ma mère ! je m'écrie.

— Quoi ?

Connor a l'air un peu dépassé par les événements. Sa fiancée est la fille cachée de son associé. Y a de quoi cogiter. En tout cas, moi, c'est ce que je fais. Une vraie usine à gaz tournant à plein régime. Mais je m'accroche à mon idée.

— Il faut que je parle à ma mère, je répète. S'il y en a une qui peut m'expliquer tout ce bordel, c'est elle, non ?

— D'accord, mais elle pouvait le faire depuis longtemps et elle s'en est abstenue. Alors pourquoi le ferait-elle maintenant ?

— Parce que je sais que Henry Mauris existe et qu'il m'a fait une déclaration digne de Dark Vador dans un grand jour.

— Mina, me réprimande-t-il sans omettre de sourire.

— Oui, je sais. Mais avoue quand même que je viens de me prendre un mégacoup de massue sur la tête. C'est un peu difficile à encaisser.

— Je te l'accorde…

— Merci.

— Pas de quoi, glousse-t-il.

— On va voir ma mère ?

Pourquoi est-il si réticent alors que c'est la seule solution pour essayer de se dépatouiller de tout ce bourbier sans avoir à attendre lundi ?

— Écoute, Mina. Je préférerais qu'on attende le retour de Henry. Je ne crois pas que ta mère se montrera très coopérative et je ne veux pas que tu sois déçue ou blessée.

— Bon sang, Connor ! Je viens d'apprendre que ma mère m'a eue avec un autre homme que celui que je pensais être mon père et que, pendant vingt-quatre ans, elle m'a menti. Tu ne crois pas qu'elle me doit la vérité aujourd'hui ?

— J'en suis convaincu ! Cependant tu sais comment elle est ?

— Oui, je le sais. Mais j'ai besoin de me confronter à elle, tu comprends ? Depuis ma naissance elle me fait payer pour quelque chose que je n'ai pas fait et je veux des explications. Si elle ne dit rien tant pis, je te promets que j'attendrai lundi. En revanche s'il y a une toute petite chance qu'elle parle, je veux la saisir.

— Elle va encore te faire du mal.

— Peut-être, mais je suis prête, Connor, et j'en ai vraiment besoin. Je ne veux pas attendre que tout me tombe sur la tronche. Paolo dit toujours que l'attaque est la meilleure défense, et, là, j'ai une furieuse envie de me battre.

— Et pour Deirdre ?

— Ben, si elle est au courant de tout ça, je commence à comprendre qu'elle l'ait mauvaise. Bien que, là encore, je n'y sois pour rien. Alors, si elle veut la guerre, je suis son homme !

Je refuse de rester sur la touche. C'est quand même pas difficile à comprendre. Oui, j'ai envie de me battre ! Et si ça pouvait saigner un peu ce serait parfait.

Là, il m'agace avec son air renfrogné d'homme de Cro-Magnon qui défend sa femelle.

— Connor, en fait je n'ai pas besoin de toi. Tu as le droit de trouver que c'est une mauvaise idée, mais il faut que j'y aille, même seule.

— Et puis quoi encore ? On est ensemble, je te signale, s'énerve-t-il.

— Oui, mais tu ne seras pas toujours là.

— Si, et il est hors de question que je te laisse affronter toute seule la reine Barbie, tout jeune padawan que tu sois.

Je glousse… Et je me rends. Il viendra donc, bien que l'idée ne l'enchante guère. Je ne peux pas le lui reprocher. Affronter ma mère c'est comme se prendre un char d'assaut en pleine face. Aussi fine et aussi massive. Va y avoir du sport !

Ni une ni deux, et avant que Connor ne change d'avis, j'appelle ma mère. Elle semble surprise et se met aussitôt sur la défensive. Alors je prends un ton grave pour lui demander si je peux passer le lendemain. Je lui annonce que j'ai quelque chose d'important à lui dire et que je ne peux pas le faire au téléphone.

J'ai piqué sa curiosité…

Elle devient doucereuse et j'imagine son cerveau se mettre au boulot. Je peux vous affirmer qu'elle croit que, si je viens, c'est pour lui annoncer que Connor et moi avons rompu et que je veux lui annoncer l'annulation de notre mariage. Je peux aussi affirmer qu'elle est déjà en train de faire la liste de tout ce qu'elle va pouvoir me balancer à la tête. « Tu t'imagines qu'on y a vraiment cru ? » Ou : « Comment voulais-tu qu'un tel mec puisse vraiment t'épouser ? » Ou encore : « De toute manière, vous n'alliez pas ensemble, il était trop beau pour toi, trop parfait. »

Ma mère va être surprise. Et d'une, Connor sera bien là, avec moi et toujours partant pour m'épouser, et de deux, elle est à des millions d'années-lumière de savoir quelle est la véritable raison de notre venue. Soit elle se fermera comme une huître, soit elle daignera parler (peut-être en rêve ?), et là je saurai le fin mot de toute cette satanée histoire.

CHAPITRE 43

La voiture de sport noire file sur l'autoroute. J'ai dit à ma mère que je serais là en début d'après-midi. La main de Connor est posée sur ma cuisse et, de son pouce, il dessine de petits cercles sur lesquels je me concentre. Tout plutôt que de penser à la conversation que je vais avoir dans un instant.

Il ne reste plus que quelques kilomètres. Plus on se rapproche plus mes entrailles se nouent.

— Je suis là, mon cœur, me souffle Connor.

Nous avons fait presque tout le trajet sans un mot. Mon fiancé a respecté mon silence, le ponctuant seulement de caresses, de mots doux et d'encouragements, me répétant que je n'ai pas à affronter ça toute seule.

Et heureusement !

Qu'est-ce qui m'a pris de déclarer à Connor que j'aurais pu venir sans lui ? Je me rends compte, alors que nous arrivons, que j'ai présumé de mes forces. Je sais que je suis plus forte qu'avant. Que Connor, Tristan, Paolo et Vivianne m'ont aidée à opérer ce changement, mais ma mère reste ma mère. Celle qui me pourrit depuis ma plus tendre enfance, celle qui ne m'a jamais appréciée parce que je suis trop différente d'elle ou du modèle idéal qu'elle a en tête. Ou, tout simplement, parce que je suis le bébé non désiré qu'elle a eu avec son amant. Cette nouvelle donne change tout. Je suis le résultat d'un adultère, et peut-être celle à cause de qui celui que je croyais être mon père est parti.

Un truc à faire fondre mes neurones. Pendant que je rumine ces idées noires, Connor gare la Porsche devant le garage maternel.

Depuis que j'ai immigré à Londres pour mes études, je ne suis revenue qu'à quelques occasions. Faites-moi confiance, chaque fois, je l'ai regretté la porte à peine franchie. Je n'ai même plus de chambre dans la maison. Pour justifier la disparition de mon univers d'adolescente, ma mère a sorti une excuse imparable (pour elle en tout cas). Elle avait besoin de place pour sa salle de sport personnelle. Bizarre, me direz-vous, qu'elle n'ait pas choisi celle de Johannie ou de Julia. Allez comprendre !

À chaque visite j'ai dormi sur le canapé, comme une invitée dans mon foyer qui ne l'est plus dorénavant.

Et elle est là, devant nous, cette maison qui n'est plus mon refuge. Un petit cottage typiquement anglais, avec ses briques rouges, ses fenêtres à guillotine en bois blanc et son toit en ardoises noires. Il est entouré d'un jardin toujours bien entretenu. Il y règne un ordre militaire. Aucun brin d'herbe parasite n'y est autorisé. Tout y est millimétré, ordonné. Chaque plantation est à sa place exacte et attention à celle qui dérogerait à la règle sous peine d'arrachage. C'est beau mais froid, sans fantaisie. C'est ma mère tout craché, la reine autoproclamée de la perfection.

Une vision jolie, bucolique, mais rien de plus. J'envie Connor de pouvoir retourner chez ses parents en sachant qu'il y trouve amour, chaleur et réconfort. Je regrette de ne pas avoir tout ça. Ce refuge où tout enfant peut aller guérir ses plaies entouré de l'amour inconditionnel des siens.

Alors je me fais une promesse. Mes enfants pourront toujours compter sur moi et venir chercher aide et réconfort dans la maison où ils auront grandi. J'aimerais qu'elle soit leur asile, leur cocon, l'endroit sûr où ils pourront se faire dorloter, conseiller, aimer. C'est pas compliqué, mais ma mère en est incapable – enfin, pour moi, s'entend.

— À quoi penses-tu, ma puce ? me demande Connor.

— Je pense qu'un enfant devrait pouvoir rentrer chez ses parents en sachant qu'il y est attendu et aimé. Je me suis juré que, pour mes enfants, se sera toujours le cas.

— Ce le sera, assène-t-il.

— Tu veux des enfants ? je demande.

C'est la première fois que nous évoquons ce sujet et il faut qu'on le fasse devant chez ma mère alors que ce n'est pas vraiment le moment ni l'endroit adéquats.

— Oui, mais on prendra notre temps. Tu viens à peine d'accepter de m'épouser, si je te dis que j'en veux au moins quatre, tu vas partir en courant.

— T'essaies de détendre l'atmosphère, là ?

— Ça marche ? fait-il, amusé.

— T'en veux quatre, vraiment ? je demande, faisant mine d'être effrayée.

— Pourquoi, c'est pas assez ?

— Non, sans blague, Connor ! T'en veux vraiment autant ?

— Un, deux, trois ou plus, ce sera comme tu voudras à partir du moment qu'on les fait ensemble et qu'on les aime tous autant les uns que les autres.

— Tu me cloues le bec...

— Eh bien... C'est pas si souvent.

— Profites-en...

— Tu es prête ?

— Non. On peut attendre quelques années ?

— Pour sortir et aller parler à ta mère ?

— Oh, non, ça on va s'y mettre tout de suite, mais si on pouvait attendre encore un peu pour les enfants.

Connor rit et cela agit sur moi comme une caresse réconfortante. Il a le don de m'aider à me détendre et, par là même, à retrouver la confiance qui me manquait, il y a un instant à peine.

— Je crois qu'elle s'attend à me voir débarquer larmoyante. Je suis à peu près certaine qu'elle s'imagine que ma visite est due à notre rupture – et par conséquent à l'annulation de nos fiançailles.

— C'est ce qu'elle t'a dit ? grogne Connor.

— Non, mais je la connais, alors…

— La vache ! Allons donc détromper belle-maman, tu veux bien ?

C'est ce que nous faisons.

Je sonne et nous attendons qu'elle veuille bien nous ouvrir. Quelques secondes, une minutes, puis deux. Je sonne à nouveau et, cinq minutes après, toujours rien. Ni au bout d'un quart d'heure.

Et si elle se doutait de la raison de ma venue ? Je confie ce soupçon à Connor, qui me rétorque qu'il ne voit pas comment elle aurait pu l'apprendre. En attendant, elle n'est pas chez elle, et on poireaute, assis sur les marches du perron.

Je suis sur des charbons ardents. Très vite je ne tiens plus en place. Je n'ai jamais pu compter sur ma mère et j'étais bien optimiste de penser qu'elle serait là, prête à tout me raconter. Comme si je n'avais pas encore compris que je n'ai rien à attendre d'elle. Je le sais pourtant, mais je m'entête.

Soudain, la voilà…

Je ne sais pas si je suis soulagée mais au moins nous ne serons pas venus pour rien.

Elle se gare dans la rue, la petite allée menant à son garage étant déjà occupée par le bolide de mon fiancé.

Comme d'habitude, elle est parfaite. Elle est descendue de sa Rover verte et lance un long regard à la Porsche noire flambant neuve tout en récupérant un sac dans son coffre. Elle ne se presse pas bien que nous l'attendions depuis une heure.

Connor a mêlé ses doigts aux miens. Il est tendu et prêt à mordre alors que, comme moi, il est excédé par le comportement de ma chère maman.

Elle se rapproche à pas mesurés. Sa robe pervenche épouse ses courbes et dénude ses épaules. Elle est maquillée, son chignon est impeccable, rien ne détonne.

— Je pensais que tu viendrais seule, assène-t-elle, se campant devant nous.

Pas de bonjour, pas un regard pour Connor. Mais les yeux qui me fixent sont froids et me prouvent qu'elle n'apprécie pas du tout ma venue, surtout accompagnée de mon fiancé.

— Tu m'as laissé entendre que vous aviez rompu.

— Je ne t'ai rien dit de tel, maman. Seulement que je devais te parler de quelque chose d'important.

Connor a posé sa main dans le creux de mes reins, je sens la chaleur dégagée par sa paume, sa pression et j'y puise force et confiance.

Ma mère nous contourne et accède à la porte qu'elle déverrouille avant d'entrer sans nous inciter à la suivre.

Nous pénétrons tout de même dans la maison, et j'entraîne Connor dans le salon, où elle nous rejoint. Elle ne peut pas faire autrement que de nous inviter à nous asseoir mais ne va pas jusqu'à nous offrir un rafraîchissement. Faut pas pousser !

Rien ne change ici. Le même décor passe-partout, les mêmes objets, toujours à la même place. Je ne sais pas à quoi ressemblent les intérieurs de mes frangines, mais elles et ma mère ont la même philosophie. Elles accordent peu d'intérêt à l'endroit où elles vivent. Ce doit être fonctionnel, confortable sans plus. Elles préfèrent s'occuper d'elles, de leur garde-robe, aller chez le coiffeur, l'esthéticienne, la manucure, acquérir les derniers accessoires à la mode. Tout ça coûte très cher, et elles y sacrifient beaucoup de choses, quitte à vivre dans un foyer sans âme et mortellement impersonnel.

— Tu ne portes pas ta bague de fiançailles, Mina ?

Elle est incorrigible et comme d'habitude je suis prise de court.

— Elle est chez le joailler, répond Connor du tac au tac. C'est une bague ancienne. J'ai dû la faire retravailler pour qu'elle convienne à Mina.

— Ça ne m'étonne pas ! s'esclaffe ma mère. C'est elle qui a les doigts les plus épais de nous trois, ajoute-t-elle en contemplant ses mains fines et parfaitement manucurées.

Mon Dieu, jusqu'où est-elle prête à aller ? Tant de méchanceté me dépasse…

— Ce n'est pas une question de taille, dément Connor froidement. Je trouvais juste les pierres un peu communes. Mina adorant la forme, je les ai fait remplacer par des diamants de la plus belle eau. Nous devons patienter mais je pense que le résultat sera à la hauteur de nos espérances, je fais confiance à la maison Chaumet.

Ben ouais !… Il lui a cloué le bec, même si toute cette histoire de bague est absolument fausse. Connor est riche, il roule en Porsche, et il achète des diamants, ce dont toutes les femmes de ma famille rêvent. Sauf moi. Pas besoin de cailloux hors de prix pour me sentir unie à Connor. (Bon, je trouve ça joli quand même !)

Ce qui la chagrine donc, c'est que ce mâle très beau et nanti m'ait choisie, moi. Ce qui doit toujours lui sembler incompréhensible.

Mais je n'ai pas envie que nous nous aventurions, une nouvelle fois, sur ce terrain. Nous ne sommes pas venus pour ça et elle va très vite le savoir.

— Je ne suis pas là pour parler de mes fiançailles ou de ma bague, maman.

Connor s'est rapproché de moi et, comme ma mère, il attend que je me lance.

Je prends une profonde inspiration et je me jette à l'eau.

— J'aimerais savoir qui est Henry Mauris pour toi.

Je la contemple… Son visage est impassible. Malheureusement, si ma mère arrive à contrôler ses expressions, elle ne peut rien pour empêcher ses mains de réagir. Elles se sont crispées sur ses genoux, froissant le tissu délicat de sa robe pervenche.

— Je ne vois pas de qui tu veux parler, répond-elle sèchement avec un peu trop de précipitation.

— Tu ne le connais pas ? j'insiste.

— Puisque je te le dis ! martèle-t-elle.

Bon, j'ai voulu y aller doucement mais c'est une mauvaise tactique. Je devrais lui foncer dans le lard. Elle s'est tue pendant vingt-quatre ans et je vais avoir quelques difficultés à lui faire cracher le morceau.

— OK, tu ne le connais pas…

— Non, confirme-t-elle avec aplomb.

— Alors explique-moi, si tu ne le connais pas, comment cet homme peut-il être mon père biologique ? Tu n'es pas la nouvelle Immaculée Conception, aussi il a bien fallu que tu le rencontres au moins une fois pour que je sois là. Non ?

— Où es-tu allée chercher cette idée stupide ? Tu sais très bien qui est ton père ! s'exclame-t-elle.

Elle joue la comédie avec virtuosité, diraient ceux qui ne la connaissent pas très bien. Mais elle ne me leurre pas. Et les petites gouttes de sueur qui perlent sur son front poudré me le confirment.

D'ailleurs, Connor aussi n'est pas dupe, et c'est lui qui poursuit :

— Ce n'est pas une idée stupide, madame Westcomb, réplique-t-il d'un ton tout aussi sec que celui de ma mère. Henry Mauris nous l'a avoué hier soir. Il serait peut-être temps, pour vous aussi, de dire la vérité.

Connor peut être froid et cassant. Si j'ai mis un peu de douceur dans mes questions, ce n'est pas son cas, et ma mère n'a pas l'habitude qu'on s'adresse à elle de cette façon. Elle devrait pourtant comprendre que mon fiancé ne plaisante pas. Mais fidèle à son personnage, elle s'entête et refuse de s'expliquer.

— Madame Westcomb, ma patience a des limites, la prévient-il.

— Je ne crois pas que ce soient vos affaires, monsieur MacKinley, d'ailleurs vous n'avez rien à faire ici.

— Excusez-moi ? Je crois, au contraire, que tout ce qui touche Mina me concerne. Je l'aime et elle va devenir ma femme. Vous lui devez la vérité. Alors répondez à sa question. Est-ce que Henry Mauris est son père biologique ?

J'ai posé ma main sur sa cuisse. Il est tendu et très énervé, et j'espère que ma mère ne va pas le pousser dans ses derniers retranchements car je ne garantis pas sa réaction. Je sais que s'il ne lui a pas encore sauté à la gorge, c'est par égard pour moi, mais il est à deux doigts de perdre le peu de calme qui lui reste.

Ils s'affrontent du regard. Celui de Connor est implacable, tout autant que celui de ma mère. J'ai peur que la situation ne s'avère inextricable.

— Je peux appeler Henry, si vous voulez, et peut-être aussi vos filles pour qu'elles assistent à notre petite rencontre.

Connor me demande mon téléphone et parcourt mon répertoire.

— Par qui voulez-vous que je commence ? Johannie, Julia, Henry ?

Il sélectionne un des trois noms et met le haut-parleur.

Tonalité…

— Arrêtez ! Je vais parler ! crie ma mère qui a perdu son air suffisant et affiche une panique non feinte, cette fois-ci.

CHAPITRE 44

— Nous habitions à Londres à cette époque, commence-t-elle. Mon mari avait une place importante dans une entreprise de conseil et Henry Mauris était un de leurs clients. J'allais rarement aux cocktails et aux soirées organisées par la société. Nous avions déjà nos deux filles et je restais à la maison pour les garder. Mais il y a eu le repas de fin d'année, et pour une fois mon mari a insisté pour que j'y participe. Je l'ai donc accompagné et, ce soir-là, j'ai rencontré Henry. Il était marié, avait une fille, il était riche, bel homme et il s'est intéressé à moi.

Je n'ose pas l'interrompre malgré le flot de questions qui me viennent à l'esprit. J'ai peur de lui couper la parole et qu'elle renonce à se confier. Alors je prends mon mal en patience et j'écoute.

— Notre liaison n'a pas duré longtemps. Quelques semaines après notre rupture, je me suis rendu compte que j'étais enceinte. À ce moment-là, je n'ai pas envisagé une seule seconde que Henry puisse être le père. J'ai annoncé ma grossesse à George. J'ai tout d'abord pensé me faire avorter (je n'avais pas envie d'un troisième enfant), mais il voulait un garçon et c'était notre dernière chance d'en avoir un.

— Il est parti parce que je n'étais pas le garçon tant espéré ? je demande.

Le rire de ma mère est grinçant.

— Non ! crache-t-elle. Il aurait accepté une troisième pisseuse, comme il disait, à condition qu'elle soit de lui. Le problème c'est que tu étais trop différente de tes sœurs. Si ce n'était pas flagrant tant que tu étais bébé, c'est devenu évident quelques années plus tard. Il a commencé à se poser des questions, à avoir des soupçons et, sans m'en avertir, il a fait un test de paternité.

— Et il t'a quittée ?

— Oui…

— Johannie et Julia ne sont pas au courant ?

— De quoi ? Que leur père nous a quittées à cause de toi ?

Alors là, c'est la meilleure…

— Vous êtes contents, vous avez les réponses à vos questions alors sortez de chez moi, ordonne-t-elle.

— Encore deux choses, je l'interromps.

Du coup, elle se rassied alors qu'elle s'était levée pour nous signifier notre congé.

— Dépêche-toi, on ne va pas y passer l'après-midi.

— Comment Henry Mauris a-t-il su que j'étais sa fille ?

— Je le lui ai dit.

— Comment l'a-t-il pris à l'époque ?

— Demande-le-lui. Maintenant partez !

— Non, encore une chose.

— Quoi encore ? rugit-elle.

Elle me lance le regard qui me faisait tellement peur quand j'étais petite. Malheureusement pour elle, il n'a plus aucun effet sur moi. Ou plutôt si, il me donne le courage nécessaire pour poser ma dernière question.

— Est-ce pour me faire payer le fait que j'étais sa fille que tu m'as dénigrée depuis toujours, que par ta faute ma vie a été un enfer ?

Elle se lève brusquement braquant ses yeux pleins de fureur sur moi.

— J'aurais dû avorter comme je l'avais décidé au début, lance-t-elle, sur un ton chargé de rancœur. Si encore tu avais tenu de moi, mais non, il a fallu que tu ressembles à sa mère. Henry m'a confié que tu avais ses yeux. Quelle bêtise ! Tu es si différente de nous.

Il n'y a pas une minute où je n'ai regretté ta naissance et tous les problèmes qu'elle a engendrés. C'est à cause de toi si George est parti, c'est ta faute si je me débrouille seule depuis.

Je sens Connor bouillir. Il ouvre la bouche mais je ne lui laisse pas le temps de prononcer une syllabe.

Je me campe devant ma mère que je toise de toute ma hauteur. Oui, nous n'avons pas le même gabarit. Je suis plus grande, plus massive qu'elle. En même temps ce n'est pas difficile, elle est une brindille. Mais pour la première fois mes différences physiques ne sont pas un handicap, au contraire. Je suis Mina et, putain, j'en suis fière. J'en ai marre que cette femme m'humilie et rejette sur moi l'échec de sa vie. Alors je crache tout ce qui m'empoisonne depuis toujours :

— Ça a dû être plaisant, toutes ces années, de me considérer comme celle à cause de qui tout s'est effondré. C'était beaucoup plus facile de m'agonir de reproches que de te regarder dans le miroir et de te dire qu'après tout tu étais la seule fautive.

— Mina ! lâche ma mère.

Sa voix est aiguë, menaçante, mais je n'en ai rien à battre.

— Je n'ai pas fini, maman !

Moi aussi je peux jouer à celle qui intimide, et ça marche : elle la ferme, les yeux ronds et les lèvres pincées.

— Je suis heureuse de ne pas vous ressembler, j'assène. Je suis heureuse de ne pas être votre copie conforme... Parce que vous me dégoûtez toutes les trois. J'exècre votre blondeur, vos courbes parfaites, votre propension à la perfection, à la frivolité... Je ne suis pas assez bien pour vous, à la bonne heure ! Vous ne l'êtes pas non plus pour moi. Depuis trois ans je me débrouille seule et je m'en sors plutôt bien, je n'ai pas besoin de toi... Alors je vais réaliser un de tes vœux les plus chers. Je vais disparaître de vos vies. Je ne veux plus te voir, ni aucune de vous, d'ailleurs. Tu devras trouver un autre bouc émissaire à moins que tu ne réalises enfin que, si tu n'avais pas trompé ton mari au préalable, rien de tout cela ne serait arrivé. Ton cher époux n'est pas parti parce que je n'étais pas sa fille, maman… Il t'a laissée parce que tu as couché avec un autre homme. C'est aussi simple que ça.

Sur ce, je lui tourne le dos, la laissant debout, bras ballants, assommée par ma diatribe.

Connor me suit non sans un dernier regard noir en direction de ma mère qui a baissé la tête.

Je me sens légère, en franchissant la porte. Je prends le temps de respirer profondément et je profite de cette liberté retrouvée. J'ai une partie des réponses que j'attendais et j'espère que Henry Mauris pourra me donner celles qui me manquent.

Nous remontons dans la voiture et, sans aucun regret, je dis adieu à cette maison, cette coquille vide où je n'ai pas été aimée.

— Comment te sens-tu ? me demande Connor, engageant la Porsche sur la route qui va nous ramener à Londres.

— Extrêmement bien, je réponds.

Rien n'est plus vrai. Malgré ma métamorphose, je sentais qu'un poids immense pesait encore sur mes épaules… Eh bien, il est parti. Je viens de m'affranchir définitivement du carcan familial et toutes ces années de souffrance viennent de s'effacer. J'ai choisi ma nouvelle famille, et l'homme assis à côté de moi en est la pièce maîtresse.

Ma main est posée sur sa nuque et je m'amuse avec les mèches sombres qui balaient ses épaules.

— Je suis super fier de toi, déclare-t-il.

— Moi aussi ! je claironne en souriant de toutes mes dents. Je me demande seulement pourquoi je n'ai pas fait ça plus tôt.

— Parce que tu n'étais pas prête, tout simplement. Depuis trois ans tu te débats entre ton boulot et tes cours. Tu as bossé très dur pour gagner ton indépendance. Aujourd'hui tu en récoltes les fruits et finalement tu te rends compte que tu n'as pas besoin d'elles.

— Heureusement que tu étais là, je précise.

— Mina, je ne suis pas dans ta vie depuis assez longtemps pour y avoir joué le rôle crucial que tu me prêtes.

— Oh que si, mon cœur. Tout a commencé parce que j'allais faire un stage dans une super agence, puis parce que je t'ai rencontré. Ton amour me donne des ailes, Connor, et grâce à elles je me sens comme Wonderwoman, prête à tout retourner sur son passage.

Il rigole, et son visage rayonne.

— Tu es ma superhéroïne, lance-t-il. Il faut fêter ça. Que dirais-tu d'inviter toute la troupe pour une soirée mémorable ?

— Vendu !

Je profite du trajet pour tous les appeler. Les garçons d'abord parce qu'ils ne doivent plus tenir en place en attendant de mes nouvelles. J'ai raison : Paolo décroche aussitôt, avide d'entendre le récit des derniers événements.

Dire que Tristan et lui ont été sidérés par la nouvelle est un euphémisme. Idem pour Vivianne qui me promet d'être là ce soir parce qu'elle a beaucoup de boulot et pas trop de temps à me consacrer en journée. James est injoignable, mais ce n'est pas le cas de Vale et de Travis, toujours prêts à faire la fête.

C'est le cœur gonflé d'amour et de joie que je regarde le paysage défiler.

Je viens de tourner une page de mon existence, et il m'en reste encore beaucoup d'autres, vierges, à remplir.

CHAPITRE 45

Nous nous arrêtons chez moi pour que je récupère ce dont j'ai besoin afin de passer le reste de la semaine chez Connor.

— Est-ce que ça te fendrait le cœur d'abandonner ton petit appartement ?

— Pourquoi me demandes-tu ça ? je demande, interloquée.

— Peut-être que j'essaie de te faire comprendre que je désire que tu viennes définitivement habiter avec moi.

Nom d'un chien !

C'est logique en même temps puisque que nous sommes fiancés et qu'on a été jusqu'à envisager d'avoir de nombreux enfants ensemble. (Enfin deux, ce sera suffisant.) Mais bizarrement cette idée me met un chouïa mal à l'aise.

Les choses s'arrangent mais mes doutes ne peuvent pas tous disparaître comme par magie. Et je m'entête à penser que tout va beaucoup trop vite entre Connor et moi.

— Tu ne réponds pas ? s'inquiète-t-il.

— C'est seulement que je ne sais pas quoi te répondre, je dis, gênée.

— Allons bon, qu'est-ce qui te perturbe dans l'idée de venir vivre avec moi ?

Je ne dis rien et je finis de remplir le sac ouvert sur mon lit. Je plie consciencieusement chacun de mes vêtements puis je les dépose à l'intérieur. J'y mets trop de méticulosité, tout simplement parce que je ne sais pas comment expliquer ce que je ressens. Une peur idiote, infondée qui va sûrement faire bouillir Connor qui en a déjà assez entendu aujourd'hui.

— Mina, je t'ai posé une question.

Je contemple le jean que j'ai saisi machinalement. Je le plie, le lisse puis le place sur le reste des vêtements avant de faire coulisser la fermeture Éclair du bagage.

Je me lance, un peu hésitante :

— Je n'ai pas peur de vivre avec toi, Connor.

— Continue, intime-t-il.

J'avale ma salive et je prie qu'il soit, encore une fois, patient avec moi et comprenne mes peurs, même s'il les trouve complètement idiotes.

— C'est juste l'idée de ne plus avoir de chez-moi qui me gêne.

— Je ne comprends pas…

— OK… Bon… Tu t'énerves pas, hein ?

— Mina, bon sang, accouche !

— Voilà. Je veux bien que nous habitions ensemble mais je souhaite continuer à louer cet appartement.

— C'est stupide. Tu vas gaspiller ton argent.

— Je m'en fous ! Et, non, ce n'est pas stupide. Si je laisse cet appartement, je n'aurai plus rien et c'est inconcevable. Je me suis battue pour l'avoir et pour pouvoir payer le loyer alors je le garde… En plus, si un jour ça s'arrête entre nous ou si on se dispute très fort… je n'aurai nulle part où aller.

OK ! Je me suis énervée. Je suis prête à affronter l'orage qui ne va pas manquer d'éclater. Je contemple Connor. J'essaie de discerner les signes de son mécontentement.

— Je comprends.

Ah ?

— C'est vrai ?

— T'as raison, ce n'est pas une idée stupide.

Ce mec n'est jamais là où on l'attend et il est à moi.

— Je peux garder mon appartement ?

— Si j'en paie le loyer.

J'ai vraiment de la merde dans les yeux ! Certes, j'ai une excuse, je suis amoureuse.

Mais quand même !

— Ouais, dans tes rêves.

— Mina...

— T'as rien compris, Connor !

— Mais si !

— Non ! Comment veux-tu que je considère cet endroit comme mon chez-moi si c'est toi qui règles les factures ? Et si on se sépare un jour, tu crois que je me sentirai bien ici, en sachant que c'est toi qui paies le loyer ?

— T'es une emmerdeuse...

— Et toi un crétin imbu de lui-même...

C'est certain, cette fois-ci, il va s'énerver.

Eh bien, non !!! Il m'enlace et dépose un baiser léger sur mes lèvres.

— On est donc faits pour s'entendre ?

— Ouais.

On éclate de rire. La journée est trop belle pour qu'on s'engueule. À dire vrai je n'en ai pas non plus le courage.

Je viens de mettre un terme à des années de domination maternelle, je vais passer une super soirée avec tous ceux que j'aime, l'homme de ma vie vient de me demander d'emménager avec lui et, cerise sur le gâteau, je garde mon appartement – que je paierai toute seule. J'ai vraiment l'impression d'avoir gagné la guerre.

Je décide de revenir dans la semaine pour mettre mon appart en ordre au cas où je devrais m'y réfugier (doute, quand tu nous tiens). J'en profiterai pour récupérer ce qui me suivra chez Connor, qui va devoir désormais cohabiter avec mes peluches, mon poster de Maxime Médard et ma collection de livres qui devront se faire une place dans la bibliothèque déjà bien fournie de mon fiancé.

Mais Connor est confiant et promet d'abandonner un petit espace dans sa chambre pour mes animaux à poils synthétiques, de commander de nouvelles étagères pour mes livres, et de ne pas être jaloux de l'arrière du Stade toulousain qui finira scotché sur la porte intérieure du placard.

En fait, je crois qu'il a déjà prévu que je lui dise oui et a tout préparé en conséquence.

J'en ai la preuve dès que nous pénétrons dans son appartement que je dois dorénavant considérer comme le mien. Une nouvelle bibliothèque, installée en matinée, est toute prête à supporter la tonne de livres que je vais apporter. Un fauteuil est libre pour mes peluches et Maxime me sourira dès que j'ouvrirai une des portes du dressing pour m'habiller. C'est parfait.

— Tu le trouves plus mignon que moi ? demande Connor alors que je scotche le poster sur le battant.

— T'es jaloux, mon chéri ?

— Alors j'ai le droit de mettre une photo de mon idole ? me nargue-t-il.

— Oui, si elle occupe le panneau intérieur d'une autre porte. Mais c'est qui ton idole ? Scarlett Johansson ? Angelina Jolie ? L'actrice sculpturale qui fait la pub pour Dior et dont je n'ai pas retenu le nom ?

— Nan ! lâche-t-il en riant.

— Alors c'est qui ?

— Tiens, regarde !

Je prends la photo qu'il vient de sortir du tiroir de son chevet.

— C'est une blague ?

— Oh non !

— C'est moi ?!

La photo a été prise lors de notre soirée poker. Je mords ma lèvre inférieure et mes yeux brillent, fixant l'objectif.

— Qui voulais-tu que ce soit ?

Ouais, j'ai subitement l'air bête, mais à ma décharge je n'ai pas de photo de l'homme que j'aime – à part dans mon portable.

— Tu sais que tu es mon héros ?

— Non.

— Menteur. Pour la peine, je vais faire un truc qui m'aurait paru inimaginable il y a encore deux mois.

— Lequel ?

Avec cérémonie, je détache le beau Maxime de son support et je replie l'affiche pour la reléguer au fond du dressing.

— Il me faut une photo de toi !

— Non, il nous faut une photo de nous deux.

— On fait un selfie ?

— Viens là !

En un rien de temps, la photo est prise et imprimée, et trouve sa place sur la table de nuit.

— Il n'y a plus que nous deux, conclut Connor avec un sourire qui me fait frémir.

— Oui, mais pas pour longtemps !

— Nos invités arrivent à quelle heure ?

— Dans une demi-heure et on n'a encore rien préparé.

— OK, je suis un Apollon mais pas Speedy Gonzales. Et vu ce que bouffe un Travis en grande forme j'ai plutôt intérêt à me coller aux fourneaux pour préparer une tonne de nourriture.

— Dis-moi ce qu'il faut faire, on ira plus vite à deux.

— C'est parti…

Comment préparer un repas pour dix personnes en trente minutes ? C'est simple. Une fois que vous avez réalisé que vous n'avez pas fait les courses et qu'il n'y a rien dans le frigo, vous appelez le chinois, l'italien et le mexicain à la rescousse.

Et ils ne seront pas trop de trois pour contenter notre appétit d'ogre et celui abyssal de Travis, qui est effectivement en grande forme.

CHAPITRE 46

Ils arrivent tous à l'heure prévue. Tristan et Vivianne sont venus seuls, leurs moitiés devant bosser. Ils précèdent Vale et Travis qui nous apprennent que James, en fin de compte, nous honorera de sa présence. Ils nous expliquent que, étant dans l'avion en provenance de Boston, il était injoignable. Apprendre que mon frère d'adoption vient est une vraie bonne nouvelle pour moi, je m'en rends compte. D'ailleurs leur présence à tous est importante, même s'ils ne nous autorisent pas à manger tant que nous ne leur avons pas raconté tout ce qui s'est passé depuis deux jours. Le fiasco de la présentation devant la famille Fossbury, le comportement de Deirdre et ses manigances avec Bettina, les révélations de Henry Mauris et enfin la conversation avec ma mère, plus tôt dans l'après-midi.

Ouf ! Après un compte rendu détaillé on a enfin le droit de puiser dans la profusion de plats disposés sur la table et, pendant que nous mangeons et que Travis dévore, chacun y va de son sentiment sur tout ce qui est arrivé. Pour tous, c'est la révélation de Henry Mauris qui s'avère la plus surprenante. James, qui nous a rejoints, y voit une justice alors que Vale préfère savourer toute l'ironie de la situation.

— Pourquoi ? Tu trouves tout ce merdier ironique, toi ? s'étonne Travis.

— Ben, plutôt… Ce qui est ironique c'est que Mina est la fille biologique de Mauris alors que Deirdre n'en est que la fille adoptive. Vous ne trouvez pas ça ironique, vous ?…

Cette andouille de Vale ne se rend même pas compte qu'il vient de lâcher une bombe atomique sur l'auditoire.

— Quoi ? Qu'est-ce que j'ai dit ? Pourquoi vous me regardez tous comme ça ?

— Tu te fous de nous ! éructe Connor.

— Quoi !

— Bon Dieu, Vale ! Tu comptes distiller tes informations sur Deirdre au compte-gouttes ? Tu trouvais que c'était pas assez important, peut-être ?

— Arrête de gueuler, mec !!! Je pensais que vous le saviez. Elle me l'a dit quand nous étions ensemble et elle ne m'a pas demandé de garder le secret, j'ai donc supposé que vous étiez au courant.

— Elle l'a toujours su ?

— J'en sais rien. Elle ne m'a rien raconté de plus.

— Bordel !

Oui, bien dit !!!

Si Deirdre est au courant pour son adoption, ça peut expliquer sa hargne contre moi.

Qu'elle le sache depuis le début ou qu'elle l'ait appris sur le tard ne change pas grand-chose, le résultat est le même. Elle n'est plus la seule héritière de son père, riche comme Crésus. Mais j'ai quelque chose qu'elle n'a pas : je suis du sang de Henry Mauris.

Je soumets cette réflexion à l'équipe.

— Je crois que tu as raison, Mina, réfléchit James. Tant que Deirdre ne connaissait pas ton existence, qu'elle soit adoptée ou pas ne lui a pas posé de soucis. Mais à partir du moment où tu es apparue, la donne a changé.

— Ouais, ça se tient, lance Travis qui finit d'engloutir les derniers burritos. Tu deviens la rivale à abattre.

— C'est clair, approuve Vivianne. Imaginez un peu, elle apprend que son père a toujours connu l'existence de Mina mais la lui a cachée. Je ne sais pas comment elle découvre le secret, mais en attendant, la réalité est là. Elle a une demi-sœur talentueuse qui fait le même métier qu'elle. Et son père fait des pieds et des mains pour lui obtenir une place dans l'agence où elle travaille. Y a quand même de quoi l'avoir mauvaise.

— Tu la défends, lui reproche Tristan.

— Non, mais reconnais quand même que la pilule doit être amère.

— Je suis d'accord avec Vivianne, je renchéris. Je ne l'excuse pas pour ce qu'elle a fait mais je comprends mieux ses motivations.

Un ange passe… Je viens de défendre ma meilleure ennemie et j'en suis la première choquée.

— Je l'ai aperçue à l'aéroport avec un mec, reprend James. Un grand blond tatoué de partout.

— Qui ? Deirdre ?

— Oui, acquiesce mon ami. Ils étaient tellement absorbés par leur conversation qu'ils ne m'ont pas vu. Je ne sais pas ce qu'ils foutaient là, peut-être qu'elle partait, après tout.

— C'était prévu qu'elle se barre ? je demande à Connor.

— Non ! Je croyais qu'elle allait rester pour nettoyer toute sa merde et essayer d'arranger les choses avec Fossbury.

— Les rats quittent le navire ! crache Vale. Je suis désolé de ne pas vous avoir dit tout ça avant, on aurait peut-être pu éviter toutes ces conneries !

— Pas sûr, remarque Tristan, c'est la découverte de l'existence de Mina qui a tout déclenché, pas le fait qu'elle soit adoptée.

— Ouais, ça et le fait que Mina sorte avec Connor, ajoute Vivianne.

— Je serais plus rassuré de savoir ce qu'elle fait, lance Connor.

— Pourquoi ? demande Travis.

Je regarde mon homme et, oui, il a l'air plus qu'inquiet.

— Je repense à ce qu'a dit le vieux Gosling, qu'elle ne lâcherait pas le morceau comme ça, que ça allait saigner… D'ailleurs, c'est qui, ce mec ?

— Je n'en sais rien, répond James.

— Ouais, il semble qu'elle aime traîner avec les mauvais garçons, je lance, jetant un coup d'œil amusé à Vale qui grogne.

— Je ne suis pas un mauvais garçon, rétorque-t-il. C'est elle qui est complètement déjantée. Je vous l'ai dit, cette nana est barge !

— Ouais, ben justement. Je suis sûr qu'elle mijote quelque chose, lâche Connor.

— Qu'est-ce que tu veux qu'elle fasse de plus ? Elle a failli vous séparer et a saboté deux grosses affaires. Tu crois qu'elle pourrait faire pire ? conclut Travis.

— Faut simplement qu'on la garde à l'œil, déclare Vale.

— Elle nous fait suer, bordel ! crache Connor.

Il ronchonne et, plus grave, il n'est plus à la fête. Nos amis abolissent les sujets travail et Deirdre, et se mettent à raconter toutes sortes de choses souvent follement drôles mais, même si Connor fait des efforts pour sourire et participer, il n'est plus vraiment avec nous. Je l'ai rarement vu comme ça. J'aime Connor quand il est gai, insouciant. Bon, je l'aime aussi quand il s'en fait pour l'agence et pour moi, comme à cet instant. Mais j'ai mal pour lui. Je veux l'aider. Alors pendant que Tristan et Vivianne plaisantent avec Travis – que je n'ai jamais vu aussi souriant –, que Vale et James s'occupent du cas de Connor, je cherche une solution pour arranger les choses.

Et j'ai peut-être une idée… Non, deux !

La première a une chance infime de marcher mais je ne peux pas la mettre en branle ce soir, il est trop tard, il va falloir que j'attende demain matin pour être fixée.

La seconde, par contre, est tout à fait dans mes cordes. Seul hic, il faut que j'attende que nos amis se décident à partir, ce qui pour certains risque de tarder. Vale et James sont morts de rire. Je ne sais pas de quoi ils parlent, mais ça les amuse beaucoup et ça a le mérite de faire sourire mon fiancé.

On boit encore un peu, on discute beaucoup puis, enfin, Vivianne, Tristan, et Travis qui va profiter de leur véhicule, décident de lever le camp.

On s'embrasse, je promets de faire attention et de les tenir au courant de la suite des événements, et ils sont partis. Plus que deux… Ça ne va pas être du gâteau pour les faire déguerpir. Vale a retrouvé sa place sur le canapé où il sirote une énième bière, en regardant un match, alors que James se sert un café non sans m'en proposer un, ce que j'accepte.

Connor a l'air crevé, et j'ai peur qu'il décide d'aller se coucher sans me laisser le temps de mettre ma deuxième super idée en action. Ce qui serait vraiment dommage pour moi, mais surtout pour lui.

Heureusement James et lui parlent de la prochaine installation de notre ami à Londres. Les choses se précisent. Il a déjà trouvé ses futurs bureaux. Ils sont en cours d'aménagement, il ne lui manque plus que du personnel, ce qui est en train de se finaliser également. Malheureusement, c'est plus difficile pour dégoter un appartement qui lui plaise. Il ne veut pas un truc très grand, simplement confortable et pas trop cher. Là, j'ai une troisième idée lumineuse.

— Et si je te disais que j'ai un appartement absolument parfait pour toi ? je lance, pas peu fière.

— T'es agent immobilier, toi, maintenant ? s'étonne-t-il.

— Pfff ! Non… C'est mon appartement. Il est petit mais il est bien agencé, dans un quartier sympa et le loyer est convenable. Je téléphone à mon proprio et je m'arrange avec lui. C'est un vieux monsieur et il est très gentil. Il ne devrait pas y avoir de problème.

— Mais, et toi ?

— Mina habite ici désormais, alors effectivement son appart est libre, confirme Connor.

— Je passe récupérer quelques trucs, et il est à toi, je précise.

— C'est génial ! Tu m'enlèves une belle épine du pied.

— Si tu veux on va le voir demain soir.

— Non, demain soir, je ne peux pas, mais je suis libre en fin de semaine. On n'a qu'à dire vendredi.

— Tu m'enverras un SMS pour l'heure.

— Trop cool, ma puce.

Puis, regardant sa montre :

— Ouh là, déjà ! Je vais vous laisser, mes amis, faut que je débourre tôt demain. Vale… tu viens ?

— Ouais, une minute. Je regarde la dernière action du match et on bouge.

— Mec, il est déjà une heure…

— Ouiiii ! Cinq minutes, râle notre ami scotché au canapé.

Rajoutez-en vingt et Vale se décide enfin à se lever pour suivre James, à deux doigts de se barrer tout seul. Ce qui n'aurait pas arrangé mes affaires. D'autant que l'étreinte et le baiser que m'octroie Vale me donnent un surcroît de travail pour calmer Connor, prêt à lui sauter sur le râble. Ils se saluent, échangent encore quelques mots, ayant retrouvé tout leur sérieux, et ils sont partis.

Enfin, nous sommes seuls. Je propose à Connor d'aller prendre une douche pendant que je débarrasse. Il rechigne mais se laisse convaincre.

Première partie du plan : OK.

CHAPITRE 47

Je dois ressembler à une Super Jaimie débarrassant la table, jetant les emballages vides et fourrant toute la vaisselle sale dans la machine que je mets à tourner avant de passer un coup d'éponge partout.

Je speede comme une folle mais je suis fin prête pour mettre la deuxième partie de mon plan à exécution. Et puis, moi aussi, j'ai besoin de me rafraîchir.

La douche à l'italienne est immense. Elle est séparée du reste de la salle de bains par un mur de verre. Connor est là-dedans depuis vingt bonnes minutes et pourtant il ne fait pas mine de se laver. Il y a de la vapeur d'eau, la cloison transparente et embuée, mais je devine son corps s'offrant à l'eau qui fuse d'un large pommeau en inox. J'adore l'effet de pluie qui dégouline sur lui, c'est stupéfiant. Mais passons…

Connor a la tête penchée en avant, les deux mains en appui sur le mur devant lui, et il laisse l'eau chaude détendre les muscles de sa nuque.

Je me déshabille sans faire de bruit, prends l'éponge naturelle qu'il a achetée pour moi et je le rejoins.

Je l'enlace par-derrière, nouant mes mains sur ses abdominaux. Il sursaute et fait un demi-tour dans mes bras.

Il est surpris. Je le contrains au silence d'un doux baiser sur ses lèvres si bien dessinées.

— Ne dis rien et laisse-toi faire, je murmure contre sa bouche.

Il hoche la tête, il reprend sa position initiale, et j'entreprends de le laver. Je verse un peu de gel douche sur l'éponge, que je commence à passer doucement sur son corps tendu, d'abord sur son cou puis ses épaules, sur lesquelles je m'attarde. Je dessine de petits cercles en appuyant légèrement. Je longe sa colonne vertébrale puis je répète mon geste du haut vers le bas. Je perçois ses soupirs de contentement et je sens ses muscles se relâcher, se détendre doucement. Pour le moment mon plan se déroule sans accroc, alors je continue et je m'applique.

Je m'occupe de ses cuisses, de ses mollets que je masse doucement. Ses fesses ensuite puis à nouveau son dos.

Je le fais se retourner et, houla, je ne pensais pas que mon traitement aurait autant d'effet sur lui. Malheureusement, il n'est pas encore temps de m'occuper de cette partie de son anatomie si dure et si attrayante. Je reprends depuis le haut, épaules, pectoraux, abdominaux. Je suis les pleins et les déliés dessinés par ses muscles. J'en apprécie tous les contours et j'ai très envie de remplacer l'éponge par ma langue et mes mains. Mais pour ça aussi, il n'est pas encore temps.

Mon éponge (et non ma langue) suis la ligne de poils sombres qui mène à son sexe au garde-à-vous que j'ignore pour me consacrer à ses jambes que je lave et masse.

Je prends mon temps, je veux qu'il se détende et qu'il retrouve sa bonne humeur. Pour ça, j'ai établi tout un programme.

— C'est trop bon, ma puce, ronronne-t-il.

— Oui ? Eh bien ce n'est pas fini, je lui susurre.

— Qu'est-ce que tu comptes me faire ?

— Tu veux tout le programme ?

— Il est si long que ça ?

— Te savonner n'est que la première étape… Maintenant je vais te rincer, puis je vais me concentrer sur une partie de ton anatomie qui semble impatiente. Tu vas jouir et, après, je m'occuperai encore de toi et je te ferai l'amour.

Ses yeux brillent et ses mains sont déjà sur moi et me caressent les côtes avant de s'arrêter sur mes hanches.

— Et pourquoi un tel traitement ?

— Tu n'aimes pas ?

— T'es dingue ! On ne s'est jamais aussi bien occupé de moi.

— Cool.

Mon Dieu, qu'il est magnifique ! Il me regarde avec tant d'amour et de désir mêlés que j'en pleurerais... Mais au diable les sensibleries, j'ai mieux à faire.

— Je veux t'aider à oublier tes soucis... au moins jusqu'à demain. Alors, on aura tout le temps de s'en inquiéter, tous les deux... En fait, j'ai eu une idée, concernant Fossbury, mais comme on ne peut rien faire dans l'immédiat...

— Tu es merveilleuse, ma puce. J'ai énormément de chance...

— Pareil, dis-je en pouffant. En attendant, j'ai encore beaucoup à faire et tes mains sont trop distrayantes.

Il lève les bras, amusé, me laisse reprendre le contrôle de la situation et j'en profite. Pas un muscle, pas un centimètre carré de peau n'échappe à mes caresses, à mes doigts qui frôlent, pétrissent, pincent, lui arrachant des frémissements, des gémissements alors que je passe sur les zones érogènes que je stimule jusqu'à ce qu'il murmure mon prénom.

Puis c'est au tour de mes lèvres et de ma langue, et je me délecte. J'embrasse son torse. Ma langue agace ses tétons durcis par le plaisir, mes dents les éraflent puis ma bouche reprend sa lente descente le long de son ventre et de cette ligne de poils qui me mène jusqu'à son sexe imposant. Je le taquine de mes doigts, et je sens sa peau douce et soyeuse. Je me mets à genoux et je l'honore avec ma bouche. Je l'entoure de mes lèvres et commence à le sucer avec application, mettant mon expérience toute neuve à son service. Pour tout vous dire, j'y vais surtout à l'instinct. Je me concentre sur chacun de ses tressaillements, ses gémissements qui me guident alors que je veux tout faire pour lui.

J'accélère les va-et-vient sur la longue hampe, ma langue ne reste pas une seconde inactive et je perçois les tremblements de Connor. J'ai l'impression que son sexe grandit encore, il frémit entre mes lèvres. Je ne lui laisse aucun répit. Ses jambes sont écartées, et il s'appuie sur les murs de chaque côté de lui, la tête en arrière, le visage crispé par la passion et le plaisir que je lui donne.

— Oh merde, ma puce ! Je vais jouir… Oh oui !

Son sexe tressaute, et j'avale tout ce qu'il me donne. Il crie mon nom une dernière fois, sa main crispée dans mes cheveux, puis ses genoux cèdent sous lui. Nous nous retrouvons dans les bras l'un de l'autre. Il est sans force et repose sur moi, m'enlaçant étroitement.

— Nom de Dieu, Mina !!! C'était extraordinaire !

Je souris contre son cou. Il est vraiment dans un sale état. Il n'a plus de force mais son visage est détendu et son sourire, béat.

— Tu veux que je te laisse un peu de temps pour te remettre, avant que je poursuive mon programme ? je propose en pouffant.

Il éclate de rire, et me serre plus fort, déposant de petits baisers dans mon cou, sur mon épaule.

— Tu as décidé de me faire mourir de plaisir ?

— C'est l'idée !

— Et toi dans tout ça ?

— Moi ? Mais j'ai adoré ce que je viens de faire, je le rassure.

— Tu es excitée ?

— Je suis inondée…

Il rit à nouveau, le regard assombri par le désir.

— Et si on sortait de là ?

— Tu vas pouvoir marcher ? je le nargue.

Il fait mine de me saisir, mais je me relève et sors de la douche.

— Mina ! Tu ne perds rien pour attendre ! crie-t-il de la douche, dans laquelle l'eau ne coule plus

Enroulée dans mon peignoir, je suis déjà étendue sur le lit alors qu'il lui faut un certain temps pour me rejoindre.

Je suis très fière de moi !!!

Il est sec et totalement nu quand il vient dans la chambre, s'arrêtant au pied du lit. Il me contemple avec avidité et je frémis tant son regard semble vorace.

— Je crois que le programme va être un tantinet modifié, gronde-t-il.

Je déglutis. Il est en mode dominateur ou barbare avec ses longs cheveux qui balaient son beau visage et ses muscles tendus sous sa peau hâlée. Et moi je suis sa victime toute consentante et excitée au plus haut point.

— Enlève ton peignoir, m'ordonne-t-il.

J'obéis en un temps record. Je suis chaude comme la braise. Mes seins sont lourds, mes tétons durs et tendus. En fait c'est tout mon corps qui réagit à sa présence. Pour tout vous dire, j'ai du mal à trouver mon souffle, pourtant il ne m'a pas encore touchée. Il faut reconnaître que la scène sous la douche m'a poussée au bord du précipice, et je ne crois pas qu'il m'en faudra beaucoup pour sombrer corps et âme dans une jouissance que je prévois dévastatrice.

— Mets tes mains au-dessus de ta tête et interdiction de bouger.

Je m'exécute.

— Écarte les jambes.

Voilà. Mon barbare me domine et me donne des ordres, et, ça aussi, j'adore. D'ailleurs j'ai chaud, je frissonne, mon sexe est douloureux. J'attends avec fébrilité qu'il arrête de me dévorer des yeux pour me dévorer tout court.

— Tu es impatiente, ma puce ?

Je formule un oui très essoufflé, ce qui provoque chez lui un sourire. Un sourire carnassier.

Mais enfin il grimpe sur le lit et, sans me laisser le temps de dire ouf, il plonge la tête entre mes cuisses directement sur mon clitoris gonflé.

Oh ! Sa langue… Il me rend au centuple ma caresse buccale de tout à l'heure et c'est le paradis…

— Ne jouis pas tout de suite, murmure-t-il.

Ah non ?

— Attends-moi !

Ah ouais ?

Et je fais comment ? Il amorce la bombe et *pouf*, alors que je n'ai qu'une envie : exploser !

Mon Dieu… J'essaie de me refréner, je fais des efforts, je respire à fond, je me concentre mais j'ai une monstrueuse envie de jouir. Heureusement sa bouche quitte mon intimité pour m'embrasser. On passe à l'étape suivante, aussi fébriles l'un que l'autre.

Une de ses mains maintient les miennes au-dessus de ma tête. Il passe l'autre sous mes fesses pour soutenir mon bassin et il me pénètre. Sa poussée est si phénoménale que j'ai l'impression qu'il va me transpercer. J'enroule mes jambes autour de ses hanches et je l'accompagne alors que son sexe va toujours plus loin et toujours plus fort.

Je ne peux pas résister à un truc pareil. C'est au-delà de l'entendement. Comment peut-on avoir autant de plaisir, être si complémentaire de quelqu'un, comme nous le sommes l'un de l'autre ? Nous ne faisons qu'un alors que nous bougeons et gémissons à l'unisson.

— Ne jouis pas, m'intime-t-il une nouvelle fois.

Il ressort complètement avant de me reprendre plus brutalement encore. J'ai du mal à respirer tant les sensations sont extrêmes. Son rythme est endiablé, violent, mais je tiens mon orgasme en laisse, attendant l'autorisation de le libérer. J'entrevois que cette libération va provoquer un cataclysme de plaisir qui anéantira tout sur son passage.

L'anticipation est déjà une jouissance à part entière et je n'ose même pas penser au reste.

— Oh Mina, tu es si parfaite.

Il me demande encore de l'attendre. Ou m'implore-t-il, je ne sais plus. Je suis dans un état second. Je me retiens de jouir depuis si longtemps, c'est si douloureux et si bon à la fois, que je ne sais plus. Je ne calcule plus rien. Il n'y a plus que Connor en moi, sa voix qui me guide, me flatte. La pression devient insupportable alors qu'il me fouille sans répit.

Nous sommes à bout de souffle, nos regards accrochés l'un à l'autre.

— Je t'aime, Mina !

Oh merde alors !

Ces petits mots, si simples, sont l'étincelle qui fait tout exploser. Nous crions de concert parce que la pression est trop forte et la libération de notre plaisir, extrême.

La petite mort !

Ouais, c'est totalement ça. On est morts... Aucun de nous deux ne peut bouger. Connor s'est effondré sur moi et je m'accroche à lui, son poids me rassurant et me comblant.

L'image et le son reviennent doucement. Si j'avais encore des doutes sur nos fiançailles, ils ont été bottés en touche par l'orgasme fantastique qui vient de nous terrasser. Jamais je ne pourrais ressentir cela avec un autre que Connor. J'en suis convaincue. Comment pourrais-je me donner à un autre homme après ça ?

— T'es incroyable !

— Rhooo ! Toi aussi, je renchéris.

— Pourquoi personne ne l'a jamais remarqué ?

— Que tu étais incroyable ?

— Non, toi, ma puce.

— Si quelqu'un l'avait remarqué avant, tu n'aurais pas été le premier.

— Ouais... Absolument inacceptable.

— C'est clair... Inimaginable, je dirais même !

On se met à pouffer. Connor essaie de se hisser sur les coudes mais il n'a plus de force, alors il se contorsionne pour se glisser à côté de moi. On n'a plus d'os, nos muscles sont HS et on rit de notre pitoyable état.

— Merci, ma puce, j'ai adoré ton programme détente.

— Ouais, mais tes velléités dominatrices m'ont empêchée de faire tout ce que j'avais prévu.

— Tu t'en plains ?

— Oh non, non, non !!!

— Alors il faudra recommencer.

— Carrément...

— Mais pas trop souvent.

— Ah bon ? je m'étonne en le regardant.

Il est hilare.

— Mon Dieu, c'était si intense, ma belle... Je n'ai jamais eu d'orgasme aussi fort.

— Et tu te rends compte, tu vas pouvoir bénéficier de tout ça pendant de nombreuses années de vie conjugale.

Il est redevenu super sérieux et passe sa main sur ma joue avant de repousser quelques mèches collées par la sueur.

— Alors c'est sûr ? Tu t'es faite à l'idée ? Tu veux vraiment m'épouser ?

— Oui.

— On est bien d'accord pour les enfants ?

— Oui.

— Il va vraiment te falloir une bague, si je comprends bien ?

— C'est pas obligatoire... je rétorque. Tu m'as déjà offert un collier et un bracelet, c'est suffisant.

— Non, il te faut une bague, assène-t-il. Personne n'a jamais entendu parler d'un collier ou d'un bracelet de fiançailles.

— On pourrait lancer la mode ?

— Non, restons classiques… Il te faut une bague, un point c'est tout.

— D'accord, mais on s'en occupera quand tout sera réglé.

Il s'amuse avec mes cheveux. On est tous les deux très fatigués et certaines décisions se prennent à tête reposée.

— Ton idée pour arranger les choses à l'agence, elle est bonne ?

— Elle vaut ce qu'elle vaut mais je préfère ne pas en parler pour le moment.

Il fait la grimace et, un instant, je crois qu'il va retrouver sa mine sombre. Mais il n'en est rien. Il me serre contre lui.

— Tu vas être une femme impossible.

— Tu peux toujours retirer ta proposition, ce n'est pas vraiment officiel, je n'ai pas encore de bague.

— Jamais ! J'adore relever les défis.

— Alléluia !

CHAPITRE 48

L'agence tourne au ralenti. N'ayant pas travaillé hier, je réalise seulement combien tous ceux qui bossent ici ont l'air assommés après le foirage de Deirdre.

Connor fait de gros efforts pour ne pas me montrer l'étendue de son inquiétude mais elle est palpable. Il s'en fait pour moi, parce qu'il pense, et il me l'a encore répété ce matin, que ma demi-sœur prépare quelque chose. Il en a la certitude sans pouvoir prouver quoi que ce soit. Et puis il y a l'agence. Fraser et lui ont monté cette boîte en bossant comme des dingues et, alors qu'ils atteignent leur but, tout risque de s'écrouler.

J'abandonne mon fiancé à l'accueil et je gagne mon bureau. La journée va être longue. Je dois essayer de sauver la société (OK ! j'exagère un peu) et je dois aussi passer à mon appartement pour commencer à empaqueter mes affaires, au cas où James récupère mon logement.

Je n'ai pas une minute à perdre et, heureusement, Justine est déjà là.

— Tu es arrivée tôt ? je lui demande en posant mes affaires sur mon bureau.

— Oui, mais j'arrive pas à bosser. Je suis trop en colère pour être efficace.

— James a vu Deirdre à l'aéroport.

— Elle se barrait ?

— On n'en sait rien.

— Ça ne m'étonnerait même pas de sa part ! siffle mon amie. Elle fout tout le monde dans la merde et elle se casse. Aux autres de réparer ses conneries.

— Bon débarras !

— Ah oui ? Elle nous laisse nous dépatouiller et toi tu trouves ça bien ? s'énerve Justine.

— Oui, dans le sens où elle ne traîne pas dans mes pattes.

— OK ! Mais après ?

— J'ai une idée… Laisse-moi passer un coup de téléphone et tu verras.

— Je te suis, tout plutôt que d'avoir des envies de meurtre et de broyer du noir.

— Prie pour moi, alors !

Ce qu'elle fait d'une certaine manière en croisant les doigts.

Premier échec.

Celle que j'espérais joindre n'est pas là, elle s'est absentée et ne reviendra que demain, tard dans la soirée. Je promets donc de rappeler le lendemain de son retour.

Malgré sa curiosité dévorante, Justine ne me pose aucune question sur ce que je désire faire et nous continuons de travailler sur la campagne pour nos fruits et nos légumes moches. Elle est comme moi, un peu superstitieuse. Je n'ai pas envie de parler d'une chose qui ne se réalisera peut-être jamais. Dès que j'aurai une touche, l'opportunité de rattraper tout le merdier de Deirdre, il sera bien assez temps. En attendant motus et bouche cousue.

Même Connor n'arrive pas à me faire cracher le morceau et, malgré ses techniques très élaborées, je ne craque pas. En même temps j'en tire tellement de plaisir qu'il serait dommage de l'empêcher d'essayer de me faire parler.

J'aimerais pouvoir lui en dire plus mais je ne veux pas lui donner de faux espoirs. Il serait trop déçu si mon plan échoue et il est déjà assez malheureux comme ça.

Il n'y a que chez nous, quand nous sommes dans notre lit, qu'il se détend un peu et qu'il oublie pour un temps tous ses soucis.

Il est souvent au téléphone avec les mecs. Il essaie également de joindre Deirdre, sans succès. Il ne me lâche pas d'une semelle et, même s'il n'est pas là, il fait en sorte que je ne sois jamais seule. Je trouve toutes ces précautions superflues et exagérées mais je le laisse faire. Si ça peut le rassurer.

Arrive enfin LE jour ! Je suis excitée comme une puce en arrivant au bureau. J'ai fini de débarrasser mon appartement. Il m'a fallu dix cartons et deux jours pour tout rapporter chez Connor. Je dois retrouver James vers dix-huit heures pour lui faire visiter les lieux et lui donner les clés, avec l'accord de mon proprio, trop content de savoir que son logement ne restera pas inoccupé.

Deuxième chose qui me met dans tous mes états : je vais enfin donner LE coup de téléphone, celui qui pourrait tout changer. Je suis pressée et en même temps complètement flippée, et c'est devant une Justine à bout de patience que je saisis mon appareil.

Fébrile, je compose le numéro. J'ai réfléchi longuement aux mots que j'allais dire et je les répète encore et encore quand je tombe pile sur celle que je vise.

J'ai envie de bondir, mais rien n'est encore fait, aussi, je me concentre et je débite mon laïus, en priant très fort pour que ça fonctionne. Justine, elle, préfère retenir sa respiration – comme si le fait de respirer ou non pouvait influer un tant soit peu sur la décision de mon interlocutrice. Ses yeux ressemblent à deux agates noires et trahissent son appréhension.

La réponse d'Elvira Fossbury – puisqu'il s'agit d'elle – se fait attendre mais elle finit par se prononcer, et je me retiens de hurler de joie.

Il semble que le plus dur soit fait. Maintenant qu'elle veut bien nous recevoir, je sais que nous avons une véritable chance à saisir.

— Dans une heure ?! panique Justine.

— Ouais !!!

— OK ! fait-elle en se levant, complètement affolée. Euh… J'appelle un taxi et tu prends le carton ?

— C'est parti, je m'écrie en prenant la grosse boîte brune où dort notre projet pour Milady.

On se précipite hors de notre bureau, direction la sortie. On n'a que soixante minutes pour traverser toute la ville, et il est hors de question d'arriver en retard. Autant mettre toutes les chances de notre côté.

Fraser, Doris et Connor sont en conciliabule dans le hall alors que nous passons en coup de vent.

— Mina ! m'appelle Connor.

— Pas le temps, mon cœur, je lance, déjà à moitié engagée dans l'escalier.

— Mais où allez-vous ? braille Fraser.

— On vous appelle ! hurle Justine qui me suit de près.

On s'engouffre dans le taxi, et je promets un bon pourboire au chauffeur s'il nous dépose à l'heure et en bon état à destination. Malgré le flot de circulation et les innombrables feux, la promesse d'une généreuse gratification fait des miracles.

À l'heure dite, un majordome nous ouvre la porte et nous introduit dans un salon où Mme Fossbury et sa fille nous attendent.

Elvira nous a donné son accord du bout des lèvres, et je la comprends. Je m'attendais même à un refus catégorique après le coup que Deirdre et son mari lui ont fait. C'est une chance d'être là. Nous n'avons plus qu'à la convaincre, et je crois dur comme fer en notre bonne étoile.

— Vous êtes à l'heure, remarque froidement Elvira Fossbury.

OK ! Je tempère mon optimisme. Nous allons devoir souquer ferme quand même…

Notre hôtesse nous invite à prendre place sur le canapé qui leur fait face. Il est de style Louis XVI, comme tout ce qui nous entoure, du lustre en cristal au motif du parquet clair. On se croirait à

Versailles. Murs lambrissés, ornés de frises sculptées et de motifs floraux aux couleurs chatoyantes. Les meubles en bois précieux. Les assises des fauteuils sont recouvertes de tissus aux scènes pastorales. C'est extrêmement luxueux, même si ce n'est absolument pas à mon goût.

— Pourquoi avoir quémandé cette entrevue, mademoiselle Westcomb ? demande Elvira Fossbury.

Je n'aime pas son ton et le fait qu'elle sous-entende que je l'ai suppliée de nous accueillir. Je n'apprécie pas non plus le regard de Claudia Fossbury et son air hautain qui pèsent sur nous. C'est très inconfortable, mais bon gré, mal gré, nous allons leur montrer qu'elles ne nous ont pas reçues pour rien.

D'accord, je dramatise un peu. À bien y regarder, elles ne sont pas si hostiles que ça. Elles sont plutôt méfiantes, ce qui est compréhensible. Leur père et mari les a honteusement trompées en acceptant, pour les beaux yeux de Deirdre (et pour son cul, j'en suis sûre), une proposition inacceptable au vu de ce qui avait été demandé, au préalable.

À nous de prouver que l'agence peut répondre à leurs attentes et les satisfaire.

— Ma collaboratrice et moi avons travaillé sur un projet et nous voulons vous le présenter.

— Vous ne manquez pas d'air, lâche Claudia Fossbury.

— J'en suis consciente, je déclare humblement. Mais nous sommes persuadées qu'il correspond vraiment à ce que vous voulez pour Milady.

— Pourquoi ne pas avoir fait les yeux doux à mon père ? ironise Claudia, dédaigneuse.

— Claudia ! s'écrie sa mère, outrée.

— Nous sommes navrées pour ce qui s'est passé, je commence, sur un ton conciliant. Je tiens à vous assurer que l'agence ne soutient pas les agissements de Deirdre Mauris. Bien au contraire elle les réprouve. Ce n'est pas notre façon de travailler, soyez-en certaines. S'il vous plaît, donnez une chance à nos idées. Si elles ne vous plaisent pas, nous partirons et nous ne vous embêterons plus... Mais ne nous faites pas payer pour l'incompétence et la bêtise d'une seule personne.

La mère et la fille se regardent, cherchant chez l'une comme chez l'autre un signe d'approbation.

— Vous avez l'air bien sûres de vous, mesdemoiselles, s'étonne Elvira Fossbury.

— Oui, dis-je avec cœur. Nous aimons ce que nous faisons et nous avons du talent.

Je perçois le coup d'œil dubitatif que mon amie me lance. Je ne fais pas preuve de modestie et c'est un pari osé mais je sais que nos idées sont bonnes et qu'elles apprécieront notre campagne.

— Eh bien...

Je retiens ma respiration et Justine aussi, je crois.

Les mots à venir vont être décisifs – soit on se lance, soit on dégage – et nous en sommes bien trop conscientes.

— Montrez-nous ce que vous valez...

Notre « ouf » est à peine contenu. C'est parti pour la présentation de notre vie !

Justine débarrasse la table basse sur laquelle j'installe mes notes, les croquis, les différents exemples de packaging, enfin tout ce dont nous avons besoin pour notre présentation.

C'est bordélique, pas très pro, mais c'est tout ce que nous avons, alors...

— Voilà notre approche...

Je me racle la gorge, inspire à fond, cherche le regard de Justine qui se veut rassurant et je me lance.

— Dès que j'ai commencé à travailler sur vos produits, je me suis rendu compte d'une chose. Ils représentent le résultat d'un savoir-faire présent sur les étalages des plus grandes enseignes depuis des dizaines d'années. Leur longévité prouve qu'ils n'ont plus à faire leurs preuves. Seulement, ils ne touchent plus assez de monde car leur look a besoin d'être modernisé.

— Continuez, m'invite Elvira Fossbury.

Sa fille s'est rapprochée de la table et parcourt des yeux tout ce qui y est étalé.

— Justine et moi avons opté pour quatre gammes : la minceur, les soins anti-âge, le bio et les produits capillaires. Aujourd'hui, la grande majorité des campagnes publicitaires vantant ces produits ne montrent que des filles qui n'en ont absolument pas besoin. Il faut que votre campagne s'adresse aux femmes comme nous…

— Qu'entendez-vous par là ? s'étonne Mme Fossbury qui contemple une des maquettes des nouveaux packagings.

J'ai le cœur qui bat à deux cents à l'heure. Elvira et sa fille ne montrent rien, se contentant de parcourir ce qu'elles ont sous les yeux et d'écouter ce que je leur dis.

Claudia lève la tête et, d'un signe de la main, m'encourage à poursuivre, ce que je m'empresse de faire.

— Voilà. Selon les canons de beauté communément admis, nous ne faisons pas partie des top models, des bombes sur lesquelles les hommes se retournent dans la rue. Et pourtant nous représentons la majorité des femmes de ce pays. Nous sommes rondes ou petites, jeunes et vieilles, brunes, rousses ou blondes, noires, hispaniques, asiatiques… Nous ne sommes pas parfaites et pourtant nous avons beaucoup en commun.

— Quoi ? demande Claudia Fossbury qui manifeste enfin des signes d'intérêt.

— Que nous soyons parfaites ou pleines de petits défauts, nous vieillissons, nous avons la peau sèche ou trop grasse, nos cheveux blonds ou bruns sont cassants ou s'emmêlent. Que nous soyons minces ou rondes nous avons de la cellulite ou des vergetures, et, surtout, nous avons toutes besoin de naturel, de produits sains respectant notre corps et la nature.

Je suis à bout de souffle et je n'ai plus aucun argument. Si elles refusent notre point de vue, on n'a plus qu'à remballer nos gaules et à rentrer chez nous.

— Que donnerait un spot publicitaire ?

Justine a saisi ma main sous la table et la serre fort. Nous entendons le chant des anges.

— Il faut des femmes de tous les âges, de diverses ethnies, aux physiques différents. Imaginez-en d'abord trois, une jolie blonde, une femme de couleur aux formes généreuses et une autre à la soixantaine radieuse. Elles sont ensemble dans un décor neutre, sans complexe, en sous-vêtements de coton blancs adaptés à leur morphologie. Elles parlent entre elles et, en se tournant, montrent de vilains capitons. Elles se conseillent et sortent toutes les trois un produit Milady de leur sac. C'est la même préparation, et cela malgré leurs différences. Elles éclatent de rire.

Je reprends mon souffle puis je conclus en leur montrant les gammes de couleurs que nous avons choisies, les différents supports, les idées de photos, d'affiches, de pages dans les magazines.

Voilà, j'ai tout misé. Au poker on dirait que je viens de faire tapis : je suis à sec !

— Pourquoi n'est-ce pas cette campagne qui nous a été présentée ?

— Parce que, si Deirdre vous a blessées, elle nous a joué de vilains tours à nous aussi.

— Expliquez-vous, intime Elvira Fossbury.

— Les idées que Deirdre vous a présentées n'étaient pas les siennes. Elle nous a volé la première mouture de la campagne que nous avions imaginée pour vous. Elle l'a dénaturée et en a fait ce bric-à-brac qui ne ressemblait à rien et ne correspondait absolument pas à vos attentes.

— Vous n'êtes que stagiaire, non ? me demande Claudia Fossbury.

— Oui, mais Justine, ici présente, fait partie intégrante de l'équipe.

— Vos patrons savent que vous êtes ici ?

— Non, nous lâchons.

— Et si je n'accepte pas votre projet ? assène Mme Fossbury d'un ton cassant.

— Nous aurons fait tout notre possible.

J'ai répondu calmement alors que je bous intérieurement.

— Bien… Je crois que nous avons fini.

Ouais, c'est une manière comme une autre de nous congédier. Le majordome vient de réapparaître, prêt à nous raccompagner.

Nous ramassons tout ce qui traîne sur la table basse et nous le fourrons en vrac dans le carton. Nous saluons nos hôtesses et suivons l'employé.

Nous allons franchir la porte, la mort dans l'âme, persuadées que nous avons échoué quand…

— Je prendrai rendez-vous avec M. Fraser et M. MacKinley pour parler du contrat mais je ne veux avoir affaire qu'à vous deux.

— Nous ne pouvons pas répondre de nous-mêmes à ce souhait, toutefois vous pourrez le soumettre à notre direction, je propose, pleine d'espoir.

— C'est ça ou je cherche une autre agence…

— Nous serons donc vos seules interlocutrices, assure Justine.

— Bien. Bonne journée, mesdemoiselles.

Dire que nous sommes heureuses est un euphémisme. Dès que la porte de la résidence des Fossbury se referme derrière nous, on ne tient plus…

Justine se précipite sur moi et m'étreint. On saute sur place comme des gamines, en poussant des cris de joie.

— On a réussi, on a réussi !!! s'écrie-t-on en chœur.

On est au septième ciel et il nous faut un certain temps pour redescendre sur la terre ferme. Le taxi nous attend et on pouffe en montant à l'arrière, sous le regard médusé du chauffeur qui a assisté à notre puérile danse de la victoire.

CHAPITRE 49

Justine et moi n'arrêtons pas de nous repasser en boucle le déroulement de cette dernière heure. Le taxi nous dépose devant l'agence dans un état d'excitation extrême.

Nous grimpons jusqu'à nos bureaux en quatrième vitesse et sommes surprises de les trouver déserts. Il n'y a personne à l'accueil, pas un bruit, même pas celui du photocopieur – pourtant réputé pour ne pas passer inaperçu.

— Ben, ils sont où, tous ? demande Justine.

C'est vraiment bizarre. Je regarde tout autour de moi puis mon regard se pose sur la pendule et je comprends.

— Il est midi passé, ils mangent, je grogne.

— Merde ! s'écrie-t-elle, tu parles d'un retour triomphal.

Je glousse alors qu'un visage ami vient enfin à notre rencontre.

— Mina, M. MacKinley veut vous voir dans son bureau. Justine, j'ai besoin de vous en salle de réunion.

Doris est très formelle et je trouve ça bizarre. Sans me laisser le temps de lui demander ce qui se passe, elle entraîne Justine dans le couloir.

Quel accueil !

Je me dirige donc vers le bureau de Connor, pestant sur sa convocation un tantinet cavalière.

Je frappe et je patiente un moment avant que la porte s'ouvre un peu vivement.

— Je t'ai invitée à entrer.

— J'ai pas entendu et j'ai les bras pris.

Il me débarrasse du carton, le pose sur une table et rejoint son bureau, me laissant sur le pas de la porte.

Toute la joie que j'éprouvais il y a encore cinq minutes s'est envolée. Je ne sais pas ce qui lui prend mais je compte bien le découvrir.

Encore une fois je suis le précepte de Paolo et je choisis l'attaque. J'entre et je referme la porte. OK ! Trop délicatement pour quelqu'un qui essaie de montrer qu'il est furax.

Passons... C'est quand même d'un pas décidé que je me campe devant son bureau, bras croisés sur la poitrine d'où mon cœur va bientôt s'échapper.

— Pourquoi ne m'as-tu rien dit ? demande-t-il froidement.

— Parce que je n'étais pas sûre que ça marche, je réponds, adoptant le même ton un peu cassant.

— Tu veux dire que tu n'étais pas sûre de pouvoir négocier un contrat avantageux pour toi et Justine et d'essayer de nous doubler en négociant l'exclusivité. La prime que vous allez vous partager en allécherait plus d'un.

À quel moment mon fiancé aimant s'est-il transformé en gros con de patron imbu de lui-même ?

Je m'avance et je m'appuie sur son bureau pour me rapprocher de Super Connard.

— Si c'est un jeu, il est cruel. Si c'est vraiment ce que tu penses de moi, je préfère revenir sur nos fiançailles. Justine et moi venons de sauver ton p'tit cul. Je ne sais pas pour Justine mais, en ce qui me concerne, tu peux récupérer ta prime et te la coller où je pense.

Je pivote sur mes talons et repars vers la porte... Et puis non, je n'ai pas fini et je lui fais face à nouveau.

— J'ai encore quelques trucs à te dire... Tu sais pourquoi je t'en veux, abruti ? Non ? J'ai passé un super moment avec Justine, stressant mais extrêmement gratifiant. Et ce n'est pas pour moi que j'étais contente mais pour l'agence, et surtout pour toi. J'avais vraiment envie de partager ça avec toi et tu viens de tout gâcher !

Je me retourne et me prends les pieds dans ce fichu tapis à la con que j'injurie copieusement.

Je viens d'insulter Connor et ma sortie est digne de Gaston Lagaffe… C'est à mourir de rire !

D'ailleurs, c'est le gloussement de Connor qui me sort de l'autoflagellation dans laquelle je me noie.

Je suis à genoux par terre, maudissant ma pitoyable tentative de départ en fanfare, et l'autre imbécile se bidonne. Il se fout de moi, et je suis supposée l'épouser ?

C'est hors de question… Plutôt finir vieille fille !

— Mina !

— Fous-moi la paix !

Il se lève et me rejoint prestement. Comme hier soir, il s'agenouille devant moi.

— Ma puce, je suis désolé…

— Va te faire voir, Connor !

— Je voulais juste t'asticoter un peu… Ça a dérapé… Excuse-moi, m'implore-t-il encore.

— M'asticoter ! je m'écrie. En m'accusant d'avoir voulu te jouer une entourloupe ? Après ce qui s'est passé avec Deirdre, je trouve ça de très mauvais goût !

Eh oui, je crie ! Parce que je suis vraiment très énervée, mais aussi parce que ce mec me rend folle.

— C'était vraiment pas une bonne idée, et c'était effectivement de très mauvais goût… Je suis vraiment désolé. D'autant plus que j'avais prévu de doubler votre prime et de te proposer un poste de créative après l'obtention de ton diplôme.

— Tu voulais doubler notre prime ?

Il hoche la tête, penaud.

— Et tu veux que je travaille ici, avec toi ?

— Partenaires en ville et au travail, suggère-t-il timidement.

— Ça pourrait devenir dangereux, je lui fais remarquer. On serait ensemble vingt-quatre heures sur vingt-quatre. On finirait pas se détester et par s'engueuler, et dans vingt ans on divorcera parce qu'on ne se supportera plus.

— Et si on établit des règles ? propose-t-il.

— Non.

— Pourquoi ? plaide-t-il.

— Parce que je suis super en rogne contre toi !

— Plus maintenant…

— Si !!! je démens avec trop de véhémence.

— Tes lèvres frémissent, me fait-il remarquer.

— C'est pas vrai !

— Tu as envie de rire et d'entamer les négociations avec moi.

— Absolument pas.

— Tu mens, ma puce… Et si je t'embrasse ?

— N'essaie même pas !

— T'es sûre ?

Pour être totalement honnête, je ne sais vraiment pas où s'est envolée ma colère.

En même temps, je ne veux pas céder aussi facilement. Je n'ai pas envie qu'il se croie irrésistible.

Mais il l'est !

C'est pas une raison ?

Tout de même !

Mon côté obscur s'oppose à la force. Je rêve de lui en faire baver tout en souhaitant aussi qu'il m'embrasse et, dans l'absolu, je me dis que le tapis a l'air moelleux et confortable même si je lui en veux encore de m'avoir fait rater ma sortie ! Que ce soit dit !

— On ne parlera pas de boulot à la maison à moins que ce ne soit vraiment nécessaire, je lance donc, absolument honteuse de mon manque de combativité.

Il est trop mignon, à genoux devant moi, repentant, attendant le moment inéluctable où je vais céder.

Et je suis marrie que ce moment soit arrivé si vite.

Je lui suis reconnaissante de ne pas faire étalage de sa victoire – il doit sentir que cela ne me plairait pas.

— D'accord, acquiesce-t-il.

— Je commence au bas de l'échelle. Je ne voudrais pas qu'on dise que c'est parce que je suis la femme du patron que je peux gravir les échelons sans faire mes preuves.

— Mais tu viens de les faire, tes preuves, et tout le monde est en train de fêter ça dans la salle de réunion. Vous avez été géniales, toutes les deux !

— Non ! Ça ne compte pas.

— Tu sais que tu es têtue…

— Grrr…

— OK ! Ne me mords pas, d'accord ?

— Bien.

— Euh… et si on s'engueule au boulot, on pourra se réconcilier sur l'oreiller ?

— Oui !

— Il te faudra beaucoup de temps pour monter les échelons ?

— Disons… que… dans un an, si mon boulot vous satisfait, j'aurai droit à une promotion.

— Et si le futur ou la future MacKinley est en route ?

— Sujet tabou pour au moins cinq ans, sinon je panique.

— Trois mois pour la promotion.

— Six !

— Marché conclu. Je peux t'embrasser maintenant ?

— Je suis au service de mon patron…

— Carrément ! s'écrie-t-il, affichant, cette fois-ci et un peu trop à mon goût, sa victoire écrasante.

CHAPITRE 50

Je crois que je suis un peu partie. Je n'ai pas trop bu mais, l'excitation puis l'énervement aidant, je me sens comme sur un petit nuage.

Effectivement, tout le personnel, Fraser et Doris en tête, nous attend dans la salle de réunion où un buffet a été improvisé. Champagne, petits fours, gâteaux, charcuterie, pain français, tout y est. Comme les émotions, ça creuse, je fais honneur au banquet sous le regard attendri et fier de mon fiancé.

Connor et Fraser ont décommandé tous leurs rendez-vous et nous somment, Justine et moi, de refaire notre présentation, puisque personne ne la connaît encore. Nous nous exécutons avec enthousiasme avant que je me rende compte de l'heure.

Il est déjà dix-sept heures, et si je compte rejoindre James à temps, je dois me magner.

Connor décide de me déposer devant mon appartement avant d'aller faire quelques courses. Il attend que je sois rentré dans le bâtiment et il s'en va. Il est tellement inquiet qu'il ne m'a même pas laissée prendre un taxi. Je ne sais pas ce qu'il manigance encore mais je n'approfondis pas et me presse dans le hall de l'immeuble encore une fois dans le noir. Comme d'habitude, je ne prends pas la peine d'allumer la lumière avant de me précipiter dans la cage d'escalier.

J'atteins le deuxième étage quand je heurte violemment le mur. Je n'ai pas le temps de crier, qu'une main gantée s'écrase sur ma bouche pour m'empêcher de me manifester.

— Tu la fermes, sinon je te bute… Compris ?

Je hoche la tête, alors qu'une lame menaçante vient d'apparaître dans mon champ de vision. Je suis sonnée mais pas suffisamment pour ne pas prendre ce mec au sérieux. Sa voix est froide et dure et son haleine sent le whisky. Il fait sombre et je n'arrive pas à distinguer ses traits, mais s'il a bu – et ça semble évident –, il est capable de faire tout et n'importe quoi.

— J'ai bien cru que j'allais te rater, ma belle. Pas facile de t'approcher avec tes chiens de garde sans arrêt accrochés à tes basques. Mais on y est. Tu vas faire ce que je te dis et te tenir tranquille. Je crois qu'on est d'accord… alors avance.

Il me pousse dans l'escalier puis vers la porte qui mène derrière le bâtiment, là où les poubelles communes à l'immeuble sont entreposées.

Une fourgonnette noire nous y attend. Il m'y précipite sans ménagement avant de bondir sur moi. Il commence par me fourrer un mouchoir dans la bouche avant de m'attacher les mains derrière le dos. Une fois mes poignets liés, il retire le mouchoir qu'il remplace par un bâillon qui me blesse les lèvres et remonte sur mon nez, m'empêchant de respirer convenablement.

Mon agresseur referme la porte du fourgon et quelques secondes après je sens le véhicule bouger.

Je suis encore en train de me demander ce qui vient de m'arriver… C'était si soudain, si violent.

Je viens de me faire enlever… Bon sang ! Il n'a fallu que quelques minutes, les seules depuis deux jours pendant lesquelles je ne suis pas accompagnée, et ça a suffi.

Puis une nouvelle préoccupation et pas la moindre me percute. Comment vais-je réussir à me sortir de ce merdier ?

Je me suis hissée en position assise en m'appuyant sur la paroi en métal. Il fait noir et je suis ballottée par les à-coups du véhicule roulant à vive allure sur la route.

J'essaie de ne pas m'abandonner à la peur qui me gagne malgré mon cerveau qui commence à échafauder un tas de scénarios, tous plus macabres les uns que les autres.

Moi qui ne rate jamais un épisode d'*Esprits criminels*... Je ne peux pas m'empêcher de penser que mon ravisseur ne fera pas que m'enlever et qu'il a en réserve tout un tas de réjouissances qui n'amuseront que lui.

D'ailleurs, que va-t-il me faire ? Et pourquoi ?

Est-ce qu'il va me violer, me battre, me torturer ?

Je sens la bile qui remonte dans ma gorge. Il faut que je me calme si je ne veux pas mourir prématurément, étouffer par mon vomi. Bon Dieu que c'est glauque !

Je ferme les yeux et j'essaie d'analyser plus sereinement la situation. Nous devions nous retrouver à dix-huit heures avec James et, ne me voyant pas au rendez-vous, il va s'inquiéter et alerter Connor. Mais comment vont-ils me retrouver ? J'ai lâché mon sac quand mon agresseur m'a poussée contre le mur, et mon portable était dedans.

Je ne sais pas combien de kilomètres nous parcourons mais je passe la fin du trajet en pleurs. Ce qui s'avère désastreux, le bâillon manquant de m'étouffer totalement, au plus fort de mes sanglots.

Je suis projetée sur le côté quand le fourgon freine brusquement. Heureusement c'est mon épaule qui amortit le choc et pas ma tête pour une fois.

Mais mon soulagement est de courte durée. La porte s'ouvre brutalement et, sans ménagement, mon kidnappeur m'extrait de l'habitacle avant de me traîner par le col de ma veste en direction d'une cabane en bois – elle est plus grande qu'un abri de jardin mais plus petite qu'un chalet. Il ouvre la porte et me jette à l'intérieur avant de la refermer sur nous.

Je m'effondre après avoir percuté quelque chose de massif. Ma tête heurte une nouvelle fois une matière dure et tout explose autour de moi.

— Réveille-toi, salope !

On hurle à mon oreille et les quelques neurones qui me restent se désintègrent alors que mon ravisseur me décoche une claque d'une violence inouïe.

Mon crâne absorbe le choc mais mon cerveau est en compote. La main gantée s'abat une deuxième fois sur moi.

S'il pense que c'est en me frappant comme un dingue que je vais pouvoir obtempérer… J'ai tellement mal que les larmes perlent entre mes paupières puis inondent mes joues.

Il me secoue, et je fais un gros effort pour ouvrir les yeux afin qu'il arrête de me malmener.

Il m'a redressée et hissée sur un canapé miteux. C'est pas génial mais toujours plus confortable que le sol froid et dur de cette minuscule baraque.

L'homme qui m'a enlevée a allumé une lampe à pétrole posée sur une petite table poussée contre le mur à ma droite. La lumière n'est pas vive mais suffit à éclairer l'intérieur de la maisonnette en bois. Hormis la petite table et le canapé branlant, il y a une chaise, une étagère fermée par un rideau déchiré et un évier en pierre alimenté par une pompe à bras.

Je ne découvre pas seulement ce qui m'entoure, je peux enfin distinguer celui qui m'a capturée et emmenée ici. Il est vêtu tout en noir. Il a enfilé une cagoule, qui cache son visage mais pas la queue-de-cheval blonde qui repose sur son large dos. Il est plutôt baraqué…

Il compose un SMS sur un téléphone portable qu'il remet ensuite dans la poche arrière de son jean, puis il revient vers moi.

— Je suis navré mais nous allons devoir patienter un peu… déclare-t-il – pas plus navré que ça, vu son air matois.

Je ne comprends pas pourquoi il m'a prise pour cible et je ne peux rien demander : le tissu dans ma bouche m'obligeant à ravaler le monceau de questions qui me brûlent les lèvres.

Il se laisse tomber à côté de moi. J'essaie de m'éloigner de lui mais mes mains sont toujours attachées dans mon dos et sa poigne de fer qui saisit brusquement mon bras m'en empêche.

— Où comptes-tu aller, ma jolie ?

Je n'aime pas du tout le ton qu'il emploie. Il siffle comme un serpent prêt à étouffer sa proie avant de la gober. Je sais qu'il va me faire du mal et j'enrage de ne pas pouvoir me défendre.

Ses mains libérées de leurs gants se sont posées sur moi et commencent à parcourir mon corps. Un frisson de dégoût me traverse.

— Je suis plutôt surpris, murmure-t-il. Le portrait qu'on m'avait fait de toi n'avait rien d'engageant et, pourtant, j'ai une furieuse envie de te désaper pour voir ton corps, ma belle. Tes seins généreux que je verrais bien enserrer ma queue. Ton beau cul qui m'invite à le défoncer, ta chatte que je pourrais pilonner. Tout un programme, n'est-ce pas ?

Je me démène pour qu'il renonce à me toucher mais le fait que je me défende semble l'exciter d'avantage. Ce qu'il me confirme, ses caresses devenant de plus en plus appuyées.

— Ouais, c'est ça, débats-toi… grogne-t-il.

J'essaie de hurler mais mes cris s'étranglent dans ma gorge. L'air a du mal à parvenir à mes poumons qui me brûlent, et lui continue à me peloter sans douceur, pétrissant mes seins avant de prendre mon entrejambe à pleine main.

Je me démène mais c'est sans espoir, je n'arrive pas à me dégager et, encore une fois, il grogne de plaisir.

— Et si j'arrivais à te faire jouir… déclare-t-il d'un air gourmand. Peut-être que tu aimes être prise sauvagement.

S'il savait ! Oui, j'aime ça, mais pas avec ce mec qui sent la transpiration, le tabac froid et l'alcool. Sa main qui parcourt mon cou est moite alors que l'autre s'acharne sur le bouton de mon jean qui résiste.

Je préférerais qu'il me batte, me torture. Je ne veux pas qu'il me viole, qu'il me salisse. Comment pourrais-je regarder Connor en face après ça ? Comment pourrais-je encore accepter ses caresses sans qu'elles me rappellent ce moment et ces autres mains qui me fouillent sans ménagement ?

Je gémis et continue de me débattre. Je sais que je devrais me laisser faire, arrêter de résister, mais je n'y arrive pas. Je veux qu'il me lâche, qu'il arrête de me toucher là où seul Connor est allé.

Il a réussi à baisser mon pantalon, dévoilant ma petite culotte, et il remonte mon pull, découvrant mes seins encore à l'abri derrière leur barrière de dentelle.

Je secoue la tête et réussis à remonter mon genou assez fort pour percuter son entrejambe, sans lui faire beaucoup de mal, malheureusement. Par contre la riposte est immédiate et destructrice. Un coup de poing dans le ventre qui me plie en deux, suivi d'une énième gifle qui me laisse un goût métallique dans la bouche.

Je me suis mordue et le sang inonde ma cavité buccale, me faisant suffoquer.

Mon kidnappeur est peut-être un malade mais il n'est pas idiot, et il finit tout de même par retirer le bout de tissu imbibé de sang qui couvre ma bouche.

Je crache et prends de grandes goulées d'air avant de tousser à nouveau. Tout mon visage me fait un mal de chien. J'ai la bouche en feu, j'ai l'effroyable impression que toutes mes dents vont se déchausser tant la douleur irradie à travers l'ensemble de mes nerfs faciaux.

Suite à mon coup de genou, il se tient quand même les parties, ce qui me cause un léger contentement mais, l'alcool aidant, il est fou de rage et se précipite sur moi, à nouveau.

CHAPITRE 51

— Mais qu'est-ce que tu fais ? vocifère une voix que je reconnais immédiatement.

J'ouvre les yeux. Je les avais fermés en prévision des nouveaux coups que mon tortionnaire s'apprêtait sûrement à m'assener.

— Putain mais c'est quoi ce bordel ? aboie Deirdre qui se jette sur l'homme, le retenant avant qu'il me cogne encore une fois. Mais qu'est-ce qui te prend, bon sang ?!

— Tu m'avais assuré que je pourrais m'amuser un peu.

— Je ne t'ai pas dit de la frapper et d'essayer de la violer.

Je suis tellement estomaquée par l'éclat de Deirdre qu'il me faut quelques minutes pour comprendre ce qu'elle fout là. Quelques minutes pour réaliser qu'elle est à l'origine de tout ça.

Ce qu'a vu James à l'aéroport me revient : Deirdre, accompagnée d'un grand blond tatoué, tous deux tellement pris par ce qu'ils se disaient qu'ils ne l'ont même pas vu. Et ceux qui prédisaient qu'elle nous préparait quelque chose, qu'elle ne renoncerait jamais…

— Tu t'es débarrassé de son téléphone ? demande-t-elle avec condescendance.

— Tu me prends pour qui ? crache l'homme qui serre les poings et semble près d'exploser.

Il a l'air vraiment en rogne, mais ce qui me surprend, c'est que Deirdre ne semble pas s'en soucier. Elle fait face à ce malabar hors de lui, prêt à bondir, et elle continue de l'invectiver quand même, sans peur. Pourtant il pourrait facilement la broyer.

Je la juge stupide ou pour le moins inconsciente de le pousser à bout, mais elle semble intarissable.

— Je croyais que je pouvais te faire confiance, crache-t-elle encore. Tu m'avais garanti que tu savais ce que tu faisais.

— C'est le cas !

— Ah oui ? Tu devais simplement l'emmener ici, la garder à vue en attendant que j'arrive et tu disparaissais.

Le mec arrache sa cagoule d'un coup et la jette par terre avec rage. Il est aussi rouge qu'un homard bouilli et il est à deux doigts d'exploser. Ce que Deirdre remarque enfin.

— Alors maintenant qu'elle est là et que j'y suis aussi, va-t'en ! lui intime-t-elle.

Je ne crois pas que c'est exactement ce qu'il fallait dire mais c'est trop tard.

— J'en ai marre que tu me donnes des ordres, grogne-t-il.

Je crois surtout qu'il ne supporte plus de voir sa virilité piétinée par la demoiselle. Deirdre va devoir ramer sec si elle veut le calmer. Elle n'est pas en situation de force, cependant elle demeure le seul rempart entre moi et cette brute épaisse. Je n'ose même pas imaginer ce qu'il m'aurait fait si elle n'était pas arrivée.

En attendant, elle a reculé de quelques pas et retire doucement son manteau, qu'elle dépose sur une chaise avec son sac. Vraiment, je ne l'aime pas. Toutefois il faut reconnaître qu'elle est canon, et son acolyte semble le penser aussi. Je regarde les poings de ce dernier qui se desserrent et son regard braqué sur le corps de Deirdre moulé dans une robe rouge décolletée et échancrée, laissant une bonne partie de sa cuisse dénudée. Elle est à tomber.

— Je veux simplement que tout se passe comme nous l'avions prévu, susurre-t-elle, prenant la pose pour montrer le plus de chair possible.

Il s'approche d'elle. Je sens qu'elle fournit de gros efforts pour ne pas reculer et faire face comme si elle n'avait pas peur de son complice.

Ils ne me prêtent plus aucune attention. Je suis toujours couchée, à moitié nue, sur le canapé défoncé, or, depuis quelques minutes on dirait que les liens qui enserrent mes poignets se sont très légèrement détendus. J'ai tout d'abord cru que ce n'était qu'une impression, mais non. Je crois que mon kidnappeur en me malmenant m'a aidée sans le savoir. Je profite de ce moment où ils sont occupés pour essayer de me libérer, mais ça vient trop doucement et je prie pour que Deirdre et son armoire à glace en aient encore pour quelques minutes.

— Et moi tu sais très bien ce que je veux.

— Tu l'auras.

— Quand ?

— Sois raisonnable, minaude-t-elle. Je dois déjà lui parler et lui faire signer les documents, continue-t-elle en me désignant.

Je sens qu'elle essaie encore de gagner du temps.

— Et tu me donneras ce que je veux ?

— Tu auras ton argent, comme convenu, affirme-t-elle, la voix un peu tremblante.

— Je crois que ce n'était pas tout à fait le marché, siffle-t-il, menaçant.

— Tu n'auras pas une livre de plus. Je te paie déjà grassement.

Il éclate de rire tout en la collant contre lui. Un de ses bras musclés est passé autour de sa taille et la plaque contre son large torse. Il lui tire les cheveux en arrière pour lever son visage vers lui.

— Tu m'as empêché de m'amuser avec notre invitée, alors je pense avoir droit à une petite compensation. Non seulement tu vas me payer mais tu vas aussi me laisser te baiser !

— C'est hors de question, crie Deirdre.

— Ce n'est pas ce que tu m'avais laissé entendre, gronde-t-il. On se connaît, Deirdre. Il y a quelque temps encore, tu ne disais pas non quand je te malmenais un peu.

— Peut-être ! Mais ce n'est ni l'endroit ni le moment. Je te paie, tu pars et nous nous occuperons du reste une fois que tout sera fini.

— Eh bien, le deal vient de changer, et je ne poireauterai pas une seconde de plus.

Retournement de situation plus que surprenant. Deirdre a payé ce mec pour m'enlever et, en définitive, c'est elle qui se retrouve prise au piège. Mes mains s'activent dans mon dos. La corde est vraiment serrée. Je m'escrime malgré tout à m'en défaire avant que tout ne dégénère.

Deirdre ne fait pas le poids, c'est une certitude, et ce mec est prêt à tout pour obtenir ce qu'il veut.

Ma demi-sœur se démène, mais il la tient bien et tente de l'embrasser, tirant durement sur ses cheveux.

— Lâche-moi ! s'époumone-t-elle.

— Espèce de garce allumeuse… Un marché est un marché. J'ai pris des risques pour toi, maintenant tu paies.

— Tu pues l'alcool et tu as fumé, ça ne devait pas se passer comme ça ! hurle-t-elle alors que la langue du type vient lécher ses lèvres qui se crispent de dégoût. Tu n'es qu'une brute ! crie-t-elle encore.

Je ferme et ouvre les doigts pour essayer de faire glisser la corde mais c'est encore trop serré. Pendant ce temps Deirdre se débat comme une forcenée, en vain. Son complice qui vient de devenir son agresseur la pousse pour essayer de l'allonger sur la table.

— Tu sais quoi, petite salope ? Je vais m'occuper de toi puis je me barre, et on sera quittes.

— Et l'argent ? Je te donnerai beaucoup d'argent, le supplie Deirdre.

Il semble réfléchir un moment, peser le pour et le contre, et la sentence tombe :

— C'est toi que je veux. Ton pognon, je m'en fous. Fallait pas te servir de moi, ma jolie. Je ne suis pas ton toutou, et tu vas vite t'en rendre compte.

Deirdre arrive à le faire lâcher prise et recule alors que le molosse se rue sur elle.

Je devine la catastrophe avant qu'elle n'arrive et, j'ai beau crier, je ne peux rien faire pour l'empêcher.

Alors qu'il va l'attraper, elle trébuche sur l'unique chaise et perd l'équilibre. Dans sa chute elle percute la petite table qui bascule. La lampe à pétrole qui était posée dessus tombe. Elle éclate, aspergeant de pétrole le rideau accroché à l'étagère, l'embrasant d'un seul coup.

Le feu se répand au sol, alimenté par le contenu du réservoir qui s'est fracassé. C'est un véritable brasier et Deirdre est étendue, inconsciente, alors que les flammes la cernent dangereusement.

Notre agresseur, voyant tout ça, n'essaie même pas d'intervenir. Il prend ses jambes à son cou et quitte le navire, nous laissant seules face au feu qui gagne du terrain.

CHAPITRE 52

J'appelle Deirdre, je hurle son nom mais rien n'y fait.

Je me suis assise et je me tords de tous les côtés pour essayer de me défaire des cordes qui m'empêchent d'intervenir. Je sens que les liens déchirent ma chair mais je m'en fous, ça urge, si je ne me dégage pas, on va cramer toutes les deux.

Les flammes se sont propagées à une vitesse saisissante. Je n'en suis pas surprise puisque tout ce qui nous entoure est en bois. Le manteau de Deirdre qui était posé sur la chaise est déjà en train de partir en fumée. Dans quelques minutes, ce sera au tour de la chaise elle-même, puis de Deirdre, toujours dans les vapes.

Les poignets en feu, je tire comme une malade sur mes bras, en vain. Je sens la panique poindre le bout de son nez. Si j'y cède, on est cuites.

J'essaie de me mettre debout mais mon jean baissé gêne ma tentative et je me retrouve par terre, à genoux.

Je m'assieds au sol pour me débarrasser de mon pantalon en gigotant, m'aidant de mes pieds pour le faire glisser – je serai en petite culotte, mais au diable ma pudeur. Les flammes sont dangereusement proches de Deirdre.

Oui, je sais. Pourquoi est-ce que je me soucie d'elle alors que je pourrais faire comme son complice : me remettre debout et fuir ?

Parce que je ne suis pas comme elle. Parce que, même si elle m'a fait du mal, elle ne mérite pas de mourir, surtout dans ces conditions.

Sur les fesses, genoux pliés, j'arrive à faire passer mes bras devant moi. Je n'ose pas regarder mes poignets. La corde est encore si serrée que je renonce à m'en libérer.

Je m'approche de Deirdre qui gît toujours au sol et je repousse du pied la chaise, en feu maintenant, pour dégager l'espace.

J'agrippe son épaule et je la secoue, sans aucun résultat, jusqu'à ce que je remarque la tache de sang qui s'est épanouie sous son crâne. Sa chute a été plus brutale que je le pensais, et le traumatisme suffisamment sérieux pour qu'elle ne réagisse pas alors que je la malmène comme une dingue.

Je me relève et j'attrape ses chevilles.

Je viens de remarquer mes poignets. C'est pas beau à voir. La corde est rouge de sang et la brûlure cuisante. Je gémis mais je m'agrippe à Deirdre et je tire.

Je sursaute. L'étagère, en proie aux flammes, vient de s'écraser devant la porte, projetant des brandons aux quatre coins de la petite pièce. Mes jambes nues sont touchées, et je dois sauter d'un pied sur l'autre pour éviter d'être plus gravement blessée.

C'est la merde. La porte est infranchissable, bloquée par le meuble qui crame, et la fumée envahit l'espace.

Je ne sais plus quoi faire. Je regarde autour de moi pour trouver quelque chose qui pourrait m'aider à dégager la porte. La fumée dense me pique les yeux. Je tousse tant mes poumons me brûlent.

Je ne vois qu'une solution. Je m'enveloppe les mains du plaid qui traîne sur le canapé épargné jusque-là. J'agrippe un des montants de l'étagère qui flambe et je la pousse sur le côté. Je me sers de ma protection improvisée pour dégager les morceaux de bois embrasés qui jonchent le sol. C'est un enfer. La fumée et les flammes diffusent leur rougeoiement et la chaleur. J'avance, dégageant un passage jusqu'à la porte qui n'est qu'à quelques centimètres. Le problème, c'est que je n'ose pas l'ouvrir en grand. J'ai trop peur que l'appel d'air ne décuple l'incendie.

Je retourne vers Deirdre et saisis ses chevilles, une nouvelle fois. Je la tire alors que le peu d'air frais qui entre dans l'espace attise le brasier qui menace de se refermer sur nous.

Dos à la porte, je tire le corps inerte de Deirdre tout en essayant d'éviter les tisons éparpillés un peu partout. Je transpire, sous l'effort et dans les flammes de cet enfer. Je sais qu'il n'y a que quelques mètres pour atteindre l'extérieur, mais c'est si loin. Je m'échine au-delà de mes limites alors que je n'arrive pas à respirer. L'air est brûlant, étouffant, et j'ai peur de ne pas avoir la force suffisante pour nous en sortir.

— Mina.

J'entends même des voix. Pourquoi est-ce que je pense à Jeanne d'Arc ? Sûrement parce que je vais finir comme elle. Rôtie telle une dinde de Noël.

— Mina !

Ce n'est pas la voix de Connor.

J'aurais aimé que ça le soit. J'aurais voulu l'entendre une dernière fois avant de finir carbonisée. J'espère seulement que je mourrai asphyxiée avant. Au moins, je ne souffrirai pas trop.

Mais je ne suis pas encore morte et je sens l'air frais envelopper mes jambes.

J'y suis presque, encore un pas en arrière, traînant toujours mon fardeau.

Bien que je ne sache pas ce qu'il y a dans mon dos, je recule toujours. Malheureusement je me retrouve bloquée, un mur est dressé derrière moi.

Je suis prise au piège, je ne sais plus où est la porte. Cette fois, je ne peux plus empêcher la panique de me submerger. Je ne veux pas brûler, je ne veux pas sentir les flammes lécher ma chair. Je ne veux pas finir comme ça.

Je me mets à hurler, provoquant une toux à m'en arracher les poumons.

— Mina, arrête, bon sang… Il faut qu'on te sorte de là !

Le mur bouge. Si je me débats assez fort, j'arriverai peut-être à m'en dégager et à gagner l'extérieur.

— Mina, arrête tes conneries. Et merde !

Ma tête explose, je n'arrive plus à respirer. Je vais mourir privée d'oxygène. Quitte à choisir je préfère. C'est Connor qui accompagne mes pensées quand je perds connaissance.

CHAPITRE 53

Vale, comment va-t-elle ?

— Elle respire si c'est ce que tu veux savoir !

Je trouve que les anges parlent trop fort. Il y a un homme et une femme. Il y en a même un qui s'appelle Vale, comme Vale. C'est trop fort. Par contre je croyais que les anges n'avaient pas de sexe, alors pourquoi il y a une femme ? En plus j'ai froid… Le paradis, c'est glacial. Je sais que je suis au paradis. Si j'étais en enfer, je ne tremblerais pas comme ça.

L'enfer… Oui, je me rappelle. Je suis morte en enfer, j'ai péri privée d'oxygène. Pourtant…

Je sens l'air entrer dans mes poumons. Et ça fait un mal de chien. On a mal quand on est mort ? Normalement on ne devrait plus rien ressentir ! C'est même pour ça que certaines personnes préfèrent partir, pour ne plus souffrir, ne plus avoir de problèmes.

Je ne peux en tirer qu'une conclusion : je ne suis pas morte… Et les voix ne sont pas celles des anges… Et Vale est vraiment là… Il parle avec une deuxième personne, du sexe féminin. Avec moi, il n'y avait qu'une autre femme, Deirdre.

Elle n'est pas morte non plus, et je suppose à l'entendre parler qu'elle n'est pas aussi gravement blessée que je le pensais.

— Mina ! Ma belle. Ouvre les yeux, s'il te plaît.

Son ton est implorant. Il est inquiet. Il me suffirait d'ouvrir les yeux pour le rassurer mais c'est très difficile.

Vale me serre contre lui. Même si je tremble moins, mes paupières refusent toujours de s'ouvrir.

Mes poumons abîmés m'empêchent aussi de parler alors je grogne.

Je me blottis contre mon ami et j'émets des borborygmes qui ne veulent rien dire – Vale semble malgré tout les comprendre.

— Prends ton temps, ma belle.

Je l'entends rire, alors qu'on pose une couverture sur moi.

— Elle m'a sauvé la vie.

— Oui, c'est surprenant, hein ? Après le mal que tu lui as fait.

— Je ne voulais pas que ça aille si loin, Ça ne devait pas se passer comme ça... gémit-elle.

— Il fallait y penser avant, assène Vale. Si tu étais un mec, je t'aurais démoli pour ce que tu viens de faire. Tu t'en es prise à elle alors qu'elle ne te faisait aucun mal. Et toi... Tu... tu...

— Je ne voul...

— Tu es complètement cinglée, Deirdre. Une petite fille gâtée, capricieuse, égoïste. Tu mérites ce qui va t'arriver. Et si tu es assez intelligente, ça te fera réfléchir.

J'ai tout entendu, blottie dans les bras de mon sauveur. Maintenant je perçois les sanglots de Deirdre.

— Va te mettre au chaud dans la voiture. Tu es frigorifiée et tu as une commotion.

— Encore une chose... Tu nous as trouvées comment ?

— Je t'ai suivie. On te surveille depuis deux jours. Depuis que James nous a dit qu'il t'avait vue à l'aéroport avec un mec, en fait. Connor a eu comme un pressentiment.

— Oh !

— Ouais « oh » !!! Maintenant obéis et va te mettre à l'abri. Deirdre !... Ne tente rien, sinon je te jure que le fait que tu sois une nana n'aura plus aucune importance.

Ils s'en doutaient ?... Merde, ils savaient !

Je me mets à tousser.

— Bois, mais doucement, m'intime mon ami.

Je sens le goulot d'une gourde contre mes lèvres. Un filet d'eau glisse dans ma gorge. Je l'avale avidement, essayant de ne pas m'étouffer. Ce serait dommage de finir noyée alors que je viens d'échapper aux flammes.

— Doucement, ma belle…

— Soif…

— Je sais, prends seulement de petites gorgées.

— Tu nous as sauvées…

— J'ai simplement fini le boulot que tu avais commencé.

— Me suis évanouie avant de pouvoir sortir.

— Tu ne t'es pas évanouie. Je t'ai assommée.

— T'as fait quoi ? je m'exclame avant qu'une autre quinte de toux me fasse taire. Tu trouvais que je n'en bavais pas assez comme ça, avec toutes ces flammes autour de nous ?

— Tu paniquais et tu te débattais tellement que c'était ça ou on finissait tous les trois cramés.

— C'est pour ça que j'ai une migraine d'enfer, je gémis.

— Peut-être un peu, avoue-t-il. Mais la fumée y est aussi pour beaucoup.

— T'es pardonné.

— Comment vont tes yeux ?

— Ils me brûlent.

— On va t'emmener à l'hôpital.

— Non ! Ils voudront appeler la police, j'objecte vivement.

— Et alors ? Heureusement qu'on va prévenir la police ! s'écrie-t-il. D'ailleurs il faut qu'ils retrouvent le complice de Deirdre et l'arrêtent. Ce connard t'a tabassée et il a essayé de te violer. Il n'a fait qu'essayer ? Rassure-moi !

— Oui, Deirdre est arrivée au bon moment et l'a empêché de continuer. C'est à cause de ça qu'il s'est retourné contre elle. Il la voulait et c'est lorsqu'il a essayé de la forcer qu'elle est tombée et avec elle la lampe à pétrole qui a tout enflammé.

— Putain ! Si j'étais arrivé plus tard...

— Tu nous as tirées d'affaire. On n'a rien de grave alors ne te fais aucun reproche.

— Connor va la tuer.

— Il est où ? je demande.

— Avec les autres. Ils ne vont pas tarder. James est venu dans ton immeuble quelques minutes après ton enlèvement, explique-t-il. Il a trouvé ton sac et il a su qu'il t'était arrivé quelque chose. Il a appelé Connor puis m'a prévenu aussitôt. J'ai enfourché ma moto et je me suis tenu prêt à suivre Deirdre. Je ne les ai prévenus qu'après vous avoir tirées du brasier.

J'ai envie de lui poser d'autres questions mais une nouvelle quinte de toux me plie en deux.

J'ai la tête qui tourne et le cerveau pris dans un étau.

Je perçois le bruit d'un moteur, puis des portes qui claquent, des cris et plus rien. Encore une fois, je sombre dans les limbes de l'inconscience.

CHAPITRE 54

Il me faut un long moment pour émerger et pour réaliser que je suis dans une chambre d'hôpital. Depuis combien de temps suis-je là ? Je n'en sais rien. J'ai encore l'impression d'osciller entre conscience et inconscience, le cerveau tout embrumé.

Malgré mon état, je me rappelle tout ce qui s'est passé. Toutes les images de mon enlèvement repassent en boucle et j'en suis encore à me demander comment Deirdre a pu aller aussi loin. J'ai beau chercher, comprendre certaines de ses motivations, je ne vois toujours pas, surtout après avoir vécu ça.

Je n'ai cependant pas le temps de creuser davantage la question. Maintenant que mon cerveau s'est remis en marche, c'est mon corps qui se rappelle à moi. J'ai mal partout mais surtout à la poitrine et à la tête. J'ai des difficultés à respirer et une migraine me vrille le crâne. Rajoutez à ça des yeux qui me brûlent et une mâchoire qui va me forcer à manger liquide encore quelques jours (merci, Vale). Je ressemble à un steak tartare qui a failli finir carbonisé.

— Mina…

Je tourne la tête. Tout est encore un peu flou mais je reconnais cette voix et, une fois que mes yeux se sont habitués à la lumière sourde de la pièce, je le vois et c'est la plus belle chose que j'aie jamais vue.

Connor est assis à côté de mon lit, penché sur moi et sur ma main qu'il a prise dans la sienne.

J'ai tant de choses à lui dire mais je n'arrive à émettre qu'un grognement inaudible. La faute au masque à oxygène qui recouvre ma bouche et mon nez. J'essaie de l'enlever, mais il m'en empêche.

— Il faut que tu le gardes, ma puce. Tu as inhalé beaucoup de fumée ; il t'aide à respirer.

Peut-être, mais il m'empêche de parler, et j'en ai besoin. Si je suis trop faible pour lui sauter au cou, je veux au moins lui dire que je l'aime, que j'ai eu peur de ne plus le revoir, que j'ai cru que j'allais mourir et que la dernière chose à laquelle j'ai pensé c'est à lui, l'homme de ma vie, mon futur mari.

Je secoue la tête et lui fais comprendre avec les mains que j'ai besoin de ma bouche.

Connor sourit et pose un carnet et un crayon sur mes genoux.

— Qu'est-ce que tu as de si important à me dire, mon cœur ? demande-t-il.

« JE T'AIME », j'inscris en gros sur la première feuille.

— Moi aussi, si tu savais à quel point…

« J'ai eu peur de ne plus te revoir », je continue.

Il ne répond pas mais ses yeux brillent de larmes qu'il a beaucoup de mal à contenir. Il les essuie rageusement. Je lui laisse quelques minutes pour se reprendre.

« Vale nous a trouvées. »

— Oui, je sais.

« Vous vous en doutiez ? »

— Oui… ne me demande pas comment, je n'en sais rien. Mais la présence de ce mec à ses côtés ne me disait rien qui vaille, alors on a fait ce qu'il fallait.

« Vous l'avez surveillée ? »

— C'était le seul moyen de savoir ce qu'elle manigançait.

« Et comment va Deirdre ? »

— Tu t'inquiètes pour cette garce, après tout ce qu'elle t'a fait ! s'écrie mon homme d'une voix froide et tranchante.

Je hoche la tête. Je sais qu'il ne comprend pas, mais elle a quand même tout tenté pour détourner son complice de moi. Elle aurait pu m'abandonner aux pattes de ce malade et elle ne l'a pas fait, jusqu'à se mettre en danger.

« Vous avez prévenu la police ? »

— Oui, mais j'ai aussi appelé Henry. Il gère. Vale m'a dit que tu ne voulais pas vraiment qu'on mêle Deirdre à tout ça.

Je hoche de nouveau la tête.

— Elle a été trop loin cette fois-ci, Mina. Elle a payé un de ses anciens amants pour t'enlever. Elle a assuré qu'elle ne voulait pas que ça aille aussi loin, mais le mec était bourré et shooté. Tout a dérapé. Henry a de bons avocats. Ils vont négocier, ils vont faire jouer le fait qu'elle soit intervenue pour que tu ne sois pas encore plus malmenée. Et puis, c'est elle qui a livré son complice.

« Pourquoi ? » je note.

— Elle voulait que tu renonces à faire valoir tes droits.

Mon stylo reste en l'air. Je regarde Connor, déconcertée.

« Mes droits ? »

— Sur le nom et la fortune de ton père.

Je secoue la tête et reprends ma rédaction.

« Mais je n'en veux pas… »

— Je sais, ma belle.

« Elle a fait tout ça pour rien… »

— Oui, mais on en reparlera plus tard, en attendant tu dois te reposer.

« Tu restes ? »

— Promis.

Il a tenu sa promesse. Il est resté avec moi toute la semaine, les médecins ayant refusé de me laisser rentrer avant.

Quand enfin je peux sortir, je me réjouis de retrouver notre chez-nous.

La première chose dont je m'inquiète, c'est mon examen que je ne pourrai pas passer. Connor me rassure. Mes professeurs ont été très compréhensifs et, le projet Fossbury ayant finalement été accepté par Elvira et sa fille, il a été validé. Je n'ai plus qu'une ou deux formalités à remplir et je serai diplômée.

Deuxième nouvelle, la date du mariage a été considérablement avancée. J'ai eu beau lui dire que nous avions tout notre temps, mon fiancé n'a rien voulu entendre, arguant qu'il avait failli me perdre et qu'il voulait que je porte son nom au plus vite.

J'ai eu besoin de l'aide de tous nos amis pour le persuader de ne pas m'enlever, direction Las Vegas, pour nous unir à la sauvette, devant une énième réplique d'Elvis. J'ai gagné, mais pas sans mal, et j'ai obtenu un délai de deux mois, juste le temps pour Vivianne et les parents de Connor de tout organiser.

Je me marierai donc en Écosse, au milieu de mes amis. Notre mariage sera simple et suivra les coutumes écossaises. Je ne sais pas vraiment en quoi elles consistent mais c'est une surprise.

Tout est fini, ou plutôt non… pas tout à fait. Il nous reste une dernière personne à voir et encore quelques révélations à entendre.

Henry Mauris doit arriver d'ici peu et je crois qu'il a effectivement beaucoup de choses à nous apprendre. Pour être honnête, je n'ai pas très envie de le voir. Mais je vais enfin connaître les motivations de Deirdre et ce qui l'a amenée à me faire vivre l'enfer, allant jusqu'à planifier mon enlèvement.

Je sais qu'elle a échappé à la prison mais elle doit se faire soigner et ne pourra être réhabilitée qu'avec l'autorisation de ses médecins, du juge et de son père.

— À quoi penses-tu, seule, assise sur le canapé ? me demande Connor qui vient de se réveiller et de me rejoindre dans le salon.

— Je fais le bilan.

Il se laisse tomber à côté de moi et je me colle contre lui, incapable de résister à l'appel d'une étreinte réconfortante.

— Et le résultat est… ? s'amuse-t-il.

— Je viens de passer des mois de dingue, J'ai failli rater mon examen, je suis tombée amoureuse de mon patron avec qui je vais me marier après seulement quelques semaines d'une liaison torride et chaotique, je me suis fait enlever, j'ai été sauvée par une horde de chevaliers servants et je vais rencontrer un père dont j'ignorais totalement l'existence. En quelques mots l'ancienne Mina a été ensevelie sous les emmerdes et, tel le phénix, elle est née à nouveau et elle kiffe un maximum ce qu'elle est devenue – même si elle préférerait ne voir personne aujourd'hui et profiter outrageusement de son futur mari.

Connor éclate de rire.

— J'aimais bien l'ancienne Mina, tu sais…

— Et maintenant ?

— Je l'épouse…

Je me serre contre lui. Mon homme, si solide et si beau. Mon roc alors que ma vie a subi un chamboulement sans précédent. Si quelqu'un m'avait prédit, lors de ce vendredi soir où tout a commencé, ce qui allait m'arriver et ce que j'allais apprendre, je lui aurais sûrement conseillé d'arrêter les trucs forts ou de consulter dans les plus brefs délais.

Avouez, quand même, que j'ai pris une bonne baffe en pleine figure ou un bon coup de pied aux fesses, si vous préférez.

Connor saisit ma main gauche et y dépose un baiser. Il fait ensuite glisser autour de mon annulaire la bague qu'il a si longtemps cherchée. Ces efforts n'ont pas été vains : elle est somptueuse et je ne me lasse pas de la contempler. Puis je le regarde lui. J'appartiens à Connor, il m'appartient, et je n'ai pas besoin de ce bijou pour me le rappeler.

CHAPITRE 55

Il est là à dix heures tapantes, et c'est allongée sur le canapé que je le reçois.

Mon père – puisqu'il l'est –, escorté de Connor, semble avoir vieilli prématurément. Il en bave, je le sais et ça me fait mal. Je suis surprise d'éprouver autant d'empathie pour lui, que je connais si peu.

Il a apporté un cadeau qu'il dépose à côté de moi puis il s'installe dans un fauteuil pendant que Connor nous offre du café et du whisky, en bon Écossais qu'il est. Le remède à tous les maux, même si, cette fois, il ne pourra pas tous les soigner.

Mon père garde le silence un long moment. Il me dévisage puis, sans un mot, s'empare du paquet qu'il a apporté et retire l'emballage qui le protège.

C'est un tableau, plus précisément, un portrait qu'il pose par terre en appui contre la table basse.

C'est une femme. La ressemblance entre elle et moi me saute immédiatement aux yeux.

— Mina, je vous présente Emily, ma mère – votre grand-mère. Oui… Vous vous ressemblez beaucoup.

— J'ai vu ce tableau un nombre incalculable de fois. Je n'ai pourtant jamais fait le rapprochement, s'excuse presque Connor, qui m'a saisi la main et la serre doucement.

— Tu ne pouvais pas savoir…

— C'est quand même incontestable, elles se ressemblent énormément, ajoute mon fiancé. Elles ont les mêmes yeux.

— Oui, c'est surprenant, mais j'en suis ravi. Je n'ai pas cru Cora quand elle est venue m'annoncer qu'elle avait accouché de notre fille et que son mari l'avait quittée pour ça. Mais quand je vous ai vue pour la première fois, j'ai su qu'elle ne mentait pas. J'ai des photos de ma mère enfant et la ressemblance était si flagrante. Vous avez son teint, ses cheveux, ses yeux. Comme vous elle était pulpeuse et a longtemps été considérée comme une des plus belles femmes de son époque.

— Pourquoi avoir dit à ma mère que vous étiez stérile ?

— Parce que je croyais que c'était le cas… C'est ce que les différents médecins que j'ai consultés m'ont toujours assuré.

— Mais alors…

— Je crois que je vais avoir besoin d'un verre de whisky, Connor…

Encore une fois je me suis trompée. Je pensais que les révélations de ma mère suffiraient, mais non, je veux tout savoir, j'en ai besoin, j'en suis avide. Connor s'est glissé contre moi après avoir servi un verre à notre invité qui, tout en faisant tourner l'alcool ambré, commence son récit.

— J'ai toujours pensé que j'étais stérile. D'après les nombreux médecins que j'ai consultés, je n'avais aucune chance de devenir père. Pourtant je voulais un héritier, un enfant à qui léguer ce pour quoi j'avais travaillé toute ma vie. Miranda et moi ne nous sommes pas mariés par amour, voyez-vous. Nous nous appréciions beaucoup, mais nos sentiments n'ont jamais été plus profonds que ça. Sa famille et mes parents étaient très liés alors quand elle s'est retrouvée dans une position difficile – quand elle est tombée enceinte accidentellement –, j'ai décidé de l'épouser et d'adopter Deirdre.

— Vous avez reconnu son enfant ?

— Oui, j'avais une héritière et Miranda gagnait une position sociale enviable et un avenir assuré pour sa fille. Nous nous y retrouvions tous les deux.

— Deirdre est au courant ?

— Ça n'a jamais été un secret entre nous, s'étonne-t-il. Mais elle préfère ne pas en parler.

— C'est vous qui lui avez révélé mon existence ?

— Non. Sa mère était au courant, car je ne lui ai jamais rien caché, mais elle ne voulait pas que Deirdre le sache, alors j'ai gardé le secret.

— Comment l'a-t-elle su, dans ce cas ? reprend Connor.

— Il semblerait qu'elle l'ait découvert en cherchant des papiers dans mon bureau. C'est ce qu'elle a confié à ceux qui s'occupent d'elle maintenant.

Henry Mauris continue son récit. Mais avant de nous parler de Deirdre et des motivations qui l'ont poussée à s'en prendre à moi, il évoque sa rencontre avec ma mère. Son récit ne diffère pas de celui de cette dernière. De ce côté-là, elle ne nous a pas menti. Malheureusement, elle a oublié de nous parler de certaines choses que je découvre, horrifiée.

— Le miracle que je n'osais plus espéré était arrivé. J'avais un enfant de mon sang et j'étais prêt à tout pour vous, pour pouvoir vous avoir à mes côtés. Je lui ai proposé de vous reconnaître, mais elle a refusé. Je lui ai proposé donc de l'aider financièrement en vue de votre éducation. Tous les mois je lui donnais de l'argent, en échange de quoi elle devait vous apprendre la vérité quand elle jugerait le moment approprié.

— Combien ? demande Connor.

— Combien quoi ?

— Combien tu lui donnais chaque mois ?

— Mille cinq cents livres…

Mes yeux vont sortir de leur orbite… Mille cinq cents livres par mois, dix-huit mille livres par an, et cela depuis mes trois ans, c'est-à-dire depuis qu'il sait pour moi.

Ça fait ? Ça fait... Trois cent soixante-dix-huit mille livres, reçues par ma mère depuis tout ce temps, alors que je me crevais au boulot, chaque soir, pour pouvoir vivre et payer mes études.

Merde, c'est rude !

— Tu verses toujours l'argent à la mère de Mina ?

— Bien sûr. Je sais que l'école de marketing n'est pas donnée et je suis heureux que cet argent ait permis à Mina de l'intégrer.

Mais dans quel monde vit-il ?

Dans celui où ma mère m'aurait généreusement fait bénéficier de la manne de Henry Mauris.

Dans un monde où je n'aurais pas eu besoin de bosser comme une dingue pour pouvoir payer mes cours.

Il semble remarquer mon étonnement et s'en inquiète.

— Je ne savais pas que vous existiez et je ne me doutais absolument pas que vous nous donniez de l'argent tous les mois.

— Je ne comprends pas, marmonne-t-il en fronçant ses sourcils gris.

C'est Connor qui prend le relais. Il raconte à Henry Mauris comment il m'a rencontrée et que je travaillais dans un pub pour pouvoir subvenir à mes besoins, insistant bien sur le fait que je n'aie jamais bénéficié de l'argent qu'il versait si généreusement. Il va même plus loin, en lui parlant de ma mère, de la discussion que nous avons eue avec elle à propos de ma naissance et de la manière dont j'ai toujours été traitée.

Henry Mauris écoute, tout d'abord sans broncher, puis, très rapidement, il affiche un mécontentement qui va grandissant.

— C'est impensable ! s'écrie-t-il à la fin des explications de Connor. Elle m'avait assuré que vous auriez le meilleur et que, une fois adulte, elle vous révélerait tout.

— Et tu l'as crue, grogne Connor.

— Ne pouvant pas m'occuper de son éducation, oui. Mon Dieu ! J'ai été si naïf !

Mon père se penche vers moi et s'empare de ma main. Je la lui abandonne, parce qu'à cet instant son visage est si triste que c'est le seul moyen de lui montrer que je suis avec lui.

— Je suis tellement navré, Mina. À cause de mon inconséquence et de ma trop grande naïveté, vous n'avez pas eu la vie que vous méritiez. Je voulais tellement plus pour vous.

— Pourquoi n'avez-vous rien dit à Deirdre ? je demande.

— Parce que sa mère la connaissait bien. Deirdre est une enfant aimante mais elle était notre fille unique, la seule que nous aurions jamais, et nous l'avons couvée et pourrie. J'aurais dû faire quelque chose, mais quand sa mère est morte prématurément, je n'en ai pas eu le courage.

Enfin Henry aborde le sujet de sa fille. Pour faire court, il semblerait que Deirdre ne se soit jamais vraiment remise de la mort de sa mère. Elle l'a vécu comme un abandon. Elle n'était, après tout, que la fille adoptive de son père. C'est quand elle a appris mon existence que tout a dérapé. Son père lui avait menti et lui avait caché qu'il avait une fille biologique. Sans doute qu'à cet instant elle s'est persuadée qu'il allait l'abandonner lui aussi, lui préférant un enfant de son sang. Elle a pété les plombs et s'en est prise à moi pour se venger, me faire souffrir autant qu'elle souffrait. Le problème, c'est que tout ce qu'elle a tenté s'est retourné contre elle. Si Deirdre ne m'avait pas insultée, Connor ne m'aurait pas approchée pour s'excuser et nous ne nous serions jamais parlés seul à seule. Elle a essayé de nous séparer, de le jeter à nouveau dans les bras de Bettina, mais elle n'a fait que renforcer les sentiments que nous éprouvons l'un pour l'autre. Grâce à elle, j'ai trouvé l'amour et je vais fonder une famille. Puis, la goutte d'eau, son père m'a ouvert la porte de l'agence où elle travaillait, et c'était inimaginable pour Deirdre, alors elle s'est lancée dans une campagne de sabotage en règle qui a mal tourné pour elle.

— Et voyant que rien ne fonctionnait, elle m'a fait enlever pour me contraindre à signer un papier dans lequel je renonçais à votre nom et à votre fortune.

Là encore, Deirdre a manigancé tout ça pour rien.

Elle me l'aurait simplement demandé, je le lui aurais signé, son papier. Si seulement elle avait su combien la fortune de Henry Mauris m'indiffère. Je vis sans père depuis que je suis toute petite et ce n'est pas l'arrivée de cet homme qui va changer quelque chose dans mon existence. J'ai tellement été déçue par ma mère et mes sœurs que je n'ai jamais accordé beaucoup d'importance à la famille. Je me suis débrouillée seule. Mon unique famille est celle que j'ai choisie. Les garçons, les amis de Connor, Vivianne, Doris, Justine, tous ceux qui ont fait plus pour moi en quelques semaines que ma mère et mes frangines depuis que je suis née.

Alors Deirdre peut garder son père et tout son pognon.

Je ne veux rien, seulement l'amour inconditionnel de Connor et de mes amis, un travail que j'aime et un futur mariage grâce auquel je fonderai ma propre famille qui, je le jure, n'aura rien à voir avec celle que j'ai eue.

Je pense aux parents de Connor. C'est à ça que ma famille ressemblera. Pas de mensonges, de non-dits, beaucoup d'amour, d'honnêteté et de bonheur.

J'annonce ma décision à mon père biologique, qui ne paraît pas plus étonné que ça.

Il me demande quand même trois faveurs, que je lui accorde.

La première, il arrêtera de verser la pension à ma mère et lui fera savoir qu'il pourrait facilement porter plainte contre elle, à moins qu'elle ne rembourse ce qu'elle a volé.

Nous sourions tous les trois, l'imaginant déjà obligée de réduire son train de vie, pleurant sur cette manne financière dont elle ne bénéficiera plus jamais. Sauf si elle se trouve un nouveau pigeon, prêt à satisfaire ses envies de grandeur dont, soit dit en passant, elle est bien capable.

La deuxième chose – et je regimbe avant de l'accepter – : Henry me cède ses parts de l'agence et, comme ça, en un claquement de doigts, je me retrouve associée à mon fiancé, qui éclate de rire. Quand je lui demande ce qui lui arrive, il me révèle que je suis, en gros, sa nouvelle patronne puisque j'ai désormais plus de parts que les siennes et celles de Fraser réunies.

Enfin, mon père tient à nous offrir notre voyage de noces… Vu les circonstances, il ne désire pas assister au mariage, ce que nous comprenons très bien, mais il veut tout de même faire ce geste parce qu'il est heureux que nous nous soyons trouvés et veut apporter une petite contribution à notre bonheur.

Je ne porterai jamais son nom. Je renonce à mes droits sur sa fortune.

Je sens que Connor n'est pas d'accord mais il n'intervient pas. Il me laisse prendre ma décision et je sais que c'est la bonne. Henry Mauris tentera de me convaincre, essayant de me persuader de ne pas signer la moindre paperasse, mais je tiendrai bon.

Je suis enfin débarrassée du poids qui pesait sur mes épaules. Je ne suis plus enchaînée à ce passé qui m'a fait souffrir. Mina est définitivement sortie de sa prison et elle vit, pleinement et complètement.

J'ai tout ce que je voulais avoir et même tout ce que je ne pensais jamais obtenir, et c'est parfait.

Un homme bon, magnifique et aimant. Un amant hors pair et un futur papa extraordinaire, j'en suis certaine. Un travail qui me passionne, dans une agence renommée dont je suis maintenant la principale associée (moi qui voulais gravir les échelons en douceur, c'est raté). Et puis il y a tous nos amis, tous ceux qui ont pris tellement de place dans ma vie. Ma famille, celle que j'ai choisie et qui m'a tant donné, ces dernières semaines.

Je n'ai plus besoin de me cacher derrière des kilos superflus. Je n'ai plus besoin de cette carapace pour me protéger et du coup elle s'est envolée. Les kilos en trop ne sont plus et ils ne reviendront pas parce que je suis une nouvelle Mina, à l'aise dans sa vie, dans son corps, se sachant aimée, désirée.

Aujourd'hui, j'ai le sentiment d'être devenue un cygne, d'être faite pour la pantoufle de vair qu'un prince aurait eu tant de mal à glisser à mon pied. Connor a fait voler en éclats les barreaux de ma cellule, il m'a libérée. Je suis née à nouveau…

CONNOR

CONNOR

J'attends Mina, qui ne devrait plus tarder. Alors qu'elle est sur le point de devenir ma femme, je mesure la chance que j'ai qu'elle ne m'ait pas été enlevée, qu'elle soit là, malgré tout ce qu'on lui a fait subir.

Je reste totalement surpris d'éprouver un sentiment d'une telle puissance. J'ai souvent ri de voir mes parents si amoureux, se bécotant comme des adolescents, s'enlaçant en se murmurant des mots qu'ils sont les seuls à comprendre. Je me suis gentiment moqué de leur attachement et pourtant, aujourd'hui, je découvre que je n'ai qu'une envie : vivre une telle relation ma vie entière.

Mina me fait cet effet-là. J'ai envie de la toucher tout le temps, je tuerais pour un de ses baisers, je vendrais mon âme pour une de ses caresses et finalement je donnerais ma vie pour cette petite nana.

Je ne lui ai pas menti, je m'étais toujours imaginé avec une femme blonde à mon bras. Une belle plante à laquelle j'aurais passé la bague au doigt, fondant une famille parfaite.

Alors qu'est-ce qui a changé ? Pourquoi ai-je remarqué Mina derrière son bar, cette première fois ?

Je crois que je me rappellerai ce premier contact toute ma vie.

J'étais au MacKintosh, et je l'ai découverte. Elle a pris son service alors que le pub se remplissait. Elle souriait et son sourire était si doux et si éclatant quand elle l'adressait à ses clients. Comme elle était cachée derrière le comptoir, je n'ai presque rien vu d'elle hormis un T-shirt bleu bien trop grand pour elle. Je ne dirais pas que j'ai été ébloui, mais à un moment elle a levé la tête, un rai de lumière est venu éclairer son visage auréolé d'une masse de cheveux aux doux tons chocolat. J'ai remarqué ses yeux pailletés d'or, comme deux billes d'ambre, et sa bouche, bien dessinée, aux lèvres aussi brillantes et rouges qu'une cerise qu'on a envie de croquer.

Le soir même, sans l'avoir prémédité, j'ai mis fin à ma liaison avec Bettina. Elle était pourtant tout ce que je croyais désirer, mais pendant que nous dînions, je n'arrivais pas à me sortir de l'esprit deux yeux expressifs, une bouche gourmande et un ensemble de boucles brunes.

Sans le savoir, Mina Westcomb, avec ses jolies formes, sa candeur, son manque flagrant de confiance en elle, avait volé mon cœur.

J'aime cette femme. Dieu m'en est témoin. J'aime tout en elle, même ce qu'elle juge être de vilains défauts. J'apprécie son irrévérence, son courage, son talent, son intelligence pétillante. Avec elle on ne s'ennuie jamais, et j'adore ça.

Je vais me marier, moi qui pensais rester célibataire encore de longues années. Je vais lier ma vie à cette amazone si courageuse, et contre toute attente je ne me sens même pas effrayé. Même mes meilleurs amis trouvent ça tout à fait normal.

Je croyais vraiment qu'ils émettraient quelques objections, qu'ils tenteraient de me convaincre d'attendre, mais tout ce qu'ils auraient pu dire a perdu tout sens dès qu'ils l'ont rencontrée. Je suis heureux que ceux qui comptent le plus pour moi aient adopté Mina.

Je crois qu'ils m'envient. Il faut dire que je suis le premier des quatre à se caser.

La musique, une vieille ballade écossaise, a envahi les lieux et elle est là.

Je viens de vous parler d'elle, je viens de vous confier que je l'aime comme un fou. Eh bien, c'est encore plus vrai maintenant que je la vois. Elle est magnifique. Vivianne a fait des merveilles, et ma future femme avance, au bras de Vale, son sauveur – qui se pavane un peu trop à mon goût.

Sa robe est très simple. Le tissu diaphane épouse ses courbes, souligne sa taille fine et tombe en plis légers jusqu'au sol. C'est simple, mais très beau, comme la personne qui avance tout en me fixant de son regard d'ambre empli d'amour, de joie et de confiance.

Mina MacKinley… Ce nom lui va à ravir, et je souris, fier qu'une telle femme soit entrée dans ma vie.

Je souhaite le même bonheur à mes potes. Un bonheur auprès de quelqu'un d'aussi beau que l'est ma fiancée. Elle fait ressortir tout ce qu'il y a de bien en moi, elle me rend heureux, fier. Elle m'exaspère parfois, mais c'est inimaginable à quel point je l'aime. Ce qui me contente au plus haut point, c'est que je dispose de nombreuses années pour le lui prouver.

REMERCIEMENTS

Merci à tous ceux qui ont cru en cette aventure et qui m'ont aidée sans compter leur temps.

Merci à Anne (code GM) pour son soutien et ses encouragements.

Merci à Crazy Manu.

Merci à Caroline Tea Time pour ses relectures et ses corrections.

À mes premières lectrices enthousiastes,

Un merci tout spécial à Carole Yoda pour son apparition dans ma toute jeune vie d'auteur… Merci d'avoir aimé mon roman et de lui avoir donné une nouvelle vie. Tu déchires, maître !

Merci à mon éditrice, Isabel, pour sa gentillesse, sa disponibilité et ses conseils.

Merci, mon chéri, pour ta patience, même si je passe énormément de temps sur mon ordinateur (et ça ne fait que commencer)…

Merci, papa, merci, ma famille, et pensées pour ceux qui manquent.

Un dernier merci à vous qui lisez ces lignes… et sans qui tout ça n'aurait pas vraiment de sens…

MERCI !!!

Découvrez tout de suite un extrait d'un autre roman BMR

BRISÉ(E)

Sophie Santoromito-Pierucci

Pour tout savoir sur les titres BMR,
rendez-vous sur www.facebook.com/BMRomance
et www.editionsbmr.com

BMR

CHAPITRE 1

RÉPUDIÉ

La chaleur était presque insoutenable. Non. En réalité, elle *était* insoutenable. Pourtant, il était déjà plus de 19 heures, et le soleil finissait sa douce descente vers l'horizon. Mes valises à mes pieds, je fixais, au-delà des grilles, la maison qu'elles protégeaient.

— Vous êtes certaine de ne pas vouloir que je vous accompagne jusqu'à la maison ? me demanda pour la troisième fois le chauffeur de taxi en refermant le coffre de sa voiture.

— Non. C'est gentil. Mais je préfère marcher.

— Comme vous voudrez.

Il monta dans son taxi et démarra, me laissant seule.

Oui. Je voulais marcher, alléger mes jambes engourdies par les trois heures de vol du trajet. Mais surtout, j'hésitais encore à entamer les premiers pas vers cette villa.

Une brise légère souleva quelques mèches de mes cheveux blonds. Je pris une profonde inspiration, les yeux fermés, attendant une sensation, même minime, de fraîcheur. *Nada*. L'air remué était lui aussi humide et chaud. Ma mère m'avait pourtant avertie : Miami en plein mois d'août, c'est un sauna grandeur nature. À cela, elle avait rajouté les pluies torrentielles qui s'abattaient tous les après-midi sur la ville pendant au moins deux heures, et les ouragans qui survenaient sans prévenir.

Je n'avais plus qu'à croiser les doigts pour ne pas en croiser un car, même si je savais courir vite et bien, je n'étais pas certaine de gagner au chrono face à un déchaînement de la nature.

Avec mélancolie, j'attrapai la poignée de ma valise à roulettes d'une main et l'anse du vieux sac de voyage de ma mère de l'autre. Trois mois. C'était la durée minimale de mon séjour ici. Non. De mon *travail* ici.

J'étais tentée d'appeler ma mère sur-le-champ, autant pour la rassurer et lui dire que j'étais bien arrivée que pour entendre sa voix me répéter que c'était la seule solution, dissipant un peu mon angoisse.

Je n'avais pas le choix. J'avais besoin de cet argent. C'était plus qu'un besoin, en vrai, c'était une nécessité.

Je passai le portail en fer forgé pour entamer ma longue ascension jusqu'à la villa. Mes sandales claquaient sur les dalles en pierres de l'allée. Je ne savais plus où donner de la tête : à ma gauche comme à ma droite, des pelouses d'un vert éclatant bordaient l'allée et de magnifiques palmiers dominaient les hauteurs. Devant moi, la maison aux murs rosés et au toit pointu de tuiles rouges, dépourvue d'étage, s'étalait sur toute la largeur de la propriété, prolongée d'un garage à sa gauche. À l'extrémité droite, je devinai, à travers l'immense baie vitrée, un salon meublé de plusieurs canapés.

J'étais arrivée, et je doutais déjà. Ma famille me manquait. Et s'il se passait quelque chose en mon absence ?

Je tentai de me rassurer. Tout irait bien. Je devais prendre soin du propriétaire des lieux, un certain Rick, vingt-quatre heures sur vingt-quatre. Ce qui ne me changerait pas de mon quotidien, puisque je m'occupais des personnes âgées de mon quartier. Le cœur battant, je lâchai la poignée de ma valise, sur laquelle mes doigts s'étaient crispés malgré moi, et je sonnai. Une douce mélodie retentit à l'intérieur.

La porte s'ouvrit sur une grande blonde d'une cinquantaine d'années, habillée d'un pantalon de tailleur blanc qui tombait à la perfection sur ses escarpins et d'un chemisier en satin vert sans manches. Je me sentis soudain minable avec mon short en jean et mon débardeur en coton blanc.

— Oceana Douglas ? demanda-t-elle en me tendant la main.

Je hochai la tête, incapable d'aligner deux mots, et lui serrai la main.

— Amber Thomas. Je vous en prie, entrez. Nous avons déjà eu l'occasion de nous parler au téléphone.

Oui, je me souvenais de mon entretien d'embauche avec elle. Un entretien téléphonique. Celui-ci s'était limité à fixer le montant de mon salaire et à vérifier mes diplômes. Je n'avais que cinq ans d'expérience, mais je supposais que son fils, le patron de ma mère, avait appuyé mon dossier, car il connaissait ma situation. Sinon pourquoi ne pas avoir cherché quelqu'un à Miami ?

Elle sourit.

— Je n'ai pas le temps de tout vous expliquer. Vous trouverez un fascicule dans votre chambre où sont résumées vos tâches. Il contient aussi le dossier médical de Rick. Laissez vos bagages ici, je vous fais visiter la maison et je me sauve.

Son ton autoritaire m'intimidait autant que la maison. Le dos bien droit et le menton en l'air, Mme Thomas donnait l'impression de sortir tout droit d'un livre sur l'aristocratie anglaise. Je ne pouvais m'empêcher de penser à ma mère, qui avait affaire à ce type de clientèle dans l'hôtel de luxe dans lequel elle travaillait. Et dire que le prix d'une chambre équivalait à son salaire annuel !

— Mon mari et moi-même partons à New York régler un problème à l'hôtel. Nous serons absents toute la semaine mais nous restons joignables, vous trouverez mon numéro de téléphone dans le fascicule.

Elle traversa le hall. Docile, je la suivis.

— À droite, vous trouverez le salon, la salle à manger et la cuisine. Faites comme chez vous, de toute façon Rick n'y va jamais. À gauche, un autre salon, avec télévision, hi-fi, bibliothèque ; je vous laisserai le soin de le découvrir par vous-même.

Ses fines et longues jambes prirent la direction d'un long couloir. Ses talons claquaient sur le carrelage en marbre. Je compris qu'en réalité la maison devait ressembler à un L, vue du ciel.

— Ici, deux chambres d'amis, une salle d'eau à votre disposition. Au fond, la chambre de Rick ; je ne vous la fais pas visiter, car il dort.

Il était exténué. Aujourd'hui, j'ai réussi à l'extirper de son lit, non sans mal. Il a passé la journée dehors, si bien qu'une fois rentré, il a à peine mangé, et je l'ai couché.

Elle m'offrit un sourire, comme si elle était fière de l'exploit qu'elle venait de relater. Puis elle ouvrit une porte sur la droite, à l'opposé des chambres d'amis et de ma future salle de bains.

— Votre chambre. Elle n'est pas très grande, car c'est l'ancien bureau de Rick. La décoration laisse à désirer puisque nous venons tout juste de l'aménager. La porte au fond à gauche vous donne un accès direct à sa chambre au cas où il aurait besoin de vous la nuit. Il a pris un somnifère ce soir. Vous serez tranquille jusqu'à demain matin.

« Pas très grande » ? Nous ne devions pas avoir la même notion de l'espace. Mon appartement était à peine plus spacieux que cette pièce ! Mais la décoration était, en effet, sommaire. Un lit *king size* recouvert d'un jeté de lit beige sur la gauche, deux tables de chevet de part et d'autre (avec ce que je pensais être le fascicule d'instructions et un boîtier noir sur l'une) et, sur la droite, une armoire et une commode en teck. Aucun tableau, aucun bibelot.

Amber pointa un doigt vers le boîtier noir.

— Vous pouvez aller où bon vous semble, mais ne sortez jamais sans le talkie-walkie. C'est la première règle à respecter. Vous devez toujours être disponible. Je préfère vous prévenir, Rick n'est pas quelqu'un de facile. Il a mis à la porte toutes les aides à domicile que nous lui avons trouvé, et…

— J'ai l'habitude de m'occuper de personnes récalcitrantes, je saurai m'adapter.

Cette fois-ci, elle se permit un bref sourire, puis fronça les sourcils.

— Je vais être claire, mademoiselle Douglas.

— Appelez-moi Oceana…

— Mademoiselle Douglas, (OK… comme vous voulez… madame Thomas !) ce n'est pas Rick qui vous emploie, c'est moi. Par conséquent, même s'il vous dit qu'il ne veut pas de vous dans cette maison, vous ne l'écoutez pas. C'est moi et moi seule qui décide. Vous pouvez le remettre à sa place, lui parler comme vous voulez, cela m'est égal ! En revanche, sa santé et sa sécurité sont primordiales pour moi. Si vous décidez de partir, je vous demanderai de me laisser deux jours pour vous trouver une remplaçante.

La main à nouveau tendue, elle attendait que je la lui serre pour sceller notre accord. Je n'hésitai pas. À trente-cinq mille dollars le mois, je ne pouvais pas me permettre de réfléchir à ses paroles, qui sonnaient pourtant comme un avertissement !

— Bien. Je vous laisse. Mon chauffeur doit être là. Vous trouverez toutes les indications dont vous avez besoin dans le fascicule. Lisez-le. Et n'hésitez pas à m'appeler en cas de problème.

Muette, je hochai la tête et lui emboîtai le pas. À l'extérieur, un chauffeur attendait à côté d'une voiture.

— Ça va bien se passer, me rassura-t-elle en me gratifiant d'un nouveau sourire.

Avais-je l'air si désorientée ? C'était souvent l'impression que je donnais. Je le savais.

Mme Thomas ne me donna pas le temps de répondre ; la portière de la voiture se referma sur elle, me laissant seule. Le silence retomba sur la vaste demeure. Même pas le tic-tac d'une horloge, ou le bruit d'un robinet qui coule. Le silence. Assourdissant et hostile.

Si j'avais été une tortue, j'aurais bien vite rentré tête et pattes dans ma carapace. Mais je n'étais pas une tortue. Et exténuée par mon voyage, je n'étais capable ni de manger ni de regarder un film à la télévision et je grimaçais en pensant à la longue liste d'instructions qui n'attendaient que moi pour être lues.

Finalement, je récupérai mes bagages et rebroussai chemin jusqu'à ma nouvelle chambre. Les roulettes claquèrent dans les rainures du carrelage presque aussi fort que les battements de mon cœur dans ma poitrine.

Je jetai mon sac sur le lit après avoir laissé la valise dans un coin, reportant à plus tard le déballage de mes vêtements, pour envoyer un message à ma mère.

› Bien arrivée. Je t'appelle demain.
J'espère que tout se passe bien. Jtm, Nana.
Lundi 7 août 08 : 02 p.m.
Envoyé.

Puis je m'approchai de la longue baie vitrée et j'observai le ciel, qui offrait un somptueux dégradé allant de l'orange au bleu foncé. Le soleil se couchait. Comme je l'avais deviné, la maison formait un L. Alors que devant ma chambre une piscine rectangulaire dominait le paysage, à ma droite, je pouvais apercevoir le salon, la salle à manger et la cuisine plongés dans l'obscurité, ainsi qu'une terrasse où se trouvaient une table, des chaises et une cuisine d'extérieur.

J'avais une soudaine envie de liberté ; la chambre était peut-être grande, mais j'avais l'impression d'étouffer. Tout était si impersonnel, parfait, lisse, propre… Je n'étais pas chez moi… Je me surpris à sourire bêtement en imaginant le salon encombré des livres et des jouets d'Ethan.

Trois mois… Une boule d'angoisse se forma dans ma gorge. Je suffoquais. Elle aspirait peu à peu chaque pensée positive et j'allais sombrer. Sans même réfléchir, j'ouvris la baie vitrée, j'étais dehors. L'air chaud et humide remplaça le confort de la climatisation. Mes larmes arrêtèrent leur course. Je fis quelques pas vers la piscine, y plongeai la main pour apprécier la température de l'eau. Parfaite. Je jetai un rapide coup d'œil autour de moi : la maison était plongée dans le noir. Il était épuisé, il avait pris un somnifère. Il dormait. Mme Thomas l'avait dit.

J'ôtai mes sandales, puis mon débardeur et mon soutien-gorge. Mon short et ma culotte rejoignirent le reste de mes affaires sur les dalles bordant la piscine.

Une vague de douceur me gagna dès que j'eus plongé un pied dans l'eau tiédie par le soleil de la journée. Je m'immergeai avec délice. Après avoir nagé un bon moment, je sortis, trempée, récupérai mes affaires et retournai dans ma chambre. Trempée, je frissonnai, cherchai une serviette dans ma valise, m'enroulai dedans et m'étendis sur le lit.

Trois mois… Cent cinq mille dollars. Un tiers de cette foutue somme vitale !

Ma main chercha à tâtons le fascicule de Mme Thomas. Il était plutôt épais. Tant de pages pour détailler les besoins d'un vieux monsieur ! J'ouvris la première page. *Sommaire.* Outch… Je grimaçai en pensant aux longues heures de lecture qui m'attendaient. Du dossier médical à l'entretien et au fonctionnement de la maison, en passant par les numéros des personnes à contacter, tout y était.

Je feuilletai le fascicule jusqu'à la page *Exigences de M. Rick Thomas.* Goûts alimentaires, déroulement de ses journées, rendez-vous importants pour les prochaines semaines, heures de lever, de sieste et de coucher, visites autorisées… Waouh ! Il y avait même un paragraphe « intimité » !

Dans un gloussement, je fis voler les pages jusqu'au dossier médical. Merde. Ce type était un ressuscité ! Je frissonnai à l'énumération des multiples opérations qu'il avait subies. Elles dataient toutes de six semaines au moins. Il me semblait pourtant qu'à partir d'un certain âge, les médecins limitaient les anesthésies générales. Quel âge avait-il, d'ailleurs ?

Je lus :

— *Fracture non déplacée du trochiter droit (haut de l'humérus), immobilisation par plâtre pour une durée de six semaines.*

— *Deux côtes fissurées.*

— *Fracture du coccyx, immobilisation du bassin pour un mois.*

— *Fracture de la diaphyse du fémur droit, traitement par cerclage, vis et plaques, appui interdit pendant trois mois.*

— *Doubles factures tibia/péroné droit et gauche, gouttières plâtrées, appui interdit pendant deux mois.*

— *Fracture de la malléole externe droite, traitement par vis, appui interdit pendant un mois et demi.*

Un ressuscité ! Un homme ridé par l'âge, plâtré de la tête aux pieds ! Un peu plus marrant : il devait faire sonner tous les portiques de sécurité sur son passage.

Je continuai ma lecture :

— *Perforation des intestins, traitée par chirurgie. À ce jour, aucune séquelle.*

— *Rupture de la rate, traitée par chirurgie, retrait de l'organe. À ce jour, aucune séquelle.*

— *Traumatisme crânien. Après trois jours de coma, M. Thomas a récupéré toutes ses facultés motrices et cérébrales. Persiste encore aujourd'hui une légère amnésie post-traumatique.*

Je me ravisais. Ce vieillard n'était pas un ressuscité, c'était un répudié du paradis et de l'enfer ! Ni Dieu ni Lucifer n'en avait voulu !

CHAPITRE 2
DOUCHE FROIDE

Je ne savais même pas qu'une cuisine d'une telle taille pouvait exister. En réalité, je le savais, mais je n'en avais jamais vu de pareille !

Et il ne s'agissait pas seulement d'une cuisine.

La pièce, rectangulaire, était gigantesque. Des canapés en cuir disposés l'un en face de l'autre au bout, une table pour dix personnes entourée de chaises au milieu, et la cuisine sur ma droite. Côté jardin, une verrière remplaçait le mur sur toute la longueur.

Tout était blanc ou noir, vitré ou laqué. J'avais peur de poser un doigt quelque part et d'y laisser mes empreintes.

L'îlot central était aussi grand que la table de la salle à manger : je m'imaginais déjà confectionner des tonnes de plats et de gâteaux !

J'aimais faire la cuisine. Et tout le monde appréciait ma cuisine. Surtout Ethan. Ma gorge se serra. Je repoussai la vague de nostalgie qui m'envahissait et pensai au message réconfortant de ma mère : *Tout va bien ici. Nous t'aimons tous les deux très forts. Maman.*

Bon. Au travail. Petit déjeuner à 8 heures précises, d'après le fascicule ! Je fouillai les placards, cherchant farine, œufs, lait, beurre, poêle… J'eus bien du mal à faire fonctionner la machine à café ultrasophistiquée et la plaque à induction pour préparer les pancakes de M. Thomas. J'étais bien loin de ma ridicule cafetière à l'italienne et de ma petite gazinière !

Finalement après un bon quart d'heure, je vins à bout de ma tâche. J'avais suivi les instructions du fascicule à la lettre. Assiette de six pancakes, sirop d'érable, mug de café sans sucre mais avec une lichette de lait, le tout disposé sur un plateau, je pouvais enfin servir M. Rick Thomas – alias Wolverine !

J'avais soigné mon apparence, ne voulant pas, une fois de plus, passer pour une souillon et avais enfilé une combinaison noire, large, ceinturée à la taille d'un lacet en cuir. Une queue-de-cheval pour ne pas être gênée par mes cheveux pendant les soins et juste une pointe de rimmel sur les cils. Pas de fond de teint ni de fard à joue, l'air humide et chaud, au-dehors, ne le permettait pas !

Mon plateau dans les mains, je frappai à la porte de Rick et, après avoir entendu un « entrez » sec et autoritaire, je m'exécutai.

Les rayons du soleil pénétraient dans la chambre à travers la grande baie vitrée. Je devinai l'entrée d'une salle de bains face à moi. Une grande penderie soutenait la tête du lit dans lequel je vis les deux jambes et le bras droit, plâtrés, de Rick Thomas. Au fond de la chambre, je vis un fauteuil roulant et d'autres appareils médicaux. Face au lit, un meuble hi-fi et un écran plat colossal diffusaient les informations locales.

J'avançai jusqu'au lit.

— Bonjour, M. Tho…

Oh ! Merde ! Mon malade n'était pas un vieillard à la peau flétrie par l'âge, mais un putain de jeune homme ! Mon cœur avait littéralement sauté de ma poitrine ; j'en aurais fait tomber le plateau si je n'avais pas été adroite et surtout si mes muscles ne s'étaient pas figés.

La bouche ouverte, les yeux exorbités, je ne savais plus quoi faire : sortir et rentrer une fois calmée ? Poser le plateau et revenir dans une heure ? Mon pouls s'affolait alors que deux yeux bleus me détaillaient avec hostilité.

Enfin, une réaction de mon corps : mes joues se mirent à rougir devant l'homme allongé dans son lit médicalisé.

— Quoi ? hurla-t-il. Je fais pitié à ce point ?

Pour l'éditeur, le principe est d'utiliser des papiers composés de fibres naturelles, renouvelables, recyclables et fabriquées à partir de bois issus de forêts qui adoptent un système d'aménagement durable. En outre, l'éditeur attend de ses fournisseurs de papier qu'ils s'inscrivent dans une démarche de certification environnementale reconnue.

Composition Nord Compo

PAPIER À BASE DE FIBRES CERTIFIÉES

hachette s'engage pour l'environnement en réduisant l'empreinte carbone de ses livres. Celle de cet exemplaire est de : 500 g éq. CO_2
Rendez-vous sur www.hachette-durable.fr

Imprimé en France par CPI Brodard & Taupin
Dépôt légal 1re publication : août 2017
63.3310.1 – ISBN : 978-2-01-225689-7
Édition : 01 – août 2017
N° d'impression : 3023989